አቦ ዕሸለይ ክ...

ክሉስ ሕታም

እስቅያስ ገብረዮሃንስ

ኣቦ ዕሸለይ ኩነለይ

ታሪኻዊ ልብወለድ

ክሉስ ሕታም

እስቅያስ ገብረዮሃንስ

ሕ/መ ኣመሪካ 2015

ኣቦ ዕሸለይ ኩነለይ

መሰል ድርሰት© 2014 ኢስቅያስ ገብረዮሃንስ

ምሉእ መሰል ደራሲ ዝተሓለወ እዩ።

ናይ ገበር ስእልን ዲዛይንን ብሚካኤል ረዘነ

መዘከርታ

ነቶም ኣብ ሜዳ፣ ከተማታትን ገጠራትን

ንናጽነት ኤርትራን ሓርነት ህዝባን

ክብርቲ ህይወቶም ዝሰውኡ

መዘከርታ ትኹነለይ

ትሕዝቶ

ምስጋና i

መቕድም ii

ምዕራፍ ሓደ 1

ምዕራፍ ክልተ 23

ምዕራፍ ሰለስተ 47

ምዕራፍ ኣርባዕተ 80

ምዕራፍ ሓሙሽተ 99

ምዕራፍ ሽዱሽተ 117

ምዕራፍ ሸውዓተ 127

ምዕራፍ ሸሞንተ 174

ምዕራፍ ትሽዓተ 197

❦ ምስጋና ❧

"ኣቦ ዕሸለይ ኩነለይ" ኣብ ምድላው ካብ ብዙሓት ሓገዝ ተገይሩለይ'ዩ። ንኹሎም ልዑል ምስጋና ይብጽሓዮም። ካብቶም ብዙሓት ነዞም ዝስዕቡ ክጠቅስ እደሊ።

መጽሓፍ ንምድራስ ምቹእ ሃዋህው ክህልወካ ኣገዳሲ'ዩ። ስድራይ ነቲ ምቹእ ኩነት ስለዝፈጠሩለይ መጽሓፈይ ብዓወት ክዛዝማ ክኢለ። ብተወሳኺ ኤልሳቤጥ ጓለይ ቅዳሓት ብምድላው ነቲ መስርሕ ኣሳሊጣቶ'ያ። ናይ መሮነ ወደይ ናይ ምስንዳእን ናይ ቅርጺ መጽሓፍ ምድላውን ውሕሉል ክእለት ኣብዛ መጽሓፍ ተጠቒመሉ'የ።

ንድፊ መጽሓፈይ ኣንቢቦም ሃናጺ ርእይቶታት ዝለገሱለይ ኣቶ ዳኒኤል ተስፋዮሃንስን ኣቶ ምስግና ተኽለኣብን ልባዊ ምስጋና ይብጽሓዮም። ብፍላይ ናይ ኣቶ ምስግና ብሱልን ሃናጺን ርእይቶታት ንመጽሓፈይ ዕዙዝ ኣበርክቶ ገይሩለይ'ዩ። ናይ ገበር ዲዛይንን ስእልን ዘዳለወለይ ንስነ ጥበባዊ ሚካኤል ረዘነ ስለ'ቲ ብሉጽ ሞያዊ ስርሑ ኣመስግኖን ኣድንቖን። ምትብባዕን ዝተፈላለየ ሓበሬታን ዝወፈዩለይ ኣቶ ኣብርሃም ነጋሽ፣ ዶር ፍረዝጊ ሃብተን ዶ/ር ሙሴ ተስፋግዮርጊስን የቐንየለይ ክብሎም እፈቱ።

ኣብ ሕትመት ኣዝዩ ጠቓሚ ተክኒካዊ ምኽርን ኣዝዩ ሓጋዚ ሓበሬታን ዝወፈየለይ ኣቶ ካሳሁን ቸኮል ብልቢ ኣመስግኖ

ዐ መቅድም ග

ናይ ምጽሓፍ ክእለት ኣቐዲመ ኣማዕቢለ ነይረ'የ። መጽሓፍ ክደርስ ግን ኣብ ሓሳበይ ኣይነበረን። ኣብ ወጻኢ ዝነብር ህዝብና እቲ ሓደ ካብ ፍሩያት መለለዪ ባህልና ዝኾነ ሃብታም ቋንቋ ትግሪኛ ናብ ዝቕጽል ወለዶ ክሰጋገር ዘለዎ ተኽእሎ ኣዝዩ ትሑት ኮይኑ ተሰሚዑኒ። መሳጢ መጻሕፍቲ ምቕራብ መፍትሒ ደኾን ይኸውን ሓሲበ።

መጽሓፍ ክደርስ ንዘንቀደ ባህልን ታሪኽን ኤርትራ ሃብታም ምንጪ ክኾና ይኽእል'ዩ። ኣነ ከኣ ኣብቲ ባህልን ታሪኽን ተወኪሰ እንሆ እዛ "ኣቦ ዕሸለይ ኩነለይ" ዘርእስታ ቦኽሪ መጽሓፈይ ንኣንበብቲ ከቕርብ በቒዐ። ኣብ ምዕቃብ ባህላዊ ውርሻ ተራ ከተበርክት እምንቶ ኣሎኒ።

መጽሓፍ ነቲ ዝውክሎ ቦታን ግዜን'ዩ ዘንጸባርቕ። ድሕረ ባይታ ናይ መጽሓፈይ እምበኣር እቲ ኣብ እዋን ብረታዊ ቃልሲ ብፍላይ ከኣ ኣብ ግዜ ደርጊ ዝነበረ እዉን ኩነት እዩ። ኣብቲ እዋን'ቲ ብዙሓት ሰብኣዊ ግህሰታትን ዘይንቡር ኣደራዓትን ኣብ ልዕሊ ዜጋታት ብፍላይ ከኣ ኣብ ልዕሊ ደቂ ኣንስትዮ ተፈጺሞም'ዮም። "ኣቦ ዕሸለይ ኩነለይ"፡ ንብዙሓት ኣብ ዜጋታት ዘጋጠሙ ገሊኦም ብምስጢር ዝተታሕዙ ሓቀኛ ተመክሮታት ጠርኒፉ፡ ኣብ መንጎ ፍቕርን ዕላማን፤ እምነትን ጥርጣረን፤ ስቓይን ጽንዓትን ውጥረት ፈጢሩ ትትርኽ፡ ታሪኻዊት ልብ ወለድ'ያ። ናይቶም ዝተፈላለዩ ገጸ ባህርያት ተራ፡ ነቲ

ኣብ'ቲ እዋን'ቲ ዝነበረ ኩንነታት ይውክሉ። "ኣቦ ዕሸለይ ኩነለይ" እምበኣር ምስ'ቲ ኣብ 1991 ቅድሚኡን ኣብ ኤርትራ ዝነበረ ኩነታትን ኣተሓሳስባን ብምንጽጻር ክትንበብ ኣለዎ።

እዛ ክልስቲ ሕትም "ኣቦ ዕሸለይ ኩነለይ" ነታ ቀዳመይቲ ሕታም ብደቂቕ መንፊት ነፍዮም ናይ ፊደላት መኣረምታን ሃናጺ ርእይቶታትን ካብ ዝገበሩለይ፣ ከምኡ ውን ባዕለይ ዝመለእክዎ ሓሳባት ተወሲኽዋ ንኣንበብቲ ቀሪባ'ላ። ገለ ኣንበብቲ ቀዳማይ ሕታም ሓጺራትና ስለዝበሉ ሓዲሽ ምዕራፍ ከይከፈትኩ ንገለ ዓንቅጻት ኣስፊሐዮ ኣለኹ።

ኣብዛ መጽሓፍ ዝሰፈሩ ስማት ጸሓፊ ዝፈጠሮም እዮም። ምናልባት ምስ ሓቀኛ ስማት እንተተመሳሰሉ ናይ ኣጋጣሚ ምዃኖም ቀዲመ እሕብር።

ኣቦ ዕሸለይ ኩነለይ

ኣነ መሓዛ ሰናይት እየ። እዚ ዘዘንትወልኩም

ዘለኹ *ታሪኽ* ካብ ትዕዝብተይን ነቶም ኣብቲ

ታሪኽ *ተዋሳእቲ ተወኪሰ ዝኣከብክዎን እየ።*

ጽቡቕ ምንባብ ይግበረልኩም ።

ተራኺት

꧁ ምዕራፍ ሓደ ꧂

ኣብ ባህልና ጉርብትና ሓደ ኣገዳሲ ናይ ምድግጋፍ ማሕበራዊ ኣሃዱ እዩ። ጎረባብቲ ንናይ ሂይወት ጸቕጢታት ብሕድሕዳዊ ምድግጋፍ ይብድህዎ። ኣብ ናይ ሓደጋ እዋን፡ ጎረባብቲ ነቲ ሓደጋ ንምክልኻል ወይ ንምፍዃስ እቶም ቀዳሞት ደበኽ ዝብሉ እዮም። ኣብ ናይ ሕማም ወቕቲ ናይ ቀረባ ተሓባበርትን ኣማኸርትን ንሳቶም እዮም። ኣብ እዋን ሓዘን ንሕዙናት ከጸናንዑን ኣድላዪ ነገራት ከቕርቡን ኣይስልክዩን። ኣብ ግዜ ሓጎስ እሞ ክንየ ኣብ ናይ ጉልበት ስራሕ ምስታፍ ነቲ ጉዳይ ንምድማቕ ዓቢ ተራ ይጻወቱ። ምስ ጎረባብቲ ህጹጽ ናይ ሃለኽቲ ነገራት ሕጽረታትን መሳርሒታትን ምልቕቓሕ መዓልታዊ ተርእዮ'ዩ። ከም ውጽኢት ከኣ ኣብቲ ከባቢ ፍቕርን ስምምዕን ይሰፍን፡ ርጉእ ህዋሁው ይፍጠር። ኣብ መንጎ ጎረባብቲ ምትእምማን ኣሎ። እምነት ኣሕዲሮም መፍትሕ ናይ ገዛኦም ምስ ጎረቤት ይገድፉ፤ መሰረት ባህልና ዝኾነ ረዚን ሕድሪ'ዩ። ክገሹ ወይ ክወጹ ቆልዑቶም የጽንሑሎም። እዚ ከኣ ጽቡቕ መርኣያ ባህልና እዩ።

ንዓማጺ፡ ተበላጽን ስነምግባር ዘየኽብሩ ውልቀ ሰባትን ስለዝንጽል ጉርብትና ስነምግባር ኣብ ምዕቃብ ተራ ኣለዎ። መንእሰያት ብስነምግባር ክህነጹ ጉርብትና ዓቢ ጽልዋ ይገብር። ስነምግባር ንዘጉደለ ወዲ መን ምዃኑ ብዘየገድስ

ዓገብ ናይ ምባል ሐለፍነት ንኹሉ ኣባል ጉርብትና ይምልከት።

ቆልዑ ጎረባብቲ ብሓባር ይጻወቱ፣ የጽንዑ፣ ንዕድመ ልክዕ ምሕዝነት ይምስርቱ፣ ሕድሕዶም "መተዓብይቲ" እናበሉ ይጸዋውዑ። ምስ ዓበዩ ክህልዎም ዝግባእ ማሕበራዊ ዝምድናን ስነምግባርን ኣብ ንኡስ ዕድሜኦም ይቖስሙ።

ካብ ብዙሓት ጎረባብትና ምስ ወሑዳት ካብቲ ሓፈሻዊ ዝምድና ፍልይ ዝበለ ጥቡቕ ምቅርራብ ንምስርት። ንሕናን እንዳቦይ ተኽለን ጎድኒ ንጎድኒ ጎረባብቲ ኢና። ደረጃ መነባብሮና ኣዝዩ ይፈላለ። ንሳቶም ርኹባት ንሕና ድማ ካብ ኢድ ናብ ኣፍ ንነብር። ናቶም ናይ ባዕሎም ቪላ ክኸወን ከሎ ንሕና ግን ኣብ ሰርቪስ ተኻረይቲ ኢና። ናይ መነባብሮና ፍልልይ ብዘየገድስ ኣብ መንጎና ጽኑዕ ዝምድና ነይሩና።

ኣቦይ ተኽለ ኣዝዮም ወረጃ ስለዝኾኑ ብሕማቕ ዘልዕሎም የለን። ሰብ ክመኽሩን፣ ኣገባብ ከረድኡን ኣይስልክዩን። ምሁር ስለዝኾኑ ሓሳባቶም ሰፊሕ፣ ኣቀራርባኦም ምቁሉል እዩም። ከረድኡ'ምበር ክገንሑ ኣይህቅኑን። ብዓልቲ ቤቶም ኣደይ ተኽኣ ከኣ ገርሂ፣ ምቕልልትን ለጋስን'የን።

ኣቦይ ቅኑዕ ይኹን'ምበር ትርር ዝበለ'ዩ። ህያው ኣብነት ናይ ኣባታዊ ባህሊ'ዩ። ኣቦ ክእዝዝ፣ ክቐጽዕ፣ ክፍራህን ክስማዕን ኣለዎ በሃሊ'ዩ። ነቦ ምንቃፍ ወይ ምቅዋም ኣይፍቀድን። ብዝጠቅምን ዘይጠቅምን ምቑያቕ የብዝሕ። ቆየቛ እንተጀሚሩ ቀልጢፉ ይንድር። ወስ ምባል ውን የዘውትር። እቲ ዓቢ ሓወይ እሞ ከምዘይሓልፍ

ተቐጥቂጡ'ዩ። እንተንዲሩ ኩልና ንሸቐረር። ነደይ ንሕና ብንገብሮ ጌጋ ይመዓታ። ቆየቛ እንተጀሚሩ ጥርቅም ምባል ትመርጽ። ኣደይ ትሕቲ፡ ሰብ ክትድግፍ ዘይትግበዝን ተዋዛይትን'ያ።

ኣደይ ተኽኣን ኣደይን ከምዛ ኣደን ጓልን እየን። እቲ ናይ ስድራና ፍቕሪ ናባይን ናብ ሰናይት ጓሎም ሓሊፉ ከምዛ ኣሓት ንመስል። ካብ ቁልዕነትና ጀሚርና ፍቑራት ኢና። ኣነ ብመንፈቕ እኳ እንተዓበኹዋ ከም መትሎ መታሉ ኢና። ክልቲኦም ስድራና ፈልዮም ኣይርእዩናን። ተኪእ ሓዋ ናይ ሓባር ኣያና እዩ። ሕጽይትኻ እናበሉ ከላግጹሉ ደስ ኣይብለንን ነይሩ። "ብያ፡ ሓውኻዶ ትሕጸ ኢኻ" እብሎም። "

ሰናይት ቅንዕቲ፡ ርህርህቲ፡ ለጋስን ፈቃርን እያ። ዘይትሓፍርን ፍሽሕውትን ስለዝኾነት ምስ ሰባት ብቐሊል እያ ትላለን ትወሃሃድን። ኣነ ዘበለት ምልክዕቲ እኳ እንተዘይኮነት፡ ብጽቡቕ ዝተሃንጸ ሽንቅጥ ቅርጺ ኣካላት፡ ማእከላይ ቁመት፡ ለማሽ ነዊሕ ጸጕሪ፡ ቡናዊ ሕብሪ፡ ፍሩያት ኣዒንታ ክትስሕቕ ከላ ይዕመታ። ፍሽኽትኣ ማራኺ ነወዳት ቃሕ ተብል፡ ነዋልድ ግን ተቕንእ ኣዚያ ምጭውትን ንዝረኣያ ባህ ተብልን እያ። ርትዓዊነት፡ ግሉጽነት ምቑልልነት መለለዪ ጠባያታ እዮም። መመላኽዒ ቅብኣቅኢን ስልማትን ኣየገድሳን'ዩ።

ኣነን ሰናይትን ኣዚና ኢና ንፋቶ። ኣብ እዋን ድቃስ እንተዘይኮይኑ ዳርጋ ኣይንፈላለን ኔርና፡ ሓዴና ብዘይ'ታ ሓንቲ ንኾነሉ ሰዓታት ኣዝዩ ውሑድ ነይሩ። ትምህርቲ ካብ ንጅምር ክሳብ ኣነ ብመርዓ ዘቋርጽ ካብ ክፍሊ ናብ ክፍሊ

እናሓለፍና ብሓደ ተማሂርና። ብትምህርታ ዝያዳይ ንፍዕቲ ስለዝነበረት ትሕግዘኒ ነይራ። ንትምህርቲ ዘድልዩና ነገራት'ውን ካብኣ እጥቀም ነይረ።

ክሳብ ናብ ካልኣይ ደረጃ ትምህርቲ ንበጽሕ ካብ ተራ ናይ ቆልዑ ህይወትን ጠባያትን ዝተፈልየ ኣይነበረናን። ክዳውንትና ኣጽሪና ጸጒርና ብመንዲል ኣሲርና ንትምህርቲ ንመላለስ። ኣብ ገዛ መጽናዕትና ምክትታልን ነዴታትና ምሕጋዝን ቀንዲ ዕማምና ነበረ። ሙዚቃ ወሊዕና ምዝንጋዕ ንፈቱ። ኣብ ገዛ በይንና እንተኾና ምስቲ ሙዚቃ ሸኾርተት ንብል። ምስ ኣወዳት ዝነበረና ርክብ ተራ ቁልዕነታዊ ዝምድና ነይሩ።

ናብ ካልኣይ ደረጃ ምስ ሓለፍና ግን ብዙሓት ነገራት ክለዋወጡና ጀመሩ። ኣካላትና ፍሉይ ቅርጺታት ክርኢ ጀሚሩ፡ ወርሓዊ ጽግያት ክፈስስ፡ ኣብ ጾታና ኣድህቦ ክንገብር ጀሚርና። ጾታዊ ስምዒታት ክገሃድ ተሰምዓናን ምስ መሓዛይ ብዛዕብኡ ክንዕልል ባህ ይብለናን። መጀመርያ ጡብ ኣብ ዘውጻእናሉ ግዜ ኣፍልብና ንሓብኦ ዝነበርና ሕጂ ምግሃዱ ኣየሰክፈናን። እኳ ድኣ ተሓቢእና ኣብ ቅድሚ መስትያት ኣፍልብና ከፊትና እናሻዕ ንሪኦ። ምስ ኣወዳት ዝነበረና ተራ ምውሳእ ባህሪኡ ተለወጠ። ኣድናቖትና ናብቶም ብትምህርቲ ንኡዳትን ኣብ ትምህርቲ ተገዳስነት ዘለዎምን ምኳኑ ተሪፋ ናብቶም ተዋዘይትን ህቡባትን ዘንበለ። ውልቃዊ ስምዒታትና ምስ መሓዛይ ብግልጺ ክንዘራረበሉ ጀመርና። "እገለስ ክፍተወካ፡ ክስቶ ክጽብቕ" ንበሃሃል።

ናይ ከበሳ ባህልና ሃሳዩ ጎድኒ ኣለዎ፤ ኣዝዩ ጸቓጢ እዩ፡ ብፍላይ ከኣ ንጓል ኣንስተይቲ። ቆልዓ ብስነምግባር መታን ክህነጽ ብቐልዕኡ ምቕጻዕን ምክትታልን ኣዝዩ ሓጋዚ'ዩ ዝብል መጎተ ብዙሕ ኣሉታዊ ጸቕጢ የስዕብ። ዝጎርዘየት ጓል ምስ ወዲ ተባዕታይ ክትቀርብ ኣይፈቕድን፡ ስምዒታታ ብጋህዲ ክትገልጽ ነውሪ፡ ሓፋርን ትሕትን ክትከውን ይድለ። ከምኡ ስለዝኾነ ከኣ ስምዒታታ ትሓብእ፡ ምስ ወዲ ምዝማድ ከኣ ብስቱር ትገበሮ። ኣነን ሰናይትን ኣብ ቅድሚ ካልእ ሰብ ስምዒታትናን ድልየትናን ንሓብእ፡ ኣብ ሕድሕድና ግን ጾታዊ ባህግታና ብዘይሕፍረት ክንለዋወጥ ባህ ይብለና ነበረ። ምስ ኣወዳት ክንርአ ግን የሰክፈና። ሰብ ክርእየና ኣይንድልን ኔርና። ባህግታትና ክንጸቅጥ ንግደድ። ባህልና ክንዲ ናይ ጓል ኣይኹን'ምበር ንወዲ ተባዕታይ ውን ኣየናሕስን'ዩ። ምስ ደቂ ኣንስትዮ ጽግዕግዕ ዘብዝሕ ወዲ ተባዕታይ 'ዕዋለ' ዝብል ቅጽል ስም ይልጠፎ።

ኣጀማምራ ፍቕሪ ንጹር ኣገባብ ዝኽተል ኣይመስለንን። ኣብቲ መጀመርታ ኣዋልድ ካብ ምስ ኣዋልድ ምስ ኣወዳት ክዘናግዓ ደስ ይብለን፡ ኣወዳት ከኣ ከምኡ ምስ ኣዋልድ። ንመን ተፍቅር ውን ነጺሩ ኣይረኣየካን'ዩ። ግሉጽነት ስለዘየለ እናተፋተኻ ኣፍ ኣውጺእካ ብዘይምዝራብ ወይ ውን ተባላሒትካ ክትለለ የጸግም'ዩ። እቲ ትምነዮ ዘይሓስበካ ክከውን ይኽእል፡ ዝምነየካ ውን ደፊሩ ክሓተካ ተመክሮ ዘይብሉ ክኸውን ይኽእል። ብዙሓት ኣብ ክንዲ ብቓል ብጽሑፍ ፍትወቶም ምግላጽ ይመርጹ ነይሮም። ገሊኦም ግን ምስ ኣዋልድ ንምልላይ ድሕር ኣይብሉን። ናይ ፍቕሪ ጅግና ክብሃሉ ሓሓሊፎም ምስ ብዙሓት ይላለዩ።

ትፍተዎም ኣይትፍተዎም ብዘየገድስ ንእገሊት 'ጠቢሰያ' እናበሉ ምጅሃር ዝልማዶም ኣለዉ።

ፍቕሪ ክዕንብብ ርጉእ ሃዋህው የድልዮ። ኣብ ግዜ ደርጊ ትምህርቲ በዳሂ ስለዘይነበረ ንፍቕሪ ምቹእ ኩነታት ፈጢሩሉ ክበሃል ይከኣል። ትምህርቲ ንዘይግደስ ተመሃራይ ንምዝንጋዕ ሕሉፍ ትሩፍ ግዜ ነይሩዎ፣ ምብኳር ውን ዘሰክፍ ኣይነበረን። ብሕመቑ ካብ ትምህርቲ ዝስጎግ ተመህራይ ስለዘይነበረ፣ ካብ ክፍሊ ናብ ክፍሊ ምሕላፍ ጸገም ኣይነበሮን። ተመሃራይ እንተተሰጕት ናብ ሓርነታዊ ቃልሲ ከይጽንበር ደርጊ ስግኣት ስለዝነበሮ'ዩ። ንፋው ሕማቑ ቀጥታዊ ምስግጋር ክፍሊ እዩ። ተመሃሮ ግዜኦም ኣብ ዘይረብሕ ንጥፈታት ከውዕልዎ ዝደፋፍእ ህዋህው'ዩ ነይሩ። በቲ ካልእ ወገን ግን እቲ ህዋህው ቅሱን ስለዘይነበረ ንፍቕሪ ኣይዕድምን ነይሩ ክበሃል ይከኣል። ገለ ሰበስልጣን ደርጊ ብፍላይ ከኣ ብዓፋኝ ጉጅለ ዝፍለጡ ዝነበሩ ገፈፍቲ ሰብ ንደቂ ኣንስትዮ ይሃድኑ ስለዝነበሩ ስግኣት ደቂ ኣንስትዮን ወለድን ደረት ኣይነበሮን። ገለ ምስ መንግስቲ ዝተሓባበሩ ሰለይቲ ተመሃሮ ውን ነቲ ህዋህው መዝሚዞም ንደቂ ኣንስትዮ ኣፈራሪሆም ብዘይድልየተን ይተዓራረኹወን ነይሮም። ካብ ግዜ ትምህርቲ ወጻኢ ካብ ገዛ ክትወጽእ ወይ ኣምሲኻ ክትኣቱ ኣየተኣማምንን። ከምኡ ስለዝኾነ ድማ ቍጽጽር ወለዲ ኣዝዩ ልዑል ነይሩ። ንሕና'ውን ከነምሲ ኣይንደፍርን ኔርና። ምናዳ ኣቦይ ተኽለ ጽኑዕ ምክትታል የብዝሐ ነይሮም። ኣብ ገዛ እንተጸኒሖም ኣበይ ኣምሲኽን፣ ደገ እንተነይሮም ከኣ ስልኪ ደዊሎም ኣትያ'ዶ ክብሉ ኣይስልከዩን። ምናልባት ካብ ንኣትወሉ ሰዓት ቁሩብ እንተደንጕና ኣዲኣ ከመኽንያ ይሸገራ ነይረን። ንሶም ኣብ

ክንዲ ኣብ ዓመጽ ኣብ ማዕዳን ምርዳእን የድህቡ። ኣቦይ ብኣንጻሩ ምፍርራህ ነይሩ ሓይሉ። ኣደይ ውን ኣብ ምምሳይሲ ንዕኡ ነይራ ትድግፍ። ኣምስየ እንተኣትየ 'እትው ውጽእ፡ ነገር የምጽእ" ትብል። መቸም ሓልዮት ወለዲ ምስ ወለድካ'ዩ ዝርድኣካ።

ንሕና ፍቕሪ ንብሎ ካብ ብሓባር ኮንካ ምዕላል ዝሓልፍ ኣይነበረን። ሰናይት መሓዛይን ኣነን ብትምህርትና ንኡዳት ስለዝነበርና መማህራን ናባና ፍሉይ ጠመተ ነይሩዎም። ምስ ኣወዳት እንተርእዮሙና ብሕፍረት ኣብ ጽፍርና ክንኣቱ ኢና ንደሊ። እተን ዘይግድሰን ተመሃሮ ግን ምስ መጻምድተን ኣብ ግዜ ዕረፍቲ ኣብቲ ውሽጢ ቀጽሪ ኣብ ጽላል ኣእዋም ኣሳፊሐን ከዕልላ ወይ ክዛወራ ኣይሓንካን ነይረን። ከምኡውን ክላስ ቐጺዐን (ገዲፈን) ንዋርድያ ኣፍትየን ወይ ብቐጽሪ ዘሊለን ውራይ ምዝንጋዐን ዝገብራ ነይረን። ምስ ተፈደስና ተሓጃጅፈን ንኸተማ ክወርዳ ሓበን ዝስምዐን መሊኣን ነበራ። ቅያር ክዳን ኣብ ማህደረን ሒዘን ብምውፋር ኣብ ድኳናት ኣትየን ድሺዛ ዝቕይራ ውን ኣይተሳእናን። ምስ ኣፍቀርተን በሃልቲ ኣብ ከተማ ሸናዕ ክብላ ኣይስከፋን። ንገሊኣን ገንዘብ ካብ ወጻኢ ስለዝስደደለን ምሕሻሽ በሽበሽ ኢዩ። ብዙሓት ግን ኣደዳ ዘይተደልየ ጥንስን ሕማምን ኮይነን። ብሰንኩ ትምህርተን ኣቋሪጸን መጻኢ ዕድለን ዘማህመና እፈልጥ። ንዕቱባት ተመሃሮ መለበሚ ዝኾና።

ኣነ ካብ ሰናይት ብመልክዕ ኮነ ብቑመና እንተዘይበሊጸ ኣይሓምቕን ነይረ። ኩነታት መነባብሮን፡ ኣመጋግባን ኣብ ምዕባሌ ኣካላት ዓቢ ተራ ስለዘለዎ ግን ሰናይት ካባይ

ንላዕሊ መሳርዕ ኣካላታን ስምዒታታን ክምዕብል ተራኢዩ። ኣነ እኳ ብናታ ጽልዋን ድልየትን እምበር ብናተይ ተበግሶ ስምዒታተይ ከዕቢ ነዊሕ ግዜ ምወሰደለይ እመስለኒ። ብዝኾነ ኣወዳት ጠመተኦም ናብ ሰናይት ነይሩ። መንፈሳዊ ቅንኢ ይንበረኒ'ምበር ኣብ ልዕሊ ሰናይት ኣሉታዊ ኣረኣእያ ሐዲሩኒ ኣይፈልጥን።

ካብቶም ብዙሓት ዓይኒ ዘውደቑላን ክተዓራረኽዋ ዝፈተኑን ኣድህቦ ልባ ዝያዳ ናብ ዮናስ ዘዘወ። ዮናስ ኣካላቱ ብጽቡቕ ዝተሃንጸ ድልዱልን ማእከላይ ቁመት ዘለዎን፤ ከደራይ ሕብሪ፡ ኩሕላይ ዓይኒ ምስ ጽዑቕ ሽፋሽፍቲ፡ ተሪር ኣፍንጫ፡ ኩርድድ ዝበለ ገብጋብ ጸጕሪ ርእሲ ምስ ኣፍሮ ኣቀማቕማ ዘዘውትር፡ ምቕሉልን ስነምግባር ዝመልአ ኣቀራርባ ዝውንንን ዕቱብ ተመሃራይን ስለዝነበረ፡ ኣብቲ ቤት ትምህርቲ ኣሸንኳይ ጓል ወዲ ተባዕታይ ውን ዝድንቐሉ መንእሰይ'ዩ። ብትምህርቲ ምስቶም ንፋዓት ይስራዕ። ኣብ ልዕሊ'ቲ ኣካዳሚያዊ ብቕዓቱ ካልእ ፍሉይ ክእለታት ይውንን። ናይ ቤት ትምህርትና ናይ ኩዕሶ ሰኪዐት ተጻዋታይ ስለዝነበረ መጠነኛ ህቡብነት ነሩይዎ። መንእሰያት በዋልድ ክፍተወ መስሓቕ ዘረባ (ጆክ)፡ ዋዛን ዳእላን የዘውትሩ። ዮናስ ግን ከምኡ ዝንባሌ ኣይነበሮን። ዋዛን ዳእላን የስሕቖ'ኳ እንተነበረ ንሰብ ከስሕቕ ኢሉ ግን ኣይብገስን። ንሱ ሓሳባትን ኣምራትን ኣልዒሉ ምክታዕ ባህ ይብሎ። ኣዕሩኽቱ ሶቁራጠስ ዝብል ሳጓ ኣጠሚቖሞ። እታ ሳጓ ክትጠብቆ ስለዘይደለየ ግን ኣይተዘውተረትን።

ዮናስ ውን ድሮ ዓይኒ ኣውዲቑላ እዩ። ከም መግለጽ ፍትወቱ ካብ ትምህርቲ ንገዛና ክንምለስ ራብዓይ ርእሱ

ንሕና ድማ ሓንቲ ኻል ገዛውትና ወሲኽና ብሓባር እናተጻወትና ገዛውትና የብጹሑና። እቶም ሓሙሽተ ንዮናስን ሰናይትን ሽፋን ኢና። ኣብ ቀዳመ ሰንበት ቆጸራ እንተሰሪዕና ካብ ገዛ መውጽኢ ዘይንጥቀመሉ ምኽንያት ኣይነበረን። ከነጽንዕ ከነምስል መጽሓፍን ጥራዝን ሒዝና ንወጽእ። ስድራና ከይጥርጥሩና ከኣ መመላኽዒ ኣይንጥቀምን። ኣብቲ እዋንቲ ምምልኻዕ ግዜኡ ኣይነበረን ክበሃል ይከኣል። እኳ ድኣ ነጸላ ተጎልቢብና ንኸይድ። ኣምሲና ክንኣቱ ዘይሕሱብ እዩ። ኣብ ልዕሊ'ቲ ናይ ወለዲ ቍጽጽር፡ እቲ ሀልው ናይ ጸጥታ ኩነታት 'ውን ኣየተባብዕን ነይሩ።

ሰናይት ዮናስ ከምዝግደሰላ ምስ ኣረጋገጸት ዓቢ ውድድር ከም ዝሰዓረት ኮይኑ ተሰምዓ። መማህርትና እንታይ ይብሉ ብዘየገድስ ዮናስ ናብ ዘለዎ ቦታ እግሪ ምምራሕ ኣብዛሕና። ትምህርቲ እንተዘይብልና ዮናስ ዝወዳደረለን ግጥማት ኣይነሕልፈንን ጥራይ ዘይኮነ ድሙቕ ደገፍ ነወፊ ኔርና። ገለ መማህርትና ይድግፉና ገሊኦም ከኣ ይሓምዩና ነይሮም። ብዙሓት መማህርትና ይቐንኣላ ነይረን። ብዝሓለፍናዮ ዘናሽውኣ፡ ገሊኦን ብጎቦ ዓይነን ብቕንኢ ዝጥምትኣ ገሊኦን እሞ ኣፍ ኣውጺኦን ዘይናታ ይጥቅናለን ይጸርፉኣን ነይረን። እዚ ግን ንሰናይት ዝያዳ የኹርዓ ስለዝነበረ ቅጭጭ ከይበላ ግብረ መልሲ ከይሃበት ትሓልፎ ነይራ። ኣይትቕየመንን ውን ነይራ። ዓንጺዓንጾ ንማዕጾ ከምዝበሃል ንሰናይት ዝረኽባ መሲሉወን ንዓይ ይሽዳንን ኩርኩር እናበላ ይሽምጥጣንን ነይረን። ኣነ ግን ከም ሰናይት ዓቕሊ ስለዘይብለይ ዓጸፋ ይምልሰለን ነይረ።

ኣብ ቤት ትምህርትና ዝመሃሩ ኣወዳት ነተን ኣዋልድ ናተይ ናተይ ስለዝበሃሃሉለን መን ናይ መን ምዃና ይፈልጡ እዮም። ምስ'ቲ ናተይ ዝብላ ወዲ ነገር እንተዘይደልዮም ከኣ ሓደ ከምዝተላለያ እናፈለጡ ካልኦት ኣይቀርቡዋን እዮም። በዋልድ ዝበኣሱ ውን ነይሮም። ንሰናይት ናይ ዮናስ ስለዝተቐጽረት ካልኦት ኣወዳት ኣይቀርቡዋን ነይሮም። እቲ ዓመትቲ ዮናስ ናይ ካልኣይ ደረጃ ትምህርቱ ወዲኡ ናብ ዩኒቨርሲቲ ዝሓልፈሉ እዩ ነይሩ። ንሰናይት ዝምንዩ ዮናስ ክርሕቀሎም እሞ ክትክእዎ ተስፋ ዝነበሮም ብዙሓት እዮም። ንዓይ ምስ ሰናይት መፋለጢ ክጥቀሙለይ ዝፍትኑ ውን ነሮም።

እታ እንኮ ዮናስ ናብ እንዳቦይ ተኸለ ክኣትወላ ዝኽእል ዕድል ኣብ እዋን ኣውደኣመት እያ። ኣብ ግዜ ኣውደኣመት ደቂ ክፍልና ንገዛና ክንዕድም ይፍቀደልና'ዩ። ዮናስ ከኣ ከም ወዲ ክፍላ ተመሲሉ ካልኣይ ወይ ሳልሳይ ርእሱ ይዕደም ነይሩ። ሽዑ መዓልቲ ኣብ መደቀሲ ሰናይት ኮይና መግቢ፣ ዝስተ፣ ሙሲቃ ኣዳሊና ክንዘናጋዕ ነምሲ። እቶም መሓዙት ዮናስ ተዋዚይቲ ስለዝኾኑ ብዘይ ምቍራጽ ስሓቕ ይቐትሉና ነይሮም። ኣውደኣመት ገዛውትና እንተዝበዝሓልና ደስ ምበለና።

ዮናስ ንሰናይት ይፍተዋ'ምበር ኣብ'ቲ መጀመርያ እዋን ፍትወቱ ብቓሉ ክገልጽ ይደፍር ኣይነበረን። ብቓል ካብ ምግላጽ ኣቃሚሙ ናይ ምጽሓፍ ክእለት ስለዝነበሮ ንሰናይት ደብዳቤታት ኣዝነበላ። ነቲ ደብዳቤታት ምስ ሰናይት ሓቢርና ነንብቦ ኔርና። ኣብ ነፍሲ ወከፍ ደብዳቤ መልሲ ክትጽሕፈሉ ይለቦ ነይሩ። ሰናይት ግን መልሲ ካብ

ምሃብ ተቐጠበት፡ ምኽንያቱ ንሱ ውን ምስ ኣዕሩኽቱ ኮይኑ ከየንብቦ ስለዝሰግኦት። ካብተን ብዙሓት ዝጽሓፈላ ግጥሚታትን ደብዳቤታትን እዘን ዝስዕባ ቀዲሐ ክሳብ ሕጂ ዝዓቀብኩወን ከካፍለኩም። ስም ተቐባሊት ኣብ'ቲ ናይ ዮናስ ደብዳቤታት ዕቁብ ስለዝነበረ ከምኡ አገድፎ። ብኢድ ስለዝወሃብ ስምን ኣድራሻን ተቐባሊ ኣገዳሲ ኣይኮነን።

ፍቕርተይ

ደስታ ዝስመዓኒ ክልዕሎ ስማ

ከም ጸሎት እናሻዕ ዝደግማ

ንውነይ ገዚኣ ኣብ ልበይ ርዒማ

ከዕብደኒ ' ደልዩ ፍቕሪ ፈለማ።

ቀጣን መዓንጣ ስየ ለይለይ

ውሑሉል ዝጸረባ ቅርጺ መለይ

ፈጢሩለይ ክጽብቕ ዕድለይ

ኣዝየ እሕበን ናትኪ ምኻነይ።

ወኒናቶ ጠባይ ምስ ቁንጅና

ተኣኪበን ክንድኣ ዘይኮና

ማርያም ሰሪሓታ ተሃኒና

ቑጽሊ ኣደስ ጥዕምቲ ጨና።

ቀሚስ'ተ ለበሰት ዘምሕረላ

ስረ'ተ ዓጠቐት ዘጸብቐላ

ዙርያ ወድያ ደሪባ ነጸላ

ኩሉ ጸጽብቑ ተዓዲላ።

ብሒትክዮ ሃመይ ቀልበይ

ቀትሪ ክሓስበኪ ምዓለይ

ለይቲ ትመጽኒ ኣብ ሕልመይ

ምስልኺ ተቐሪጹ ኣብ ኣእምሮይ።

ኣብ በይነይ ምሳኺ እዛረብ

ብህላዌኺ ሓሳበይ ይቑጠብ

ሓሞት ፍስስ መልሓስ ዕቅብ

ዕዙዝ ግርማኺ'ዩ'ቲ መንቅብ።

እረኽበኪ ካብ ሰኑይ ናብ ዓርቢ

ቀዳመ ሰንበት ኣበይ ትሽረቢ

ንገርኒ ትውዕልሉ ደርቢ

መንፈሰይ ክረግእ ከም ቆራቢ።

ካብተን ዝሰደደላ ደብዳቤታት ሓንቲ እዛ ትስዕብ''ያ።

ናብ ወትሩ ተናፋቒት ፍቕርተይ፣

ናይ ስነፍልጠት ተመራማሪ ኣልበርትኣየንስታይን "ግዜ ተዛማዲ እዩ" ዝበሎስ ሓቂ እዩ። ካብታ ዝተፈላለናላ ዓርቢ ሰዓት ሓሙሽተ ክሳብ እንደገና ንራኸበላ ትቕጽል ሰኑይ ናይ ክልተ መዓልቲ ርሕቀት እዩ። ንዓይ ግን ናይ ኣዋርሕ ዕድመ ኮይኑ እስመዓኒ። ምልእቲ ለይቲ ናብ ሓንቲ ደቒቕ እንተ ትሓጽረለይ ከመይ ምፈተኹ። ብዝኾነ ጥዕናኺ ምሉእ፣ ሂወትኪ ቅስንቲ፣ ራኢኺ ብሩህ ክኾነልኪ ዘሎኒ ምንዮት ወሰን የብሉን። ኣብ ዝሓለፈ ደብዳቤይ ብዛዕባ ኣካላውን ኣእምሮኣውን ቁንጅናኺ ገሊጸ ነይረ። ሎሚ ግን ካብኡ ፍልይ ዝበለ መልእኽቲ ከመሓላልፍ እደሊ።

ስምዒ ፍቕርተይ፣ ቅድሚ ምሳኺ ምልላየይ ምስ ካልእ ጓል ኣይተፋለጥኩን ኣይብለክን። ከምዚ ክብል ከለኹ ግን ንምንያት ወይ ከቕንኣኪ ኢለ ኣይኮነን። እንታይ ድኣ ምስኣተን ከምዚ ናባኺ ዘሎኒ ፍሉይ ስምዒት ሓዲሩኒ ከምዘይነበረ ክገልጸልኪ ደልየ እየ። ምሳኺ ከለኹ እናፍቐኪ፣ ንበይነይ ክኸውን ከለኹ ከኣ ንነብሰይ ብሓሳብ ናብ ክልተ መቒለ ምሳኺ እዕልል። ኣእምሮይ ካብ ንዓኺ ምሕሳብ ካልእ ዕዮ ኣቋሪጹ። መጽሓፍ እንተገንጸልኩ ምስልኺ ኣብ ገጽ'ቲ መጽሓፍ ተዘርጊሑ ካብ ምንባብ ይጋርደኒ። ኣብ መጽናዕቲ ኣድህቦ ስኢነ። ካብ ትምህርተይ መታን ከይሰናኸል ምስ መማህርተይ ናይ መጽናዕቲ ጉጅለ መስሪተ ካብኣቶም ክብለጽ ጀሚረ። ግዳ ኣብ መንጎ ክትዕ ብሓሳብ እህውትት'ሞ እናሻዕ እናተበራበርኩ ክከታተል እፍትን። እቶም መጻንዕተይ ኣብ መንጎ መጽናዕትና ብዛዕባ

ኣዋልድ ምዕላል ይፈትዉ። ስእሊታት ናይ ኣዕሩኽቶም ካብ ማሕፉዳ እናውጽኡ ብኣኣተን ከዕልሉ ባህ ይብሎም። ንዓይ ተግባራቶም ደስ ኣይብለንን። ስእልኺ ብዘይምህላወይ ውን ኣይጭነቐን፣ ምስልኺ ኣብ ኣእምሮይ ስለዘሎ ንብሕተይ ክርእየኪ እመርጽ። ንሳቶም ብዛዕባ ዘፍቀሩወን ክለዓለሎም ይፈትዉ። ኣነ ግን በንጻሩ፣ ባዕለይ ጥራይ ክልዕለኪ እፈቱ።

ካልእ ዝገርመኒ ነገር ውን ኣሎ። ናፊቐኪ ጸኒሐ ኣብ ንራኽበሉ ወይ ኣብ ዝዝክረልኪ እዋን ከብደይ ሕብጭብጭ ይብለኒ። ሓሞት ምፍሳስ ናይ ፍርሂ ምልክት'ዩ ዝቑጸር፣ ኣነ ግን ዘፍርህ የብለይን። ልዋም ዘለዎ ድቃስ ካብ ዝውሕደኒ ነዊሕ ኮይኑ። ሓኪም ዘይፍውሶ ምቁር ሕማም ሒዙኒዶ ክብል? ንዓኺ ከምዚ ናተይ ይስምዓኪ እንተኣልዩ ማዕረ ኣሎና፣ እንተዘይኮይኑ ግን ንበይነይ ክጸሮ ክኽብደኒ እዩ።

ናብ ዕብዳን መታን ከየድህበለይ ድኹም ጎድንኺ ኣናዲየ ነቲ ንውነይ ተቖጻጺሩ ዘሎ ፍቕርኺ እዋናዊ መፋኾሲ ክገብረሉ ዝገበርክዎ ፈተና ዕዉት ኣይኮነን። ኣበር ዝበሃል ስኢነልኪ። እኳ ድኣ ሓደ ብልጫኺ ካብቲ ካልእ ከትሕቶ ጸገሙኒ። ብጃህራን ቅብጥሮትን ዘይትሰድዒ፣ ብልጭልጭ ዘይማርኸኺ ፍልይቲ ፍጥረት ኢኺ። ቀልብኺ ንክማርኽ ኢለ ዝፈጠርኩዎ ናእዳ ኣይኮነን። ካብ ውሽጢ ስምዒተይ ዝገንፈለ'ዩ። ወረ ስምዒተይሲ ልዕሊ ቃላተይ እዩ።

ፍቕርተይ፣ ኩነታት ዘየፍቅዶ ጠለባት ክሓትት ርትዓዊ ኣይኮነን። ንዓኺ ዝወቕሰሉ ምኽንያት ውን የብለይን። መጻኢ ራኢኺ ተረዳዲእናሉ ኢና። ግዜዊ ድልየት ከነዕግብ መጻኢ ዕድልና ከነተዓናቕፍ ኣየምሕረልናን እዩ። ኩነታት

ፈቒዱ ነዚ ዕቡስ ፍቅሪ ብግሁድ ንገልጸሉ ህዋህው ክሳብ ዝመጽእ ዓቕሊ ምግባር ከም ዘድሊ እርድኣኒ እዩ። መጸኢ ረሲዕካ ንግዝያዊ ዕግበት ምህንጣይ ቁልዕነት'ዩ።

ከምዚ ሎሚ ሰላም ከይተዘርገ ተመሃሮ ናይ ምዝንጋዕ ዝሮት ወዲቦም ወይ ድማ ናብ ናይ መዓልታዊ ትልሂት እናኸዱ ይዛነዩ ከምዝነበሩ ሓበሬታ ይህልወኪ ይኸውን። ሎሚ'ንከ ምርኻብና ካብ ቤት ትምህርቲ ንገዛኺ ኣብ ምፍናው ወይ ኣብ መንጎ ትምህርቲ ዘሎ ናይ ዕርፍቲ ግዜ ተወሲና። ከም ደርሆ ገጠር ጽሓይ ከይዓረበት ገዛ ንኣቱ፣ መተንፈሲ ፍቕሪ ተሓሪሙና። ኣብ ልዕሊ'ቲ ናይ ጸጥታ ሕቶ ናይ ባህሊ ጸቕጢ ውን ሓቢርና ከይንዛነ ደሪቱና። ምሸት ምሸት ስልኪ ተደዋዊልና ከነዕልል ስድራ ከይጸናጸኑና ንፈርህ።

ብዝኾነ ዘይቅየር ወይ ዘይመሓየሽ ነገር የለን። እዚ ሕጂ ዘሎ ጽንኩር ኩነታት ናብ ሰላም ምቕያሩ ኣይተርፎን። ክሳብ ሽዑ ብዓቕልን ብንጹር መደብን ምምልላስ ብልህነት እዩ።
ዘረባዶ ኣብዚሓልኪ፣ እምብኣር ኣብ ርክብና
ቻው ቻው ፍቕርተይ
ካብ ምሩኽ ፍቕርኺ

የናስ ክሳብ ክንደይ ሃልሃል ዝብል ፍቕሪ ከምዘለዎ፣ ንኩነታት ኮነ ንስምዒት ናይ ምግላጽ ዘለዎ ክእለትን ናይ ነዊሕ ጠመተ ከምዘለዎምን ክንርዳእ ክኢልና። ነዛ ደብዳቤ ከነንብባ ኮለና ሰናይት በቲ ቃላቱ ተመሲጣ ቀልባ ገሸ። ከተንብቦ ስለዘይከኣለት ከንብበላ ሂባትኒ። ፈዚዛ ብፍርቂ ልባ ትሰምዓኒ ነበረት። ሓቂ ይሓይሽ ኣነ'ውን ተመሲጠ መንፈሳዊ ቅንኢ ቀናእኩላ።

ኣብ ቤት ትምህርትና ብትግሪኛ ናይ ምጽሓፍ ውድድር እንተዝካየድ ንዮናስ ዝወዳደሮ ዝርከብ ኣይመስለንን። እንተኾነ ኣብቲ እዋንቲ ትግሪኛ ካብ ቤት ትምህርቲ ተወጊዳ ስለዝነበረት ብትግሪኛ ውድድር ምውዳብ ዘይሕሰብ እዩ ነይሩ። የናስ ሓሳባት ስለዘፈልፍልን ናይ ቋንቋ ምልኪ ስለዝነበሮን ብእንግሊዘኛ ውን ክጽሕፍ ምኽኣለ እግምት። ኣምሓርኛ እኳ ሕላገት ናይ መግዛእቲ ኢሉ ስለዝሓሰባ፡ ዋላ እንተኽኣለ በምሕርኛ ክወዳደር ኣይምመረጸን ኢለ እግምት።

ሰናይት ናይ ምጽሓፍ ክእለታ ካብ ከተብል የተባብዓ ነይሩ። ብዛዕባ ፍቕሮም ክትጽሕፍ ፍቓደኛ ከምዘይኮነት ስለዝፈልጥ ሓፈሻዊ ኣርእስቲ እናሃበ የለማምዳ ነይሩ። ነቲ ዝጸሓፈቶ ምስ ናቱ ከተወዳድር ከኣ በታ ዝሃባ ኣርእስቲ ጽሒፋ ይህባ ነበረ። እቲ ዝመርጾ ኣርእስታት ተግባራዊን መሃርን ዓይነት ነይሩ። ሓንቲ ካብተን ዝሃባ ኣርእስትን ዝጸሓፋ መልስን ንመልከት።

"ብዛዕባ ኣፍቃሪኣ ካብ ዝምድናኦም ናይ ምድሕርሓር ጠባያት ዘርኣየ'ሞ ምኽንያት ምድሕርሓሩ ክገልጸላ ሓቲታቶ ምስምስ እናፈጠረ ስለዝኣበያ ብጽሑፍ ክትሓቶ ዝወሰነት ጓል እንታይ ከምትብሎ ኣብ ክንድኣ ኮንኪ ጽሓፊ" ትብል ነበረት።

ንዓይን ንሰናይትን ክንምልሳ ሰሙን ወሰደልና። ኮይኑ ውን ናይ ምጽሓፍ ተመክሮ ስለዘይነበረና እቲ ዝጸሓፍናዮ ሃጠው ቀጠው ነበረ። ናቱ መልሲ ክንርኢ ድማ ሃረፍና። እታ ናቱ ጽሕፍቲ እንሃትልኩም።

ናብ ፍቕርና ሰዓት 6፡35 ትጽገን ወይ ትውገን።

ፍቕረይ ወዲአ ወይ ፍቕረይ ኣወድኣኒ ክብሃል ይስማዕ። ፍቕሪ ዝውዳእ ወይ ዝኣርግ ወይ ዝጽንቀቕ ነገር ድዩ? ወይ ከም ሃላኺ ነገር ተጠቒምካ ዝድርበ ድዩ? ንዓይ ፍቕሪ እንተተኸናኺንካዮ እናሓደረ ዝመውቕ፡ ዝዕንበብ ኮይኑ እዩ ዝርድኣኒ። ክምቕርን ክመውቕን ግን ናይ ክልቲኦም ተፋቐርቲ ተገዳስነት ይሓትት። ፍቕሪ ከም ውልዶ ተኽሊ ክንክን ትደሊ እያ። ኣብ ምርድዳእ፡ ምትሕልላይን ኣብ ግሉጽነትን ከኣ ሰራውራ ተደልድል። ስቕታ ቀታሊኣ እዩ።

ናብ'ቲ ከምዚ ኢለ ክጽሕፍ ዘንቀለኒ ጉዳይ ክኣቱ። ዕርክነት ካብ ንጅምር ዓመታት ኣቝጺርና። ግዜ ከመይ ይቕልጥፍ! እቲ ዓሚ ከም ትማሊ፡ ቅድሚ ዓሚ ከም ቅድሚ ትማሊ፡ እቲ ቅድሚኡ ከኣ ከምኡ ኮይኑ ይስምዓካ። ኣብ ፍቕርኻ ማሚቔ ዘሕለፍክዎ እዋን ኣብ ህይወተይ ፍሉይ ምዕራፍ መዝገቡ'ሎ። ሕጂ ክዝክሮ ከም "ፊልም" ኣብ ቅድመይ ይረኣየኒ። ኣብ ባጽዕ ዘሕለፍናዮ ምቁር እዋናት ወትሩ ኣብ ተዘክሮይ ኣሎ። ናብ ሲነማ፡ ናብ ቤት ትልሂት ተኾልኲልካ ዝተመላለስናሉ ግዜ ክዝክሮ ባህታ ይፈጥረለይ። እቲ ምኡዝ ቃላትካ ንልበይ የረስርሶ። ዋዛታትካ ንበይነይ እንተኾይነ እደጋግሞ፡ ምስ ሰብ እንተኣልየ ከኣ ከም ዓቢ ደራሲ እጠቕሰካ። ከምኡ ስለዝኮነ'ዩ ከኣ እቲ ዓመታት ክንዲ መዓልታት ሐጺሩ ኪይተፈለጠኒ ቀልጢፉ ዝሓለፈ።

ካብ ቁሩብ እዋናት ንነጀው ግን ኩነታትካ እናተቐየረኒ መጺኡ ኣሎ። ምቅብጣር ተሪፉ፡ ኣብ ቆጸራታት ምድንጓይ በዚሑ፡ ተራኺብና'ውን ከም ቀደም ጠባይካ

ኣይትኸውንን። ሙቪ ወሊዐ ክንዘናጋዕ እንተመረጽኩ መጽሓፍ ምንባብ ትጅምር። ብዘይ ብኣኺ ከመይ ኢልካ ክንበር ዝብል ዝነበረ ቃላትካ ሎሚ ርሓቕለይ ትብል ዘሎኻ ኮይኑ እስመዓኒ። ብሓንሳብ ክሎናስ ይጽምወና ወዘተ ወዘተ። እታ ሰዓት'ውን ዑደታ ዝነውሐ ኮይኑ እስምዓኒ። ኣብ ምዉቕ ፍቕሪ ሰዓት ከም ደቒቕ ዝመስል ዝነበረ ሕጂ እታ ደቒቕ ሰዓት ትኸውን። እንታይ'ዩ ኣጋጢሙ ክፈልጦ ኣይከኣልኩን። ክንዘራረበሉ ብተደጋጋሚ ኣልዒለዮ ዘይብቑዕ መልሲ እናሃብካ ነቲ ኣርእስቲ ክትኣልዮ ጸኒሕካ። ስለ'ዚ ከኣ እየ ብጽሑፍ ዝሓተካ ዘለኹ። ስማዕ፡ ኣነ ፍቕሪ ክዕንብብ እምበር ክቑምስል ኣይጸወሮን እየ። እንታይ'ዩ ኮይኑ እናበልኩ'ውን ክህውትት ኣይደልን'የ። ኣነ ኣብ ንብሰይ እምበር ኣብ ወዲ ተባዕታይ ከም ዘይተኣማመን ነጺርካ ትፈልጥ ኢኻ። ፍቑራት ዘቕንእኒን ንፍቕሪ ግዝእቲ እኳ እንተኾንኩ ተመሻኺነ ክነብር ግን ኣይመርጽን'የ። ንስቕታኻ ነዊሕ ክጽመም'ውን ዓቕሊ የብለይን። ክሳብ እዛ ትመጽእ ዘላ ሰንበት መልሲ ብቓል ወይ ብጽሑፍ ክጽበየካ እየ። ፍቓደኛ እንተዘይኮንካ ዝርዝር ኣቕርበለይ ኣይክብለካን'የ። ሓጻርን ቍርጽ ዝባለትን መልሲ ቕብልቲ'ያ። "I am beginning to forget you" ትብል ናይ ጂም ሪብስ እንተኣድሪፍካለይ ክርድኣኒ ኢዩ። ስለምንታይ ፡ ተጋጊኻ እናበልኩ ኣይከሽግርካን እየ። ምኒን ዝብል እኳ እጽልኣኒ። ንዓመታት ዝሞቕናሉ ፍቕሪ ብዘይ ብቑዕ ምኽንያት ወይ ብዘይ እሂን-ምሂን ክብተኽ ናይ ደናቍር ባህሪ ስለዝኾነ ባህ ኣይክብለንን'ዩ። ምኽንያት ናይ ምቕራብ ግዴታ ግን ኣብ ርእሴኻ ኣሎ። ውሽጣዊ ስምዒታትካ ከተካፍለኒ ትባዕ። ኣብ'ዚ እንተዘይተቢዕካ ግን ኣብ ካልእ ነገር ውን ክምዘይተተኣማምን ክበርሃለይ

እዩ። ርክብና ናብ ዝለዓለ ብራኸ ክነደይቦ መብጽዓ ከም ዝነበረና ኣይትርስዖን ትኸውን። ቃል ኪዳን ወይ ቀያዲ ውዕል ስለዘይነበረና ዝምድናኻ ከተቋርጽ ዝእግድ ግዴታ ወይ ብምጥላም ትፍረደሉ መጋባኣያ የለን። ናይ መሓዙት ሸማግሌ'ውን ኣይክልእኸን'ዩ። መልስኻ ክይረኸብኩ ሰንበት ሰዓት 6፡35 ናይ ድ/ቀ እንተሓሊፉ ግን ንስንኩል ፍቕሪ ከእንግድ ከምዘይደሊ ፍለጥ።

ቻው ቻው።

ካብ.

ከምዝገመትናዮ ኣዝያ ትምስጥ መልሲ እያ። እዚ ረቂቕ ክእለት ናይ ዮናስ ንሰናይት ማሪኹዋ ንዓይ ድማ ኣቕኒኡኒ።

ሰናይት ንደብዳቤታት ዮናስ ምሸት ምሸት ከም መጽሓፍ ጸሎት ክየንበበት ከም ዘይትድቅስ ትነግረኒ ነይራ። ኣቦኣ ትምህርታ ንምክትታል ንመጻሕፍታን ጥራዛታን ሃሰስ ስለዝብሉ ነተን ድብዳቤታት ኣብ ስቱር ቦታ ትሓብአን ነይራ። ሓደ መዓልቲ ግን ነታ ሽው ዝተቐበለታ ደብዳቤ ረሲዓታ ኣብ ውሽጢ መጽሓፉ ኣብ ጣውላ ኣቐሚጣታ ናባይ መጸት። ድሕሪ ቁሩብ ተዘኪሩዋ ንገዛ ብጉያ በጺሓ ኣቦይ ተኽለ ነታ ደብዳቤ ድሮ ኣንቢቦም ኣብ ኢዶም ሒዞማ ምስ ረኣየት ምኽኽ በለት። እንታይ ከምትምልስ ሓርበታ። ኣቦይ ተኽለ ኩነታታ ተረዲኦም "ኣይትሻቐሊ፡ ሓደ ዝፈተወ ስለዝጸሓፈልኪ ንስኺ በደለኛ ኣይኮንክን፡ ንሱ'ውን ሓጥያት ኣይገበረን። እቲ ኣገዳሲ እቲ ዝስዕብ ግብረ መልሲ እዩ።" ምስ በልዋ ብደዋ ክትሸይን ደልያ ዝነበረት ፍኹስ በላ። ቀጺሎም፡ "ከምዝተረድኣኒ ርክብ ዘለኩም እዩ ዝመስል። ምስ ዕድሜኺ ኣዛሚደ ቅኑዕ

ኣይብሎን። መጻኢ ውጥንኪ ቀያዲ ክኸውን ከምዘለዎ ተረዳዲእናሉ ኢና። ናብ ናይ ርሑቕ ሸቶኺ ክይትበጽሒ ዘሰናኽሉ ነገራት ከተወግዲ ኣሎኪ። ብግዝያዊ ድሌት መጻኢኻ ከተበላሽዊ ዓቢ ዕሽነት'ዩ። ፈተኹኺ ፈተኹኻ ሕጂ ግዜኡ ኣይኮነን፡ ፍቕሪ ሓላፍነት ይሓትት እዩ" ኢሎም መዓድዋ።
ሰናይት ብሕፍረት ኣጻብዕታ እናንኸሰት "ባባ ኣነ ንትህበኒ ምኽሪ ኣጽኒዐ ኣብ መትከለይ እየ ዘለኹ። ኣብቲ ክፍልና ስዲታት ኣወዳት ኣለዉ። ጽሒፎም ክይረኣኻዮም ኣብ መጽሓፍካ ይስኩዕዎ"
ኣቦይ ተኽለ፡ "ሕጂ ኣብ ዝሓለፈ ክዛረብ ኣይደልን። ክይድገም ግን ኣሰምዓልኪ ኣለኹ። እስኪ ቅድሚ ሕጂ ዝሃብኩኺ ምኽሪ ተረዲኡኪ እንተኾይኑ ክሓተኪ፤ ንሓላፍነት ክይበቓዕካ ወይ ምስ መጻኢ መደብካ ክየዛመድካ ትኣትዎ ፍቕሪ እንታይ ሳዕቤን ኣለዎ ትብሊ?"
ሰናይት፡ "ግዳይ ዘይተደልየ ጥንሲን ሕማምን ትኸውን። ክብርኻ ተጥፍእ፡ ናይ ሞራል ውድቀት የጥቕዓካ።"
ኣቦይ ተኽለ፡ "ግርም፡ ክውስኽልኪ፡ እቲ ክትምርዓውዮ ትደልዩ ወዲ ከፍቕረክን ክኣምነክን ትደልዩ'ዶ?"
"መንከ ዘይደሊ?" ሰናይት ብሕቶ መለሰት
"ነዚ ከምዚ ዝበለ ሰብ ካባኺ ዝጽበያ፡ ዝብህጋን ዘይርስዓን ህያብ እንታይ ትመስለኪ?"
"ቅድሚ ሕጂ ገሊጽካለይ ነርካ፤ ብንጽህናኻ ምጽናሕ፡፡"
"ጽቡቕ'ዛ ጓለይ። ኣብ መጽናዕቲ ንፍዕቲ። ኣብ ተግባር ከኣ ከምኡ ክትኮኒ ኣሎኪ። ኣብ ባህልና ምስ ክብራ ዘይጸንሐት ጓል ጽባሕ መርዓኣ ኣብ ኣድጊ ኣወጢሖካ፡ ወጭ ከዲንካ ናብ እንዳዓለቡኣ ትመልሳ። ንዓኣን ንስድራኣን ዓቢ ውርደት'ዩ። ክብራን ክብሪ ወለዳን

ዝድውን ደርፊ ይድረፈላ ነበረ። ኣብዚ እዋን'ዚ ተሪፉ እኳ እንተኾነ እታ ህያብ ዝበልኩኺ ግን ዓቢ ዕግበት ከምትፈጥር ኣይትረስዒ።

ሰናይት፡ "ንጓል ኣንስተይቲ ኣፈጣጥርኣ ውን በዲሉዋ'ዩ። ወዲ ተባዕታይ ቅድሚ መርዓ ጾታዊ ርክብ ምፍጻሙን ዘይምፍጻሙን መፍለጢ የለን።"

ኣቦይ ተኽለ፡ "ሓቅኺ፡ ግዳ ኣምላኽ ብጥንቱ ሓደ ምስ ሓንቲ'ዩ ዝኣዘዘ። ሰብ ግን ይሽፍጥ። ሕጂ እኳ እናተረፈ ይኸይድ ኣሎ'ምበር እቲ ሓሲማ ኢሉ ዝመለሰ ወዲ ዋላ ኣይንጸህ ሽውንሽው ካብ መገዲ ዝመረጸ ጓል ዘሪፉ ክምርዖ ንቡር ነይሩ።"

ሰናይት፡ "እዋእ፡ ብዘይ ድልየታ? ዓመጽዶ ኣይኮነን? ሕጹይ ወይ ዝጽበያ ዓርኪ እንተኣለዋ ኸ? ንዕኡ እንተኾነስ ሓቲቱ፡ መሪጹ ዘይምርዖ?" ክትብል ሕቶታት ዘርዘረት።

"እዚ ትብልዮ ናይ ደቂ ሎሚ ኣተሓሳስባ'ዩ። እንተ'ቲ ቀደም ምዝራፍ ልሙድን ቅቡልን ነይሩ። ናይ ወዲ ተባዕታይ ልዕልና ዘርኢ እኳ እንተኾነ፡ ቁጠባዊ ምኽንያት ውን ኣለዎ። መቸም መርዓ ክትድግስ ዓቢ ወጻኢ እንድዩ ዝሓትት፡ ካብ ዳግማይ ውራይ ክድሕኑ ይዝርፉ። ጓል ሕጽይቲ እንተኾይና ከም ትሕጃ መስቀል ወይ ሰቐር ይእሰረላ። እዚኣ ኣይትድፈርን'ያ። መቸም ባህልን ሕግን ከከምዓዱ'ዩ። ኣብ ምዕራባውያን ምዝራፍ ዓቢ ገበን ተቖጺሩ ከቢድ ማእሰርቲ የስዕብ። እዚ ዘዘንተኹልኪ ኣብ ርእሲ ልቦናኺ ንኣፍልጦ ዘምጻእክዎ'ዩ። ትጋገዪ ኣይብልን፡ ኣባኺ ረዚን እምነት ኣሎኒ። በሊ ኪዲ ምስ መሓዛኺ ተጻወቲ" ኢሎም ምስ ኣፋነውዋ ብጉያ ናባይ ተመሊሳ ዘጋጠማ ኣዘንተወትለይ። ቅጽል ኣቢላ ከኣ "እንታይ'ዩ ጓለይ እዚ ፍቕሪ። በቲ ሓደ ደስ ደስ ይብለካ፡

በቲ ካልእ ከኣ ትፈርህ። ምኽሪ ኣቦይ ከዕብር ኣይደልን፣ ንዮናስ ከኣ ክኸስሮ ኣይፈቱን" ድሕሪ ምባል ዘይኣመላ ኣብ መንጎ ዕላልና ካባይ መልሲ ከይተጸበየት ጠንጢናትኒ ንገዝኣ ሃፍ በለት።

ምዕራፍ ክልተ

ኣነ ልዑል ትምህርቲ ቀሲመ፣ ብቑዕ ደሞዝ ምስ ጥጡሕ መነባብሮ መስረተ ህይወተይን ህይወት ስድራይን ከመሓይሽ ባህጊ ነይሩኒ። ስድራይ ግን ትምህርቲ ንጓል እምብዛ ጠቓሚ ገይሮም ኣይግምቱዎን ነይሮም። ካብ ትምህርቲ መርዓ ይምረጽ በሃልቲ'ዮም። ንዓኣቶም ንጓል መርዓ ልዕሊ ኩሉ ክብርታት'ዩ። ካብ'ዚ እምነት'ዚ ተበጊሶም ድማ ዓሰርት ክልተ ክፍሊ ኣብ ዘፋረቕክሉ ዓመት ባዕሎም ንዝመረጹለይ ሰብ ኣመርዓዉኒ። ናይ ኣቦይ ድርቅና ስለዝርድኣኒ ግን መርዓ ይጽንሓለይ ቀዲመ ትምህርተይ ክውድእ ኢለ ንመርዓ ክቃወም ኣይደፈርኩን። እቲ ዝምርዓወኒ ንባዕሉ ድርኩኹት ዩኒቨርሲቲ ስለዘይረገጸ ትምህርተይ ክቕጽል ዝድግፎ ኣይኮነን። ካብ ናይ ሰናይት መሓዛይ ተመክሮ ሓሊፈ ምስ ዝኾነ ወዲ ፍቕሪ ከይጀመርኩ፣ ድሓን ኩኒ ትምህርቲ ኢለ ከም ኣደይ ኣላይት ቤት ኮንኩ። ሰናይት መሓዛይ ትምህርታ ስለዘየቋረጸት ቅዱስ ቅንኢ ቀናእኩላ። በዚ ከኣ ኣነን መሓዛይን ካብ ጥቡቕ ርክብ ፍንትት በልና፣ ኣነ ኣብ ናይ ገዛ ስራሕ ተወሲነ፣ ሰናይት ከኣ ኣብ ትምህርቲ ተጸሚዳ ንራኽበሉ እዋናት እናወሓደ ኸደ።

እንዳቦይ ተኽለ ሰብ እንጀራ ስለዝነበሩ ንሰናይት ንመውስቦ ዝሓቱ ውሑዳት ኣይነበሩን። ኣቦይ ተኽለ ጓሎም ኣብ'ቲ ዝለዓለ ደረጃ ትምህርቲ ክትበጽሓሎም ይምነዩ'ኳ

እንተነበሩ፣ ነቲ ኣሰካፊ እዋን ኣብ ግምት ኣእትዮም ንመርዓ ከም ሕማቕ ገይሮም ኣይቈጸርዎን። ነተን ዝተረፍኣ ናይ ትምህርቲ ዓመታት ድሕሪ መርዓ ብምሽታዊ ትምህርቲ ክትቅጽሎ ከም ኣማራጺ ገመትዎ። ንሶም ንጓሎም ዝሓጸይዎ ወዲ ውን ኣብ ሓሳቦም ኣሎ።

ሰናይትን ዮናስን ናይ ዩኒቨርሲቲ ተመሃሮ ኣብ ዝነበሩሉ እዋን ፍቕሮም ዳርጋ ግሁድ ኮይኑ ነይሩ። ስድራኣ ግን ብዛዕባ ርክቦም ብወግዒ ስለዘይተነግሮም ዝፈልጥዎ ኣይነበሮምን። ሰናይት ናይ ካልኣይ ዓመት ዩኒቨርሲቲ ኣብ ትውድኣሉ ግዜ፣ ዮናስ ከኣ ተመሪቑ ስራሕ ኣብ ዝጀመረሉ ግዜ ኣቦይ ተኽለ ሓደ ረፋድ ንበዓልቲ ቤቶም ተዳሂዮም "ስምዒስኪ፣ እዚ እዋን ንጓል ዘቕስን ኣይኮነን። ኣብዚ ግዜ'ዚ ንጓል ካብ ትምህርቲ መርዓ እዩ ክዳና። መውስቦ ዝደልዩ ይሓቱና ኣለዉ። እንታይ ትብሊ?" ኢሎም ንልዝብ ዓደሙወን።

"ኣነ ድኣ እንታይ ክብል። ሕራይ እንተኢላስ ጽቡቕ ሓሳብ'ምበር"

"እሞ ኀቦኀቦ ገርኪ ኣተምብህላ። ከተረድእያ ከኣ ጽዓሪ፣ ንጓል ኣደ እያ ተሕምቓ።"

"ቀዲመ ካብ መሓዛኣ ኣንፊት ክረክብ።"

"ግርም ሓሰብኪ፣ ሓዳር መስሪታ ስለዘላ ተቕንኣ ትኸውን"

"ቅንእስ ኣይትሓስቦ'ኳ። መሓዛይ ተረሚሳ እንድዩ ቃላ"

"ብዝኾነ ኣምትላ'ሞ ሓቢርና ክንዘትየሉ" ኢሎም ልዝቦም ዓጸዉ።

ኣደይ ተኽኣ ንጽብሓይቱ ኣንጊሀን ጸውዓኒ። ሰናይት ኣይነበረትን። "ሰምዒ እስኪ'ዛ ጓለይ፣ እዚ እዋን ትርእዮ

ኣሎኺ። ንገርዞ ዝኸውን ኣይኮነን። ንመሓዛኺ ከማኺ ክንምስለ ንደሊ ኣሎና። እንታይ ይመስለኪ?" በለኒ።

"ሰናይት ሕጂ መርዓ ትቕበሎ ኣይመስለንን። ትምህርተይ እንተዘይወዳእኩ በሃሊት እያ" በልክወን

"ኣቦኣ መርዓ ትምህርቲ ዝዕንቕፍ ኣይኮነን እዩ'ም ዝብሉ። ንሶም ውን ትምህርቲ ክትውድእ ይድግፍዎ እዮም። ምሽታዊ ትቕጽሎ በሃላይ'ዮ'ም። እንታይ ክንገብር፡ እዚ እዋን ኣሻቒሉና። መዓድያ ድኣ'ዛ ኳለይ። ኣቦኣ እንተንቂሎም ከምዘይምለሱዶ ጠፊኡኪ።"

ኩነታት ሰናይትን ዮናስን ኣብ ግምት ኣእትየ፡ "ሕራይ ከተመርዕውዋስ መደብኮም፡ ንመን ዝብል ሕቶ ኸ ተመሊሱ ድዩ?" በልኩወን።

"ወይለይ! ንመን እሞ ክብለኪ። እዚ ነቡኣ ይምልከት። ንሳ ጥራይ ቅርብቲ ትኸውን። ሰምዒስኪ፡ ትፈልጥላ ኣሎኪ ድዩ? ኣግሂድኪ ንገርኒ።"

ዘረባ ከምዘምሎቐኩ ተረዲኡኒ ዝምልሶ ጠፍኣኒ። "ማለተይሲ ባዕለይ ዝመረጽክዎ ከይትብል" በልክወን

"ዝመረጸቶ ኣሎዋ ማለትኪ ዲኺ?"

ሕጂ ውን ተዋጠርኩ፡ "ከምኡ ዘይኮነስ ደቂ ሎሚ ምስ ዝመረጽኦ ስለዝደልያ እየ"

"ንስኺዶ መሪጽኪ ኢኺ ኣቲኽዮ? ንሳ ከኣ ከምኡ። ወለዲዶ ዘይብቑዕ ይመርጹ እዮም። ኣንፍትለይ ድኣ። ንስኺ ዘይትፈልጥዮ ኣይክህልዋን እዩ።"

ብወዝቢ ዘምለቐኩዋ ሕቶ ምምላሳ ወይ ምጥዋያ ጸገመኒ። "ኣነ ሓፈሻዊ ኩነት እየ ተዛሪበ" እንተበልኩ እሞ ክምሕራኒ ድየን።

"ዓርኪ መርኪ እንዲኽን ትብላ። ዓርኪኸ ኣለዋዶ? ክትሓብእለይ እንተዘይደሊኺ ንስኺ ዘይትፈልጥዮ ምስጢር ክንደየናይ ከይህልዋ"
"በላ ንዓኣ ተወኪሰ ክነግረክን ግዜ ሃባኒ" እንተበልኩ
"ንትፈልጥዮ ጉዳይ እንታይ ግዜ የድልየኪ። ኣቕሪበ እንድየ ከተማኽርኒ ጸዊዐኪ። ኣንፈት ሃብኒ'ምበር ከምዛ ዘይነገርክኒ ባዕለይ ክሓታ እየ። ቀዲምካ ሓበሬታ ምርካብ እኮ ካብ ሕፍረት'ዩ ዘድሕነካ።"ክብላ ንዝመሎቖትኒ ጌጋ ተጠቒመን ኣጨነቓኒ። ሓቂ ከየውጽኣ ሰናይት ከይትቕየመኒ ፈራህኩ፣ መዋጽኦ ከኣ ሰኣንኩ። "ደቂ ሎሚ እሞ ከኣ ኣብዚ ዘለቶ ዕድመን ከባብን ኳል ምስ ወዲ ምትዕርራኽ ልሙድ ተርእዮ እዩ። ከምኡ ስለዝገመትኩ እየ ነቲ ሕቶ ኣልዒለዮ። ስለ'ዚ ንዓኣ ክውከሳ እሞ ቀልጢፈ መልሲ ከነግረክን'የ።"
"ኣነ ሓቂ ይሓይሸ ኣይተዋሕጠለይን። ካብ በልኪ ግን ካብ ሎሚ ኣይተሕልፍያ። ከም ዝተዘራረብናሉ ኣይትንገርያ" ኢለን ኣፋነዋኒ።
ሰናይት ካብ ትምህርታ ክሳብ ትምለስ ተረበጽኩ። እግራ ከይኣተወ ንገዛ ጸዊዐ ነቲ ዘጋጠመ ሓበርክዋ። ድሓን ትእቶ ነዲኣ ባዕላ ከምትነግረን ኣፍለጠትኒ። ግዜ ኣይወሰኑን'ምበር ምስ ዮናስ መናብርቲ ክኾኑ ድሮ ከምዝተረዳድኡ ኣበሰረትኒ።

ንቐዳመ ሰንበቱ ሰናይት ምስ ወለዳ ዝርርብ ገበሩ። ኣቦይ ተኽለ ነቲ ጉዳይ ብሓፈሻዊ መልክዑ ኣቕሪቦም ርኢይቶ ኳሎም ሓተቱ። ሰናይት ብወገና ተቐሪባ ስለዝጸንሐት ነቲ ናይ መርዓ ሓሳብ ተቐበለቶ። ግዳ ዝመረጸቶ ሰብ ስለዘለዋ ካልእ ኣማራጺ ከምዘይትደሊ ሓበረት። እቲ ውሳኔ ነቦይ

ተኽለ ብርቂ ሓበሬታ እዩ። ክይተፈለጦም "እዋይ፡ እግዚኣብሄር ከማኽረካ ክሎ ክጥዕም" በሉ። ጽንሕ ኢሎም ከኣ "እንዳ ኣቶ ሃይለ መማጽኢ ሰዲዶም ሓቲቶሙኒ ነይሮም። ጓለይ ክውከስ ክብሎም ድኒዕ ኢለ። ኣምላኽ ኣማኺሩኒ ግን ቆልዓ ዝሓሰበቶ ኣለዋ ኢለ መሊሰዮ። ሓቂ ይሓይሽ ወዲ ሃይለ ኣይመርጸልክን፡ ካልኦት ወስ ዘበሉለይ ውን ስለዝነበሩ። ብወገነይ ዝመረጽኩልኪ ሰብ ነይሩ። ሎሚ ጽባሕ ክሓተኪ እናበልኩ ጸኒሐ። በሊ'ስከ እቲ ዝበጻሕክዮ ኣካፍልና።"
ሰናይት፡ "ኣነ ዝመረጽክዎ ወዲ ኣሎኒ። ምስኡ ከኣ ተረዳዲእና ኢና።"
ኣቦይ ተኽለ፡ "እንታይ ኢኺ ተስምዕኒ ዘሎኺ? ባዕልኺ ተሓጺኺ ማለት ድዩ?"
"ኣይኮነን፡ ጠባይካዶ ጠፊኡኒ። ግዳ ምስቲ ዓርከይ ካብ ነዊሕ ግዜ ተፋሊጥና፡ ክንረዳዳእ ከም ንኽእል ኣሚንና መጻኢና ብሓደ ክኸውን ተረዳዲእና ኣሎና።"
ኣቦይ ተኽለ፡ "እንታይ መለስኡ። ንዓና ከየማኸርኪ ምስ ወሰንኪ ክንቃወም ኣየጸብቐልናን'ዩ። ከምዚ ሎሚ ሕፍረት ክይተቐንጠጠ ሕጹያት ኣብ ሓደ ዓዲ እንተዘይኮይኖም ቅድሚ መርዓኦም ኣይረኣኣዩን'ዮም ። ደቂ ጎደቦ እንተኾይኖም እታ ሕጽይቲ ኣሸንኳይ ሕጹያ፡ ደቂ ዓዱ'ውን ክይርእዩዋ'ያ ትሕባእ። ኣብ ግዜ መርዓ ካብ ገዝኣ ተሸፋፊና ትወጽእ። ብሸፍንታ ከኣ ዓዲ ሓሙኣ ትበጽሕ። መታን ክምስለላ ኣብ ቤት ሒማ ንግዜኡ ትዓርፍ። ሰብ ክይሪኣ መጋረጃ ይግበረላ። ደቂ ሎሚ ከኣ ብፍቓድክን ሕጹይ ትመርጻ።"
ሰናይት፡ "ንምርኣያ ክህንጠዩ ይረኣዩኻ። ብፍላይ መርዓዊ። እቲ ምሽፋን ግን ንምንታይ ኣድለየ?"

ኣቦይ ተኽለ፡ "ልምዲ ኮይኑ።_በሊ ብዛዕባ'ዚ ትብልዮ ወዲ ስፍሕ ዝበለ ሓበሬታ ሃብና።"

ንሰናይት እዚ ቀሊል ሕቶ'ዩ። ብዛዕባ ዮናስ ዘርዚራ ኣረድኣቶም።

ኣቦይ ተኽለ፡ "ብስምዒታዊ ዘይኮነስ ብርትዓዊ መንፈስ መዚንክየ ክትኮኒ እምንቶይ'ዩ። ካብ ወዲ መን ምኻን፡ መን ምኻን እኳ ዝያዳ ዘገድስ እንተኾነ ወለዶ ምጽራይ ውን ሕማቕ ስለዘይኮነ ብወገነይ ከጣልል ቁሩብ ግዜ ሃብኒ" ኢሎም ዝርርቦም ዓጸዉ።

ኣቦይ ተኽለ ብዛዕባ መንነት ዮናስ ኣፈናዊ መጽናዕቲ ኣካይደም ኣብቲ ውሳኔ ዓሎም ክርዕሙ ብዙሕ ኣይተማትኡን። ኣገባብ ኣማሊኦም ስነስርዓት መርዓ ኣብ ሓጺር እዋን ክፍጽሙ ተሰማምዑ።

እንዳቦይ ተኽለ ምዕብል ዝበሉ ስለዝነበሩ ነቲ ኣገባብ ሕጸን መርዓን ናይ ሰናይት ካብቲ ባህሊ ኣዝዮም ፍንትት ከይበሉ ምስቲ ግዝያዊ ኣገባብ ኣጠዓዒሞም ውሃ ዘበለ ውራይ ኣሕሊፎም። ኣብ መዓልቲ ሕጸ እንዳወዲ ኣብ ቅድሚ እንዳዓል ደው ኢሎም "ከመዓለትኩም" ክብሉ ሰላምታ ኣቐደሙ።

እንዳዓል፡ "ኣምላኽ ይመስገን። እንቋዕ ድሓን መጻእኩም። ንበሩ" በልዎም።

እንዳወዲ፡ "እንቋዕ ድሓን ጸናሕኩም። ቀዲምና ዘምጽኣና ክንገብር" መለሱ።

እንዳዓል ንቐልዓለም "ኮፍ ኢልኩም ዘረባኹም ኣፍስሱ። ፍቓድና'ዩ" በልዎም።

እንዳወዲ "ኣይፋልን ግቡእ እንድዩ" ኢሎም ሓደ ወኪል "ብሩኽ መዓልቲ የውዕለና፡ ንሕና እንዳ... ዓዲ...

ኢና። ጽልእኻ ዝደለየ ጓል ላምካ፡ ፍቕርኻ ዝደለየ ጓልካ ከምዝበሃል፡ ጎቦ ክትኮኑና መጸግዒ ጎልጎል ክትኮኑና መሳፍሒ. ሰናይት ጓልኩም ንዮናስ ወድና ክትህቡና መጺእና" ክብሉ መምጽኢኦም ገለጹ።
እንዳጓል ብወገኖም "በጺሕኩሞ እኺ ትኾኑ ኢኹም፡" ድሕሪ ምባል ዓጾምን መንነቶም ሓቢሮም፡ ዮናስን ሰናይትን ኣብቲ ኣደራሽ ምስኦም ስለዝነበሩ ንምርግጋጽ ዝኣክል ነቲ ዝሕተት ዘሎ መውስቦ "ፍትወትኩም ድዩ" ክብሉ ተወከስዎም።
ዮናስን ሰናይትን ከኣ በብተራ ድልየቶምን ውሳኔኦምን ምዃኑ ድሕሪ ምርግጋጽ፡ ዮናስ ሒዙዋ ዝመጸ ቀለቤት ኣብ ኣጻብዕ ሰናይት ሰኹዓ።
እንዳጓል "እምበኣር ርኽቡ ኣይትስኣኑ" ድሕሪ ምባል መዓልቲ መርዓ ቆጺሮም ኮፍ ክብሉ ሓተትዎም። በዚ ከኣ ናይ ትብጻሕኩም ስነስርዓት ብድሙቕ ጣቕዒት ተዛዚሙ ነቲ ተዳልዩ ዝነበረ ሸሻይን ቡንን እናተቛደሱ ኣብቲ ኣደራሽ ብዕላልን ወኻዕካዕን ኣብቲ ቀጽሪ ከኣ ኣንስቲ ብጥዑም ሙዚቃ ተሰንየን ጓይላ ኣድሚቐን ኣምስያ። መቸም ሽዑ ዝነበረ መግቢ ኢድካ ዘቈርጥም'ዩ። መስተ ውን ካብ ስዋ ክሳብ ዊስኪ ምሉእ ዘይጉዱል ወሪዱ። ናተይ ሕጸ ካብ ናይ ሰናይት ፍልይ ዝበለ'ዩ ነይሩ። እቲ ናይ ጓልኩም ሃቡና ኣገባብ ተመሳሳሊ ኮይኑ ሕጹየይ ምስኦም ይምጻእ'ምበር ኣነ ናብቲ ክፍሊ ኣይተዓደምኩን፡ ፍቓደኛ ምዃነይ'ውን ኣይተሓተትኩን። ቀለቤት ይትረፍ ከምቲ ባህሊ ሰቑር ውን ኣይተኣስረለይን። ገዛና ወኻዕካዕ ኣይነበሮን፡ እንዳወዲ ቀልጢፎም ከይደም ገዛና ብኡንብኡ ሕልምልም በለት። ስድራይ ን'ንዳወዲ ናይተን ዘምጽኡለይ ክዳውንቲ መከሓሓሲ መምለስ እግሪ ገንዘብ ከምዝሃብዎም እፈልጥ።

መዓልትን ክልብን ክይጸዋዕካዮም ይመጹ ከም ዝበሃል ናይ ሰናይት መዓልቲ መርዓ ኣኺሉ ሰብ ዘዛረበ ውራይ ተደገሰ። እንዳወድን እንዳጓልን ብድሮ ተራኺቦም ነቲ ውዕል ኣሚሞሞ፣ እቲ ውዕል ኣብቲ ዳስ ተነቢቡ መርዓውን መርዓትን ከምኡውን ዋሕስ ክታሞም ኣንቢሮምሉ። ኣብቲ ውዕል ዕስራ ሺሕ ገንዘብ ንመርዓውቲ መትከል እግሪ ከምተዋህበ ተገሊጹ። ኣብቲ ዕለት ዘዛርብ ካልእ ዛዕባ ቀንጠመንጢ'ዩ ነይሩ። ዕዱማትን ወረድቲ መርዓን ብማሰ እናተዛነዩ ነቲ ዝተዳለወ ሽሻይ ተቛደሱ። ኣብ ናተይ መርዓ ከምቲ ባህሊ ዋሕስ ከትክሉ፣ ትእዛዝን ገዝምን ክዝርዝሩ ነዊሕ ግዜ ወዲኦሎም። እተን ገዝሚ ካብተን ንስልማተይ ዝወጻ ገንዘብ ቁሩብ ፈሰስ ነይረንአን። ንሳተን ውን መብዛሕትአን ካብ'ቲ ዕድመ ዝተኣከባ ነይረን። እቲ ገዝሚ ብንጹር ንሓዳር ውጻእ ስለዘይተባህለ ኣብ መንጎ ኣቦን ወዲን ምስሕሓብ ፈጢረን ነይረን። ሕጹየይ ገንዘቡ ኣብ ኣቑሑ ገዛ ምግዛእ ስለዘውዓሎ ናይ መርዓ ወጻኢታት ስድርኡ ስለዝሸፈንዎ ነቲ ገዝሚ መተካእታ ወጻኢታቶም ደልዮሞ።

ናይ ሰናይት ሕጽኖት ምስ ናተይ ፈጺሙ ኣይመሳሰልን ነይሩ። ኣብ ናተይ ነቲ ባህሊ ንምምሳል ንኽልተ ሰሙን ኣቢሉ ናይ ገበጣ፣ ሽደድ፣ ኣደራራስን ምቕርቃርን ጸወታታት ይካየዱ ነይሮም። ሰናይትን ዮናስን ግን ንሓደ ሰሙን ናይ ሳልስትን፣ ናይ ምቕባል ጋሻ ክሳብ ዝፍጸም ካርታ እናተጻወቱ ናይ ዋዛታት ውድድር እናተኻየደ ድሕሪ ምቕናይ ንዓሰርተ መዓልቲ ንባጽዕ ከዱ። ኣብ ባጽዕ ዘሕለፍዎ እዋን ንናይ መጻኢ ምዉቕ ሓዳሮም ዱልዱል ሰረት ዘንጸፈ ምንባሩ ብኸምዚ ዝስዕብ ተሪኺትለይ

"ሕጽኖትና ኣብ ባጽዕ ከም ነሕልፎ ምስ ተሰማማዕና ንባጽዕ ክበጽሕ ንመጀመርያ ግዜይ ስለዝነበረ ነቲ ኩነታት ኣየር ዘድልዩ ነገራት ሓታቲተን ብዮናስ ተሓጊዘን ብዙሕ ነገራት ዓዲገ። ክዳን ኣርጉደ ስለዝነቐልኩ ኣብ መገድና ካብ ጋሕቴላይ ጀሚሩ ሙቐት ስለዝገበረለይ ክዳውንተይ በብሓደ ከውጽእ ጀሚረ። ሓፊረ'ምበር ዳርጋ ጥራሐይ ክኸውን ኣይምጸላእኩን። ብረሃጽ ጠልቀየ ናብ'ቲ ቀዲምና ዝሓዛእናዮ ክፍሊ ናይ ሆቴል ጎርጉሶም በጻሕና። ኣብ'ቲ ሆቴል በቲ መዝሓሊ ረሃጸይ ኣቋሪጹ ርግእ በልኩ። ኣካላተይ ምስ ተሓጸብኩ በቲ መስኮት ኣሳጊረ ነቲ ባሕሪ ኣደነቕኩ።"

"ዮናስ ናብ ባኞ እናኣተወ፣ ናብቲ ዝሕምበስሉ ቦታ (ቢች) ክንከይድ ስለዝኾንና ነቲ ቦታ ዝሰማማዕ ምስ ቆብዕ ክለብስ ሓበረኒ። ብሕፍረት ዝኣክል ኣብ ልዕሊ'ቲ ዝበለኒ: ሽፎን ደረበክሉ። ዮናስ ከኣ ፍሸኽ እናበለ ጉልፎ ተማልአ. ክብል ሓጨጨለይ። ኣብ'ቲ መሓንበሲ ቦታ መዓት ሰብ ዳርጋ ጥራሖም ኮይኖም ዝሕምብሱን ኮፍ ኢሎም ዝዘናግዑን ምስ ረኣኹ በከዳድንኦም ተገረምኩ። ምስ ሽፎነይ ኣብቲ ደንደስ ኮፍ ኢለ ክዕዘብ መረጽኩ። ዮናስ ብዝገበረለይ ምትብባዕ ከምኡ ውን ከየሕፍሮ ደልየ ኣለባብሳይ ኣመዓራርየ ብሓባር ናብቲ ባሕሪ ኣተና። ምሕምባስ ስለዘይክእል ከምኡ'ውን እቲ ባሕሪ ስለዘፍርሓኒ ካብ ብርከይ ንላዕሊ ክኣቱ ሰጋእኩ። ቅሉዕ ኣካላተይ ከርኢ ስለዝሓፈርኩ ግን ክሳብ ኣፍልበይ ዝበጽሕ ናብቲ ባሕሪ ኣተኹ። ዮናስ ምሕምባስ ክላምደኒ ፈቲኑ፣ ክደፍር ስለዘይከኣልኩ ግን ክላመድ ኣይፈተንኩን። ንሱ ሓምቢሱ እናተመላለሰ ኣጋጫጪብ እናተጻወትና ናይ መጀመርታ ናይ ባሕሪ

ተመኩሮይ ኣሕለፍኩ። ካብ ባሕሪ ወጺእና ናብ ክፍሊ ሻሂ ኣዚዝና፡ ካብ ገዛ ዝተማለእናዮ መግቢ ተመሲሕና ኣዕሪፍና። እቲ ምትንኻፍ፡ እቲ ዳርጋ ጥራሕካ ምዃን ምስቲ ሓዲሽ ህዋሁው ክቱር ጾታዊ ህርፋን ፈጢረለይ። ንዮናስ ውን ስምዒቱ ዘለዓዓለሉ መሰለኒ። በቲ ሃሩር ምኽንያት ኣሽንኳይ ዝልበስ ነታ ናይ ላዕሊ ኣንሶላ ውን ስለዝደርበናያ ናይ ሕድሕድ መሳርዕ ኣካላትና ቅሉዕ ስለዝነበረ ንጾታዊ ርክብና ብልዑል ስምዒት ኣስተማቒርናዮ። ኣብቲ ርክብ ናይ ዕግበት ስምዒት ኣብ ምሉእ ኣካላተይ ዝሕው በለኒ። ከይተፈለጠኒ ወጨጨ፡ ንብዓት ካብ ኣዒንተይ ወረር በለ። ሓጎስ የብኪ ዝበሃልሲ ሓቂ እዩ። ድሕሪ ምቁር ርክብ ኣብ ኣፍልቡ ራዕ ኢለ ብዛዕባኡ እናሓሰብኩ ድቃስ ወሰደኒ" ምስ በለትኒ እቲ ኣገላልጻኣ ንዓይ'ውን ስምዒተይ ኣለዓዒሉለይ። መንፈሳዊ ቅንኢ ድማ ተሰመዓኒ።

"ምስተበራበርና ዮናስ ፖለቲካዊ ንቅሓቱ ንምንጽብራቕ ኣጋጣሚ ስለዝረኸበ "እንታይ ተዓዚብኪ ሰኑ?" ክብል ሓተተኒ።

"እንድዒ፡ እንታይ ፍሉይ ነገር ነይሩ ድዩ? ሕቶኻ ኣይተረደኣንን።"

"ብዛዕባ እዚ ዝረኣኽዮ ህዝቢ ማለተይ እየ።"

ሕቶኡ ጌና ስለዘይበርሃለ "እንታይ'ሞ ናይዚ ህዝቢ? ኣከዳድናኦም ማለትካ ዲኻ?" ሕቶ ብሕቶ መለሰት

"እዚ ዝረኣኽዮ ህዝቢ ካበይ ካበይ ዝመጸ ይመስለኪ?"

"እቶም ወጻእተኛታት ከካብ ዓዶም፡ እቶም ሓበሻ ከኣ መብዛሕትኦም ባጽዕ ዝቕመጡ ይመስሉ"

"ጽቡቕ ኣስተውዒልኪ። ወጻእተኛታት ክንደይ ገንዘብ ከፊሎም፡ ርሑቕ ተጓዒዞም ንባሕሪ የስተማቕርዎ። ንሕና

ከኣ ብሰሪ መግዛእቲ ኣብ ኣፍ ደጌና ዘሎ ጸጋ ክይተጠቐምናሉ ንነብር።"

"እቲ ጠንቂ መግዛእቲዶ ትብሎ? ናይ ባሕሪ ባህሊ ስለዘየማዕበልና ድኣ ክይከውን? "

"መልስኺ ብኽፊል ቅኑዕ'ዩ። ባህሊ ኣየማዕበልናን። ግዳ ባህሊ ክምዕብል፣ ምቹእ ህዋህው የድልዮ። እናተሸቝረርካን ናይ መንቀሳቐሲ ፍቓድ እናሓተትካን ናይ ባሕሪ ባህሊ ክተማዕብል ኣይከውንን'ዩ። እቶም ፈረንጂ ገዛእቲ መታን በይኖም ክብሕትዎ እዞም ናይ ሎሚ ከኣ ንባዕሎም ናይ ባሕሪ ባህሊ ስለዘይብሎም ንሕና ክነማዕብል ክተባብዑና ትጽቢት ኣይግበርን።"

"ሓቅኻ ኢኻ፣ ኣብ ኣስመራ ዓቢና ክሳብ ሎሚ ምሕምባስ ኣይክኣልናን። እታ ኣብ ኣስመራ ዘላ እንኮ መሓምበሲት፣ ንምሕምባስ ኣሸንኳይዶ ከም ስፖርት ክተማዕብል፣ ከም መለመዲ መንእሰያት ውን ኣይበቐዐትን።"

ዮናስ፣ "ኤርትራ ናጻ ምስ ወጸት ኣብ ወደባትናን ገማግም ባሕርናን ዝካየድ ናይ ምዕባለ መደባት ይረኣየካ። እዚ ትርእዮ ዘሎኺ ሆቴል ብደርማስ ህንጻታት ክትካእ'ዩ፤ ምዕቡላት ናይ ባሕሪ መሳሪሒታት ክተኣታተዉ'ዮም። ብፍላይ ባጽዕ ካብ ጽባሕ ናጽነት ጀሚራ መስሕብ በጻሕቲ ክትከወን'ያ። ናይ ባሕሪ ስፖርትን ናይ ትሕተ ባሕሪ ምርምርን ክካየዱ'ዮም። ገማግም ባሕርና ዓቢ ዝተዓቝረ ጸጋ ክምዝሓቐፈ ሽው ክርድኣና'ዩ። ነዳዲ'ውን ኣይሰኣንን'ዩ። ምስኡ ከኣ ናይ ባሕሪ ባህሊ ክነማዕብል ኢና።" ምስ በለ ነቲ ዘልዓሎ ኣርእስቲ መዕለቢ ንምግባር "ድሓን ከም ባህሊ ንጥቀመሉ እዋን ርሑቕ ኣይክኸውንን'ዩ፣ ሕጂ ዘምጽኣና ንግበር።" ኢሉ ዓጸዎ።

ሰናይት ነቲ ስዒቡ ዝተኻየደ ዝምስጥ ተመክሮኣ ቀጸለትለይ። "ድሕሪ ቀትሪ ተመሊስና ናብቲ ባሕሪ ኣቶና። ኣነ ሽው ከምዝተቓልዐት መርዓት ከምቲ ዝድለ ምልባሰይ ኣየሰከፈንን። ዮናስ ምሕምባስ ከለምደኒ በታ መንሳፈፊት እናተሓገዝኩ ኣእጋረይን ኣእዳወይን ዘርጊሐ ሓንሳብ ብሕቖይ ሓንሳብ ብኣፍልበይ እናገላበጠ ክድግፈኒ ከሎ ኣነ ካብ'ቲ ምሕምባስ እቲ ምትንኻፍ ዝያዳ ደስ ይብለኒ ነይሩ። ንሱ ውን ኣቕልቦኡ ንዓይ ምዕላም ጥራይ ኣይነበረን። ኣዒንቱ ናብ ኣፍልበይን ከባቢ ናይ ብሕቲ ኣካላተይን የቋምታ ነይረን። ፈዚዙ ኣእዳዉ ከየፍኩስ'ሞ ከይጥሕል እሰግእ ነይረ" ክትብለኒ ከላ ንሰማይ እናጠመተት ኣፍልባ ዘርጊሐ ኣብ'ቲ ባሕሪ ከትንሳፈፍ ተራእየትኒ። "ድሕሪ'ቲ ምሕምባስ ዝነበረ ጥምጥም መዳርግቲ ኣይነበሮን። እተን ዓሰርተ መዓልቲ ከም ሓንቲ መዓልቲ ኮይነን ሓሊፈን። ንመዋእልና ዘይርሳዕ ተመክሮ ኣሕሊፍና እብለኪ" ክትብለኒ ኣነ ብቕንኢ ጣዕ በልኩ። ሽው ነዛ ዓለም ኩልና ብማዕረ ከምዘይንነብረላ ተረድኣኒ፡ "ገሊኦም የስተማቕርዋ፡ ገሊኦም የማርርዋ፤ በዓል ንሕና ከኣ መማልእቲ" በልኩ ብልበይ።

ሰናይት ምሸት ምሸት ምስ ዮናስ ኣብ ከተማ ምዝዋር ደስ ይብላ ነይሩ። ብፍላይ ዓርቢ ዓርቢ ኣካላቶም ተሓጺቦም ከዳውንቶም ቀይሮም ኣብ ከተማ ሽናዕ ከብሉ የምስዩ፡ ሓሓሊፎም ኣብ ደገ ይድረሩ፡ ሳሕቲ ድማ ኣብ እንዳ ትልሂት ምኻድ የዘውትሩ ነይሮም። ድሕሪ ትልሂት ኣብ ባኛ ብሓንሳብ ኣትዮም ርሃጾም ኣራጊፎም ሓዚሉዋ ወይ ተሰኪሙዋ ናብ ዓራት ዘግ ከብላ ጾታዊ ትሃና ሰማይ ይዓርግ። መቸም ድሕሪ ባጽዕ ኣብ ቅድሚ ዮናስ ጥራሓ ናይ

ም'ኳን ሕፍረት ገዲፋዋ'ዩ። ነቲ ፍቕሮም ከኣ ኣዕዘዞ። ቀዳም ቀዳም ድቕስ ኣርፊዶም ድሕሪ ምሳሕ ሰቲ ነስኒሳ፡ ዕንባባ ኣዕምቢባ ኣብ ሳሎን ኮፍ ኢሎም ቡን እናሰተዩ ይዛነዩ። ሽዑ ዝመጽእ ጋሻ ጸላኢኦም ኮይኑ ይስምዖም።

ዮናስ ንሰንበት ዕቁብ ከምዘለዎ እናኣመኸነየ ከምዛ ቤተ ክርስቲያን ዝሳለም ካብ ገዛ ንግሆ ወጺኡ ንናይ ውልቁ ንጥፈታት ሓዚኡዋ ነይሩ። ሓቂ ንምምሳል ከኣ ገንዘብ እናኣዋህለለ ዕቁብ ከምዝበጽሖ ይነግራ ነይሩ። ሓደ ሓደ ግዜ ድማ ንስኺ ኣጽንዒ ኣነ ከኣ ምስ ኣዕሩኽተይ ወጃዕጃዕ ኢለ ክመጽእ እናበለ ገዛ ገዲፋዋ ይወጽእ። ንሳ ውን ሓቁ'ዩ ሓደ ሓደ ግዜስ ምስ ዓዕሩኽቱ ክዘናጋዕ ኣለዎ ኢላ ሸለል ትብሎ ነይራ። ኮይኑ ግን ቆጸራ ኣብ ዝነበሮ እዋን ምስኡ ክትወጽእ ስለትደሊ ኣብ መንጎ ይቕርቐር ነይሩ። ምናዳ ቆልዓ ምስ መጸ ናብ ወዱን ናብ ናብርኡን ኣድህቦ ክገብር ጸቕጢ ትገብረሉ ነይራ። ንሳ ኣብ ትምህርቲ ኣብ ተምስየሉ እዋን ወይም ምስ ሰራሕተኛ ክጸንሕ ባህ ኣይብላን ነይሩ።

ቅድሚ ብቓል ኪዳን ምትእስሳሮም ንምዉቕ ሓዳር ዘዋድዱ ኩነታት ተረዳዲኦም እዮም። ሕድሕዳዊ ጠባያት፡ ባህጊ፡ ራኢን ዕላማን ወዘተ ቐዲሞም ዘትዮምሉ። ከገራጭዉ ዝኽእሉ ኩነታት ዳርጋ ኣይነበሩን። ምናልባት እንተኣጋጠመ ከኣ ነፈታትሓኦም ዝምልከት መምርሒ ኣውጺኦምሉ ነይሮም። ክፍለጡ ዝግብኦም ግሁድን ምስጢራዊን ጠባያት ኮኑ ስምዒታት ኣልዒሎም ዘትዮምሉ። ዮናስ ግን ሓንቲ ዝሓብኣ ዓባይ ምስጢር ነይራቶ።

ስርዓት ኢትዮጵያ ኣብ ልዕሊ ኤርትራውያን ዝነበሮ ኣመለኻኽታ ጸላእን ፈታውን ዘይፈሊ፡ ንኹሉ ብዓይኒ ጥርጣረ ዝርኢ ስለዝነበረ፡ ህዝቢ ኤርትራ ናይ መነባብሮ፡ ናይ ትምህርቲ ደረጃ፡ ናይ ማሕበራዊ ቀጸላ፡ ዕድመ፡ ጾታ ብዘየገድስ ኣንጻር መግዛእቲ ከምዝወግን ገይሩዎ። ገድሊ ብዝገበረሉ ጽልዋ ከኣ ሃገራውነቱ እናለዓለ መጺኡ።

ኣብ'ቲ እዋን'ቲ ህዝባዊ ግንባር ነቲ ኣብ ውሽጢ ጸላኢ ዝነብር ህዝቢ ኣብ ናይ ሓፋሽ ውድብ ብኣዝዩ ምስጢራዊን ሰፊሕ ውዳበን ተጠርኒፋ ክሳተፍ ኣኽኢሉዎ'ዩ። ሕድሕዱ ብሰንሰለታዊ መገዲ ዝተኣሳሰረ ሰለስተ ደረጃ ውደባ ነይሩ፤ ማለት እቲ ዝተሓተ ወሃዮ፡ ልዕሊኡ ጉጅለ፡ እቲ ዝለዓለ ድማ ጨንፈር። ምስ ሜዳ ዘራኽብ መስመር ብመገዲ መራሕ ጨንፈር እዩ። እቲ ኣወዳድባ ዘይኣተዎ ናይ ውልቅን ናይ መንግስትን ትካላት ዝነበረ ኣይመስልን። ዮናስ ከኣ ናይቲ ዝለዓለ ጽፍሒ መራሒ ኮይኑ ብተወፋይነት እዋሳእ ነይሩ። እቲ ዝካየድ ንጥፈታት ፥ ሓደስቲ ኣባላት ምውዳብን ምንቃሕምን፡ ካብ ውልቅን ካብ ትካላትን ቁጠባዊ ኣበርክቶ ምግባር፡ ኣገዳሲ ሓበሬታ ምእካብን ምትሕልላፍ; ኣብ ህዝቢ ብስዉር ጎስጓስ ምክያድ፡ ኣብ ገለ ናይ ራዕዲ ስርሒታት ብኣባላት ወይ ምስ ናይ ከተማ ተቓለስቲ (ፈዳይን) ምስታፍ፡ ንብረት ውድብ ምዕቃብ፡ ንፈዳይንን ንዝተኸሸሑ ኣባላት መዕቆቢ ምጥጣሕን ብዓቢኡ ከኣ ምንቅስቓሳት ሰላኢ ምክትታልን ብኣጋኡ ንሜዳ ምሕባርን የጠቓልል። ቅድሚ መርዓኡ፡ እንዳ ዮናስ ኣኼባ ዝካየደላ፡ ረድዮ ርክብን መሳርያታት ዝዕቀበላ፡ ፈዳይንን ዝሰለፉ ሰባት ዝሕብኡላ ማእከል ነበረት።

ብዙሓት ውፉያት ኣባላት ናይ ውድብ ዕማም ከሳልጡ ውልቃዊ ዕማማት የወንዝፉ ነይሮም። ምስላፍ ኣድላዪ እንተኾይኑ ድማ ንሜዳ ንምውራድ ድሕር ምባል ኣይነበረን። ኣብ ወጻኢ ሃገራት ዝቕመጡ ዝነበሩ ኤርትራውያን'ውን ብተመሳሳሊ መገዲ ተወዲቦም ኣድማዒ ፋይናንሲያዊ፣ ማተርያላዊን ሓበሬታውን ኣበርክቶ ገይሮም። ብዙሓት ከኣ ምዉቕ መነባብሮኦም ጠንጢኖም ናብ'ቲ ብረታዊ ቃልሲ ተጸንቢሮም'ዮም።

ዮናስ'ውን ከም መዛንኡ ውድባዊ ንጥፈታት ብተወፋይነት የካይድ ነይሩ። መርዓ ንሓደ ንጡፍ ኣባል ዕንቅፋት ስለዘኸውን ሓንጎፋይ ኢልካ ትኣትዎ ኣይነበረን። ከም'ቲ ግምት'ውን ሓዳር ንዮናስ ካብ ውድባዊ ንጥፈታቱ ከይዓንቀፎ ኣይተረፈን። ውድባዊ ንጥፈታት ስሩዕ መደብ ኣውጺእካ ጥራይ ስለዘይካየድ፣ ንዮናስ እቲ ሰናይት ትሰርዖ መደባት እዋናዊ ንጥፈታት ንምክያድ ሸግር ይፈጥረሉ ነይሩ። ካብቲ ሓደ ኣብኹሩ ነቲ ሓደ ከማልእ ጸገም ኮኖ። ኣብቲ ናይ መጀመርታ እዋናት ድሕሪ መርዓኦም ጠለባታ የማልኣላ ነይሩ። ድሓር ግን በብቑሩብ ከጕድሎ ተገደደ። ገዘኡ ኣኼባ ዝካየደሉ ማእከል ዝነበረ ኣኼባ ናብ ካልእ ክቕይሩ ግድን ኮኖም። ሓደ ሓደ ግዜ ምኽንያት ከይነገረ ንጥፈታት ከካይድ የምሲ'ሞ ምኽንያት መምሰይኡ የማኻኒ። ኣብ ቃልሲ ዘለዎ ተራ እንተዝነግራ ዝያዳ ከምተፍቅሮን ከምትተሓባበሮን ኣይጠፍኦን። ከይነግራ ወይ ከይውድባ ግን ናይ ገዛእ ርእሱ ምኽንያት ነይሩዎ።

ሰናይት ብዛዕባ ዮናስ ኣብ ልዕሊኣ ዘለዎ ፍቕርን ተገዳስነትን ስክፍታ ሓዲሩዋ ኣይፈልጥን። ፍቕሮም

እናሓደረ ይዕንብብን ይዓሙቕን እዩ ነይሩ። ንፍቕሮም ዝድርዕ ህያባት ምልውዋጥ፣ ሕድሕዳዊ ምክብባርን ሓልዮትን ብሓባር ምዝንጋዕ የዘውትሩ ነይሮም። ንባጽዕ ብመደብ ምኻድ ኣየቋረጹን። ስምዒታቶም ምግላጽ ቃላት ኣይባቐቑን። ንሰናይት ዘይተዋሕጠላ፣ ናይ ዮናስ ብዘይ ብቑዕ ምኽንያት ምምሳይን ሓሓሊፉ'ውን ኣብ ግዜ ዕርፍቱ ምስኣን ካብ ምዝንጋዕ ምብኳርን ነይራ።

ከም'ቲ ቅድሚ መርዕኦም ዝገብሩዎ ዝነበሩ ምዝንጋዕ ምውሓዱ ምኽንያት ኣይረኸበትሉን። ግዳ ከም ልሙድ ተግባራት ደቂ ተባዕትዮ ወሰደቶ። ደቀንስትዮ ነወዳት ክሓምያ ትሰምዕ ነይራ እያ። "ደቂተባዕትዮ ንደቂኣንስትዮ ክሳብ ኣብ ኢዶም ዘእትውወን ኣዝዮም የቀባጥሩለን። ብመርዓ ምስ ቆረንወን ግን ጠባያቶም ይልውጡ፣ ምቅብጣር ይተርፍ፣ ድሕሪ ቆልዑ ምውላድ'ሞ ከም ኣቕሓ ይውግንወን" ክብላ ሰሚዓ ነይራ። "ምእማን ጽቡቕ፣ ምጥርጣር ከኣ ዝበለጸ" ትብል ኣበሃህላ'ውን ሰሚዓታ ትፈልጥ'ያ። "ዮናስ እሞ ከምኡ ይገብር?" ትብል'ሞ፣ "ኣይፋሉን፣ ዮናስ ኣይውዕሎን" ኢላ ድማ ንባዕላ መልሲ ትህባ። ንዮናስ ኣጥብቕ ኣቢላ ከትውከሶ'ውን ኣይደለየትን። ጸቕጢ ክትገብረሉ ደስ ኣይበላን። ኣብ ኩነታቱ ተኸታቲላ ምንም ሓበሬታ ኣይተጋህደላን። ኣብ ክዳውንቱ ናይ ሰበይቲ ጨና ወይ ሽቶ፣ ኣብ ኣፉ ናይ መስተ ሽታ የለን። ከምታ ዝወጸ ማይ ማይ ይሸትት። ንኻልእ ሰብ ከተማኽር ኣይደለየትን፣ ከመይሲ ንሓዳራ ንፉስ ምእታው ኮይኑ ስለዝተሰምዓ። "ሰብ ጫፍ ረኺቡ ምግናኑ ኣይተርፎን" ድማ በለት። ናይ ዮናስ ምብኳር እናበዝሐ ምኻዱ ግን ሸለል ክትብሎ ስለዘይከኣለት ምናልባት

ብወገና'ውን ከይተረድኣ ዘጕደለቶ ከይህሉ ንምፍላጥ ነቦኣ ክትውከስ መደበት። ሓደ መዓልቲ ኣብ መንጎ ዕላሎም ከምዛ ዋዛ ኣምሲላ "ኣቦ፥ ሰብኣይ ንሰበይቱ ክፈትዋ ካብኣ እንታይ ይጽበ?" በለቶም።
ኣቦኣ "ሰብኣይ ካብ ሰበይቱ ሰለስተ ኣገደስቲ ነገራት ይደሊ፥ ክብሪ፥ ሓልዮትን ውሕልነትን። እዚኣን ተማልእ ሰበይቲ ብቕዕቲ ሰለዝኾነት መልክዓ ብዘየገድስ ተፈታዊት እያ። ብተወሳኺ ብፍላይ ከኣ በዚ ናይ ሎሚ ኣተሓሳስባ ምርድዳእን ምትእምማንን ንኽልቲኦም ማዕረ የገድሶም። ካብዚኣን ሓንቲ እኳ እንተጎዲላ እቲ ሓዳር ኣይመውቕን'ዩ።
"ደቂ ሎሚ ግን መልክዐኛ፥ ፍቕሪ ትልግስን እምንትን ኣብ ቅድሚት ትሰርዑ። መልክዕ ሃሳሲ'ዩ፥ ነዊሕ ዕድመ የብሉን። ዘይውሕልልቲ ሰበይቲ ብመልክዓ እንተማረኸት፥ እምነት ውን እንተወሰኸትሉ ወትሩ ክትፍቶ ትኽእል ኣይመስለንን። ወሓለ ሰበይቲ ግርማ በዓልቤታ እያ። ልክዕ ፍቕሪ ኣገዳሲ'ዩ። ፍቕሪ ሃልሃል ክብል ከኣ ጥጡሕ ባይታ ማለት ሕድሕዳዊ ምትሕልላይ፥ ምርድዳእን ምትእምማንን የድልዮ። ሰብኣይ ብተወሳኺ ክብርን ውሕልነትን የገድሶ። ፍቕሪ ውጽኢት ናይዞም ዝተጠቕሱ ረቛሒታት እምበር ፈጣሪኦም ኣይኮነን።
"ሓዳርን ፍቕርን ክድልድልን ክዕንብብን ሕድሕዳዊ ምትእምማን፥ ምርድዳእ ምክብባር፥ ምትሕልላይን ውሕልነትን ይሓትት። እዚኣቶም'ዮም ንሓዳር ሂወት ዝዘርእሉ። ሓዳር ክድልድል ጽኑዕ መሰረት የድልዮ። እተን እምኒ መሰረት ከኣ እዞም ዝጠቐስኩልኪ እየን። እምነት ስለዘጕደልኩም እምንቲ ምኳን ቀደም ውሁብ ዝነበረ ኣብ ግዜኹም ከም መምዘኒ ኣተኣታቲኹሞ። እሙን ምኳን

ኣዝዩ፡ ኣዝዩ ወሳኒ እዩ። ኣዴታትክን እሙናት እየን። ንፍቕሪ ከኣ የመቅሮ። ምርድዳእ ትብል ሓረግ ውን ተልዕሉ ኢኹም። ብሓቂ ምርድዳእ ኣዝዩ ኣድላዪ እዩ። ምርድዳእ ክበሃል ከሎ ክልቲኦም ተጻመድቲ ሓደ ዓይነት ጠባይ ወይ ኣተሓሳስባ ክህልዎም ኣለዎ ማለት ኣይኮነን። ሓደ ናይቲ ካልእ ባህርን ኣተሓሳስባ ፈሊጡ እንተኸኢሉ ጽልዋ ክገብረሉ እንተዘይኮነ ከኣ ከምታ ጠባዩ ክቕበሎ ኣለዎ። ብባህሪ ወይ በተሓሳስባ ምፍልላይ ጸገም ኣይኮነን። እቲ ሽግር ኣብ ምቕባሉ እዩ። ተጻመድቲ ቀዲሞም ሕድሕዳዊ ጠባያቶም ኣተሓሳስባኦምን ብግልጺ ምልውዋጥ ሓጋዚ እዩ። ዘይንስኻ መሲልካ ምቕራብ ውዒሉ ሓዲሩ ከየገራጨወ ኣይተርፍን። ምኽባር፡ ሕድሕዳዊ ምትሕልላይን ውሕልነትን ኣብ ዘይብሉ ዝምድና ግን ምርድዳእ ከመይ ኢሉ ክሰፍን። ፍቕርን ምርድዳእን ኣብ ባዶ ህዋህው ኣይዕንብቡን'ዮም። ምኽባር ዘይብሉ ፍቕሪ ኣዝዩ ተነቃፊ እዩ። ንሰብኣይ ክብሪ ኣዝያ'ያ ተሓጉሶ። ክብሪ ሰብኣይ ምስ ክብሪ ቤተሰቡ ዝተኣሳሰረ ምዃኑ ምስትውዓል የድሊ። ሰብኣያ እተኽብር ሰበይቲ ንቤተሰብ በዓል ቤታ'ውን ተኽብር። ንዕኡ ፈልያ እንተኣኽበረት ውዒሉ ሓዲሩ ኣይቅርዕን'ዩ።

"ቅድሚ ሕጂ ከምዝገለጽኩልኪ፡ ከምዚ ሎሚ መውስቦ ኣብ ክብዲ ዓድን ጎደቦን ከይኮነ መጻምድቲ ወይ ሕጹያት ንመጀመርታ ግዜኦም ዝረኣኣዩ ኣብታ ናይ ዕለተ መርዓኦም ምሸት፡ ምስቲ ናይ ውራይ ዕግርግርን ናይ ጋዙዛ ጽልግልግ መብራህቲን'ዩ። ኣቀዲሞም እንታይ ይመስል፡ ከመይ መልክዓ ኣምር የብሎምን። ከፊኣ ኢልካ ምእባይ ኣይንበርን ነይሩ። ኮይኑ ግን ቃል ኪዳን ካብ ሎሚ ሸው ይጸንዕ።"

ሰናይት፡ "ከም ዕድልካ ነይሩ ማለት ድዩ?"
አቦይ ተኽለ፡ "መማጽኢ መርቅ ወይ ርገም'ዩ።"
ሰናይት፡ "ናብ ካልእ ሕቶ ክሓልፍ። ደቂ ተባዕትዮ ንደቂ አንስትዮ ኣብ ኢዶም ምስ ኣእተውወን ጠባዮም ይልውጡ'ዮም ዝበሃልከ ሓቅነት ኣለዎዶ?"
ኣቦኣ፡ "ጽብቕቲ ሕቶ። እዚ ኣበሃህላ'ዚ ንወለድኽን ዝምልከት ኣይኮነን። ከመይሲ ከምዚ ናታትኩም ቅድሚ መርዓ ምስ መጻምድቶም ኣይፋለጡን'ዮም። እንተኾነ ነቲ ዝሕሰብ መውስቦ ደቂቕ ቅድመ መጽናዕቲ ይከየደሉ'ዩ። መጀመርታ ናይ ቤተሰብ ወለዶ ይጻረ፡ ማለት ካብ ጽሩያት ዓጽሚ ምኻኖም። እዛ መምዘኒት'ዚኣ ንሰብ ከምሰብ ክብሪ ዘይትህብ እኳ እንተኾነት ይጽቀጠላ ነይሩ። ካልኣይ ናይ ስድራ ስነምግባር ይፍተሸ፡ ነግራማት ከይኮኑ ይሕተተሎም፡ ኣበር ከይህልዎም ይጻረ። ብሳልሳይ ደረጃ ናይ ኣደ ውሕልነት ይፍተሸ። ጓል ኣብ ሕጻኣ ንደርሆ ናብ ዓሰርተ ክልተ መሳርዓ ብግቡእ ክትመትር፡ ቡን ከተፍልሕ ትፍተን። እዚ ኩሉ ምእካብ ሓበሬታ ነተን ቀዲመ ዝበልኩኺ መሰረታውያን መምዘኒታት ዝተማልኣ ምኻነን ንምርግጋጽ'ዩ። እቲ ናይ ወለዲ ምጽራይ ክንዮ ውልቃዊ ሓበሬታ ምርካብ ናይ ሕብረተሰብ ስነምግባር ኣብ ምዕቃብ ዓቢ ጽልዋ ከምዝገብር ብሩህ እመስለኒ። ዘመን ኣምጽኦ መውስቦ ግን ኣብ ጎደናታት'ዩ ዝምስረት። ብርትዓዊ መለክዒታት ዘይኮነስ ብስምዒታዊ መምዘኒታት'ዩ ዝምመ። ወዲ ንመልክዕ ጓል ቀዳምነት ይሰርዕ። ምጭውቲ ምኻን ይማርኾ። ጓል ከኣ ንኣቀራርባ ማለት ምቅብጣር፡ ፍሽሕው ወይ ተዋዛዪ ምኻን ዓቢ ግምት ትህቦ። ማተርያላዊ ትሕዝቶ ከም ደረጃ ትምህርቲ፡ ስራሕ፡ ዝውንኖ ንብረት የገድሳ። እዚ ኹሉ ብወገን ወዲ ድሕሪ መርዓ

ክልወጥ ይኽእል። እቲ ወዲ ናብቲ ናይ ኣቦታቱ መለክዒታት ይምለስ። ቀዲሙ ክንዲ ዝፍትሸ ከም ውሁብ ገይሩ ይቐጽሮ። እቲ ምቅብጣር፡ ምድናቕ፡ ምዝንጋዕ፡ ምግባዝ ናብ ዕቱብ ኣካይዳ ይልወጥ፡ ግዳማዊ ጽባቐ እናሃሰሰ ይመጽእ። "መልክዕ ሓጺብካ ነይስተ" ከም ዝበሃል፡ መልክዕ ብቐዉም ነገር ወይ ልቦና ኣንጻር ይርኣ፡ ምእዙዝ ዝነበረ ሕጹይ ድሕሪ መርዓ መሪሕ ተራ ክጻወት፡ ክእዝዝን ክጠልብን ይጅምር። በሸበሸ ምባል ተሪፉ ብመደብ ምምራሕ ይመጽእ። ኩሉ'ዚ ኣወንታዊ እዩ። ነዚ እየን ጠባዩ ዝለወጠ ዝመስለን። እታ ምቅብጣር ስለተገድሰን ነቲ ናይ ባህሪ ለውጢ ከም ኣሉታዊ ይግምትኦ። ሽው ዘይመርድዳእ፡ ዘይመቕዳው ክስዕብ ይኽእል። መሰረታዊ ጠንቁ ከኣ ነቲ ካብ መጻምድትኻ ትጽበዮ ቕድመ መጽናዕቲ ዘይምክያድ ወይ ከም መረዳድኢ ኣርእስቲ ዘይምዝታዩ እመስለኒ።"

"መልክዕ ድኣ ይሃበኒ'ምበር ውሕልነትሲ ካብ ጎረበት ይልቀሖ' ዝብል ኣዘራርባኸ?"

"እቲ ኣባሃህላ ሓቅነት ክህልዎ ይኽእል'ዩ። ሰበይቲ ብሃም እንተዘይኮይና ውሕልነት ክትልቃሕ ዘይክኣል ኣይኮነን። በዚ ግዜኽን ናይ ኣሰራርሓ መግቢ ስልጠና ካብ ሰብ ሞያ ወይ ካብ መጻሕፍቲ ክርከብ ይከኣል'ዩ። ግዳ ኩለን ይረኽብኦዶ? ክሳብ ትልቃሕከ?" ውሕልነት ካብ ቤት እንተተወርሰ ይምረጽ። ውሓለ ሰበይቲ እንተደሊኻ ውሕልነት ኣደ ሕተት እንድዩ ዝበሃል። ካብ በሰሮን ወዛልን ኣደ ውሓለ ጓል ክትርከብ ዘሎ ዕድል ጸቢብ'ዩ።"

ሰናይት፡ "ደቂ ኣንስትዮኸ ካብ ሰብኡተን እንታይ ይደልያ ይመስለካ?" መሊሳ ሓተተት።

"ኣዴታትክን ይወኣየን ብዙሕ ጠለባት ኣይነበረንን። ሰብኣይ ሓሪሱ ምሒሱ እንተኣትዩ የዕግበን። ሰብኣይ ምቍሉል ክኸውን ይምረጽ፡ ትርር እንተበለ'ውን ኣይጽላእን። እቲ ሓልዮት ኣብ ቦትኡ ኣሎ። ደቂ ሎሚ ከኣ ምቅብጣርን ምስላምን ትፈትዋ። ኣዴታትክን ምቅብጣር ሰሚዐንኦ ኣይፈልጣን። ኣቦታትክን እንተፈትዮም ይውድሱ'ምበር ኣየቀባጥሩን'ዮም። ፍቕሪ ኣይነበሮምን ክበሃል ግን ኣይክኣልን። እቲ ፍቕሪ ብሓልዮትን ብምክብባርን ይግለጽ። ብኣፍ ዝወጽእ ኣይኮነን። ኣነን ኣዴኽን

ዘይትርእዩ። "ኣብ እዋንክን ካበየናይ ባጀት ከምዝኸፈሎ ብዘየገድስ ካብ'ቲ ብባጀት ዝምራሕን፡ ብመደብ ዝጎዓዝን፡ ነቲ ዝስልም፡ ገጸበረከት ዝህብ ዝያዳ ዝፍተወሉ ውሑድ ኣይኮነን።"

"ሰበይቲኸ ክብሪ ኣይግብኣን ድዩ?"

"ከመይ ዘይግብኣ፡ ይግብኣ'ምበር። ምክብባር፡ ሓልዮት፡ ምርድዳእ ሕድሕዳዊ እዩ። ፍቕሪ እንካን ሃባን ይፈቱ። ሕድሕዳዊ ምክብባር፡ ሓልዮት፡ ምርድዳእ ዘይብሉ ዝምድና ንፍቕሪ ባይታ ኣየንጽፍን'ዩ፡ ናይ በለጽ ወይ ናይ ኩራ ወይ ከኣ ናይ ግዴታ ዝምድና'ዩ ክኸውን ዝክእል። ኮይኑ ግን ክብሪ ንሰብኣይ ከምታ ምቅብጣር ንዓኽን ዝያዳ ይደልያ። ክብሪ ምስ ምእዙዝነትን ነብሰ ትሑትነትን ከየደናግረኪ። በሊ'ስከ፡ መሲልካ እንታይ ኣምጺእካ እንድዩ፡ ስለምንታይ ሓቲትኪ? ኣብ መንጎኹም እንታይ ዝተፈጥረ ነገር ኣሎ ድዩ?"

"ዋላ ሓንቲ፡ ክፈልጥ ስለዝደለኹ'የ። ከይፈለጥኩ ከየጕድል ኢለ'የ። ጽቡቕ ንቕሓት ከኣ ቀሲመ።"

"እወ፡ ንስኻትኩም ኣብነት ክትኮኑ ኣለኩም። ክልቴኹም ምሁራት፡ ፈቲኹም ረዲኹም ዝኣተኹሙዎ ሓዳር፡ ከምዞም ደቂ ግዜ ሎሚ ተመርዕዮም ንጽበሓይቱ ዝፋትሑ ወይ ልቢ ተረሓሒቑ ክሎ ብሓደ ዝነብሩ ከይትኾኑ። ሰብ ኮይኑ ዘይገራጮ የለን። እምኒ'ኳ ይጋጮ ይበሃል። ኣብ መንጎ ሰብ ሓዳር ሓሓሊፉ ዘይምርድዳእ ከጋጥም ባህርያዊ ተርእዮ እዩ። እቲ ብልሒ ንግርጭት ብኸመይ ትፈትሖ'ዩ። ሕድሕዳዊ ልዝብ መተካእታ ዘይብሉ ሜላ'ዩ፤ ሕብእብእ ዘይብሉ ሓሳብካ ግዜ ከይበልዐ ብኣጋኡ ምግላጽ። ምናልባት ጌጋ ኣጋጢሙ እንተኾይኑ እቲ በዳሊ ይቕረ በለለይ ክብል እቲ ተበዳሊ ከኣ ሕድገት ክገብር ሰናይ እዩ። ምልዛብ ዘይምርድዳእ ንምውጋድ ጠቓሚ መሳርሒ'ዩ። ስለዚ ካብ ምልዛብ ኣይተብኩሩ።"

"ኣይትጠራጠር ባባ፡ ቆልዑዶ ገርካና" ኢሉ "በሉ መስዩ ክኸይድ" በለት።

"ሕራይ ኪዱ፡ በዓልቲ ሓዳር ብእዋኑ ገዝኣ እንተኣተወት'ዩ ግርም። ሰብኣያ ቀዲሙዋ እንተኣተወ ኣይዲንቅን። ሰብኣይ ሰበይቱ ኣብ ገዛ እንተዘይጸንሐቶ ጽልምት'ዩ ዝብሎ" ምስ በልዋ።

"ሕራይ ባባ፡ ምኽርኻ መምርሕየይ ምዃኑ ከምትፈልጥ እኣምን'የ። በሉ ድሓን ሕደሩ።"

"ድሓን ሕደሪ'ዛ ጓለይ። ሕራይ ዝብለኪ ውላድ፡ ቅሱን ናብራ ይሃብኪ።

"ኣሜን" ኢላ ተፋነወቶም።

ንሰናይት ጥንሲ ካብ ትምህርቲ ከይዓንቀፋ ድማ ንፍቕሮም ዝያዳ ዘምውቕ ቦኹሪ ወደም ክሓቑፉ ነዊሕ ኣይጸንሑን። ዮናስ ገዛእ ምስሉ ኣብ ወዱ ክርኢ ኣዝዩ ይህንጠ ነይሩ። ሰናይት ብጽሕቲ ነብሰ ጾር ኣብ ዝነበረትሉ እዋን ከም

ኣመሉ ኣብ ናይ ውድብ ንጥፈታት ከካይድ ንገዛ ኣምስዩ ኣተወ። ሰናይት ሕማም ሕርሲ ተታሒዛ ንሆስፒታል ምኻዳ ምስ ተነግሮ ምስ ሰዓት እቶእቶ እናተቐዳደመ ኣብ ክፍሊ መወለዳን ደበኽ በለ። ሰናይት ድሮ ተገላጊላ ናብ መደቀሲ እናወሰድኣ ኣርከባ። እተን ኣለይቲ ሓራሳት ኣብ ዓራታ ምስ ኣደቀስኣ ኣብ ገጻን ከንፈራን ስዒሙ "ድሓን ዲኺ ሰኑ" በለ። ሰናይት ሓሪቓ እኳ እንተነበረት እተን ጓኖት ከይክዕብኣ ብትሑት ድምጺ "ድሓን'የ" መለሰት። እታ ትኣልያ ዝነበረት ነርስ "ኣብ ወጻኢ ሃገር፡ ኣንስቲ ክሓርሳ ከለዋ ሰብኡተን ኣብ መሕረሲ ክፍሊ ኣትዮም ንሰቓየን ይዕዘብዎ" በለቶም። ሰናይት ትቕብል ኣቢላ "ኣባና ሰብኡትና ክኣትዉ እንተዝፍቀድ'ውን ፍቓደኛታት ዝኾኑ ኣይመስለንን" መለሰት። እቲ ዝርርበን ንዮናስ ኣይጠዓሞን።

እተን ኣለይቲ ሕሙማት ካብቲ ክፍሊ ምስ ወጻ ጽውግ ኢላ "ኣበይ ኣምሲኻ?" ትብል ዘይትተርፍ ሕቶ ኣቕረበት።

ዮናስ ዘመኽንዮ ጠፊኡዎ፡ ርእሱ እናሓኸኸ፡ ግብረ መልሳ ከየመዛዘነ "ብልያርዶ ክንጻወት ግዜ ከይተረድኣኒ ዕዝር ኢሉ። ኣብ መንጎ ጸወታ ድሃይ ክገብር ምስ ደወልኩ፡ ንሆስፒታል ምኻድኪ ተነጊረ ህፍ እናበልኩ መጺአ።"

ሰናይት፡ "ሰዓት እቶእቶ ኣኺሉካዶ?"

ዮናስ ዝምልሶ ጠፊኡዎ ከምዝተሸገረ ተረዲኣ "ወድኻ ድኣ ኣይትሪኦን ዲኻ?" ኢላ ኣርእስቲ ቀየረት።

ዮናስ እቲ ኣርእስቲ ምቕያሩ እናተሓጎሰ ወዱ ርእዩ "ንዓይ ይመስል" በለ።

ሰናይት፡ ቅጭ ዝመጸ ትመስል "ንመን ድኣ ክመስል ተጸቢኻ?" ድሕሪ ምባል ሓልዮታ ደሪኹዋ "ተደሪርካዶኸ?" ሓተተት።

"ምብላዕ ከኣ ተራእዩኒ" መለሰ።
ሕጂ ንገዛ ክትከይድ ኣይትኽእልን ኢኻ። ዝበልዕ መሲሉዋ ሕምባሻን ጸባን ተማሊኣትለይ፣ ኣብቲ ባልጃ ኣሎካ ቅመስ። ካልእ ዝብላዕ ክንደየናይ ከይህሉ" በለቶ።
ብድሕሪ'ዚ ብምርድዳእ ከዕልሉ ኣምስዮም ሰናይት ድቃስ ወሰዳ። ዮናስ ውን ኣብቲ ሶፋ ግንብስ በለ። ኣብ መንጎ እናተበራበረ ብድድ ኢሉ ንወዱን ንሰናይትን ብተመስጦ ደጋጊሙ ክጥምቶም ሓደረ።

፩ ምዕራፍ ሰለስተ ፪

ሰናይት ትምህርታ ወዲኣ ርቡሕ ዝኽፍል ስራሕ ስለዝረኸበት ንሓዳሮም ተደራቢ ድርዒ ኮኖ። ናይ ገዛ ኣቑሑቶም ብሓድሽ ተክእዎ፣ ካብቲ ዝነበርዎ ገዛ ናብ ቪላ ቀየሩ። ተረፍ ወጻኢታቶም ገንዘብ ኣብ ባንክ ምውህላል ጀመሩ። ብዘይካ እታ ናይ ዮናስ ዘይምኽንያቱ ተደጋጋሚት ምብኳር ካልእ ንናብርኦም ዝኹርኩሕ ጸገም ኣይነበሮምን። ይኹን'ምበር ምዉቕ ሓዳር፣ ጥጡሕ ናብራን ምቁር ፍቕርን ቀጻልነት ክህልዎ ርጉእ ሃዋሁ የድልዮ'ዩ። እቲ ውሁብ ኩነታት ኤርትራ ግን ቅሳነት ኣይህብን ነበረ። ታሪኽ ኤርትራ ናይ ዝተፈላለዩ ገዛእቲ ታሪኽ'ዩ፤ ቱርኪ፣ ግብጺ፣ ጥልያን፣ እንግልዝ፣ ኣብ መወዳእታ ከኣ ኢትዮጵያ። ብፍላይ መግዛእቲ ኢትዮጵያ እቲ ዝመረረን ኣዝዩ ደማዊ ኩናት ዝተኻየደሉን ስርዓት'ዩ ነይሩ። እቲ ኣብ ልዕሊ ኤርትራውያን ፈታውን ጸላኢን ነጺሩ ዘይፈሊ ግፍዓዊ ኣተሓሕዛ፣ ነቲ ጸረ መግዛእታዊ ቃልሲ ኣብ ምድንፋዕ ሓጋዚ ተራ ተጻዊቱ'ዩ። ብፍላይ ኣብ ግዜ ደርጊ ኤርትራዊ ሃገራዊነት ኣብ ላዕላይ ጥርዙ ደይቡ። ህዝቢ ኤርትራ ኣብ ርእሲ'ቲ ብረታዊ ቃልሲ፣ ኣብ ውሽጥን ኣብ ወጻኢን ተወዲቡን ተጠርኒፉን ክይተሓለለ መኪቱ። ኣብ'ቲ ቃልሲ ዘይተሳተፈት ብሄር፤ ብህይወት፣ ብጉልበት ወይ ደገፍ ዘየበርከተት ቤተሰብ ዳርጋ ትኽሰስ ክበሃል ይከኣል። ዝተፈላለየ ደረጃ ትምህርቲ፣ ማሕበራዊ ቀጻላ፣ ዕድመ፣

ጾታን ኩነታት መነባብሮ ዝሓቑፊ ህዝባዊ ሓርነታዊ ቃልሲ ኣካይዱ። መንእሰይ ናብ ቃልሲ ውሒዙ።

ዮናስ ከኣ ከም መዛንኡ ደረጃ መነባብሮኡ ከየስድዖ፥ ሃገራዊ ግቡኡ ከውፊ ኣብ ናይ ምስጢራዊ ሓፋሽ ውድብ ተጠርኒፉ ውፉይ ግደ ተጻዊቱ። ማዕረ ማዕሪኡ ድማ ናይ ህይወት ጠለባት ማለት ትምህርቲ፥ ስራሕ፥ ፍቕሪ፥ ሓዳርን ምውላድን የማልእ። ኣብ ሓርነታዊ ቃልሲ ምስታፍ ከስዕቦ ዝኽእል ጸገማት ከም ማእሰርቲ፥ መስዋእቲ፥ ናይ ቤተሰብ ምኽልባት ወዘተ ልሙድ ተርእዮ ስለዝነበረ ከም ብጾቱ ተቐቢልዎ'ዩ። ርሱን ሃገራዊነት ስለዝሓደሮ ብሰንኪ ኣብ ቃልሲ ምስታፉ ዝስዕብ መሰናኽላት ኣይዓጀቦን።

ዮናስ ብሓደ ሸነኽ ሃገራዊ ተራኡ ብተወፋይነት እናሰላሰለ፥ በቲ ካልእ ወገን ከኣ ጥጡሕ ናብራን ምቁር ፍቕርን እናስተማቐረ ከሎ ንዕኡ ዝኾልፍ ኩነት ተፈጥረ።

ኣባላት ሓፋሽ ውድባት ምስ ዝነበሩ ኣካየድቲ ስራሓት ብምትሕብባር ናይ ክልተ ትካላት ናይ ባንክ ገንዘብን ክዙን ንብረትን ንምዝራፍ መደብ ወጺኡ ዮናስ ምስ ሓሙሻይ ርእሱ ኣብቲ ስርሒት ክሳተፉ ተሓጽዩ። ኣብ እዋን ኣጋምሸት ድሮ'ቲ ስርሒት ዝፍጸመሉ መዓልቲ ዮናስ ምስ ዝምልከቶም መራሕቲ ጉጅለታት ህጹጽ ርክብ፥ ካብኡ ቀጺሉ ከኣ ናይቲ ስርሒት መብርሂ ክቕበል ኣምስዩ ንገዛ ምስ እዋን እቶእቶ ተቐዳዲሙ'ዩ በጺሑ።

ካብ ገዝኡ ንቆጸራታት ክወጽእ ከሎ ወዱ ተጸሊኡዎ'ዩ ገዲፉዎ። ንገዛ ውን እናተሻቐለ'ዩ ኣትዩ። ኣብ ገዛ ኣይጸንሑዎን። ወዱን ሰናይትን ናብ ሆስፒታል ከምዝኸዱ

ሰርሕተኛ ሓበረቶ። ንሆስፒታል ከይከይድ ሰዓት እቶእቶ ኣኺሉ ነይሩ። ተቐላጢፉ ንሆስፒታል ደወለ። ሰናይት ናብ ስልኪ ቀሪባ ኩነታት ቆልዓ ኣብ ክንዲ ምግላጽ ገንጩር ኢላ "ቆልዓ ተጸሊኡዎ ገዲፍካ ኣበይ ኣምሲኻ?"
ዮናስ "በጃኺ ስራሕ ነይሩኒ። ከመይ ኣሎ?"
ሰናይት "ካብ ሕማም ወድኻ ቅድሚት ትሰርዖ እንታይ ጉዳይ ክህልወካ ይኽእል? ዮናስ፤ ኣይበዝሐዶ?" ኣማረረት።
ዮናስ ዘደዓዕስ መልሲ ክህባ ጸገሞ። ኣብ መንጎ ምስጢራዊ ግዴታን ሓልዮት ስድራን ተቐርቂሩ "ብዛዕብኡ ዳሕራይ ነዕልለሉ፤ ሕጂ ኩነታት ቆልዓ ግለጽለይ ወይ ምስ ሓኪም ኣራኽብኒ በጃኺ" ለመና።
ሰናይት ዝያዳ ከተሻቕሉ ኢላ "በል ሓኪም ይጽውዓኒ ኣሎ፣ ቻው" ኢላ ስልኪ ዓጸወታ። ክትጠዓስ ግን ግዜ ኣይወሰደላን። ዮናስ ሃለዋት ወዱ ክፈልጥ ንሆስፒታል ክመጽእ እዋን እቶ-እቶ ከምዘይፈርሀ ተረድኣ። ንሓኪም ኣፍቂዳ ንገዛ ደወለት። ዮናስ ንሆስፒታል እናተበገሰ ስልኪ ጭር፣ጭር ትብል። ዮናስ ግን ንምልዓላ ፈርሀ። መርድእ ኮይና ተሰምዓቶ።
ዮናስ ልዓት ስልኪ ምስ ኣልዓለ ድምጺ ሰናይት ሰምዑ "ሃለው ሰናይት" ምስ በለ።
ሰናይት 'በል ሻቕሎት ይኣኽለካ። ድሓን'ዩ። ሰዓት ኣኺሉ'ምበር ክወጽእ ምኽኣለ ነይሩ። ጽባሕ ንግሆ ክንመጽእ ኢና" ኢላ ካልእ ከየዕለለት ዓጸወቶ። ዮናስ ውን ቀልጢፉ ምቍራጻ ኣይጸልኦን።
ዮናስ ናብ ዓራት ደይቡ ሕሉፍ ሂወቱ ምስ መጻኢ እናዛመደ ከሰላስል ጀመረ። ናይ ወዱ ኩነታትን እቲ ንጽባሕ ተመዲቡ ዘሎ ስርሒትን እናተመላለሱ ንሓሳባቱ ይዘርግሉ። መቐረት

ናይ ሕሉፍ ሂወቱ በታ ናይ ትማሊ ለይቲ ዝነበረት ህሞት ኣስተንተና። ኣብታ ዕለት'ቲኣ ምስ ወጾም ኣብ ደገ ተደሪሮም ኣብ ከተማ ዘወር ክብሉ ኣምስዮም። ገዛ ተመሊሶም ኣዘናጋዒ ሙዚቃ ወሊዖም፥ ነቢት ቀዲሖም ተዛንዩ። ናብ ዓራት ግንቡው ምስ በሉ ንሰናይት ዘይትርሳዕ ጾታዊ ዕግበት ኣስነቓ። ሎሚ ምሸት ውን ክደግማ ሓሲቡ ነይሩ። ከይተፈለጦ ብዓውታ "ክላ: ነዚ ናብራ'ዚ ገዲፍካስ... ዕላማስ ክንደይ ይጸንዕ?" በለ። ልዋም ድቃስ ኣብዩዎ ክገላበጥ ሓደረ።

ሰናይት ብወገና ናይ ወዳ ኩነታት ዘሻቕል ስለዘይኮነ፥ እቲ ሓዲሽ ሃዋሁ ግን ንቅሱን ድቃስ ዝዕድም ስለዘይነበረ ሕሉፍ ሂወታ ክትድህስሶ ጀመረት። "ኩሉ ምቁር፥ ብዘይካ'ዛ ናይ ዮናስ ዘይምኽንይቲ ናይ ምሕባእ ደበንገረ" በለት። ዘይተቐሰን ኩርዒሕ ዘይትሕቆፍ እሾኽ ኮነታ። ጠንቂ ናይ ዘይምቅዳው ከይትኾናም ሰግአት። "ጽባሕ ምሸት ሓቃ ክትንጸር ኣለዋ። ኮፍ ኣቢለ ከውከሶ ኣሎኒ" ኢላ ከኣ ደምደመት።

ዮናስ ኩነት ወዱ ከረጋግጽ ብጊሓቱ ንሆስፒታል መጸ። ምሕሳዉ ዕረ እናጠዓሞ ናይ ትማሊ ብኩራት ኣቦ መሳርሕቱ ዓሪፎም ሬሳ ክብጽሕ ንዓዲ ከምዝኸደ ኣመኽነየ። ሕጂ ውን ሓመድ ከልብስ ከምዝኸይድ ሓበራ። ምሸት ኣብቲ እንዳሓዘን ከምዘምሲ ምናልባት ኣብኡ እንተሓደረ ከይትሻቐል ኣመተላ። ብልምዲ ናይ ሓሶት ምኽንያት እንተደሊኻ ሰብ ኢኻ ትቐትል።

ሰናይት ምሕዳሩ ምኹኑይ ኮይኑ ኣይተሰምዓን። ንብኩራት ዮናስ ብዓይኒ ምጥርጣር ክትሪኦ ጀመረት። 'ምእማን

ጽቡቕ፡ ምጥርጣር ከአ ዝበለጸ' ዝብል ዘረባ ተሰወጣ። ንመሳርሕቱ ሓቲታ ኣቡኡ ዝመቶ ሰራሕተኛ ከምዘይነበረ ኣረጋገጸት። ንኣጋ ምሸቱ ዮናስ የዘውትሮ ዝበሃል ቦታታት ኮሊላ ኣሰር ዮናስ ሰኣነት። "ሰበይቲ እንተሒዙ ኣብ ቅሉዕ ቦታ ክርአ ኣይክእልን'ዩ" ኢላ ንገዝኣ ኣምርሐት። "ናተይ ጌጋ'ዩ። ካብ መጀመርያኡ ከነጽረለይ ክሓቶ ነይሩኒ። ካብ ምድንጓይ ናብ ምሕዳር ክሳብ ዝሰጋገር ክጽበ ኣይነበረንን" በለት። ብዘይ ውዓል ሕደር ንዮናስ ብዕቱብ ኣዘራሪባ ጭቡጥ መልሲ ክትረክብ ወሲና ንዮናስ ንገዛ ዝመጸሉ ግዜ ተጸበየት።

ዮናስ ከይመጸ ሓደረ። ሰናይት "እንታይ'የ ክሰምዕ። ሓዳርና ሱግሚ ከይከደ ንፋስ ክኣትዎ" ክትሓስብ ሓሞታ ፍስስ ይብላ፤ ፍርሂ ውን ይስምዓ። "ከመይ ኢና ክንከውን?" ንነብሳ ትሓታ። ዘዕግብ መልሲ ግን ኣይትረክብን። ሻቕሎታ ከተፋኹስ፡ ንሰብ ሽግራ ከተካፍል ከም ቅኑዕ ምርጫ ኣይወሰደቶን። መጻኢ ሂወታ ምስ ወይ ብዘይ ዮናስ፡ ብመንጽር ሕሉፍ ሂወታ ክትሪኦ ጽልግልግ ዝበለ ኮና። ነቲ ሓሳብ ወጊና ክትድቅስ ትፍትን'ሞ፡ ተመላሊሱ ቅጅል ይብላ። "ዮናስ፡ ተጋግየ ኣይትሓዝለይ እንተበለኒ፡ ደፊረ ድሕሪ ሕጂ ገጽካ ክርኢ ኣይደልን'የ ክብሎ ትብዓት ክህልወኒ ድዩ? ወይሲ ሕድገት ገይረ ክርዕሞ ሕልናይ ክቕበሎ'ዩ?" እናበለት ሓሳባት ተገባድሕ። ወዘተ ክትብል ሰም ከየበለት መሬት ወግሐ።

ኣብ'ቲ እዋን'ቲ ኣብ ከተማታት ኤርትራ ሓፋሽ ውድባት ዝተሳተፍሉም ብዙሓት ተኣምራታዊ ስርሒታት ይፍጸሙ ነይሮም። ዕሉላት ሰበስልጣን ምቕንጻል፡ ናይ ራዕዲ

ስርሒታት፣ ናይ ጸላኢ ትካላት ምዕናው ወይ ምዝራፍ ወዘተ። ገለ ስርሒታት ኣብ ፊልም ክውስኡ እምበር ብተግባር ኣብ ባይታ ክፍጸሙ ኣዝዮም ኣጸገምቲ እዮም። ኣብ ኤርትራ ግን ተተግቢሮም'ዮም። ኣብ ናይ ሎሚ ስርሒት ድማ ዮናስ ካብ ሓላፊ ናይ መጕዓዝያ ኮርፖረሽን ዝተረከበን ናይ ሓሙሽተ ብጾቱ ኣስማት ዝተጻሕፈን መኸፈሊ ቸክ ኣብቲ ዕማም ንዝሳተፉ ብጾቱ ዓደሎም። ሓደ ናይ ባንክ ሰራሕተኛ ኣባሎም ነትን ቸክ እናተቐበለ ብዘይ ሕቶ ገንዘብ ከምዘረክቦም ከኣ ሓበሮም። ነቲ ዘውጽእዎ ገንዘብ ናበይ ከምዘረክብዎ ነገሮም። ካልኣይ ስርሒት ከኣ ካብ መድሃኒት ኮርፖረሽን መድሓኒት ምዝራፍ ነበረ። ነቶም ኣብኡ ዝሳተፉ ብጾት ውን ከምኡ መምርሒ ተዋህቦም። እቲ ድርብ ስርሒት ኣብ ዕለተ ቐዳም ካብ ሰዓት ዓሰርተ ሓደ ክሳብ ፋዱስ ብዓወት ተፈጺሙ። ንብረትን እቶም ተሳተፍትን እንኮላይ ኣካየድቲ ስራሓት ኣብ ውሑስ ቦታ ድሕሪ ምምሳይ ንለይቱ ብሰላም ንሜዳ ወጹ። በቲ ስርሒት ህዝቢ ጸባ ሰትዩ፣ ጸላኢ ከኣ ሕፍረት ተሰኪሙ። በዚ ከኣ ዮናስ ስድራኡን ሓዳሩን ጠንጢኑ ኣብ ክንዲ ብጥራሕ ኢዱ ብብረት ምስ ጸላኢ ክጠማጠም ሓዲሽ ምዕራፍ ከፈተ።

ከም'ቲ ልሙድ ኣሰራርሓ ደርጊ ንመቕርብ ወይ ንፈታዊ ኣሲርካ ሓበሬታ ምንዳይ ስለዝነበረ ንሰናይት ንመርመራ ናብ ማርያም ግቢ ወሰድዋ።

እቲ ዝተመደበላ መርማሪ ናብ ቤት ጽሕፈት ኣእትዩ ሃደዳ። "ናይ ወንበዴ ተሓባባሪት ምዃንኪ ተሓቢርና ኣሎና። እቲ ሓቂ ብዘይ ጸቕጢ ዘርዚርኪ እንተተጋሊጽኪ ምሕረት ተገይሩልኪ ኣብ ዝሓጸረ እዋን ንገዛኺ ክትፋነዊ ኢኺ። ነቲ

ሓቂ ክትሓብኢ እንተፈቲንኪ ግን ናይ ምሕረት ዕድል ክምልጠኪ ጥራይ ዘይኮነ ከቢድ ሳዕቤን ክም ዘስዕበልኪ ፍለጢ" ኢሉ ቃል እምነታ ክትናዘዝ ፈቐደላ።
ሰናይት፡ "ብዛዕባ እንታይ ክገልጸልካ ትሓተኒ ከምዘሎኻ ኣይተንጸረለይን። ኣነ ብዛዕባ ወንበዴ ዝፈልጦ የብለይን" መለሰት።
መርማሪ፡ "ዮናስ በዓል ቤትኪ ድዩ?" ሓተታ።
ሰናይት፡ "እወ"
መርማሪ፡ "እሞ እንታይ ድኣ ደሊኺ? ንሱ ተሓባባሪ ወንበዴ ምንባሩ ኣይትፈልጥን?"
ሰናይት፡ "ኣይፈልጥን"
መርማሪ፡ "ንሱ ባዕሉ ተኣሚኑ ኣሎ። ንሱ እናኣመነ ንስኺ ክትክሕዲ?"
ሰናይት፡ "ናቱ ንዕኡ ይምልከት፤ ኣነ ግን ብዛዕባ ወንበዴ ዝፈልጦ የብለይን። ተሓባባሪት እያ ዝብል እንተሎ ከኣ ኣራኽበኒ።" ዮናስ ክውንጅላ ከምዘይክእል ርግጸኛ እያ። ተታሒዙ ከይከውን ግን ተማትአት።
መርማሪ፡ " ብፍቓድኪ ክትናስሒ ፍቓደኛ ካብ ዘይኮንኪ ነብስኺ ተሕስሚ። ሕሰብሉ፡ ዳሕራይ ከየጣዕሰኪ" ኢሉ ናብ መዳጎኒ ክፍሊ መርሐ።
ናብቲ መዳጎኒ እናወሰዳ ብዙሓት እሱራት ሓንከስከስ እናበሉ ናብ ክፍሎም ክዳጎኑ ርእያ "ምስ ቁስሎም ዝተማረኹ ተጋደልቲ ድዮም? ግን ከኣ ተጋደልቲ ኣይመስሉን፡ ደቂ ከተማ እዮም" ሓሰበት። ኣብቲ ክፍሊ ምስ ኣተወት ካብተን ኣብኡ ዝጸንሓ እሱራት ትፈልጠን እንተረኽበት ብዓይና ሃሰው በለት። ትፈልጣ ሰብ ክትረክብ ግን ኣይከኣለትን። ሓንቲ ካብተን እሱራት "ንዒ በዚ" ኢላ ኣብ ጎድና ኮፍ ኣበለታ። ከብዲ እግራ ብቑስሊ ጨፈቕፈቕ

ኢሉ እናተቐንዘወት "ሐዳስ እበሃል" ኢላ ድሕሪ ምልላይ "እንታይ እዩ መምጺኢኺ?" በለታ።
ሰናይት፡ ትሓብኦ ዘሰክፍ ነገር ስለዘይነበራ "እንታይ ፈሊጠ። እቲ መርማሪ ንዓይን ንሰብኣየይን ናይ ወንበዴ ተሓባባርቲ ኢኹም ኢሉኒ። ኣነ ዝፈልጦ ጉዳይ ኣይኮነን። ኣብ ክንዲ በዓል ቤተይ ግና ክምሕል ኣይክእልን" በለታ።
ሓዳስ፡ " በዓል እንዳኺኸ ተታሒዙ ድዩ?" ሓተተታ።
"ኣይፈለጥኩን። ሃለዋቱ ካብ ዘጥፍእ ሳልስቱ። ንሱ ተኣሚኑ እዩ ኢሉኒ።"
ሓዳስ፡ "ኣይትእመንዮ፡ ከታልለኪ ኢሉ እዩ። ከምዚ ዝበልክኒ እንተኾይኑ ንዓኺ ዘይኮነ ንበዓል ቤትኪ እዩም ደልዮም። ንሱ ምናልባት ውዱብ ነይሩ ይኸውን። ስለዘይረኸብዎ ካባኺ ሓበሬታ ደልዮም'ዮም። ንስኺ ቃልኪ ሓንቲ ትኹን" ክትብል መጽንዒ ሓሳብ ሃበታ።
ሰናይት፡ "ውዱብ ማለትኪ ኣይተረድኣንን?"
ሓዳስ፡"ውዱብ ማለት ኣብ ከተማ ኮይኑ ዝጋደል ማለት'ዩ። ከምዚ ዝመስለኒ ንስኺ ንጽህቲ ኢኺ። ተታሊልኪ ኣብ ዘይትፈልጥዮ ኣቲኺ ዘርባዕባዕ እንተዘይልኪ ሓንቲ ገበን የብልክን። መኺራትኒ ኢልኪ ኣብ ሽግር ከይተእትውኒ ግን ሓደራ።"
ሰናይት፡ "ኣይትሰክፊ፡ ክንዲ ዝሓገዝክኒስ ኣብ ሽግር ከእትወኪ? ብኣይ ቅሰኒ። ኣዝየ እየ ድማ ዘመስግነኪ" ድሕሪ ምባል "እቲ መርማሪ ከምጽኣኒ ከሎ ብዙሓት እሱራት ምኻድ ስኢኖም ሓንከስከስ እናበሉን እናተቐንዘዉን ርእየ። እንታይ ዝኾኑ እዮም?"
ሓዳስ፡ "እንተብጠርጠራ እንተስ ብጭቡጥ ሓበሬታ ዝተኣስሩ ኮይኖም ዝያዳ ሓበሬታ ንምርካብ ዝተቐጥቀጡ እዮም። ከምዚ ትርእዮ ዘሎኺ እግረይ ብመግረፍቲ

ቆሲሎም ምኻድ ዘሰኣኑ'ዮም። ገሊኦም ውዱባት ወይ ተሓባበርቲ ክኾኑ ይኽእሉ፡ ገሊኦም ግን ንጹሃት እዮም። ኣብዚ በብዓይነቱ መለፋለፊ ግፍዒ እዩ ዝካየድ። እቲ መግረፊ ቦታ ጥቓና ስለ ዝኾነ ኣውያቶም ክትሰምዕዮ ኢኺ።" ክትብል ሓበረታ። ከምቲ ዝበለታ ከኣ ኣውያት ክትሰምዕ ግዜ ኣይወሰደላን።

ሰናይት፡ "ክሳብ ክንድዚ ዘሳቒ መግረፍቲ ከመይ ዝበለ እዩ?" ሓተተት።

ሓዳስ፡ "እቲ መለፋለፊ ኢሎም ዝጥቀሙሉ ብልሓት ዝተፈላለየ እዩ።

ቀዳማይ፡ ክብዲ እግሪ ምግራፍ፡ ነቲ እሱር ኣኾርሚዮም ኣእዳዉን ኣእጋሩን ጠሚሮም ምስ ኣሰሩ ኣብ በሪኽ የንጠልጥሉዎ። ኣብ ኣፉ ረሳሕ ጥቕሉል ጨርቂ ይውትፍሉ። ብድሕሪ'ዚ ብቐጢን ናይ ጎማ ሓለንጊ ደም እናንጠረ ክሳብ ዘሸግሮም ክብዲ እግሩ ይገርፉዎ። ክለፋለፍ እንተደልዩ ሓባሪት ኣጻብዕቱ ጢል ክብል ይንገሮ። ድሕሪ መግረፍቲ ጆያ ኣብ ዘለዎ ቦታ ጥርጥር ክብል ይእዘዝ፡ ደው እንተይሉ በቲ ኩርማጅ ይግረፍ። ክሳብ ዝኣምን ወይ ክሳብ ዝርብርቡ መዓልታዊ ይደጋግሙዎ። እታ ናይ መጀመርያ መዓልቲ ስንኻ ነኺስካ ክትጽወር ትኽኣል'ያ ። ካልኣይቲ መዓልቲ ውን ሓዲሽ ቁስሊ ስለዝኾነ ካብተን ድሕሪኣ ብተዛማዲ ትሓይሽ። ካብ ሳልሰይቲ መዓልቲ ንደሓር ዘሎ ግን ክትጻወሮ ኣዝዩ ከቢድ'ዩ። እንተቆሪጽካ ግን ዘይጽወር የለን። ካብ ሳዕቤናት ምእማን፡ ጸኒዕካ ምጽዋር ስለዝሓይሽ ምጽማም ይምረጽ። እንተኣሚንካሎም ንዝገደደ መርመራ ኢኻ ትዕድም ጥራይ ዘይኮነ ገበንካ ስለዘኽበድካ ንኽቢድ ውሳኔ ኢኻ ትቃላዕ። ናይ ምድሓን ዕድል ኣብ ምኽሓድ ይሓይሽ። ኣብ ርእሲ'ቲ መግረፍቲ ነቲ ቁስሊ ግቡእ

ሕክምና ስለዘይትረኽበሉ እቲ ስቓይ ንኣዋርሕ'ዩ ዝቕጽል። ኣካልካ ክትሕጸብ ጋዶ፥ እቲ ሸቓቕ ኮፍ መበሊ ስለዘይነበሮ ደገ ክትወጽእ ጋዶ። በቲ ሓደ ወገን እቲ ግፍዒ መታን ከይቃለዕ፥ ብኻልእ ወገን ድማ ከይተምልጦም ወይ ምስ ሰብ ተራኺብካ ምስጢር ከይተመሓላልፍ ብምስጋእ ነቲ ጥርጡር ናብ ሆስፒታል ወስዶም ግቡእ ሕክምና ከምዝረክብ ኣይገብርሉን። በቲ ኣብ ውሸጢ እቲ ግቢ ዘሎ ናይ ቀዳማይ ረዲኤት ክሊኒክ ክሕውይዎ ነዊሕ ግዜ ይወስድ።

ካልኣይ፥ ኣብ ረሳሕ ማይ ምጥላቕ፥ እቲ ዝምርመር ሰብ ኢዱ ንድሕሪት ተኣሲሩ ቁልቁል ኣፉ ናብ ረሳሕ ማይ ዝመልአ ፊስቶ የጥልቑዎ። ፈንጠጠር ምስ በለ ንሓጺር ግዜ ኣውጺኦም ተለፉለፍ ይብልዎ። እንተዘይኣመነ እናደጋገሙ የጥልቕዎ። እዚ ኣገባብ ኣመራምራ'ዚ ዓቕሊ ስለዘጽብብ እምበር ስቓይ ስለዘይብሉ እቲ ዝቐለለ ግፍዒ ክበሃል ይከኣል።
ሳልሳይ፥ ምንጥልጣል፥ ነቲ ዝምርመር ሰብ ኣብ መንበር ጠጠው ኣቢሎም ካብ ናሕሲ ብዝተጠንጠለ ገመድ ኣብ ክልተ መንኩቡ ይኣስሩዎ። ድሕር ነታ መንበር ብምልጋስ ጠልጠል የብልዎ። ክዛረብ እንተደልዩ ምልክት ይሀቦም'ሞ ንግዜኡ ኣብታ መንበር የርግጽዎ። እንተዘይኣመነ እታ መስርሕ ትድገም። ብጣዕሚ ዓቕሊ ተጽብብ ኣብ ርእሲ ምኻና ስለዝደጋግሙዎ ቀጻሊ ናይ መንኩብ ስቓይ ተስዕብ'ያ።

ራብዓይ፥ ናይ ኤለክትሪክ ነውጺ (ሾክ)፥ ነቲ እሱር ኢዱን እግሩን ኣሲሮም ፈርፈር ክሳብ ዝብል ናይ ኤለክትሪክ ነዝሪ

ናብ ኣካላቱ ይነዝሕሉሉ። እዚ ኣገባብ'ዚ ሓደገኛነቱ ብምግማት እመስለኒ ንፍሉያት ተመርመርቲ ጥራይ ይጥቀሙሉ።"

ሰናይት፡ "ኣቲ ክንደይ ይጭክኑ እዮም። ካልእ መእመኒ ኣገባብ ስኢኖም ድዮም?"

ሓዳስ፡ "ኤርትራዊ ኣሸንኳይ ብቐሊል መርመራ በዚ ዝገለጽኩልኪ'ውን ዝኣምንዶ ይመስለኪ? ምናልባት ምእማን ምስ ኣበዩዎም ዘተኣታተውዎ እመስለኒ። እቲ ጽዑቕ መርመራ ኣብ ውሽጢ ክልተ ሰሙን'ዩ ዝካየድ፡ ምኽንያቱ እቲ ጥርጡር ከይተረጋግአ ክሎ ዝኣክል ሓበሬታ መታን ክርከብ፡ ከምኡውን ተሓባበርቲ ጥርጡር መታን ከየምልጡ። እቲ ናይ መርመራ መስርሕ ግን ነዋርሕ'ዩ ዝቕጽል።"

ሰናይት ካብታ እስርቲ ብዙሕ ሓበሬታ ብምቕሳማ ሞራላ ሓፍ በለ። ኩነታት ዮናስ ግን ኣየቕሰናን። ተኣሲሩ ከይከውን ጠርጠረት። ተሓባባሪ ገድሊ እዩ ኢላ ኣይገመተትን። ምስጢር ዝሓብኣላ ኣይመሰላን። ተሓባባሪ ገድሊ እንተነይሩ'ሞ ኣብ ኢዶም እንተኣትዩ መዋጽኦ ከምዘየለ ትፈልጥ'ያ። "ዮናስ ናበይ ኣበለ? እንታይ ረኺቡዎ? ተኣሲሩዶ ይኸውን? ከምዚ ዝበሃል ዘሎ እንተኾይኑ ስለምንታይ ቀዲሙ ዘይነገረኒ? ምስጢር ከይንተሓባባእ ተሰማሚዕናዶ ኣይነበርናን? ሰብ እባ ኣሚንካ ኣይእመንን'ዩ" ዝብሉ ሕቶታትን ሓሳባትን ኣጨነቑዋ።

ንጽብሓይቱ ንግሆ መርማሪኣ ናብ ቤት ጽሕፈቱ ኣጸዊዑ "እንታይ ሓሲብኪ?" ክብል ሓተታ።

ሰናይት፡ "ዝፈልጦ ነገር የብለይን እኮ ኢለካ እየ።"

መርማሪ፥"ዮናስ ምስ ብዓል መን ይራኽብ ከምዝነበረ ኣይትፈልጥን? ኣብ ገዛኹም ኣይእከቡን ነይሮም?" ወዘተ ሕቶታት ኣዝነበላ።
ሰናይት፥ "ሰብ ኮይኑ ምስ ሰብ ዘይራኽብ የለን። ስለዝኾነ ኣዕሩኽትን ቤተሰብን ከም ሰብና ይመላለሱና። ኣብ ገዛና ኣሽንኳይ ናይ ፖለቲካ ኣኼባ ናይ ፖለቲካ ዕላል ውን ሰሚዐ ኣይፈልጥን" ክትብል ኣቕበጸት።
መርማሪ፥ "ብወለንታኺ ካብ ዘይሓበርኪ ንብስኺ ኣሕሲምኪ ከምትኣምንን ትሕብርን ክግበር እዩ" ክብል ኣጉበዕበዓላ። ትፈልጦ ነገር ስለዘይነበራ ግን ትህቦ ሓበሬታ ኣይረኸቡን። ኣቦኣ ምስ ብዙሓት ሰበስልጣናት ፍልጠት ስለዝነበሮም ነዊሕ ከይጸንሐት ተፈትሐት።
ሰናይት ነቲ ኣብ ቤት ምርመራ ዝትግበር ግፍዒ ክትኣምኖ እኳ እንተጸገማ ሓቅነቱ ግን ኣየጠራጠራን። ንዮናስ ከምኡ ከጋጥሞ ኣይትደልን። ከም ልሙድ ኣሰራርሓ ደርጊ ኣብ ምርመራ ዘሎ ጥርጡር ንስድርኡ መግቢ ከምጽእሉ ይሕበሮም'ዩ። ንስድራ ዮናስ መግቢ ከምጽእሉ ስለ ዘይተነግሮም ከምዘይተኣሰረ ግምታዊ ምልክት ኮኖም። ኣምሊጡ ክኸውን ተስፋ ገበረት። ንጹር ሓበሬታ ናይ ዮናስ ክትረክብ ከኣ ተሃንጠየት። "ንሜዳ ከይዱ ይኸውን። ካብ ኣብ ኢደም ዝኣቱ እኳ እንተወጸ ይምረጽ። ካብ ብጸላኢ ሞት መስዋእቲ ይሓይሽ። ግንከ በየን ኣቢሉ? ተሓቢኡ እዩ ዝህሉ። እንዳመን ግን?" ትብል። ትጭብጦ ነጥቢ ሰኣነት። ደዊላ ከተጣይቕ ትፍትን'ሞ ዝጸናጸንዋ ዘለዉ እናመሰላ ፈሪሃ ተለፎና ትዓጹ። ከም ዝከታተልዋ'ውን ርዱእ'ዩ ነይሩ። ዘይትፈልጦ ዘኽንፋ ኩሉ ሰላዩ መሰላ።ከምቲ ኩሉ ዝገብሮ ሰናይት ንስእልታት ዮናስ ካብ መናድቕ ኣውሪዳ ኣብ ሳጹን ዓሸገቶ። በይና ኣብ ትኾነሉ ግዜ ነታ ዘየውረደታ

ናይ መርዓኦም ስእሊ እናጠመተት ንባዕ ተብዝሕ ነበረት። ብዘይካ ስድርኣን ኣነን ካልእ ክበጽሓ ወይ ክጸናንዓ ዝመጽእ ወይ ዝድውል ሰብ ዳርጋ ዋላ ሓደ ኣይተረኽበን።

ንዕልታ መዳፍርቲ ክትኮና ተባሂሉ ምስኣ ክትሓድር ጀሚራ። ንሳ ግን ነቲ ኣጋጣሚ ንናይ ውልቃ ምዝናይ ተጠቕመትሉ። ፍቱሕ ኩርኩር ኮይና ኣምስያ ስለትኣቱ ንሰናይት ክትጽበያ ምምሳይ ድኣ ከፍኣ። ኣበይ ከምተምሲ ኣይፍለጥን። ሓደጋ ከየጋጥማ ተመኺራ ነቲ ምኽሪ ዕሽሽ ትብሎ። ንማዕዳኣ ሰናይት'ውን ጸማም እዝኒ ሃበት። ዕላላ ሃጠውቀጠው ኣብ ርእሲ ምንባሩ ሰብ ምሕማይ ስለተብዝሕ ምስ ሰናይት ኣይተቓደዋን። ደስ ንዘበላ ትንእድ ደስ ንዘይበላ ከኣ ተቆናጽብ። ሎሚ ዝነኣደቶ ጽባሕ ተናእሶ። ሰናይት ንገዝኣ እንተትምለሰላ ምመረጸት። ወለዳ ስዲ ሰዲድክያ ከይብሉዋ'ውን ተሰከፈት። ንሓጺር እዋን ክትጽመማ እሞ ንኩነታት ኣመኽንያ ከም ትኸደላ ክትገብር ወሰነት።

ዮናስ ምስ ብጾቱ ዝተኸሸሑ ኣባላት ንግዜኡ ናብ ዝዕቆቡላ ቦታ ተሓቢኡ ምስ ዝምልከቶም ኣባላቱ ብስልክን ብናይ ሰብ መልእኽትን ኣድላዪ ሓበሬታን መምርሒታትን ተለዋዊጡ ንለይቱ ንሜዳ መብጽሒ። ሰብ ተመዲቡሎም ንሰናይት ከይተፋነዋ ካብ ኣስመራ ብሰላም ወጹ። ኣብ ውሑስ ቦታ ምስ በጽሑ ንሓጺር እዋን ድሕሪ ምዕራፍ ጉዕዞኦም ቀጺሎም ተጋደልቲ ኣብ ዝነበሩሉ ኣካባቢ ሓደሩ። ዮናስን መሳልፍቱን ድሮ ፖለቲካዊ ንቕሓት ቀሲሞም ስለዝነበሩ ምስቶም ተጋደልቲ ክረዳድኡ ኣይተጸገሙን። ኣብቲ ቦታ ክልተ መዓልቲ ድሕሪ ምውዓል ናብ ክፍሊ ታዕሊም ንሳሕል

ወረዱ። ዮናስ ቀትሪ ቀትሪ ምስ ሰባት ስለዝዋሳእን እቲ ሓዲሽ ሃዋህው ውን ንኣቓልቦኡ ስለዝሰሓቦ ካብ ናይ ስድራ ሻቕሎት ዝምብል ኢሉ ይውዕል ነይሩ። ለይቲ ግን ንድሕሪት ተመሊሱ ክሓስብ ምውጋሕ ይኣብዮ። ብዙሓት ሕቶታት ንባዕሉ ይሓትት። ዝመሰሎ መልሲ የቐምጥ። ንገለ ሕቶታት ግን መልሲ ይስእነሎም። ወዱ ሓውዩ ንዕኡን ንስድርኡ ሓደ ሓድጊ ክኾነሉ ተመነየ። ሰናይት እንታይ ክስምዓ'ዩ? ይሓትት። ጠላም፤ ተንኮለኛ፣ ምስጢረኛ..። ቀባሕባሕ ክብል ስለዝሓድር ናይ ሰማይ ስፍሓትን ብዝሒ ናይ ከዋኽብቲን ሓሓሊፉ ንሓስባቱ ይሰርቆ። ኮኾብ ድራር፣ ኮኾብ ጽባሕ፣ ጤለንብሮ ከለልዮም ከኣለ። ተመሊሱ ድማ ናብቶም ካብ ሓሳቡ ዘይፍለዩ ሰናይትን ወዱን ይጥሕል። ብፍላይ ናይ ወዱ ብዘይምሉእ ጥዕና ስለዝገደፎ ሻቕሎት መረሮ። እቲ ዘይጸገቦ ፍቕሪ ሰናይት፤ እቲ ዘየስተማቐሮ ፍትወት ወዱ ክቐብጾ ኣሸገሮ። ካብ ፍቕሮም ፍቕሪ ሃገር፤ ካብ ሓልየቶም ሓልዮት ሃገር ምዕዛዙ ገረሞ። ንሰናይት ነታ ዝሓብኣላ ምስጢርን ክስለፍ ከምዝነቐለ ከይገለጸላ ምውጽኡ ኣዝያ ከምትቕየሞ ኣይሰሓቶን።

ናይ ዮናስ ምስዋር ንስድራ ሰናይት ዳርጋ ሓዘን ኮይኑ'ዩ ተሰሚዑዎም። ብፍላይ ኣደይ ተኽኣ ከም ሞት ሕጹይ ኮይኑወን መመሊሰን "እህህ፣ እህህ፣ ዋይ ጓለይ፣ ኹልፍዶ ኢላትኪ" ይብላ። ኣቦይ ተኽለ ግን በቲ ልዙብ ኣንደበቶም "ሰብ ዘይረኸቦ መዓስ በጺሑዋ፣ እንቋዕ ሞት ኮይኑ ኣይመጸ፣ ጸሎት'ዩ ሓይልና እሞ ንጸሊ ድኣ" እናበሉ የጸናንዑወን ነበሩ። ኣብ ገጾም ዝንበብ ግን ምሒር ምሽቓል ከምዘለዎም ይሕብር። በቲ ሓደ ሃለዋት ዮናስ ዘይምፍላጡ በቲ ካልእ ከኣ ሓዳር ጓሎም ክዓኑ፣ ጓሎም ካብ ክብርቲ

በዓልቲ ቤት ምኻን፡ ሓዲግ መዲግ ከትከውን እናተሰምዖም። ኣብ'ቲ ገረውረው ዝብል ገዛ ንበይና ክትቅመጥ ስለ ዘሰከፎም ከኣ ሓደ ሰንበት ከማኽርዋ ተተሓሒዞም ንገዝኣ ከዱ። ኣጋጣሚ ኮይኑ ኣነ ምስኣ ነይረ። ኣደይ ተኽኣ እናሰዓማኒ "እዛ ምሕዝነትክን ናይ ጸጸር'ያ። ምሳና ክትመጺ ደሊና ተዳሂናኪ ገዛ ኣይነበርክን። ከምቲ ድልየትና ከኣ ኣብ'ዚ ጸኒሕክና። እግዚሄር ናይ ልቢ እዩ ዝፍጽም" በላኒ።

"ናይ ድሓን ድኣ ደሊኽናኒ?" ሓተትኩወን።

"ናይ ድሓን ኢና፡ ክፉእ ኣሎ ጽቡቕ ኣሎ፡ ንመሓዛኺ ኣብዚ ካብ ምንባር፡ ምሳና ክትቅመጥ ክንሓታ ደሊና'ሞ ክትድግፍና ኢልና ኢና።" መለሳለይ

"እዚ'ሞ ግርም ሓሳብ'ምበር፡ ኣነ ውን ኣብ መንጎ ምእታው ከይከውን ኢለ'ምበር እሓስቦ ነይረ። ንዓይ'ሞ ትቐርበለይ ከማን"

"ለባም እንዲኺ፡ ትሓስብዮ'ወ። በሊ ኣቦኺ ምስ ኣልዓልዎ ክንዘራረበሉ" ምስ በላኒ ሰናይት ካብ ክሽነ መጺኣ "ቡንዶ ክንቆሉ መዘናግዒ" በለት

ኣቦይ ተኽለ ትቕብል ኣቢሎም "ሕጂ ኢና ሰቲና ከይበዝሓና። ኮፍ'ሞ በሊ ንዘራረበሉ ጉዳይ ኣሎ" በሉዋ።

"ኣይደሓንን ዲና? እንታይ ተረኺቡ? የናስ ድሓንዶ ኣይኮነን? ቀልጢፍኩም ሓቂ ንገሩኒ፡ ኣይተሻቑሉኒ" እናበለት ንብዓት ካብ ኣዒንታ ወረር ወረር በለ።

"ናይ ድሓን እዩ። ዘሻቕል የለን። ሓንጎልና ከመይ ቀዲሙ ጽቡቕ ዘይሓስብ እገርመኒ። ኮፍ እሞ በሊ፡ ንሕናስ ገዛ ካብ ምንባር ምሳና ተቐመጢ ክንብለኪ ኢና መጺእና። ብኹሉ መዳዩ ዝሓሸ እመስለና" በሉ።

ንሰናይት እታ ገዛ ብዘይ ዮናስ ገሃነብ ኮይና ትስምዓ ስለዝነበረት ንሓሳቦም ምቕባል ግዜ ኣይወሰደላን። ካልእ ይትረፍ ካብታ ፍጊዕ ዝበለታ ንዕልታ እኳ ትገላግል። ነዊሕ ከይጸንሐት ድማ ናብ ገዝኦም ገዓዘት።

ንዮናስ ትዝታ ናይ ሰናይትን ናይ ወዱን ብቐሊሉ ክወጸሉ ኣይከኣለን። ብሓሳብ ምስ ሰናይት ይዛረብ። ሓደ ሓደ እዋን ከይተፈለጦ ዓው ኢሉ ቃላት የውጽእ'ሞ ሰንቢዱ ናብ ቀልቡ ይምለስ። ሰናይት ብኡኡ ከምትሻቐል ስለዝርድኦ ዝገበረ ገይሩ መልእኽቲ ክሰደላ መደበ። ንዝምልከቶም ኣፍቂዱ ከኣ ነዛ ትስዕብ ደብዳቤ ለኣኸላ።

ናብ ተናፋቒት . .

ድሓን ክትህልዊ ተስፋ እገብር። እንቋዕ ካብቲ ጸላም ብሰላም ወጻእኪ። ካብ ዓይነይ ምፍላይ ኣቢኹሙኒ፣ ለይቲ ይኹን ቀትሪ ድቃስ ኣብዩኒ። መሪር ናፍቖት እኳ እንተሃለወኒ ሕጂ ብዛዕብኡ ክዝርዝር ግዜኡ ኣይኮነን። ብሰላም ኣብቲ ውሑስ ቦታ በጺሐ ንቓልሲ በቲ ዝለዓለ ደረጅኡ ክዋሳእ እዳሎ ኣለኹ። ክጽሕፈልኪ ዝደረኸኒ ቀንዲ ምኽንያት ነታ ኣብ ሓፋሽ ውድብ ዝነበረኒ ምስጢራዊ ተሳትፎ ስለምንታይ ከምዝዓቀብኩዋ ንኽረድእ እዩ። ምስጢር ከይንተሓባባእ ተረዳዲእና ከምዝነበርና ኣይርሳዕን። እዚ ግን ናይ ምስጢር ምስጢር እዩ። ሃገራዊትን እምንትን ምዃንኪ ተጠራጢረ ኣይፈልጥን። ኣሰራርሓና ግን ብወግዒ ዘይተወደበ ሰብ ክፈልጦ ኣየፍቅድን'ዩ። ክመጽእ ዝኽእል ሳዕቤን ኣብ ግምት ብምእታው ሐልየልኪ። ከይውድበኪ ከኣ ንሰውራ ሓደና ንኣኽሎ ኢለ።

ብዙሕ ግዜ ኣምስየ ክኣቱ፣ ኣብ ናይ ውድብ ንጥፈታት ክሳተፍ ገዲፈኪ ክኸይድ ጸቡቕ ዘይስመዓኪ ምንባሩ እርድኣኒ ነይሩ፣ ዘይብቑዕ ምኽንያት ክሀብ ክድዓት ይስምዓኒ ነይሩ። ግዳ ከምኡ ክትሓስቢ ይሓይሽ ኢለ። ክንደይ እዋን ክነግረኪ ድንዕ ኢለ ኣቋሪጸዮ። ከምቲ ዝገመትክዎ ዘይምንጋረይ ሕጂ ኣሓጉሸኒ። ከምኡ እንተዘይነብር ካብቲ ማእሰርቲ ኣይምወጻእክን።

ንዕንዱ ሰዓምለይ። ብደሓን የራኽበና።

ዓወት ንሓፋሽ /ካብ ብልቢ ዘፍቅረኪ.

እዛ ደብዳቤ ኣብ ሰታሪት ዝተዓሸገት ኣብ ርእሲ ዘይምንባራ ካብ ፍተሻ መታን ከተምልጥ ብዙሕ ተዓጻጺፋን ተጨማዲዳን ናብ ኢድ ሰናይት ብሓደ ዘይትፈልጦ ሰብ በጽሐት። ሰናይት ሃለዋት ዮናስ ብምርካባ ዕግበት ረኸበት። ናይ ዮናስ ተወፋይነትን ምስጢራውነትን ሽው ተረድኣን ኣዝያ ኣደነቐቶን። ንሰብ ብጩቕ ከይትብል ግን ንነብሳ ኣምሓለታ። ንዝሓተታ ኩሉ ሓንቲ መልሲ እያ፣ "ኣነ'ሞ እንታይ ፈሊጠ።" ስድርኣ ገለ ሓበሬታ ከምዝረኸበት ይግምቱ እኳ እንተነበሩ ኣጥቢቖም ክሓቱዋ ግን ኣይደፈሩን። ምቕሳና ግን ኣሓጎሶም።

ብዘይካ'ታ ሓንቲ ደብዳበ ካብ ዮናስ ዝኾነ ቀጥታዊ መልእኽቲ ኣይሰዓበን። ተባራሪ ወረታት ግን ማእለያ ኣይነበሮን። ቀንዲ ምንጪ ናይ ወረታት ከኣ ንዕልታ ነበረት። መዓልታዊ ዘዝሓደሰ ወረታት ተምጽኣለ። ዮናስ ድሮ ንጡፍ ተጋዳላይ ኮይኑ ብዙሓት ናይ ጅግንነት ስርሒታት ከምዘካየደ ተውግዓ። ብዙሕ እኳ

እንተዘይኣመነታ ንዮናስ ግን ዝያዳ ፈተወቶ፡ ምስጢራውነቱ ኣድንቖቶ። ሰይቲ ጅግና ዝኾነት ተሰምዓ።

እንዳቦይ ተኽለ ቤት ሒማ ኣይኮኑን። ኣደይ ተኽኣ ካብ ሒማኦን ክወልዳ ስለዘይከኣላ ድሕሪ ነዊሕ እዋን መኻን ተባሂለን ተፈቲሐን። ኣብቲ ብወዲ ተባዕታይ ዝዕብለል ሕብረተሰብና፡ ምምካን ናይ ሰበይቲ ጸገም ጥራይ ኮይኑ'ዩ ዝቐጻር። እቲ ምውላድ ዘይምኽኣል፡ ካብ ሰብኣይ'ውን ክኸውን ከምዝኽእል፤ ዘርኢ ናይ ሰብኣይን ሰበይትን ክጻረር (ዘይሳነ ክኸውን) ከምዝኽእል፤ ብግዜያዊ ናይ ጥዕና ጸገም ክኽሰት ከምዝኽእል፤ እቲ ጾታዊ ርክብ ኣብቲ ክጥነሰሉ ዝከኣል እዋን ጽግያት ካብ ዘይምኻኑ ክብገስ ከምዝኽእል፤ ከምኡ ውን እቲ ሰብኣይ ኣድማዒ ጾታዊ ርክብ ኣይፈጸመን ክኸውን ከምዝኽእል ኣይፍተሸን። እቲ ኣደራዕ ጓል ኣንስተይቲ ትስከሞ። እታ ጓል ኣንስተይቲ፡ እንተስ ስኣን ኣፍልጦ፡ እንተስ ብሕፍረት እቲ ጽገም ናይቲ ሰብኣይ'ዩ ኢላ ኣይትከራኸርን።

ኣብ ሕብረተሰብና ፍትሕ ቅቡል ኣይኮነን። ኣብ ሓዳራ ጸገም ዘጋጠማ ሰበይቲ ናይ ፍትሕ ጠለብ እንተኣቕረባ፡ ሕብረተሰብ ከምኡ ውን ወለዳ ክትጽመም ዓቢ ጸቕጢ ይገብሩላ። እቲ ጸገም ልዕሊ ተጻዋርነታ እንተኾይኑ ክትፍታሕ ዝደለየትሉ ቀንዲ ምኽንያት ከተቕርብ ትሕተት። እቲ ምኽንያት ብሰሪ ጾታዊ ርክብ እንተኾይኑ ብግልጺ ናይ ጾታዊ ርክብ ሽግር ኣሎና ክትብል ጽዩፍ ስለዝቑጸር እንተደፊረት "ብነብሰይ'የ" ትምልስ። ሰበይቲ ብነብሰይ'የ እንተይላ ክትገልጾ ዘይትደሊ ጾታዊ ጸገም ከምዘሎ ይትርጎም።

ሕብረተሰብና መስተውዓልቲ ሰባት ከምዝነበሩዎ ዝእምት ብዙሓት መረዳኢታታት ኣለዉ። እቲ መልእኽቲ ወይ ማዕዳ ብጨፈራ፣ ብደርፊ ወይ ብማሰ ገርካ ይተሓላለፍ። ንኣብነት ነዛ ብሰንኪ ናይ ሰብኣይ ዘየድምዕ ጾታዊ ርክብ ምጥናስ ከምዘይከኣል ትእምት ማዕዳ ሓዘል ጨፈራ ንመልከት። እቲ ጨፈራ ኣብ ግዜ መርዓ ብፍላይ ከኣ ኣብ ናይ ዓርኪ ሕልፎት ይዝውተር። እቲ ጓይላ ድኽም ኣብ ዝብለሉ እዋን ሳዕስዒት ጠጠው ኣቢሎም ኩሎም ኮፍ ይብሉ'ሞ ሓደ ጎበዝ ብድድ ኢሉ ነጸላኡ እናተዓጥቀ "ምሕሽ፣ ምሕሽ" ይብል። ነባሮ "ውሰዶ፣ ውሰዶ" ይምልስሉ። ንሱ "እላልሙ ላልሙ ላልሙ" ክብል ንሳቶም "ሆ" ብምባል ይቕበሉ። ሰለስተ ግዜ ድሕሪ ምድግጋም እቲ ጨፋሪ "ሕማቕ ሰብኣይ እንታይ ምልክቱ፣ ሆ፤ ኣብ ሰለፋ ዘይበጽሕ ***[1]: ሆ፤ መኻን የውጽኡላ ንሰበይቱ" ይብል'ሞ ብስሓቕ ክርትም ይብሉ። እቲ ዝገርም ግን እቲ ሕብረተሰብ ነቲ ማዕዳ ከምመስሓቒ'ምበር ከም ዓቢ ቅዉም ነገር ኣየቕልብሉን። ኣደይ ተኽኣ ናይ ከምዚ ኣተሓሳስባ ግዳይ ኮይነን ክንሰን ብግልጺ ክዛረባሉ ስለዘይደፈራ መኻን ተባሂለን ተፈቲሐን።

ኣቦይ ተኽለ ድማ ሒማኦም ንተኪእ ወደም ምስ ወለደት ብናይ ጥዕና ጸገም ቀልዓ ከይደገሙ ብሞት ተፈልያቶም። ድሕሪ ሒማኦም ካልእ ሰበይቲ ከእትዉ ድሌት ኣይነበሮምን። እንተኾነ ብናይ ቤተሰብ ድፍኢትን ናብራ ውን ስለዝጸገሞም ንምውላድ ዘይኮነስ ናብራ ንምግጣም መኻን ምዃነን እናተፈልጠ ነዳይ ተኽኣ ተመርዕዮም።

---

1 *** ሽንቱ (ዘርኢ ወዲ ተባዕታይ ንምጥቃስ'ዩ)

ዘይተጸበይዎ ንሰናይት ምስ ወለዱ ሓጎሶም ወሰን ኣይነበሮን። እንተኾነ ተኪኦ ኣብ መርዓን ደርዓን ከይበጽሐ ናብ ቃልሲ ስለዝተሰለፈ ንሓጎሶም ኮለፎ። ከም ኩሎም ወለዲ ምስላፉ ኣይምጸልኡዎን። ዘርኦም ከይጸንት ግን ምሒር ኣተሓሳሰቦም። ኣብ ዘላታ ተወሰኽታ ከምዝበሃል ከኣ ናይ ሰናይት ኩነታታ ተደራቢ ክሳራ ኮኖም።

ኩነታት ከምኡ ኢሉ ንዓመታት ቀጸለ። ዓወት'ውን ርሒቕቲ መሰለት። ብዛዕባ መጻኢ ሰናይት ዕላላት ምብዝሑ ርግኣት ከልኦም። "እዛ ዳርጋ ሓንቲ ከምሓሙስ ውላዶምሲ ተረሚሳ ክትተርፍ፡ ሓዲኡ ዘይገብርዋ፤ ኣይፍትሕቲ ኣይማእምን ኮይና ክትነብር ደስ ኢሉዎም ድዩ?" ዝብሉ በዝሑ። ፈተውትን ቤተሰብን "እዛ ቖልዓስ ኸምኡ ኢላ ክተዕርቦ ድያ? ግዜ ይሓልፉ ኣሎ። ዳሕራይ ከየጣዕሰኩም ሕሰብሉ፡ እንተዘይኣተወኸ? ወይ ከኣ ካልእ ተጋዳሊት ተመርዕዩ እንተመጸኸ?" ወዘተ ይብሉ። ወለዳ'ውን ዒብ ሒዙዎም እምበር ነቲ ሓሳብ ዘይበጽሕዎ ኣይኮኑን። እዋን ምስ መጠጠ ከኣ ንኹሎም ከም'ዚ ክብሉ ተወከስዋ።

ኣቦይ ተኽለ፡ "ሰናይት ጓለይ፡ እግዚኣቢሄር ክፈጥር ከሎ ሓደ ካብ ዕላማታቱ ክንባዛሕ ነይሩ። ስለዝኾነ'ዩ መምስ መጻምድቲ ገይሩ ዝፈጠረ። ንኣዳም ሄዋን ንኻልእ ፍጡር ከኣ ከምኡ። መጽሓፍ ከምዝብሎ 'ብዝሑ ተባዝሑ ምልእዋ ንምድሪ' በለ። እዚ ጥራይ ኣይኮነን፡ ውላድ ክውለደሉ ዝኽእል ናይ ዕድመ ገደብ'ውን ሰሪዑ'ዩ፡ ካብ ዓቕሚ ኣዳም ምብጻሕ ክሳብ 35-40 ዓመት ዘሎ ክሊ ዕድመ። ከምዚ ዝገበረሉ ውን ምኽንያት ኣለዎ፤ ወድሰብ ንውልዱ ብኣካልን ብመንፈስን ክሃንጽ ሓላፍነት የሰክሞ።

ኣብ እዋን ቁልዕነትን ምስ ኣረግካን ቆልዓ ከተዕቢ ስለዘጸግም። ንዝተመደባልካ ደረት ዕድመ ብግቡእ ክትጥቀመለን ልቦና'ዩ። እንተዘይኮነ ግዳይ ጣዕሳ ምኻን'ዩ። ትስዕብኒዶ ኣሎኺ?"

"እወ እሰምዓካ ኣለኹ፤ ግዳ ክልተ ሕቶታት ከቕርበልካ ፍቐደለይ። እታ ቀዳመይቲ፡ ምልእዋ ንምድሪ ትብል ሓረግ በዚ ሎሚ ግዜ ደቂ ሰባት ንምድሪ መሊእናያስ ዳርጋ ክትጸበና ዝደለየት ትመስል። ምናልባት በዚ ምኽንያት ይኾኑ እዞም ጸዓዱ ብሓደ ቆልዓ ወይ ብዘይውላድ ዕድሚኦም ዝጽንቅቑ። እታ ካልኣይቲ ሕቶ" ምስ በለት

ኣቦይ ተኽለ፡ ዘረብኡ ኮሊፎም "ጽንሒ ከይዋቓዓኒ፡ ቅድም ነታ ቀዳመይቲ ክምልስ። መሬት ኣይጸበበትን፤ ጌና ዝኣክል ስፍሓትን ጸጋታትን ኣለዋ። ልክዕ ኣብ ገለ ሃገራት ከም ቻይናን ህንድን ልዑል ጻዕቂ ሰብ ኣሎ። ኣብ ቻይና ግን ጠምዩ ዝሓድር ሰብ የለን ይበሃል። እቲ ኣገዳሲ ምሕደራ'ዩ፤ ምሕደራ ሰብ፡ ምሕደራ ጸጋታት፡ ምሕደራ ፖሊሲታት ወዘተ። እቲ ጸገም ዘይፍትሓዊ ምሕደራን ዘይርትዓዊ ምቅራሕ ጸጋታትን ዝፈጠርዎ'ዩ። ናይቶም ጸዓዱ ዝበልክዮ ድማ በለጽ ወይ ነብሰ ፍትወት'ዩ። ናይ ቆልዓ ምዕባይ ሓላፍነት ክስከሙ ወይ ክጭነቑ ኣይደልዩን። እቲ ምሕደራኦም'ውን ውሉድ ንወላዲ ክጥውር ስለዘየተባብዕ ተሸጊሮም ኣዕቢዮም ምስ ኣረጉ ቁሊሕ ኢሉ ዘይሪኦም ከዕብዩ ኣይደልዩን። ምሕደራ ዘተኣታተዎ ባህሊ። ኣባና ዝያዳ ዝወለደ'ዩ ዝኽብርን ዝሕፈርን። ሓደ ውላድ ዳርጋ ዘይወለድካ ይበሃል። ምጥዋር ካብ ብዝሒ እኳ እንተዘይኮነ እቲ እንኮ ውላድካ ቀዲሙካ እንተኸደ ግስም ከይከውን 'ውሕጅ ከይመጸ መገዲ ውሕጅ ምጽራግ'

ዝብል ጥቕሲ መረዳእታ ክኾነና ይግባእ? ካልኣይቲ ሕቶኺ ቀጽሊ።"

ሰናይት፥ "እግዚኣብሄር ክንፋረ ክሎና ካብ መን ንወልድ ኣገባብ ሰሪዑልና እንድዩ?"

"ልክዕ ኣለኺ፤ ኣገባብ ገይሩልና'ዩ። ካብ በዓል ወይ በዓልቲ ቃልኪዳን ማለትኪ እዩ። ሰብ ቃል ኪዳን ብሓደ ዘይነብሩሉ ኩነታት ግን ኣሎ፤ ኣይትሙትኒ ብሞት ወይ ብፍትሕ ይፈላለዩ። ዝሞተቶ ዝሞታ፤ ዝፈትሐ ዝፈትሐት ዳግማይ ምውሳብ ንቡር ገይሩልና። ኣነን ኣዴኽን ሒማታት ኣይኮናን። ካብዚ ወጻኢ ዝግበሩ ቅቡላት መውስቦ ወይ ምውላድ ውን ኣለዉ። ዝፈትሐ ወይ ዝመተቶ ዘይመሰለት ጓል ከእቱ ዘይቅቡል ኣይመስለንን፥ ብፍላይ ብዕድመ ዝቀራረቡ እንተኾይኖም። ካልኣይ ቃል ኪዳን ስለዘይፍቀድ ቤተ ክርስትያን ዳግማይ ቃል ኪዳን ኣይተእስሮምን እያ። በቲ ናይ ከተማ ምምሕዳር ኣገባብ ሕጋውን ንቡርን ይኸውን። ኣብ ገጠር ምስናድ የለን። እቲ መውስቦ ግን ቅቡል'ዩ። ተሰዲዱ ወይ ተሰዲዳ ድሃይ ዘጥፍኡ መጻምድቲ እንታይ ይኹኑ ትብሊ? ነንበይኖም የዕርብዎ? ኣይኮነን፥ ብናይ ቤተሰብ ሽማግለ ወይ ብቤት ፍርዲ ዝውሰን ፍትሕ ኣሎ። ተመሊሱልኪ ክኸውን ተስፋ እገብር። ናብቲ ዘንቀለኒ ነጥቢ ክምለስ። መሲልካ እንታይ ኣምጺእካ እንድዩ፥ እንታይ ክብለኪ ከም ዝደለኹ ተገንዚብክዮ ክትኮኒ እኣምን"

ሰናይት፥ "በጺሐዮ ኣለኹ፤ ግዳ ናተይ ካብዚ ዝበልካዮ ፍልይ ዝበለ እመስለኒ። ከማይ ኣብ ቃል ኪዳነን ዝጸንዓ ብዙሓት ኣለዋ።"

ኣዲኣ "ስምዒ ሰናይት፥ እዚ ዕላላት ትሰምዕዮ ኣሎኺ። ኣምላኽ ፈትዩና የናስ ብህይወቱ ዋላ እንተተመልሰ እቲ

ናይ ምውላድ ዕድመ ከይሓለፈኪ ንሰግእ። ዮናስ ተመርዕዩ ከይመጽእ'ውን ከየሕሰበና ኣይተረፈን። ወይ ንሱ ወይ መጻምድቱ ተወሳኺ ውላድ የድልዮም።"
ሰናይት፡ "ከምዚ ዓይነት ዘረባ ከይተሰምዑኒ፡ ክብረይ ዝቐንጥጥ ዘረባ እዩ፡ ዮናስ ምስምዑ ስለዘይተርፎ ከኣ ሞራሉ ዝሰብር እዩ። ልዕለይ፡ ልዕሊ ውላዱን ልዕሊ ሂወቱን ንሃገር ሰሪዑ። ቅዱስ ዕላማዶ ኣይኮነን? እንተተሰውአ ከም ሰበይ። ሓድጊ የብለይን ድየ? ዮናስ ከኣ እዚ ትብልዎ ኣይውዕሎን" ኢላ ኣቕበጸት።
ኣቶ ተኽለ፡ "ስምዒ'ዛ ጓለይ፡ ቃል ኪዳን ረዚን ምዃኑ ኣይጠፍኣናን። በዚ ዕድሜና ቃል ኪዳን ኣውርዲ ክንብለኪ ዓቢ ገበን ኮይኑ ይስመዓና'ሎ። ሓውኺ ከይወለደ እንተተሰውአ ንስኺ ብሓደ ቆልዓ እንተኣዕሪብክዮ ወለዶና ዝጸንት ዘሎ ኮይኑ ተሰሚዑና። ንተፈጥሮ ክትቅይሮ ኣይከኣልን'ዩ፡ መስርሕ ተፈጥሮ ተረዲእካ ምውሳን ግን ብልህነት'ዩ"
"ኣምላኽ እንተፈቒዱዎ እዚ ሓደ ውላደይ ዓሰርተ ክትክእዶ ኣይከኣልን'ዩ?"
ኣቦይ ተኽለ፡ "ከምቲ ዝበልክዮ ምተመነና። ምንዮት ግን ዝጭበጥ ነገር ኣይኮነን። ክደግመልኪ፡ መን ከምዝቕድም እግዚኣቢሄር ጥራይ'ዩ ዝፈልጥ። ሓደ ዝውላዱ ዳርጋ ዘይወለደ፡ ክልተ ዝውላዱ ዳርጋ ሓደ እንድዩ ዝበሃል። ብዘይ ሓዳር ምንባር ከኣ ዳርጋ በኪ እንደኣሉ። ንሕና በቲ ሓደ ወገን ዘረባ ሰብ በዚሒሩና፡ በቲ ካልእ ከኣ ሓንቲ ጓልና ብሓዳር ማሚቕኪ ብውላድ ተኸቢብኪ ክንርኢ ስለዝበሃግና እንድኣልና። ናይ ወላዲ ሻቕሎት እዩ ዘዛርበና ዘሎ። ኣብ መንጎ ዕላማን ረብሓን ምቕርቃር ከቢድ'ዩ። ከምኡ ካብ ወሰንኪ ግን ጸሎትኪ የስምረልኪ" ኢሎም ልዝቦም ዓጸዉ።

ንሰናይት እቲ ናይ ኣቡኣ መልሲ. እኳ እንተኣሓጎሳ ምስ ግዜ ምንዋሕ ግን እቲ ኩነታት ከየተሓሳሰባ ኣይተረፈን። ብፍላይ ናይ ውላድ ነገር ኣብ ሓሳባ ተመላለሳ፡ መፍትሒ ዝኸውን መልሲ ክትረክብ ግን ክረኣያ ኣይተኻእለን።

ሰናይት ድሃይ ዮናስ ካብ ምሕታትን ኩነታት ሰውራ ካብ ምክትታልን ዓዲ ውዒላ ኣይትፈልጥን። ወረ ዓወት ክትሰምዕ ትሕጎስ፡ ፍሽለት እንተኣጋጢሙ ትጉሂ። ካብ ገጠር ንዝመጸ ጋሻ ኩነታት ሜዳ ክትሓትት ትህወኽ። ናይ ተጋደልቲ ክትሰምዕ ትህንጠን እዝና ትጸሉን። ድሃይ ዮናስ ዝህብ ግን ኣይተረኽበን። ድሕሪ ኣርባዕተ ዓመትን መንፈቕን ሓትናኣ ንዮናስ ከምዝረኸበቶ ኣበሰረታ። ሰናይት ዕድል ረኺባ ብሕቶታት ልባ ኣጥፍኣትላ። ካብ ጸጉሪ ርእሱ ክሳብ ጽፍሪ እግሩ ሓተተታ።

ሓትናኣ "ከም ተጋዳላይ መጠን ጽቡቕ ኣሎ። ጽቡቕ ከምዘሎን ሰላምታ ከብጽሓልክን ተማሕጺኑኒ፡ ናፍቆት ከምዘለዎ ድማ ካብ ኣዘራርባኡ ይፍለጥ ነይሩ" በለታ።

"እምበርከ ናፊቐያ ኣይበለክን?"

"ወይዛ ዓሻ፡ ተጋደልቲዶ ከምኡ ይብሉ እዮም። ኩላ ጥርቅም እንድያ ናቶም፡ ሕንቕንቕ እናበለ ምዝራቡ ናፍቆቱ ካብ ቃላት ንላዕሊ ይነግር ነይሩ እብለኪ። ብወዝቢ ስለዝተጋጠምና'ምበር ከም ኩሉ ተጋዳላይ ቀዲሙ እንተዘለልየኒ ምተሓብአ ነይሩ።"

"በሊ ድሕሪ ሕጂ ንሱ ወይ ኣሃድኡ ኣብ ከባቢኹም እንተተቐልቂሎም ሓደራ ቀልቲፍኪ ልኣኽለይ። ብቕጽበት ጥብ ክብል እየ። ግና ምስጢር ሕዝያ፡ ንማንም ብጩቕ ከይትብሊ፡ ዋላ ነደይ።"

"ድሓን ሕራይ፡ ጥራይ ዝዛወሩ ይግበሮም"

"ሓደራኺ፡ ሓደራኺ ሓትነይ። ነዛ ዓይነይ ክርእየ እደሊ ኣለኹ።"
ሓትኖ፡ "እንታይ ሓደራ ደልየሉ። ቅሰኒ፡ ጥራይ ዝዛወር ይግበሮ።" ኢላ ምስ ኣቕሰነታ ሰናይት ቃለመሕትታ በዚ ወድኣ።

መንግስቲ ኢትዮጵያ ህዝቢ ኤርትራ ንተጋደልትን ንገድልን ክፍንፍኖምን ክርሕቆምን ዘይተኣደነ ጻዕርታት ኣካይዱ'ዩ። ምስ ተጋደልቲ ዝተራኸበ ከኣ ከም ዓቢ ገበን ተቖጺሩ ኣደዳ ስቅያትን ማእሰርትን ይኸውን ነይሩ። ህዝቢ ኤርትራ ግን ናይ ጸላኢ ስጉምቲ ቅጭጭ ከይበሎ ምስ ተጋደልቲ ካብ ምርኻብ ዓዲ ኣይወዓለን። ሃለዋት ደቆም፡ ኣሕዋቶም፣ ሰብኡተን ክረኽቡ ርሑቕ ተጓዒዞም ተጋደልቲ ተራእዮምሉ ናብ ዝተባህለ ቦታ ይውሕዙ ነይሮም። ሰናይት ውን ከም ሰባ ሃለዋት ዮናስ ንምርካብን ንምርኻቡን ሃንቀው ትብል ነይራ።

ሰናይት እታ ዝበለጸት ንዮናስ ከትረኽበሉ ትኽእል ዕድል ብመገዲ ሓትኖኣ ምኻና ዓቢ ተስፋ ገበረት። ብሎሚ ጽባሕ ትልእከለይ ክትብል ትጽቢት ነውሐ።

ድሕሪ ምስላፍ ዮናስ፡ ሰናይት ንንዳሕሙኣ እግሪ ኣሕጺራትሎም ኣይትፈልጥን ነይራ። ዝሓዘት ሒዛ ትበጽሖም። ዳርጋ መዓልታዊ ብስልኪ ድሃዮም ትገብር። ኣውደኣመት መጸ ምስኣም ተሕልፎ። ሓሙኣን ሓማታን'ውን ብፍሽሕው ገጽ ይቕበልዋ ነይሮም። "ተባረኺ'ዛ ጓለይ፡ ዕድመ ሂቡ ብደቅኺ ተፈደይዮ፡ ጸሎትኪ የስምረልኪ" ክብልዋ ደስ ይብላ። ምስ ንዕልታ ግን ብዙሕ ኣይቃደዋን ነይረን። ብዛዕባ ሰባት ምዝራብን

ምሕማይን ስለትፈቱ ኣብ ልዕሊ ምኺና ንዕለታዊ ምንቅስቓስ ሰናይት ምክትታል ውን ተዘውትር ስለዝነበረት። ንሰናይት ብጽቡቕ ምልዓል'ውን ዳርጋ ዘበት ኮና።

ሰናይት ምስ ግዜ ምንዋሕ ገለ ገለ ናይ ናብራ ብድሆታት ብፍላይ ከኣ ናይ ወዳ ናይ ትምህርቲ ምክትታል ወጢጥዋ በዚ ርዱእ ምኽንያት እቲ ምብጻሕ ኣውሓደቶ። ንሳቶም ውን ኩነታታ ተረዲኦም ኣይሕዙላን ነይሮም። ሓሓሊፋ እንተብኣካል እንተብስልኪ ሃለዋቶም ካብ ምሕታት ኣየቋረጸትን።

ብዛዕባ መጻኢ ዕድል ሰናይት ዕላላት ክለዓል ምስ ጀመረ ንንዳሕማኣ ቅሳነት ኣይሃቦምን። ወይ ባዕላ ወይ ብጸቕጢ ወለዳ ቃል ኪዳና ከይተውርድ ሰግኡ። ሓደ መዓልቲ ሓሙኣ ከም'ዚ ዝስዕብ ተወከስዋ። "ሰናይት ጓለይ፣ ሰበይቲ ምስ እንዳሕሞኣ እንተተቐመጠት እዩ ክብራ፤ ንዓና ተማሙቕና፣ ዮናስ ወድና ምሳና ከም ዘሎ ክስመዓና ኣብ ገዛና ቦታ ከነጻብበልኪ'ሞ ምሳና እንተመጻእኪ ከመይ ይመስለኪ?" ክብሉ ሓተትዋ። እቲ ሕቶ ሃንደበት ኮና። ከምኡ ክትገብር ዘየዋጽእ ምኺኑ ኣይጠፍኣን፣ እንታይ ከምትምልሰሎም ግን ጸገማ። ገዝኦም እኹል ክፍልታት ከምዘይብሉ ትፈልጥ'ያ። ኣብ እንዳዓለብኣ ምስ ወዳ ጽቡቕ ከምዘላ ዝስሕትዎ ኣይመስላን። ብኣሉታ ክትምልሰሎም ግን ኣይደለየትን። ሓሲባ ሓሲባ ግን ካብቲ ሓቂ ክትወጽእ ከምዘይጥዕም ፈሊጣ ምስ ስድርኣ ጽቡቕ ከምዘላ ሓበረቶም። ኣብ ገጾም ካልእ እናተነበ "ንሕና ብልቢ ስለንፈትወኪ ምሳና ክትኮኒ ምመረጽና። ኣጸቢቕኪ ሕሰብሉ" ኢሎማ ተዓዝሩ።

ንሓሙኣ ድሕሪ ምፍናው ነቲ ሕቶኦም ኣስተንተንቶ። ስለምንታይ ኣብዚ እዋን'ዚ? ኣውረደት ኣደየበት። መንቀሊ ሕቶኦም ናይ ቅንዕና ከምዘይኮነ ደምደመት። ጽቡቕ ከኣ ኣይተሰምዓን። ካብ'ዚ እዋን'ዚ ንደሓር እቲ ናብ እንዳሓሙኣ 'ኪዲ፡ ኪዲ' ዝብላ ዝነበረ ድፍኢት 'ብትረፊ ትረፊ' ተተክአ። ሕልንኣ ስለዘየፍቀደላ ግን ሕጂ ውን ድሃዮም ምሕታት ኣየቋረጸትን።

ድሕሪ ነዊሕ ምጽባይ ድልየታ ሰሚሩላ ሓትንኣ ከምታ መብጽዓኣ ጥብ በሊ ትብል መልእኽቲ ሰደደትላ። ሰናይት ዝገደፈት ገዲፋ፡ ንስድርኣ ከይሻቐሉ ዘሕድር ናይ ስራሕ መገሻ ከምዘለዋ ኣመኽንያ ነባሪት ገጠር ዘምስላ ክዳውንትን ቁናኖን ገይራ ናብቲ ዝተባህለቶ ቦታ ደበኽ በለት። ዮናስ ከኣ ኣብኡ ጸንሓ። ንዮናስ ዘይተጸበዮ ዱቦላ ኮኖ፡ ብጾቱ ኮነ ኢሉ ዝወጠኖ ገይሮም ከይርድኦዎ ሰግአ። ተጋዳላይ ከምኡ ክገብር ቅቡል ስለዘይኮነ፡ ዝብሎን ዝገብሮን ጠፍኦ። ፍቕሩን ስምዒቱን ግን ክቆጻጸር ኣይከኣለን። ምስ ሰናይት ተጠማጢሞም ንነዊሕ ጸንሑ። ገጽ ክልቲኦም ብንብዓት ጠልቀየ፡ ቃላት ምውጻእ ግን ኣይከኣሉን።

ሓደ ተዋዛዪ ብጻይ "ታሪኽ ሰውራ ኤርትራ ብኸመይ ከምዝጸሓፍ ኣዚዩ እገርመኒ፡ ብቓላት ክትገልጾ ከጸግም'ዩ፡ ብፊልም እንተዘቕረጽ ምተመርጸ። ነዚ ናይዞም ፍቑራት ስምዒት ብቓላት ብኸመይ ክግለጽ ክከኣል?" ድሕሪ ምባል "በሉ ንሳቶም የዕልሉ ንሕና ድማ ነናብ ስራሕና" ስለዝበሎም ክብሕቱ ረሓቑሎም።

ድሕሪ ክንደይ ዮናስ "ከመይ ኣሎኺ? ቆልዓኸ ከመይ ኣሎ? ኅቢዙዶ?" ሓተተ።

ሰናይት፣ "ኣነ ድኣ እንታይ ከይከውን፣ ጽቡቕ ኣለኹ፡ ንስኻ ድኣ'ምበር" ኢላ ኣፉ ከፈተት። "ቆልዓ ብጣዕሚ ጽቡቕ ኣሎ። ሒዘዮ ከይመጽእ ከይነግረለይ ፈሪሀ፣ ስእሉ ተማሊኣልካ ኣለኹ።"

ኣብቲ ዝዓረፍሉ ገበላ ኮይኖም በብወገኖም ካብታ ዝተፈላለዩላ ዕለት ጀሚሮም ክሳብ ሽዓ ዘጓነፎም ዘርዘሩ። ናይ ምሕዳር ዕድል ስለዝተረኽበ ዘይተንከፍዎ ኣርእስቲ ኣይነበረን፣ ናፍቖት፣ ናብራ ገድሊ፡ ታሪኽ ጀግንነት፣ ኩነታት ቤተሰብ፣ ሕቶታት ስድራ፣ ኣንፈት ዓወት ወዘተ ከዕልሉ ሰም ከየበሉ ሓዲሮም። ኣብ መንጎ ዕላሎም ከኣ ብተደጋጋሚ ስምዒቶም ከርውዩ ክኢሎም እዮም።

ሰናይት ነቲ ኣብ ውሽጢ ጸላኢ ኮንካ ምግዳል ትብል ናይ መተኣስርታ መልሲ ሽው ኣይበርሀትላን ነይራ። መብርሂ ከትሓታ ግን ቦታኡን ግዜኡን ከምዘይኮነ ተረዲኣ ክትሓትት ኣይመረጸትን። እታ ሓሳብ ግን ኣብ ኣእምሮኣ ትመላለስ ነይራ። ካብ ደብዳቤ ዮናስን ካብ ቅዱም ተግባራቱ ከምዝተረደኣቶ ናይ ውድብ ኣሰራርሓ ንዘይተወደበ ከምዘይንገር ፈሊጣ ኣላ። ናይታ ሕቶ መልሲ ትረኽበሉ ግዜ ሕጂ እያ ብምባል፣ "ዮናስ፣ ኣብ ውሽጢ ጸላኢ ኴንካ ብኸመይ ትጋደል? መሳርያ ዝነበረካ ኣይመስለንን?" በልቶ።

ዮናስ ኣንፈት ሕቶኣ ገምጊሙ ንሕቶኣ መልሲ ቅድሚ ምሃቡ ኣብ ረዚን ሓደራ ከእትዋ መደበ። "ስምዒ ሰኑ፤ እቲ ሕቶኺ ስክፍታ ኣለዓዒሉለይ። ከምትፈልጥየ ኣነ ንስድራይ ሓደ ወዲ እየ። ወለደይ ወሊደ ዘሚደ ክሪኡ ሃንቀው እናበሉ ጠንጢነዮም ተሰሊፈ። ክስዋእ ከምዝኽእል ኣብ

ግምት ኣእትዊ። ድልየተይ ንስኺ ንወደይ ብግቡእ ኣዕቢኺ ናብ ዝብጻሕ ኣብጺሕኪ ስድራይ ካባይ ዝሰኣንዎ ካብኡ ክረኽቡ'ዩ። እዚ ብዓይኒ ውድብ ዓቢ በለጽ እዩ። ጠዋሪ ዘይብሎም ወለዲ ገዲፎም ብዘይ ሓድጊ ህይወቶም ዝወፈዩ እናረኣኻ ብዛዕባ ዘርእኻ ክትሓስብ ኣዝዩ'ዩ ዘሰክፍ። ኣነ ግን ንገድሊ ኣነ ይኣኽላ በሃሊ እየ። ዕላማይ ክትግበር እቲ ጾር ኣባኺ ወዲቑ ኣሎ። ብዛዕባ ናይ ውሽጢ ምግዳል ኣዕሊለ ጽልዋ ክገብረልኪ ምስቲ ዕላማይ ስለዘይቃዶ ኣሰራርሓ ሓፋሽ ውድባት ክገልጸልኪ ኣይምደለኹን።"
ሰናይት፥ "ስድራይ እንተኾኑ'ውን ተመሳሳሊ እንድዩ ድልየቶም። ዘርኢ እዩ ቃሎም ሕልሞም። ኣነ ብመግለጺኻ ተደፋፊአ ካብቲ ምንዮትካ ፈልከት ክይብል ቃል እኣትወልካ። ኣነ ብዛዕባ ናይ በዓል ቤተይ ሞያ ደንቆሮ ክኸውን ግን ኣይደልን። ምፍላጠይ ናብ ሓደጋ ዘውድቐኒ ዘይኮነስ ንብሰይ ንምክልኻል ይሕግዘኒ በሃሊት'የ። ምስጢር ከየምሉቅ ድማ ኣይትጠራጠር። እቲ ሓቂ ካባኻ ሓሊፉ ካብ ካልእ ክረኽቦ እንተፈቲነ ንሓደጋ ዝያዳ ከምዝጋለጽ ኣይትስሕቶን ትከውን" ክትብል ብዛዕባ'ቲ ጉዳይ ናይ ምፍላጥ ክቱር ድልየታ ኣመተትሉ።
ዮናስ ካብቲ ዘንቀደቶ ሓሳብ ከምዘይትምለስ ስለዝፈልጥ ባዕሉ ክገልጸላ ከም ዝሓይሽ ገምጊሙ "በሊ ኣብ ውሽጢ ጸላኢ ዃንካ ምቅላስ ማለት ኣብ ምስጢራዊ ናይ ሓፋሽ ውድብ ተጠርኒፍካ ምቅላስ'ዩ። ሕድሕዱ ብሰንሰለታዊ መገዲ ዝተኣሳሰረ ሰለስተ ደረጃ ውደባ ኣሎ፤ ማለት እቲ ዝተሓተ ወሃዮ፥ ልዕሊኡ ጉጅለ፥ እቲ ዝለዓለ ድማ ጨንፈር። ምስ ሜዳ ዘራኽብ መስመር ብመገዲ ጨንፈር እዩ። ውደባና ዘይኣተዎ ናይ ግልን ናይ መንግስትን ትካላት ዘለዉ ኣይመስለንን።" ድሕሪ ምባል ነቲ ኣባላት ሓፋሽ

ውድባት ዝዓሙዎ ንጥፈታት ዘርዘረለ። ንሱ ናይቲ ዝለዓለ ጽፍሒ መራሒ ኮይኑ ብተወፋይነት ይዋሳእ ከምዝነበረ ሃበራ። "ኣባላት ሐፋሽ ውድብ መሳርያ ኣይዓጥቁን'ዮም። እቲ ዘሕዝን ከኣ ጸላኢ እንተደልዩዎም ክልክሙ ዘይምኽኣሎም'ዩ" ክብል ኣረድኣ።

"እዚ ኹሉ ድኣ ኣበይ ኴንካ ተካይዶ ነርካ?"

ዮናስ፡ "ቅድሚ ምምርዓውና ኣብ ገዛይ። ድሕሪ መርዓና ከኣ ናብ ካልእ ቀይርና።"

ሰናይት፡ "እሞ ኣነስ ዕንቅፋት ኮይነ ነይረ ማለት'ዩ?"

"ኣበይ ኣምሲ.ኺ፡ ናበይ ኬድካ ዘይምባልኪ እኹል ነይሩ።"

ሰናይት፡ "ኣብ ውሽጢ ጸላኢ ኴንካ ምቅላስ ግን ኣዝዩ ከቢድ እመስለኒ? ኣብ ሜዳስ ብረት ብብረት ትዛበጥ።"

ዮናስ፡ "ሻቕሎት ኣለዎ። ጸላኢ ሎሚ ጽባሕ ይኀብጠኒ ኢልካ ትስከፍ። እቲ ዘሕዝን ድማ ጸላኢ ብዘይ ብረት ክማርኸካ ምኽኣሉ እዩ። ግዳ እንተቐሪጽካ መለሳ መስዋእቲ የለን። ኣብ ከተማ ኮንካ ምግዳል ጸሊኦም ንሜዳ ዝተሰለፉ ብዙሓት እዮም፡ ክስለፉ ሓቲቶም ከይወጹ ዝተኸልከሉ ውን ብዙሓት ነይሮም። ናይ ከተማ ተቓላሳይ ክውደብ ኣብ ዝወሰነሉ እዋን መስዋእቲ ከምዝለሎ ይፈልጥ'ዩ። ጸላኢ ንውዱብ ካብ'ቲ ብብረት ዝዋግኦ ፈልዩ ኣይሪኦምን'ዩ። እኳ ድኣ ልዕሊ ተጋዳላይ ገበነኛ ይቖጽሮ። ውዱብ ብግፍዓዊ ኣገባብ ይምርመር፡ ብዘይ ግቡእ ፍርዳዊ መስርሕ ይርሸን (ይስዋእ)። ተጋዳላይ እንተተማሪኹ ኣይምርመር ኣይፍረድ። ከምዚ ናተይ ዕድል እንተኣጋጢሙካ ድማ ብሰላም ተምልጥ" ምስ በለ 'ኣበይ የምሲ ኣሎ' ኢላ ትማታኣሉ ናይ ዝነበረት ሕቶ መልሱ ሕጂ ተሰወጣ። ንበዓል ቤታ ዝያዳ ፈተወቶ።

ንዮናስ ኣውራ ተገድሶ ሕቶ ኩነታት ወዱ ነይሩ። ሰናይት ብዛዕባ ትምህርቱን ጥዕንኡን ጽቡቕ ከምዘሎ ድሕሪ ምሕባር "ኩሎም መማህርተይ ኣቦታቶም ኣለዉ፡ ኣነ ጥራይ ኣቦይ ዘየሎ። ኣቦይ መዓስ'ዩ ዝመጽእ' እናበለ የሸግረኒ። ዝምልሰሉ እጠፍኣኒ። ዘይምህላውካ ኣውራ ዝስምዖ ኣብ መዓልቲ ዕለተ ልደቱ'ዩ። ኣቦ የለ፡ ካብ ኣቦ ህያብ የለ ምኽኑ ዝን የብሎ። ኣቦታቶም ኣብ ወጻኢ ዝነብሩ መዛንኡ ክዳውንትን ካልእ ህያባትን ክመጸሎም ክርኢ ከሎ ይቐንእ። ኣብ ትሕቲ ደርጊ ዝዓብዩ ደቂ ተጋደልቲ ክልተ ተጋራጨውቲ ግርጭታት ኣለዎም። በቲ ሓደ ወዲ ተጋዳላይ ምኽን የሐብኖም፡ በቲ ካልእ ሸነኽ ከኣ ወዲ ተጋዳላይ ተባሂሉ ብግልጺ ስለዘይዝረበሉ ነቲ ሓበኑ ውዕዉዕ ኣይገብሮን" ክትብል ዘርዘረትሉ።

ንዮናስ እቲ ኩነት ይርድኦ እኳ እንተነበረ ኣብ ገዛእ ውላዱ ክኸሰት ምቕባሉ ግዲ ከቢዱዎ "ዓሕ" ኣድመጸ። ሰናይት ኩነታት ዮናስ ኣስተብሂላ ከምኡ ምዕላላ ኣጠዓሳ። መታን ከተደዓዕሶ "ዮናስ ኣይትሻቐል፡ እቲ ቆልዓ ናይ ኩነተ ኣእምሮ ይኹን ናይ ጠባይ ኣሉታዊ ስምዒት ኣይሐደሮን፡ እመነኒ። እናዓበየ ምስ ከደ ነቲ ውሁብ ኩነት እናተረድኦ ስለዝኸይድ እናሓደረ ከሓጉሶን ከኹርዖን'ዩ። ጥራይ ንስ'ውን ኅቢዙ ክይስዕበካ ነዛ ናጽነት ኣቀላጥፍዋ" በለቶ።

ዮናስ፡ "ናይ ህዝባዊ ግንባር መትከል 'ዝተናውሐ ኲናት' እንድዩ። ዘተኣማምን ናጽነት መታን ክኸውን ኩነታት ክመቻችኡ ኣለዎም። ገድሊ ንደቅና ከምዘይጽበዮም ግን ኣረጋግጸልኪ።"

ሰናይት ምቹእ ኩነታት እንታይ ምኽኖም ኣይነጸረላን። ግዳ ክትሓቶ ኣይደለየትን። በታ መዕጸዊት ሓሳቡ ዓጊባ ኣንፈት

ስምዒቶም ዝጥምዝዝ ህሞት ፈጠረት። ስክፍታ ግዲ ተቐንጢጡሎም ንናይ ባጽዕ ሕጽኖቶም ዘዘኻኽር ርክብ ፈጺሙ። ኩነታት ጽግያታ ንስጋዊ ርክብ ዘሀንጢ ብምንባሩ ተወሳኺ ስምዒት ፈጢሩሎም እዩ። ኣንጊሆም ስለዝብገሱ ክትወግሕ ኣይምደለዩን። ናብራ ገድሊ ካብ መደብ ፈልከት ምባል የለን። ግዜ ምፍናው ምስ ኣኸለ ከምታ ግዜ ምርኻብ ምጥምጣም ኮነ። ብጾቱ ገዲፈሞ ርሑቕ ክሳብ ዝኸዱ ተጠማጢሞም ነነው ነነው በሉ። ንብዓቶ'ውን ከም ናይ ትማሊ ዛሕዛሕ በለ። ካብ "በሊ ድሓን ኩኒ፣ በል ድሓን ኩን" ሓሊፉ ካልእ ቃላት ተሳእነ። ናይ ግድን ኮይኑ ንሱ ናብ ብጾቱ ንሳ ድማ ነስመራ ተፈላለዩ። ክሳብ ምርእኣይ ዝስእኑ ንድሕሪት ግልጽ እናበሉ ኣእዳዎም እናሻዕ ሰዓሙ።

ሰናይት ናብ ኣውተቡስ ትስቀለሉ ቦታ ንምብጻሕ ሓያል ግዜ ወሰደላ። ብሓሳብ ተዋሒጣ ስለዝነበረት ግን ርሕቀቱ ኣየስተብሃለትሉን። እቲ ሕሉፍ ታሪኾም ከም ስእሊ እናተራእያ ነቲ ጽንኩር መገዲ ኣየቕለበትሉን። "እቲ ኣብ ፍርቂ ዝተኾልፈ ምቁር ፍቕርናስ ዳግማይ ንምኮሮ ደኾን ንኸውን? ኣብ ሰማይ ክንራኸብ ኢና ትብል መዝሙር መጽሓፍ ቅዱስ ኣብ መሬት እንደገና ክንራኸብ ኢና ኢለ ክዝምራ ኣሎኒ። ጌታ ንመን ኢሉዎ፣ ጸሎተይ ከስምረለይ እዩ" ትምነ። "የ'ናስከ ከምዚ ናተይ ይምነ ደኾን ይኸውን? ግዜ ምስ ነውሐ ካልእ ይምርያዶ ይኸውን? እዛ ብጻይ ብጸይቲ ትብል ኣጸዋውዓ ኣይፈተኹዋን። ናይ ዕላማ መሓዛ ካብ ናይ ፍቕሪ መሓዛ ይድልድል ይኸውን። የድሕነኒ'ምበር እንታይ ዝግበር ኣሎ" ትጠራጠር።

ኣብቲ ጽርግያ ምስ በጽሐት ኣውቶቡስ ብኡንብኡ መጺኣትላ ነስመራ ኣምርሐት። ናይ መልሲ ጉዕዞኣ ነቲ ዝረኣየቶ ብሓሳብ እናዘከረት ከይተፈለጣ ኣስመራ በጽሐት። ናብራ ሜዳ ክሳብ ክንደይ መሪር ምዃኑ ካብ ኩነታት ዮናስ ገምገመት። ዮናስ ዓቢሩ፡ ኣካላቱ ፋሕሸዩ፡ ጭሒሙ፡ ጸጕሪ ርእሱን ኣካላቱን ብንጽህና ዘይተታሕዘ ምስ ረኣየቶ ደንገጸትሉ። ኣወዳት ብትኪ እናንብዑ ቅጫ ክስንክቱ፡ መፈትፈቲ ዝኸውን ዕማኾ ብርስን ኣብ ጥራሕ ማይ ፈኽፊኽ ኣቢሎም ክምገቡ ምርኣያ፡ ተጋደልቲ ካብ ንቡር ንታሕቲ ከምዝነብሩ ተረድኣ። ኣስቤዛ ምስቲ ሃልኪ ዘይዳረግ ብመቕነን'ዩ፤ ንሱ ውን መዓዛዊ ትሕዝቶ ዝጎደሎ፡ መቃምምቲ ዘይብሉ ኢዩ። እቲ ዝገርም ግን ንሳቶም ዘይጭነቑሉ ምዃኖም'ዩ። ነተን ዝለበሰን ቁምጣ ስረ፡ ረቃቕ ጥቢቆን ኮንጎ ሳእኒ ምስቲ ኣብ ኣርማድዮኦም ዘሎ ክዳውንቱ ኣወዳደረት። እተን ንሜዳ ይኾና ኢላ ዝዓደገትሉ ጽብቕቲ ካምቻን ስረን ምቴኣት ከምዘይኮና ተረድኣ። ዮናስ ብገለ ባህሪያቱ'ውን ተለዊጡዋ እዩ። ቅሱን ዝነበረ ብሓላፍነትን ቅዉምነገር ዝተዋሕጠን ኮይኑ ረኺባቶ። ኣተሓሳስባኡን መንፈሱን ምስቲ ቃልሲ ጥራይ እዩ። ሓልዮትን ሓበንን ተፈራረቓ። እታ ካብዚ ኩነታት እንኮ መገላገሊት ናጽነት ቀልጢፉ ክትመጽእ ተመነየት።

፬ ምዕራፍ ኣርባዕተ

ሰናይት ምስ ዮናስ ምርኻባ፣ ዓቢ ሮፍታ ተሰምዓ። እታ ርክብ መለግቦ ናይ ሕሉፍን መጻኢን ህይወቶም ክትኮነለ ተመነየት። ንዝኾነ ሰብ ከይትነግር ንነብሳ ኣምሓለታ። በቲ ካልእ ከኣ ስግኣት ተሰምዓ። ገለ ዝፈለጡ መበጻጸሕቲ ከይሕስውላ ፈርሀት። ኣብ ገዛኣ ወይ ናብ ቤት ጽሕፈታ ዝኻሕኩሓ ዘይትፈልጦ ሰብ ክኣስራ ዝመጸ መሰላ። ብከቢድ ሓሳብ ተዋሕጠት፣ ለይትን መዓልትን ሓሳባት ከተግገላብጥ ተሕልፎ። ተማኽሮ ሰብ ጠፍኣ። መዋጽኦ ምንዳይ ዕርፍቲ ከልኣ። ጸላኢ እንተፈሊጡ ብዘይጥርጥር ናብ ማእሰርታ ከምዝኾነት ፍሉጥ'ዩ። እንታይ ከምተመኽኒ ሓርበታ። ኣብ ማእሰርቲ ምክልባት ስለዘሎ ክስዕብ ዝኽእል ፍሽለት ተሰምዓ። ንኹሉ ኣመዛዚና ከኣ ኣብ ሓደ ሓሳብ ጸቐጠት።

ዮናስ ሰፊሕ ናይ ቃልሲ ሓበሬታ ኣቕሲሙዋ'ዩ። ዓወት ቀረባ ከምዘይኮነ፣ ኩነታት ክመርር ከምዝኽእልን ምጽዋር ከምዘድልን ወዘተ። ነቲ ዝሓሰበቶ መደብ ንምትግባር ግዜኡ ነዊሕ ክኸውን ከምዘይብሉ ተረዲኣ ግዜ ከይወሰደት ከተተግብሮ ወሰነት። ምስ ኣተሓሳስበኣ ዝወሃሃድ ሰብ ኣመዛዚና ሓሳባ ናብ ሕድሩ ዓለበ። ብቐሊሉ ክርድኣ ከም ዝኽእል ተኣማመነት። ቆጸራ እናደጋገመት ከኣ ክትራኸቦ

ጀመረት። ከምቲ ዝገመተቶ ንመደባ ብዘይምውልዋል ተቐበሎ ኣብ ከተማ ከኣ ብሓንሳብ ክረኣዩ ጀመሩ።

ሰናይት ኣንጻሩ ክዝርጋሕ ዝኽእል ዕላላት ብኣጋኡ ኣስተውዒላትሉ ኣላ። ዝፈልጣን ዘይፈልጣን፡ መሳርሕታን ከምኡውን ቤተሰብን ፈተውትን ሕሹኽሹኽ ከምዝብሉ፡ ገለ መሓዙታን ፈለጥታን ከም ዝርሕቁዋ፡ ኮታ መዛረቢ ሰብ ከም ትኸውን ኣይሰሓተቶን። እንዳኣሕሙኣ'ሞ ክብራ ዝገፍፍ ወረ ከምዝዝርግሑ፡ ብዕሉግ ቃላት ከምዝሕልጉላን ርዱእ እዩ። ንባዕላቶም ስለዘሰግኦም እምበር ኣብ ሕጊ ከብጽሑዋ ከምዘይጸልኡ ትግንዘቦ'ያ። እታ ንዕልታ እሞ ሰናይት ምስ ሕድሩ ክትወጽእ ኣብ ዝጀመረትሉ ንዕለታ ጸለመ ከምትጅመርን ንወለዳ ኣብቲ ጸለመ ከምተርዕሞም ተረድኣ። እቲ ወረ ናብ ወጾም ከምዘብጽሕዎ ገመተት። ቅቡል ምኽንያትን መግትእን ክትረኽበሉ ከምዘይትኽእል ከኣ ገምጊማ እያ። ኣብ ምብድሆ ሓያል ናይ መንፈስ ትብዓት ከምዝሓታ ትፈልጥ ነይራ። ቅድመ ምድላዋት ከኣ ገይራትሉ። ዝያዳ ዘጨነቑዋን ብቑዕ መልሲ ዘይረኸበትሉምን ዕርፍቲ ዝኸልኡዋን ካልእ ነጥቢታት፡ ሓደ ኣብ ወዳ ዝፍጠር ኣእምሮኣዊ ጭንቀት እዩ፡ እንታይከ ክትብሎ። ካልኣይ ከኣ ስድርኣ ዓው ኢልካ ዘይዝረቦ ኮይንዎም ሕርር ከምዝብሉ፤ "ካብ ብኽብረትሲ ብሓሳር" ከምዝብልዋ፤ ምናዳ ኣዲኣ "ኣቲ ውርደተኛ፡ ዘይንቡር ገባሪት" ከምዝብልኣን ከምዝስጉደማላን ገሚታቶ ኣላ። ኩነታት እንተብኢሱ ናታ ቤት ክትካረ እኳ ከም ኣማራጺ እንተኣቐመጠት ምስ ስድርኣ ምብታኽ ከስዕብ ስለዝኽእል ክትግብሮ ከምዘኽብዳ፤ ሕድሩ መርዓ ዘይፈተነ ስለዝኾነ ምስኡ ሓዳር ክትገብር ካብ ልሙድ ወጻኢ ምዃኑ ጥራይ

ዘይኮነ፤ ዓርኪ ሰብኣያ ምንባሩ'ውን ቅቡል መውስቦ ኣይከውንን ከምዝብሉ፤ ናይ ርሑቕን ቀረባን ቤተሰብን ፈተውትን ዝብልዎ ከምዝጠፍኦም ኣይሰሓተቶን።

ኣዴታት ኩነታት ደቀን ኣብ ምክትታል ፍሉይ ክእለት'ዩ ዘለወን። ሰናይት ናይ ጥንሲ ምልክታት ክየርኣየት ከላ ኣዲኣ ኣብ ኣካላታ ገለ ለውጢ ተዓዚበን ባህ ስለዘይበለን ሓደ ንግሆ ጸዊዐን" ኣንቲ ቆልዓ እዚ ኣካላትኪ ይሓፍሰኒ'ሎ፣ ይኽደነና ድኣምበር ናይ ድሓን ኣይመስለንን" ክብላ ሓተትኣ።

ሰናይት ምልዓሉ ሽጊሩዋ ዝነበረ ጉዳይ ዕድል ስለዝረኸበት ፣ "እወ ኣደ፣ ጽቡቕ ኣሎኺ፣ ኣይተጋገኽን፣ ምንጋርኪ ጸጊሙኒ ሎሚ ጽባሕ ክብል ጸኒሐ እምበር ድቂ ሒዘ ኣለኹ" በለተን።

"እዋይ ሰሙ ክፉእ! ብኽብሪ ገዲፍክስ ብውርደት! ግመል ሰሪቑምሲ ጉንብሕ ጉንብሕ ይብሉ፣ ካብ መንከ እዩ?"

"ንሱ ቀስ ኢልና ክንዛረበሉ፣ ሕጂ ነቦይ ከመይ ንንገሮ ሓግዝኒ"

"ንሶም ከይፈለጥዎ ዝግበር ነገር የለን?"

"ምንጻሉ ማለትኪ እንተኾንኪ ኣይከውንን'ዩ፣ ኮነ ኢለ ዝገበርክዎ ስለዝኾነ።"

"እዋእ! ኣጸቢቑለይ ኢልኪ ዲኺ? ሓደጋዶ ኣይኮነን ኣጋጢሙኪ?"

"ኣይኮነን፣ ብመደብ ዝፈጸምክዎ'ዩ፣ ናይ ኣቦይ ድኣ ንግበር።"

ወ/ሮ ተኽኣ ንነዊሕ ስቕ ኢለን ድሕሪ ምጽናሕ "ንዓኦም ምንጋር ድኣ እንታይ ጸገም ኣለዎ። ባዕለይ እነግሮም፣ መልሲ ግን ካባኺ።"

"እታ ምንጋሩ'ምበር መልሲ ምሃብሲ ናባይ ግደፍዮ" ክትብልን ኣቶ ተኽለ እትው ክብሉን ሓንቲ።
"ከመይ ኣርፊድክን" ድሕሪ ምባል ኣብ ገጸን ኣንቢቦም "ድሓን ዲኽን? እንታይ ዝተረኽበ ኣሎ" ኢሎም ሓተቱ።
ወ/ሮ ተኽኣ፡ ግዜ ከይሃባ "ኣይድሓንን። ሰናይት ጠኒሰ ትብል ኣላ" ክብላ መርድእ ደርጉሓሎም
"በስመኣብ በወልድ ወመንፈስ ቅዱስ፡ እንታይ ጥንሱ'ንቲ? እዚ ሰናይት፡ ሓቂ ድዩ ዋዛ?"
"ሓቂ'ዩ ባባ፡ ዘጨንቕ ግን የብሉን"
"ከመይ ዘየጨንቕ? ዳግማይ ክርስቶስ ዲኺ ጠኒስኪ?"
"ብሓደ ቆልዓ ከተዕርብዮ፡ ግዜ ከይሓልፈኪዶ ኣይነበረን ዘረባኹም?"
ኣደይ ተኽኣ ትቕብል ኣቢለን "ብኽብሪ'ምበር ብውርደት ውለዲ መዓስ ኢልና"
"ኣነ ውላድ'ምበር ካልእ ሓዳር ክምስርት ድሌት የብለይን። ምስ ሕድሩ ድማ ብኽምኡ ኢና ተረዳዲእና።"
ኣቦይ ተኽለ፡ "ዓገብ፡ ዓገብ፡ እንታይ ዘረብኡ'ዩ እዚ፡ ሰብከ እንታይ ክብለና"
"ዘይንቡር ምኽኣ ጠፊኡኒ ኣይኮነን፡ ሕጂ ኣብ ክዉን ነገር ምዝራብ ለውጢ ዘምጽእ ኣይኮነን። ዕላማ ኣሎኒ፡ ክፍጽሞ መዲበ ኣለኹ። ንዝመጽእ ዘረባታት ተቐሪበሉ ኣለኹ" በለት።
ኣደይ ተኽኣ፡ "መርገም ወለድስ እንተዘይቀተለ የዕነኒ፡ ዘረባ ዓበይቲ ስምዒ። ካባና ሓሊፉ መን ክምዕደኪ ደሊኺ?"
ኣቦይ ተኽለ ዝብልዎ ጠፊኡዎም "ኣብ ውዱእ ነገር ድኣ እንታይ ክንብል። ከይንረግመኪ ጸላኢና ውላዱ ይርገም፡ ኣፍና ቃል ኣውጺኡ እንተዘይረገመ ክብድና ብሕርሩ

ክይተቐየምናኪ ኣይንተርፍን። ነቲ ውርደት ናትና ኢልና ካብ ምቕባል ካልእ ኣማራጺ ዘሎ ኣይመስለን። በዲልክና ሰናይት።" ኢሎም ነቲ ዘረባ ዓጸውዎ።

ድሕሪ ምስ ሰድርአ ምልዛብ እቲ ስክፍታ ብመጠኑ ቅልል በለለ። ደጊም ምስ ሕድሩ ኣብ ከተማ ብግልጺ ምርኻብ ዘየሰክፋ ኮነ። ዝረኣዮም ኩሉ "ኣየ ጥልመት፣ ኣምሒሩልና ኢሎም ድዮም? ብስቱርከ ዘይገብሩዎ። ጽባሕ ንግሆ ኣበይ ክኣትዉ እዮም" እናተባህለ መዛረብ ሰብ ኮኑ። እንዳሓሙኣ ብፍላይ ከምቲ ዝገመተቶ ንጸለመኣ ተዓጥቂ፣ ካብ ሰይቲ ጅግናስ ናብ ሸርሙጣ ተቐይራ። ከምቲ ባህሊ ደርፊ ከድርፉላ ኣይምጸልኡን። ንሳ'ውን ተሰኪፋ ካብ ምብጽሖም እግራ ኣሕጸረት።

ሰናይት ንዓይ ክትነግረኒ ዝጸገማ መሰለኒ። ኣነ ውን ኩነታት ኣካላታ ርኡይ እኳ እንተነበረ ክሓታ ኣይደፈርኩን። ጥንሳ ቅሉዕ ክሳብ ዝኸውን ከኣ ጸናሕና። ሓደ መዓልቲ ከምዛ ዝመሎቐትኒ ኣምሲለ "ኣንቲ መሓዛይ፣ እዚ ክብድኺ ድኣ ከመይዩ?" በልክዋ።

ንሳ ድማ ዕድል ረኺባ "መሓዛይ፣ ምንጋርኪ ብጣዕሚ ኣሕፊሩኒ'ምበር ጠኒሰ ኣለኹ" በለትኒ።

ኣነ ንባዕለይ ጠኒሰ ስለዝነበርኩ "ቀኒእኪ ዲኺ መሓዛይ?" ክብል ሓውሲ ላግጺ ሓተትክዋ።

"ከመይ ዘይቀንእ፣ ንስኺ ንቐደም ክይበልክኒ ክትደጋግሚ ኣነ ከኣ መተርኣስ ሓቝፈ ክሓድር ኣየቕንእንዶ?" መለሰት ፍሽኽ እናበለት

"ሓቅኺ ሰኑ። ዘይቐንእ ኣይወለድ እኳ ዝበሃል። በሊስከ ካብ መን ድኣ እዩ?" ሓተትክዋ።

"በጃኺ ካብ ሕድሩ እዩ። መዓልቲ ምስ ነውሖስ እንታይ ድኣ ክገብር። ስድራ ብሓደ ቆልዓ ከተዕርብየ፣ ዳሕራይ ከይትጠዓሲ እናበሉ ኣሸጊሮሙኒ። ነዚ ወደይ ሓው ወይ ሓብቲ ክረኽበሉ ኢለ። ንዝኾነ ሰብ ኣየማኽርኩን፣ ከም'ዚ ኢለ ከማኽረኪ ቀሊል ኮይኑ ኣይተሰመዓንን" በለትኒ።
"ኣነስ ጭላፍ ሓበሬታ ወይ ምልክት ከየርኣኺ ኣብዚ ምብጻሕኪ ገሪሙኒ'ምበር እንተትሓትኒ'ውን ምኽሪ ምሃብ ኣዝዩ ምኸበደኒ ነይሩ። ሓቂ ይሓይሽ ተዓሚጽኪ ዝጠነስኪ መሲሉኒ ተጨኒቐ ነይረ" በልክዋ።
"እዋእ፣ ከመይ ኢልኪ ከምኡ ሓሲብኪ?"
"እዚ ግዜ ከምኡ ዘየሕስብ ድዩ? ክንደይ ተዓሚጸን ዝጠነሳዶ ኣየለዋን። መንግስቶም ንኤርትራውያን ውለዱለን ዝበሎም ይመስል ወተሃደራት ንመርዓ ሓቲቶመን ንዝኣበያኦም ዝዘረፉወን ወይ ዝዓመጹወን ከም ምስጢር ዓቍረንኦ ከምዘለዋ ትፈልጢ እንዲኺ? ነታ መማህርትና ዝነበረት ኣኽበረት ዓፋኝ ካብ መገዲ ገፊፎም ሰለስተ ኣትብዝ ተበራሪየም ተጋሲሶም ምስ ደማ ደርቢዮማ። ኣብ ገጠር ሰበይቲዶ በይና ትንቀሳቐስ'ያ። ንዓመጽ ዝተቓልዐት ጓል ኣንስተይቲ ከይትቕላዕ ብምስጢር ትሕዞ። ኣቦታቶም ዘይፍለጡ ዘዕብያ ወይ ንኻልእ ዝጥቅና ኣለዋንዶ" ዘርዘርኩላ።
ሰናይት፣ "መሓዛይ ኣፍሪህክኒ፣ ከምዛ ንዓይ ዝወረደኒ መሲሉ ተሰሚዑኒ"
"ናትኪ ድኣ እንታይ ጸገም ኣለዎ"
ርእይቶይ ንምፍላጥ "እቲ ሰብ ዝብሎኸ?" ሓተተት።
መታን ከደዓዕሳ "ሰብ ተዛሪቡ'ዩ ዝተርፍ። ምውላድኪ ግን እናሓደረ ከሓጉሰኪ እዩ። ዳሕራይ ተማህሊልኪ ኣይምረኽብክዮን"

"ከምኡ ኢለስ'ካ ኣትየዮ ኣለኹ። ስድራ ከኣ ረቢሾሙኒ። ናይ ምውላድ ግዜ ከይሓልፈኒ ኮይና ቃሉም። በዓል ኣቦይ ንቀጻልነት ናይ ትውልዲ ልዕሊ ኩሉ'ዮም ዝሰርዕዎ። ምውሓድ ዘርኦም ዝያዳ የሻቕሎም"

"ሓቆም፡ ማህጸን ከውሒ ምስ ኮነት ፍረ ካበይ ክመጽእ። ብዝኾነ ጽቡቕ ገርኪ። ብሓባር ቆልዑና ነዕቢ።" በልክዋ። ምስ ዮናስ ዝነበራ ፍቕሪ ኣዛሚደ ክኣምና ኣዝዩ ጸጊሙኒ፡ ብውሽጠይ "እዚ ፍቕርስ ከመይ ድዩ" በልኩ። ብዝኾነ ክልቴና ካብ ስክፍታ ተገላገልና።

ናይ ሰናይት ምጥናስ፡ ምሕራስ፡ ናብ እዝኒ ዮናስ ክበጽሕ ነዊህ ግዜ ኣይወሰደን። ነቲ ወረ ክኣምኖ ኣዝዩ ኣሸገሮ። ዘይተፈለጠ ኣይጭኖን ከም ዝበሃል ግን ነቲ ወረ ክነጽጎ ኣይከኣለን። "ሰናይት ከመይ ገይራ ከምኡ ትፍጽም? እንታይ ኣስዲዑዋ? ቃልስና ዝተናውሐ እዩ ስለዝበልክዋ ተስፋ ቆሪጻዶ ትኸውን? ናይ ምውላድ ዕድመ ከይሓልፋ ሰጊኣ? ካልእ ኣፍቂራ ክብል የጸግመኒ። ፍቕርና ደምሲሳቶ? እንድዒ። ገለ ዘገድድ ኣጋጢሙዋ ክኸውን ኣለዎ። በዚ ኮነ በቲ ጥልመት እዩ። ካልእ ምኽንያት ክወሃቦ ኣይክእልን። ጠላም።" ወዘተ ክብል ዕርፍቲ ይስእን። ብፍላይ ብመገዲ ሓብቱ ዝፍኖ ዝነበረ ወረ ጸለመ ኣስኪሩዎ እዩ። ኣብ ልዕሊ ሕድሩ ድማ ቂም ኣሕደረ። እቲ ሕማቕ ወረ ናብ መጋድልቱ ከይዝርጋሕ ስክፍታ ሓደሮ። ሰብ ዝገበሮ ምድሪ ነገሮ ከም ዝበሃል፡ ገሊኦም ድሮ በጺሖዎም ዝሓምይዎ ዘለዉ መሰሎ።

ሓደ መዓልቲ 'ካብ ዮናስ' ትብል ሰታሪት ካብ ዘይትፈልጦ ሰብ እናሰግኣት ተቐበለት። ነቲ ሰብ ኣመስጊና ድሕሪ ምፍናው ድሃይ ዮናስ ክትሰምዕ ተሃዊኻ ነታ ሰታሪት

ክትከፍት ግዜ ኣይወሰደትን። እንተኾነ ብዘይካ ሓንቲ ካሴት ካልእ ትሕዝቶ ኣይጸንሓን። ብምግራም "ዮናስ ከመይ ኢሉ መልእኽቲ ብድምጺ ቀሪጹ ይልእኽ? ኣብ ሓደጋ ከምዘውድቕ ይርድኦ'ዩ። ከረክሰኒ?" በለት። ብዝኾነ ትሕዝቶ ካሴት ክትሰምዕ ምሒር ተሃዊኻ ካብ ስራሕ ናይ ምፍዳስ ግዜ ከይኣኸለ ኣመኽንያ ንገዝኣ ተበገሰት። ገዛ እትው ኢላ መዓጹ ሸጒራ ቴፕ ወሊዓ ነታ ካሴት ሰኹዓታ። ዘሻቕል መልእኽቲ ከኣ ጸንሓ። ናይ የማነ ባርያ 'ሓዳር ጌርኪ ሰሚዐ ብወረ' ትብል ደርፊ ሰምዐት። ደርፊ ክትጅምርን ንብዓት ክስዕራን ሓደ ኮነ። ድሕሪ'ታ ደርፊ ካልእ መልእኽቲ ክህሉ ተጸብያ እናሕለፈት እንተፈተሸት ንሳ እታ ሓንቲ ደርፊ ጥራይ ትደጋገም። ፍሰት ሓሞታ እናተሰምዓ ኩርምይ ኢላ ሓሳባት ገላበጠት። "ብሓቂዶ ካብ ዮናስ'ዩ? እቲ ወረ በጺሑዎ ይኸውን'ዩ፤ ግዳ ከምዚ ዝበለ ግብረመልሲ ይሰድድ ኣይብልን። 'እዚ ዝሰምዖ ዘለኹ ውዒልክዮ ዲኺ' ክብል ምሓተተኒ'ምበር፡ ዋላ እንተተበሳጨወ ስራሕ ዓሻ ይፍጽም፡ እንድዒ!" ተጠራጠረት። "ዋይ ኣነ፡ ናይቲ ዘምጽኣለይ ሰብ ሓበሬታ ክሕዝ ነይሩኒ" ተጣዕሰት። ነታ ካሴት ኣብ ስቱር ቦታ ኣቐሚጣ፡ እታ እንኮ መፍትሒ ምስ ዮናስ ትረዳዳኣሉ መገዲ ምብልሓት ምዃና ደምደመት።

ሰናይት ምስ ሕድሩ ስነስርዓት መርዓ ከይገበሩ መዓልታ ኣኺሉ ብጽቡቕ ጓል ተገላገለት። ኣቦ ቆልዓ ሕድሩ ተመዝገበ። ሓደ ዘሻቕል ክስተት ግን ተፈጥረ። መሰለት ቆልዓ ከምቲ ትጽቢት ኣይኮነን። ንስድርኣ ግድል ኮኖም። ሕሹኽሹኽ ምባል በዝሐ። እዚ ንሰናይት ኣዚዩ ኣሻቐለ። ነታ ሕጻን ሰብ ከይርእያ ደቂሳ እናመኽነየት ኣብ መደቀሲኣ

ምዕጻው ከም መፍትሒ ወሰደቶ። ኣብ ጥምቀታ ብዙሓት ሰባት ኣይዓደሙን። ካብ እንዳቦ ብዘይካ ሕድሩ ዝተኻፈለ ካልእ ሰብ ኣይነበረን።

ድሕሪ ጥምቀት ሰናይት ንሕድሩ እውን ማእሰርቲ ከምዝተደናደኖ ቀዲሙ ሓበሬታ ስለዝበጽሖ ካብ ምእሳር ኣምሊጡ ንሜዳ ተሰለፈ። ብኣሰራርሓ ደርጊ ቀዲሞም ጭብጢ ኣኪቦም፡ ናይ መጸዋዕታ ጽሑፍ ኣዳሊዮም ኣይኮኑን ሰብ ዝእስሩ። ብዘይተረጋገጸ ተባራሪ ወረ ወይ ሓበሬታ (ጥቆማ) ምቕፋድ ልሙድ ተርእዮ ነበረ። ንሰናይት ሓበሬታ ንምርካብ ብዘይ መጸዋዕታ ወረቐት ናብ ቤት ማእሰርቲ ዳጎኑዋ። ምኽንያት መእሰሪኣ ምስ ወንበዴ ትተሓባበሪ ኢኺ ትብል ኮይና ምስጢር ንምርካብ ከቢድ መርመራታት ኣካየዱላ። ቅድም ዮናስ ሰብኣያ ሕጂ ድማ ሰብኣያ ድዩ ውሽማኣ ስለ ዘምለጥዎም ንሳ ትፈልጦ ምስጢር ከምዝህሉ ገመቱ። "መን ይተሓባበረኪ? ሕድሩ እንታይ ኮይኑ ሃዲሙ? ብዓል መን ምስኡ ይራኸቡ" ወዘተ ዝብሉ ሕቶታት ኣብዝሑላ። "ኩሉ ዘርዚርኪ ንገርና ክንሰደኪ" በልዋ። ናይ ማሰርቲ ተመክሮ ስለዝነበራ ከመይ ገይራ ከምትከላኸል ሓጊዙዋ እዩ።

መርመራ ወዲኣ ናብ ቤት ማእሰርቲ ሓዝሓዝ ተወሰደት። "ናይ ቤት ማሕቡስ ሓዝሓዝ ናብራ መተኣስርቲ የጸብቐልካ'ዩ ዘብል" ትብል ሰናይት። "ብዕላማ፡ ብሞራል፡ በተሓሳሰባ ዝረዳድኡኻ መተኣስርቲ እንተረኺብካ ጸጋ እዩ። እንተዘይኮይኑ ግን ሰብ መሊኡ ከሎ ብጽምዋ ትብላዕ። ዕድል ገይረ ኣዝየን ዝረዳድኣኒ መተኣስርቲ ስለዝረኸብኩ ኣየስቆርቆኩን። ነቲ ጽንኩር ኩነታት ከም

ዋዛን ቀሊልን ወሲድናዮ። ቤት ማእሰርቲ ሓዝሓዝ ብዘይካ'ቲ ካብ መርመራታት ምግልጋል ካብ ማርያም ግቢ ዝፍለየሉ ብዙሕ ነገራት ኣለዎ። ኣብ ማርያም ግቢ፡ እተን ክፍሊታት ጸበብቲ፡ ምድቃስ ኣብ ባይታ፡ ናይ ምንፋስን ናይ ሽቓቕ ምጥቃም ግዜ፡ ፍርቂ ሰዓት ናይ ንግሆ፡ ፍርቂ ሰዓት ናይ ግዘ ኮይኑ ካልእ እዋን ኣይፍቀድን። ንኣካላትካ ናይ ሸንትን ቀልቀልን መስርሕ ክትምህሮ እንተዘይክኢልካ ኣዚኻ ትጽገም። ኣብ ሓዝሓዝ ግን እቲ ክፍሊ ሰፊሕ፡ ብተዛማዲ ዝሓሸ ናይ ምንፋስ ቦታን ግዜን ኣሎ፡ ዝሓሸ ናይ ንጽህና ኣገልግሎት (ማይ፡ ሽቓቕ) ይርከብ፤ ፍርናሽ ከተእቱ ይፍቀድ። ካብ ክፍሊ ወጺእካ ኣብታ ንእሽቶ ቀጽሪ ንተወሰነ ሰዓታት ምንፋስ ይከኣል እዩ። ብዓቢኡ ከኣ ምስ ቤተሰብካ ክትራኸብን ናብ ሆስፒታል ኬድካ ክትሕከምን ይፍቀደልካ። ኣብ ሰምበል እሞ በቶም ዝተማህሩ እሱራት ስሩዕ ናይ ቀዳማይ ደረጃ ትምህርቲ ውን ይወሃብ።"

ሰናይት ናይታ ኣብ ቀዳማይ ምእሳራ ኣብ ማርያም ግቢ ዝተፋለጠታ ሓዳስ ሃለዋት ክትፈልጥ ተመነየት። ኣብቲ ዝኣተወቶ ክፍሊ ትፈልጣ ሰብ እንተረኸበት ብዓይና ኮሊላ ንሓንቲ እስርቲ ከተለሊ ከኣለት። ማና እበሃል ኢላ ሰላምታ ድሕሪ ምልውዋጥ ኮፍ ኢለን ከዕልላ ጀመራ። ሰናይት ድሃይ ናይ ሓዳስ ምፍላጥ ተሃንጥያ ብዛዕብኣ ክትሓትት ግዜ ኣይወሰደትን። እቲ ዝረኸበቶ መልሲ ግን ኣዝዩ ኣሕዘና። ሓዳስ ስጉምቲ ከም ዝተወስደላ ተረድአት። "እንታይ ከቢድ ገበን ረኺቦሙላ ድኣ ናይ ሞት ውሳኔ በይኖሙላ?"

ማና፡"ውድብቲ እያ ነይራ። ቃል እምነት ከምዘይሃበት ግን ነጊራትኒ ነይራ። ምስ ሻዕብያ ትተሓባበር ከምዝነበረት

ዘረጋግጽ ሓበሬታ ኣሎና ይብሉዋ ነይሮም። ምስዚኦም እሞ ኣበይ ቤት ፍርዲ ቀሪብካ ክትከራኸር። ሳልሰይቲ ርእሳ ዓወት ንሓፋሽ እናበላ ረሺኖመን። እቲ ዘሕዝንካ በዓል ቤታ ቅድሚኣ ተሰዊኡ፡ ደቆም ብዘይኣላዩ ተሪፎም። ስድርኣ ካብታ ዘይብሎም ንዓመታት መግቢ ኣብጺሖሙላ። ጸማ ስኢኖም።"

ሰናይት፡ "ንስኺኸ እንታይ'ዩ ክስኺ?"

ማና፡ "ናይ ሻዕብያ ተሓባባሪት ተባሂለ። ፍተሻ ኣብ ዝተኻየደሉ ግዜ ኣብ ገዛና ናይ ህዝባዊ ግንባር ጽሕፍቲ ተረኺባ። ነታ ጽሕፍቲ መን ከምዘምጽኣ ኣይፈለጥኩን። ንዓይ ጠቂኖሙለይ። ነቲ ክሲ ኣይኣመንክሉን። ንሓሙሽተ ዓመት ማእሰርቲ ተበይኑኒ ራብዓይ ዓመተይ ኣሕሊፈ ኣለኹ።"

ሰናይት፡ "ኣብ ነፍሲ ወከፍ ዓመት ማእሰርቲ ኣርባዕተ ወርሒ ዘጉድል ኣመክሮ ዝበሃል ኣሎ ምሽ?"

ማና፡"ኣመክሮ ንናይ ፖለቲካ እሱራት ኣይፍቀድን'ዩ። ተወሰነልካ ዓመታት ጸንቂቕካ ኢኻ ትወጽእ። ንሰረቕትን ገበነኛታትን ግን ኣመክሮ ይፍቀደሎም። ኣመክሮ ኣብ ኤርትራ ጥራይ'ዩ ዘይፍቀድ።"

ሰናይት፡ "ድሓን፡ ቀሪብኪ ኢኺ። 'ዘመን ገበል ዝሃበካ ተቐበል እዩ" ኢላ ድሕሪ ምጽንናዕ፡ ካብዘን ኣብዚ ዘለዋ እሱራት መብዝሕትኤን ናይ ፖለቲካ እሱራት'የን ኢልክኒ። ኣብ ቃልሲ ዝሳተፋ ደቂ ኣንስትዮ ብዙሓት ድየን?" ሓተተት።

ማና፡ "ሓዳስ ምህርቲ ምኽንኪ ገሊጻትለይ ነይራ። ፖለቲካዊ ንቕሓትኪ ምስ ደረጃ ትምህርትኺ ዝመጣጠንን ኣይኮነን። ካብ ተጋደልቲ እቲ ሓደ ሲሶ ደቂ ኣንስትዮ ምኻነን ትፈልጢ ኣይመስለንን። መስተንክር ስርሒታትን

ጅግንነትን ብደቂ ኣንስትዮ ከምዝተፈጸሙ ክሳብ ሎሚ እንተዘይሰሚዕኪ ኣብ ኤርትራ ትነብሪ ክብል ኣይክእልን" ክትብል ድሕሪ ምንቃፍ ናይ ብዙሓት ኣብኡ ዝነበራ እሱራት ምኽንያት መእሰሪ ዘርዚራትለይ። ሰለስተ ካብተን እሱራት ብጅግንነት እናተዋግኣ ዝተማረኻ፣ ክልተ ከኣ ኣብ ምቅንጻል ዓበይቲ ሰበስልጣን ደርጊ ዓቢ ተራ ዝተጻወታ፣ ሓንቲ ድማ ነታጉታት ምስ ሕሩጭን እኽልን ሓቢኣ ካብ ሜዳ ንኸተማ ከተእቱ ዝተታሕዘት፣ ብዙሓት ከኣ ኣባላት ሓፋሽ ውድባት ኮይነን ኣብ ዝተፈላለየ ስርሒታት ዝሳተፋ ምዃነን ገሊጻትለይ። ብተራ ደቂ ኣንስትዮ ኣዝየ ተሓቢነ፣ ነዛ ነብሰይ ግን ንዒቐያ።

ካብ ሰናይት ከምዝተነግረኒ፣ ኣብ ግዜ ደርጊ ጭብጢ ኣይተረኽበን ኢልካ ነጻ ምስዳድ ልሙድ ኣይነበረን። ናይ ፍትሃብሄር ወይ ናይ ገበን ክስን ውሳኔን ካብ'ቲ ዝተመርመርካሉ ናይ ፖሊስ መደበር ወይ ካብ ቤት ፍርዲ ምስቲ እሱር ተሰንዩ'ዩ ዝመጽእ። ናይ ፖለቲካ ክሱስ ግን ስሙ ጥራይ'ዩ ምስቲ እሱር ናብ'ቲ ቤት ማእሰርቲ ዝተሓላለፍ። ብዘይውሳኔ ኣዋርሕ ወይ ዓመታት ድሕሪ ምሕያር መን ከምዝፈረደካ ከይተፈልጠ ውሳኔ ይመጾ። ኣብ ቤት ፍርዲ ቀሪብካ ክትከራኸር ዕድል የለን። ናይ ይግባይ ምባል መሰል'ውን ኣይፍቀድን'ዩ። ብኣተረጓጉማ ደርጊ ናይ ፖለቲካ ክሱስ ማለት ብቐጥታ ኮነ ብተዘዋዋሪ ኣብቲ ቃልሲ ህዝቢ ኤርትራ ዝሳተፍ፣ ብንዋት ዝድግፍ፣ ምስቲ ቃልሲ ብመትከል ዝደናገጽ ማለት ነቲ ቃልሲ ደጊፉ ዝዛረብ ዋላ ኣብቲ ቃልሲ ኣይሳተፍ የጠቓልል። ብኣፎም ዝእሰሩ ወይ ዝርሸኑ መሊኦም'ዮም።

ኣብ ሰምበል ብፖለቲካ ተኣሲሩ ዝነበረ ሐደ ዘመደይ ከምዘዕለለኒ፡ ናይ ፖለቲካ እሱር ድሕሪ ከቢድ መርመራ፡ ፍርዲ ንዓመታት ይጽበ። እተን ዝመረራ ናይ ማእሰርቲ ዓመታት ከኣ እተን ብዘይፍርዲ ዝሕልፈን'የን። ቅድሚኡም ናይ ዝተዋህቡ ዘይፍትሓዊ ውሳኔታት እናዘከሩ ድማ ዋላ ነቲ ዝኸፍእ ናይ ሞት ፍርዲ ውን ተዳልዮምሉ'ዮ እንተኾኑ፡ ከም ሰብ መጠን ቁሩብ ምጭናቖም ኣይተርፍን። ነቲ ኩነታቶም ትገልጽ ዘዘውትርዋ ዘረባ ነይራቶም፡፡ መኣዲ ኣብ ዝጅምርሉ ግዜ "በሉ ንሰበሓሎም" ይብሉ። ውዒሉ ሓዲሩ ፍርዲ ኣብ ዝመጸሉ ብትብዓት ይቕበልዎ። ናይ ዓመታት ማእሰርቲ እንተኾይኑ ብሓጎስ፤ ናይ ሞት እንተኾይኑ ከኣ "ዓወት ንሓፋሽ" ይብሉ።

ናይ ሞት ውሳኔ እንተኾይኑ ነቲ ውሳኔ ኣተግበርቲ ምስቲ ውሳኔ መጺኦም ነቲ ፍርዲ ይፍጽምዎ። ናይ ሞት ፍርዲ ኣብ ዝመጸሉ ግዜ እቶም ውሳኔ ዝጽበዩ መዓልተይ ኣኸለት ክብሉ ብስቅያት ይሓሩ። ኣተገባብራ ናይ ሞት ውሳኔ ኣዝዩ ዘስካሕክሕ'ዩ። እቲ ውሳኔ ምስቶም ኣተግበርቱ ናብ ቤት ጽሕፈት ማእሰርቲ ምስ መጸ፡ ነቲ ውሳኔ ተርድእ ቃጭል ትድወል'ሞ ኩሉ እሱር ብቕጽበት ንናብ ክፍሉ ከም ዝኣቱ ይግበር። መዓጹ ክፍሊታት ይሸጎሩ። ከምዚ ኣብ ዝኾነሉ ህሞት ኣዒንቲ እሱራት ናብቶም ናይ ፖለቲካ እሱራት'የን ዝጥምታ። በታ ጸባብ ቀዳድ ናይ ማዕጾ ስም ወይ ስማት ናይ ዝርሸኑ እሱራት ኣብ ክክፍሉ ተጸዊዑ ንደገ ክወጹ ይንገሮም። እቲ እሱር ካልእ ምርጫ ስለዘይብሉ ንብረቱ ጠንጢኑ ይወጽእ። ካብ ማዕጾ ውጽእ ምስ በለ መታን ከይሃድም ወይ ከይጻብኦም ክልቲኤን ኣእዳዉ ካብ መንኩቡ ምንዕ ምንዕ የብልዎ። ናይ ስቓይ ኣውያት

ይሰማዕ። ኣእጋሩ ሰንሰለት ይእሰር። እናጋፍዑ ወሲዶም ኣብ መኪና ጽዒኖም ናብ መረሸኒ ቦታ ወሲዶም ነቲ ወሳኔ ተግባራዊ ይገብሩዎ። እታ ክፍሊ ብስቕታ ትወሓጥ፣ ዳርጋ ኩሉ ዝኸን ይብል።

ንስድራ ስጉምቲ ናይ ዝተወስደሎም እሱራት ወግዓዊ ሓበሬታ ኣይወሃብን ነይሩ። እቶም ስድራ ናይቲ ፍጻሜ ዝሰምዑ ሕልና ብዘጎደሎ ኣገባብ እዩ። መግቢ ክብጽሕሉ ምስ መጹ፣ እቲ ዘምጽእሉ መግቢ ከይኣቱ ብምኽልካል ወይ ድማ ውሽጢ በጺሑ ይምለሰሎም። መግቢ ምኽልካል ወይ ምምላስ ናይ ሞት መርድእ ማለት'ዩ። እቲ መግቢ ዘምጽአ ኣባል ቤተሰብ ሕርር ኢሉ እናነብዐ ይምለስ። ቤተሰብ ንቡር ሓዘን ክገብሩ ዘይሕሰብ'ዩ። ንወንበዴ ክትሓዝኑ ወይ መን ነጊሩኩም ዝብል ክሲ ከይመጾም። ትብዓት ህዝብና ግን ኣዝዩ'ዩ ዝገርመካ። ግፍዕታት ጸላኢ ከየሸበሮ ቃልሱ ይቕጽል። ከም ወለዲ መጠን ብውሽጦም ሕርር ክብሉ ግድን'ዩ። ብደገ ዝርአ ግን ልዑል ሞራሎም እዩ፣፤

ንሰናይት ድሕሪ ዓመትን መንፈቕን ብዘይ ፍርዲ ምእሳር ንኽንደይ ሰበስልጣን ኣፍቲኻ ብዋሕስ ተፈትሐት። ኳላ ኣዲኣ ከይፈለጠት እግሪ ተኺላ፣ ዘረባ ጀሚራ ጸንሐታ። ኣነ ምስ ወደይ ማዕረ እናጥበኹ፣ ዓባያ ከኣ እናተኸናኸና ጾምቦጭቦጭ ኣቢልናያ ኢና። ንሰናይት ከም ኣዲኣ ክትቅበላ ነዊሕ ግዜ ወሰደላ።

ናይ ሕድሩ ምስላፍ ንሰናይት ጽቡቕ ኣጋጣሚ ኢዩ ኮይኑላ። በቲ ሓደ ወገን እቲ መርመራ ኣብኣ ጥራይ ተወሲኑ ተሪፉላ፣ በቲ ካልእ ወገን ድማ ድሕሪ ምውላዳ ምስ ሰብኣይ ክትርክብ ስለዘይደለየት። ብተወሳኺ ናይ ሕድሩ ምስላፍ ሃገራዊነቱ

ዝምስክር ስለዝኾነ ናይ ብዙሓት ሰባት ኣተሓሳስባ ከምዝልወጥ ገመተት። "እዛ ቆልዓስ ካብ ጅግና ናብ ጅግና እባ እያ ቀይራ" ክብሉ ተጸበየት።

ሕድሩ ንሰናይት ከይተፋነዋ ንሜዳ ስለዝወጸ ምስኣ ዝኾነ ምርድዳእ ኣይገበረን። ንዮናስ ከብጽሓላ ትደልዮ መልእኽቲ'ውን ኣይሓዘን። ብዛዕባ ርክቦም ንዮናስ በጺሕዎ ከም ዝኽእል ገሚቱ ነይሩ። ኣብ ልዕሊኡ ኣሉታዊ ኣረኣእያ ከምዝህልዎ ርዱእ እዩ። ከምኡ ምሕሳቡ ኣይፍረደሉን። ሰብ ኮይኑ ብብጽሒቱ ዘይቀንእ ወይ ዘይቀናቐን የለን። ብኣካል ረኺቡ ክረዳድኦ ክቱር ድልየት ሓደሮ።

ታዕሊም ክሳብ ዝውድእ ዝፈልጦም ሰባት ስለዘይረኸበ ናይ ዮናስ ዝኾነ ሓበሬታ ሰኣነ። ድሕሪ ታዕሊም ናብ ተዋጋኢ ሰራዊት ተወዚዑ። ኣብቲ እዋን'ቲ ኣብቲ ዝተመደበሉ ከባቢ ናይ ጸላኢ ቀጻሊ ምንቅስቓስ ስለዝነበረ ብቐረባ ምስ ዝዋስኦም ብጾት እንተዘይኮይኑ ድሃይ ዮናስ ክሓትት እዋኑ ኮይኑ ኣይረኸቦን። ምንቅስቓስ ጸላኢ ብተዛማዲ ህድእ ምስ በለ ግን ኣድራሻ ዮናስ ምርካብ ከም ዓቢ ዕማም ሓዞ። ንዝፈልጦም፣ ዘይፈልጦምን፣ ንሓለፍቱን ሓተተ።

ናይ ኣሃድኡ ካድረን ሓላፊን ብዛዕባ ዮናስ ጸቒጡ ምሕታቱ ኣይፈተውሉን። ንዮናስ ክረኽቦ ዝደለየሉ ምኽንያት ምስ ሓተትዎ እቲ ጉዳይ ኣዝዩ ውልቃዊ ስለዝኾነ ቀዲሙ ምስ ዮናስ ክረዳድኣሉ ከምዝደሊ ምስ ነገሮም ገለ ሕቡእ ኣጀንዳ ከይህልዎ ጠርጠሩ። ብመገዶም ንዮናስ ተወኪሶም ብዝረኸብዎ ሓበሬታ ብኣሉታ ጠመትዎ። ሕድሩ ቅድሚ ምስላፉ ንጡፍ ሓፋሽ ውዱብ ምንባሩን፣ ድሕሪ

ምስላፉ'ውን ወኒ ዘለዎ ተጋዳላይ ስለዝኾነ ሞራሉ ከይትንከፍ ነቲ ሕማቕ ታሪኹ ከምዝበጽሖ ክፈልጥ ኣይደለዩን። ንግዜኡ ከራኽብዎ ኩነት ስለዘይፈቅድ ሓቢሮም እዋኑ ምስ ፈቐደ ከምዝሕሰበሉ፥ ክሳብ ሽዑ ግን ክረኽቦ ዝገብሮ ፈተነ ከቛርጽ ተነግሮ። ንሕድሩ እቲ ካብ ሓለፊኡ ዝተዋህቦ መልሲ ኣየዕገቦን። እንተኾነ ምናልባት ዮናስ ካብ ሰናይት መልእኽቲ ክረክብ ዕድል ክፍጠር ስለዝኽእል ናይ ምርኻቦም ግዜ ምንውሑ ኣይጸልኦን።

ናይ ዮናስ ኣሃዱ ናይ ከበሳ ዕማማ ፈጺማ ንሳሕል ስለዝወረደት ምስ ሰናይት ዳግማይ ርክብ ኣይተኻእለን። ንዮናስ እኳ እታ እንኮ ርክብ ውን ስክፍታ ኣሕዲራትሉ እያ። ካብ ዕለታት ሓንቲ መዓልቲ ናይ ኣሃዱታት ኣኼባ ተኻየደ። ናይቲ ኣኼባ ዛዕባታት ተዘትይሉ ከም መዕጸዊ ኣኼባ ካልእ ርእይቶታት ንምቕራብ ዕድል ምስ ተዋህበ፥ ሓደ ተራ ኣኼበኛ "ኣብዚኣ እሞ" ኢሉ ኢዱ ዊጥ ኣበለ። ፍቓድ ምስ ተዋህቦ "ኣነ ኣብ ልዕሊ ዮናስ ነቐፌታ ኣሎኒ። ዮናስ ኣብ ከበሳ ኣብ ዝነበረሉ እዋን ምስ ሓንቲ ገባር ስጋዊ ርክብ ከምዝፈጸመ ሰሚዐ። ሓቂ እንተኾይኑ ርእሰ ነቐፌታ ክገብር ወይ ግቡእ ስጉምቲ ክውሰደሉ እማሕጸን። ወዲእ ኣለኹ" በለ።

ዮናስ ዱብለ ኮይኑዎ ተዓዚሙ ርእሱ ኣድንነ። ቃል ክሕደት እንተሃበ ኣንጻሩ ጭብጢ ኣሎ። ክሕሱ ውን ኣይመትከሉን'ዩ። ብዓልቲ ቤተይ እያ ክብል ውን ከምዘየዋጽኦ ይፈልጥ'ዩ። ንገዛእ ርእሱ ይስቀቐላ ነይሩ እዩ።

ካልእ ብጻይ ውን ፍቓድ ሓቲቱ "የናስ መልካም ኣርኣያ ክኾውን ዝግብኦ ከምዚ ዝበለ ሕሱር ተግባር ምፍጻሙ ሽለል ክብሃል ኣይግብኦን" ክብል ወሰኸ።
ሳልሳይ ብጻይ "ብጾት እዚ ጉዳይ ናብ ዘይተደልየ መኣዝን ከይከደ ቀዲምና ናይ ብጻይ የናስ መልሲ ንስማዕ። ጉዳይ ከየጻረኻ ነቐፌታ ምብዛሕ ኣሉታዊ ሳዕቤን ከየምጽእ" ኢሉ መተዓረቒ ሓሳብ ኣቕረበ።
ሓደ ካብ ሓለፍቲ "ንጌጋኻ ኣሉ ምባልን በለጽን ማለት ርእሰ ፍትወት ናይ ንኡስ ቡርጅዋ መለለዩ ጠባይ ስለዝኾነ የናስ ውን ኣሉ ከምዝብል ኣይሰሓትን። ትም ምባሉ ባዕሉ መልሲ እመስለኒ" ክብል ደረበ።
ድሕሪ'ዚ እቶም ኣለይቲ ኣኼባ ሕድሕዶም ሕሹኽሹኽ በሉ። ሓደ ካብኦም ኣባል ኣሃዱ የናስ ስለዝነበረ መበገሲ ናይቲ ነቐፌታ ግዲ ገሊጹሎም እቲ መራሒ ኣኼባ መጉልሒ ድምጺ ኣልዒሉ "ብጾት፣ እዚ ጉዳይ ከቢድ ናይ ስነምግባር ጉድለት ስለዝኾነ ብዕቱብ ዝርአ እዩ። ብርእሰ ነቐፌታ ዝሕለፍ ኣይኮነን። ግቡእ ምጽራይ ተገይሩሉ ኣድላዪ ስጉምቲ ብዝምልከቶ ኣካል ክውሰደሉ ስለዘድሊ ንሕጂ በዚ ይተዓጾ። ብጻይ የናስ ድሕሪ ኣኼባ ንደልየካ ኣሎና" ምስ በለ ኣኼባ ተዛዘመ።
እቲ ጉዳይ ብኸምኡ ምዕጻዉ ደስ በሎ፣ ብፍላይ ናይ ሰናይት ጥልመት ዘይምልዓሉ። ነቶም ዝምልከቶም ክገልጽ ዝሓሸ መሰሎ። እቶም ኣለይቲ ኣኼባ'ውን ብኸምኡ ክዕጾ ዝመረጹሉ ምኽንያት ነይሩዎም። በቲ ሓደ ሸነኽ እቲ ዝድለ መልእኽቲ ማለት ዘይምእኩል ጾታዊ ርክብ ገበን ምዃኑ ተመሓላሊፉ እዩ። በቲ ካልእ ወገን ከኣ የናስ ኣነ ምስ ሕጋዊት በዓልቲ በተይ'ምበር ምስ ካልእ ጾታዊ ርክብ ኣይፈጸምኩን እንተይሉ ነቲ መልእኽቲ ስለዘፍኩሶ።

ዮናስ ኣብ ቅድሚ ሓለፋቲ ቀሪቡ እቲ ርክብ ቀዲሙ ዝወደቦ ከምዘይኮነ፣ ንባዕሉ'ውን ሃንደበት ከምዝነበረ ከረድእ እኳ እንተሃቀነ ጭብጢ ከቕርብ ጸገሞ። ሓለፋቲ ናይ ሰናይት ሓበሬታ ከመይ ከም ዝረኸበት ብመንጽር ጽጥታ ርእዮም ጸላኢ እውን ከምኡ ሓበረታ ረኺቡ ኣብ ልዕሊኦም ጉድኣት ክፍጽም ከምዝኽእል ትብል ነጥቢ ተገደሱላ። ነቲ ሓበሬታ ዘቀባበለ ሰብ ክርከብ ከምዘለዎ ጸቐጡላ። ዮናስ ንሰበይቱ ተወኪሱ ነዚ ሰብዚ ክፈልጦ ከምዝነበሮ ኣዘኻኸርዎ። ዮናስ ከኣ ኣብቲ ግዜ'ቲ ሓላፍነቱ ስለዘይረስዐ ኣብርሃሎም። ኣብ ምውዳቡ ግን ኢድ ከም ዘይነበሮ ከእምኖም ኣይከኣለን። ተሪር መጠንቀቕታ ተዋሂቡዎ እቲ ጉዳይ ተዓጽወ።

ኣብ ህዝባዊ ግንባር ነቐፌታ ልሙድ ተርእዮ እዩ ነይሩ። ከም መትከል ከኣ ኣራምን ሃናጽን ምኾነ። እንተኾነ ሓደ ሓደ ግዘ ደረቱ ስለዝሓልፍ ኣሉታዊ ጎድኒ ነይሩዎ። ገለ ሰባት ንናይ ውልቂ ቅርሕንቲ መጥቀዒ ይጥቀምሉ። ገለ ከኣ ግቡእ ኣጠቓቕማኡ ካብ ዘይምርዳእ ንተራ ተግባራት ብጸቶም ይነቕፉ። ሓለፍቲ'ውን ከጥቅዕዎም ንዝደለዩ ብጾት ከም መቕተል ዝና ወይ ስም ይጥቀምሉ። ስለዝኾነ ድማ ነቀፈታ ዘሸቑርር ፍጻሜ እዩ ዝቑጸር።

ንዮናስ ነቲ ጉዳይ ካብ ግቡእ ንላዕሊ ኣዕቢኻ ምጥማቱ ክወሓጠሉ ኣይከኣለን። እቲ ነቐፌታ ኮነ ኢልካ ዝተኣልመ ምዃኑ ግሉጽ ኣይኮነሉን። እቲ ፍጻሜ ንዮናስ ንውድባዊ ኣሰራርሓ ብነቐፌታዊ ዓይኒ ክመዝኖ ደፋፍኦ። ኣብ ኣኼባታትን ምስ ብጾቱ ኣብ ዝገብሮ ዝርርብን ተቓውሞኡን ትዕዝብትታቱን ብግልጺ ከቕርብ ጀመረ። ነቲ ኣብ ውድብ

ዝኸሰት ዝነበረ ፖለቲካዊ ቁርቁስ ከይተረፈ ብግልጺ ምቅዋም ፍሉይ ጠባዩ ኮነ።

ዮናስ እቲ ኣብ ልዕሊኡ ዝተወሰነ መጠንቐቕታ ምስ ናይ ሰናይት ጥልመት ተደሚሩ ወጥሪ ፈጠረሉ። ናይ ውልቁ ጉዳይ ንኻልእ ከካፍል ስለዘይደሊ ከኣ ንጭንቀቱ መህድኢ ሰኣነሉ። ከም ሳዕቤኑ ከኣ ናይ ዓቕሊ ምጽባብ ባህሪ ከርኢ ጀመረ።

፠ ምዕራፍ ሓሙሽተ ፠

ሰናይት ካብ ቤት ምሕቡስ ምስ ተፈትሐት ኣብቲ ናይ ቅድም ስርሓ ቀጺላ። ደሞዛ ብተዛማዲ ርብሕ ዝበለ ስለዝነበረን ብወገን ስድርኣ ውን ትድገፍ ስለዝነበረት ናይ ቁጠባ ዝጋንን ጸገም ኣይነበራን። እንተኾነ በቲ ኣብ'ቲ እዋን'ቲ ዝነበረ ክብሪ ዋጋታትን ዋሕዲ ቀረባትን ናይ ኣደን ኣቦን ተራ ክትዓምም ቀሊል ኣይበሃልን። ናይ ገለ ኣገደስቲ ቀረባት ከም ነዳዲ፣ ኤለክትሪክ ምቁራጽ፣ ቆልዑ ንቤት ትምህርቲ ብእግሪ ከተመላልስ፣ ብናይ ሽምዓ ወይ ዘይቲ ብልዒ ብርሃን ንትምህርቶም ደገፍ ክትገብረሎም ኣሸጋሪ ነይሩ። ኣብ ልዕሊኡ ዕዳጋ ዝተማልአ ናይ ኣስቤዛ ነገራት ስለዘይነበሮ ኣቑሑ ከተናዲ ኮለል ምባል ግዜን ጉልበትን ይወስድ ነይሩ።

ከምዚ ኮይኑ ግን ኣብቲ እዋን'ቲ ብሕጽረታት ዘማርር ሰብ ዳርጋ ኣይነበረን ክበሃል ይከኣል። ምኽንያቱ በቲ ሓደ መዳይ ዕድመ መግዛእቲ ዘሕጽር ስለዝግመት፤ በቲ ካልእ ሸነኹ ከኣ ናብታ ክንዮ'ቲ ጸልማት ዘላ ጩራ ብርሃን ብተስፋ የቋምት ስለዝነበረ ብግዜዊ ሽግር ከዕዘምዝም ኣይደለየን። እታ እንኮ መፍትሒ መግዛእቲ ተሓግሒጉ ክወጽእን ሽግር ህዝቢ ንሓንሳብን ንሓዋሩን ከብቅዕ ምኻና ኣዳዕዲዑ ይፈልጥ ነይሩ። ኣዕዘምዚምካ ዝመጽእ ለውጢ'ውን ኣይተራእየን። ሰናይት ውን ከም ህዝባ ነቲ

ሸግር ብተስፋ ትጻወሮ ነይራ። ወረ ንሳስ ዝያዳ ተስፋ ነይሩዋ ይኸውን።

ሰናይት እንዳዝኣተወት ኣትያ ጠለባት ደቃ ምሉእ ዘይጉዱል ተማላኣሎም ነይራ። ኣቦኦም ስለዘይነበረ ትሑትንት ከየጥቅዖም ልዕሊ ማዕዳ ብሞራልን ስነምግባርን ሃኒጻቶም'ያ። ኣእምሮ ቆልዑ የማዕብሉ ዝተባህሉ ጽሑፋትን ቪድዮታትን ካብ ወጻኢ ተምጽኣሎም ነይራ። ኮታ ዘቕንኦም ነገራት ኣይነበሮምን። ስለዝኾነ ድማ እቶም ቆልዑ ብትምህርቶም ኮነ ብስነምግባሮም ንኡዳት ኮኑ። ኣርኣያነታ ንደቀይ'ውን ብእወንታ ጸልዩዎም እዩ።

እቲ ኣብ ቤት ማእሰርቲ ዝረኣየቶን ዝሰምዓቶን ግፍዒ ንሰናይት ኣዝዩ ኣስካሕኪሓ። ማእሰርትን ቅትለትን ኣብ ህዝቢ ዘስዕቦ ጸገም ክብደቱ ተራእያ። ምስቲ ዝቐሰመቶ ፖለቲካዊ ንቕሓት ተደሚሩ ሃገራዊ ስምዒታ ክግንፍል ጀመረ። ከም ምህርቲ መጠን ፖለቲካዊ ዝንባሌ ክህልዋ ከምዝግባእ ፈለጠት። በቲ ካልእ ሸነኽ ድማ እቲ ንዮናስ ዝኣተወትሉ ቃልን፡ ኣብ ቃልሲ ምስታፍ ኣብ ስድራ ከስዕቦ ዝኽእል ጸገማትን ዘኪራ ንሃገራዊ ስምዒታ ክትደቀኑስ ኣብ ከበድቲ ተገራጨውቲ ሓሳባት ተሸመት። ነቲ ግርጭት ዘህድእ ሚላ ሃሰው ክትብል ሓሳባት ኣውሪዳ ኣደይባ ኣብ ሓደ ዕግበት ዝህባ ንጥፈት ክትሳተፍ ወሰነት፤ ምስ ናይ ረዲኤት ውድባት ብምትሕብባር ንጽጉማት ሰባት ብፍላይ ድማ ንቆልዑ ምሕጋዝ። ኣድህቦኣ ኣብ ወለዶም ዝተሰውኡ ወይ ዝጋደሉ ኣላዩ ዝሰኣኑ ቆልዑ ሓገዝን ትምህርትን ዝረኽብሉ ዕድላት ምንዳይ ኮነ። እቲ ጉዳይ ተኣፋፊ ምዃኑ ኣይሰሓተቶን። እተን ናይ ረዲኤት ማሕበራት ጉልባብ

ክገብረላ ተስፋ ኣለዋ። ተሳትፎኣ ናይ ፖለቲካዊ ጸግዒ ዘለዎ ከይመስል ረቂቕ ሜላ ክትጥቀም ከምዝግብኣ ሓሲባትሉ ኢያ። ካብኡ ወጻኢ ንዝመጽእ ክሲታት ከኣ መልሲ ኣዳልያትሉ ነይራ። ባዕላን ሰባት እናኣዋፈረትን ንብዙሓት ጽጉማት ብፍላይ ከኣ ወለዶም ዝተሰውኡን ዝጋደሉን ናይ መግቢን ካልእ መምሃሪ ነገራትን ንኽረኽቡ ንጡፍ ተራ ተጻወተት።
ደርጊ እግሪ እግሪ ሰባት እናሰዓበ ዝስልዩ ብእዝኒ ዝፍለጡ ብዙሓት ሰባት የዋፍር ነይሩ። ሰባት ዝዛረብዎ ጽን ክብሉን ዕላላት ሰባት ክከታተሉን መሬት ዕርብ ትብሎም። ቁንጣሮ ረብሓ ወይ ተፈላጥነት ክረኽቡ ናይ ሰባት እንታ ወይ ስግኣት እናመዝመዙ ገበን ክሰንዑ ይውዕሉን ይሓድሩን። ብውልቃዊ ቂም ብዙሓት ንጹሃት ዜጋታት ኣደዳ መግረፍትን ሞትን ኮይኖም'ዮም። ተቓማ መርትዖ ከቕርብ ኣይሕተትን'ዩ። ነቲ ጠቆምቲ ዘቐበልዎ ሓበሬታ ከየጻረየ ነቲ ጥርጡር ናብ ማእሰርቲ ዳጒኑ መኸሰሲ ገበን ክፈጥር ልቢ ዘጥፍእ መግረፍቲን ምጉዕባብን የካይደሉ። ጭብጢ ስለዘይብሎም ነቲ ምርመራ ዝተጻወሮ ሰብ ነጻ ናይ ምዃን ዕድሉ ይልዕል'ዩ። ሓደ ሓደ እዋን ውን ነቲ ጥቆማ ዋላ ኣይእመኑሉ ነቲ ጠቋሚ ንምትብባዕ ተባሂሉ ሰብ ይእሰር'ሞ ዕድል እንተገይሩ ኣፈራሪሆም ይለቅዎ። እቲ ቀንዲ ዕላማ ምውፋር ጠቆምቲ ህዝቢ ንምርዓድ ማለት ኣብቲ ህዝባዊ ቃልሲ ከይተጸንበረ ኢዱን ኣፉን ክእክብ ተባሂሉ እዩ። ካብተን እሱራት ከምዝተረዳእክዎ እዚ ዕላማ'ዚ ውዱባት ኣባላት ስለዝነቕሑሉን ቅድመ ጥንቃቐ ስለዝገብሩን ማእሰርቲ እንተኣጋጠሙ'ውን ምስጢር ዓቂብካ ክውጻእ ከምዝከኣል ስለዝርድኡን እቲ ዕላማ ዕዉት ከይኮነ'ዩ ተሪፉ።

ሰናይት ስድራ ተጋደልቲ ከምትሕግዝ ጥቆማ (ሓበሬታ) ንናይ ጸጥታ ኣካላት በጺሑዎ ጸላኢ ኣብ ክንዲ ብዓቃቢ ሕጊ መጸዋዕታ ኣዳልዩ ናብ ቤት ፍርዲ ወይ እንዳ ፖሊስ ዘቕርባ፡ ብዘይልሙድ ኣገባብ ብናይ ስልኪ መጸዋዕታ ናብ ቤት ጽሕፈት ሓላፊ ቤት ማእሰርቲ ማርያም ግምቢ ክትመጽእ ተነግራ። እቲ ዘይንቡር መጸዋዕታ ንሰናይት ኣይተዋሕጠላን። ዕቱብ ክሲ እንተኮይኑ እንታይ ክትገብር ከምትፍትን ዝከታተሉ መዲቡላ ከምዝኸውንን ስልካ ክጥለፍ ከም ዝኽእልን ገመተት። ትስከፈሉ ገበን ከምዘይብላ ስለትተኣማመን ግን ኣይተሻቐለትን። ስለዚ ላዕልን ታሕትን ከይበለት ነቡኣ ሓቢራ ከምቲ ዝተባህለቶ ናብ ቤት ጽሕፈት ሻለቃ በቀለ ቀረበት።

ሻለቃ በቀለ በቲ ኮልታፍ መልሓሱ *"ሰናይት፡ ቅድሚ ሀጂ ከቢድ ወንጀል ፈጺምኪ ኣብዮትና መሃሪ (መሓሪ) ስለዝኮነ ከምትፍትሂ ተገይሩ። እንተኾነ ካብ ሀሉፍ ጌጋኪ ኣብ ክንዲ ትመሃሪ ዳግማይ ወንጀል ፈጺምኪ። ነቶም ንኣብዮትና ዝጻረሩ፡ ሃገር ክግንጽሉ ከንቱ ፈተነ ዘካይዱ ወንበዴ ብስድራኦም ከይስከፉ ጽባህ ንዝወግኡና ደቆም ትህብህቢ ኣሎኪ። ንወንበዴ ካብዚ ዝኣቢ ደገፍ ክሀሉ ኣይክእልን"* ክብል ክሳ ኣመተላ።

ሰናይት፡ "ኣብ ናይ ግብረ ሰናይ ንጥፈታት ከም ዝተሓባበር ኣይክሕደን'የ። ንስድራ ተጋደልቲ ትሕብሕቢ ዝብል ክሲ ግን ንዓይ ኣይምልከትን'ዩ። ኣነ ናይ ረዲኤት መብቅዒ ቅጥዒ ከውጽእ ወይ ሓገዝ ዝግብኦ ሰብ ክመሚ ስልጣን የብለይን። ብውልቀይ ዝሓገዝክዎ ቤተሰብ ተጋዳይ ሓደ እኳ ኣይፈልጥን። ከምኡ ዝሕብር ጭብጢ እንተሃልዩ ድማ ይቕረብ'ሞ መልሲ ክህበሉ" በለት።

ሻ/ በቀለ፡ *"ኣሉታ ዘዋጻኣኪ ኣይመስለንን። ጌጋኺ ኣሚንኪ ይቅረታ እንተሐቲትኪ ሀጂ ንገዛኪ ክመልሰኪ ቃል እኣትወልኪ። ምክሃድ ዘሎኦ ሽግር ኣይትስሀትዮን ትኮኒ"*
ሰናይት ጭብጢ ክምዘይብሉም ትተኣማመን'ያ። ከጥቅዑኻ እንተደልዮም ግን ዘይምህዝዎ ሐጥያት ከምዘየለ ትርዳእ እያ። ብቓሉ ተታሊላ ጭብጢ ንዘይብሉ ክሲ ክትኣምን ባዕላ መርትዖ ምምጣው ምኻኑ ትፈልጥ'ያ። ስለዚ ነቲ ክሲ ክምዘይወዓለቶ ክትጸቅጠሉ መረጸት።
ሻ/ በቀለ፡ *"ሃደ ዘይኮነ ብኣማኢት ዝቝጸሩ ግዝገዝ ዘብቃእክዮም ኣብ መዝገብ ሰፊሩ ኣሎ። እዛ እድል እንተኣምሊጣትኪ መርትዖ ምስ ቀረበ ምሃሩኒ ምባል ኣይክሀግዘክን'ዩ። ጓል ኣንስተይቲ ክንኣስር ድሌት ኣብዮትና ኣይኮነን። ግዳ ኤርትራውያን መትሃዚ ስኢናልኩም። ዘይንደልዮ ነገር ክንገብር ትደፋፍኡና ኣሎኩም። ሀሰብሉ፡ ሀሰብሉ።"*
ሰናይት፡ "ኣነ ቅድም ይኹን ሕጂ ዝፈጸምክዎ ጸረ ኣብዮት ተግባር የብለይን። ነቲ ቃልኩም የቐንየለይ፡፡ ዘይፈጸምኩዎ ወንጀል ክኣምን ግን ይኸብደኒ'ዩ" መለሰት።
ሻ/ በቀለ፡ *"ፍቃደኛ ካብ ዘይኮንኪ ናብ መርማሪ ክህልፈኪ እየ። ብውዲ ዝኣበክዮ ብግዲ ትኣምኒ። መርማሪ ክሳብ ዝመጸኪ ኣብ ደገ ተጸበዪ"* ኢሉ ኣውጽኣ።
ሰናይት ነቲ ክሳ ብዕቱብ ከምዘይሓዝዎን እቲ ሓለፊ ካብኣ ካልእ ነገር ክምዝደለየን ትዕዝብቲ ገበረት። ንምናልባት ኢሉ'ውን ሓደ ሽሕ ብር ሒዛ ኣላ። ከመይ ገይራ ከምትህቦ ግን ሓርበታ። ድሕሪ ነዊሕ ምጽባይ ዳግማይ ጸዊዑ *"እንታይ ሃሲብኪ?"* ሓተታ።
ሰናይት፡ "ካብቲ ቅዱም ዝተፈልየ ሓሳብ የብለይን" መለሰት።

ሻለቃ፡ *"ዳህራይ ከምትጠኣሲ ርግጸኛ እየ። ካብ ሀጂ ጀሚሩ እቲ ግቡእ መርመራ ክካየደልኪ ክተገድድና ኢኪ"* ድሕሪ ምባል ስልኪ ጠዋዊቑ መርማሪ ዝጸውዐ መሰለ።

ሰናይት ንሓላፊ መዓርጉ ጠቒሳ ኣብ ቦርሳይ ንብረት ኣሎኒ'ሞ ኣብዚ ምሳኹም መጽናሕኩምለይዶ?" ክትብል እናሓተተት ነቲ ገንዘብ ኣውጺኣ ኣብቲ ጣውልኡ ኣቐመጠቶ።

ሻ/ በቀለ "ይከኣል'ዩ" ኢሉ ነቲ ገንዘብ ናብ ተመዛዚኡ ከተቶ። ንሰናይት ከፍ ክትብል ኣዚዙ ካልእ ጉዳይ ዝርኢ ዘሎ መሰለ። ብርዑ ኣቐሚጡ *"ሰናይት ንስኺ ዝተመሃርኪ ኣካል ስለዝኮንኪ ገበንኪ ብቀሊል ዘይርአ ምኳኑ ትስሀትዮ ኣይብልን። ግዳ ንሀና ናይ ምቕጻዕ ድሌት ስለዘይብልና ብዋህስ ክለቀኪ እየ። ደወልኪ ዋህስ ዝኮነኪ ሰብ ኣምጽኢ"* ኢሉ ተለፎን ኣቕረበላ።

ሰናይት የቐንየለይ ድሕሪ ምባል ነቡኣ ደዊላ ከም ዝመጽእዋ ገበረት።

ሻለቃ፡ *"ኣቦይ፡ ጓልኩም ካብ ጸረ ኣብዮት ተግባራት ምቝጣብ ኣብያ። ጓል ኣንስተይቲ ስለዝኮነት ብመጠንቀቕታ ንሰዳ ኣሎና። ከይትደግም ምዕዱዋ። ኣብ ልዕሊኣ ቀጻሊ ክትትል ከምንገብር ፍለጡ"* በሎም።

ኣቦይ ተኽለ ርእይቶ ምሃብ ኣድላዪ ኮይኑ ስለዘይተሰምዖም የቐንየልና ኢሎም ጓሎም ሒዞም ወጹ።

እቲ ስምዕታ ንሰናይት ሻቕሎት ኣይፈጠረላን። ገንዘብ ንምርካብን ንጠቋሚ ንምሕጓስን ዝተጠቕምሉ ምኳኑ ገሚታ ገንዘብ ክሳብ ዝተኸፍለ ካብ ናይ ምሕጋዝ ንጥፈታ ከምዘይዕንቅፋ ተረዲኣ ሞራላዊ ዕግበታ ንምርካብ ተራእ ካብ ምጽዋት ኣየቋረጸትን።

ሻለቃ በቀለ ብመልክዕን ቅርጺ ኣካላትን ሰናይት ተማሪኹ ልዕሊ ገንዘብ ስጋዊ ስምዒቱ ንምርዋይ ተመነየ። ቀዲሙ ሓላዩ መሲሉ ክምዕዳን ብዛዕብኣ ሓበሬታ ክምዝመጾ እናምሰለ ክጠንቅቓን ጀመረ። ኣብቲ እዋን ገኒኑ ንዝነበረ ስእነት ሃለኺ ኣቐሒሑት ክም መተዓራረኺ ተጠቒሙ ናይ ሚእቲ ሓለቓ ጴጥሮስ ዝተባህለ ዘመድ ዮናስ ኣቢሉ ናይ ነዳዲ መቕድሒ ኩፖንን ካልእ ኣስቤዛን ኣውሓዘለ።

ንዝገበረልካ ግበረሉ ወይ ንገረሉ ከምዝብሃል፡ ሰናይት ንሚ/ሓ ጴጥሮስ ስለቲ ሓገዙ ክተመስግን ሕምባሻ ሓምቢሻ፡ ዊስኪ ተኾልኵላ ንገዝኡ ከደት። ኣጋጣሚ ኮይኑ ንሱ ኣብ ገዛ ኣይጸንሐን። በዓልቲ ቤቱ ከኣ ብፍሽሕው ገጽ ኣይተቐበለታን። ቀልጢፉ ክምዘይመጽእ ውን ሓበረታ። ሰናይት ናይ በዓልቲ ቤቱ ምስጒዳም ምኽንያቱ ተረዲኡዋ ቀልጢፋ ወጸት። ሚ/ሓ ጴጥሮስ ንጽብሓይቱ ደዊሉ "ኣንቲ ሰናይት እንታይ ኣሰኪፋኪ ክንድዚ ተሰኪምኪ ትመጺ" በለ።

ሰናይት፡ "እዚዶ በዚሒኩካ? ዓቕሚ ተሳኢኑ'ምበር ካልእ እንድዩ ዝግብኣካ ነይሩ። የቐንየለይ ድኣ" መለሰት።

ጴጥሮስ፡ "ኣነ ድኣ እንታይ ገረልኪ። ሻልቃ በቀለ እኮ እዩ ዝሕግዘኪ" ምስ በለ

"ሻለቃ በቀለ! ከመይ ድኣ ከምኡ ኢልካ ዘይትነግረኒ?"

ጴጥሮስ፡ "ስምዒ፡ ሻለቃ በቀለ ብኣኺ ኣዝዩ እዩ ዝግደስ። ሓጋዚኺ እዩ፡ ተበለጽሉ ድኣ።"

ሰናይት፡ "ኣነ ተደናጊረ ጸኒሐ። ድሕሪ ሕጂ ግን ዝኾነ ነገር ከይተምጽኣለይ።"

ጴጥሮስ፡ "ኣይትጋገዩ ሰናይት፣ ህይወትኪ ኣብ ሓደጋ ከይተውድቒ። ክንደይ ሰብ ለሚኑ እናተላለዮ ንስኺ ዕድልኪ ከተጥፍኢ።"

ሰናይት፡ "ኣይደልን'የ ኢለካ ኣለኹ፣ ድሕሪ ደጊም ከይተምጽኣለይ።" ኢላ ስልካ ዓጽወት።

ሰናይት ንባዕላ "እዚ ብገርሀኻ ትፍጽሞ ጌጋ ክኸፍእ። ከይፈለጥኩ ኣብ መጻወድያ ኣትየ" በለት። "ጸገም ከስዕበለይ ይኽእል'ዩ፣ ግዳ ኢድካ ምሃብ ኣማራጺ ኣይኮነን። ገለ ክባላሓት ኣሎኒ" በለት። ነቲ ኣብያ ምስ ሰምዐ ከም ዝድውለላ ገመተት። እንታይ ከምትምልሰሉ ከኣ ተዳለወት። ስልኪ ጭር ብዝበለት "ንሱ እዩ" ብምባል ንመልሱ ትዳሎ። ኣብ ራብዓይ መዓልቲ ደዊሉ *"ኣንቺ ቀብራራ፣ ለካ ጥጋበኛ ኢኪ"* በለ።

ሰናይት፡ "ኣነ እሞ እንታይ ዘኹርዕ ኣሎኒ" በለቶ ብትሑት ቃለት።

ሻለቃ፡ *"እኔ እንጃ (እንታይ ፈሊጠ)። ናይ ወንበዴ ሰበይቲ ምዃን የኹርኣኪ ከይከውን? ጥጋበኛ እንተዘይትኮኒ ለምን (ምንታይ) ሃገዝ ኣየድልየንን ኢልኪ?"*

ሰናይት፡ "ሐገዝ እኳ ዘድልየኒ ኣይኮነን። ንጽጉማት እንተዘወሃብ ምሓሸ።"

ሻለቃ፡ *"እሺ፣ እንግዲሀ፣ ዘዋጻኣኪ እንተኮይኑ ንርኢ። ኣብ እግረይ ወዲቕኪ ክትልምኒ ኢኪ። ንወንበዴ መለማመጥ* (ቅብጣር) *ኣየድልን።"*

ሰናይት ከተእምኖ ከም ዘይትኽእል ተረዲኡዋ "ፍቓደኛ እንተኾንካ ኣብ ክንዲ ብተለፎን ናብ ቤት ጽሕፈትካ ክመጽእ እሞ ክንዘራረብ ምመረጽኩ" በለቶ።

ሻለቃ፡ *"ጥሩ። ጽባሀ ሰኣት ሰለስተ ንኢ"* በለ።

ሰናይት ዝመሰላ ምድላው ገይራ፡ ድፍረት ወሲኻ ናብ ቤት ጽሕፈቱ ደበኽ በለት። ምዉቕ ሰላምታ ድሕሪ ምልውዋጥ ሻለቃ ከጕባዕብዓላ ዕድል ክትህቦ ስለዘይደለየት "ስምዓኒ ሻለቃ፡ ኣነ ዘሰክፈኒ ናይ ፖለቲካ ተራ የብለይን። ንስኻ በዓልቲ ቤትን ደቅን ከምዘለውኻ ፈሊጠ። ኣነን ደቀይን ከም ሰበትይትኻን ደቅኻን ብሰላም ክነብር እደሊ። ንስኻ ኣብዚ እናተቓለስካ ንሰበይትኻ ሓደ ብገንዘብ ወይ ብስልጣን ዝንየት ሰብ ከባዕልጋ እንተዝፍትን እንታይ ምተሰመዓካ? ስለዚ ሓደራኻ ንሕልናኻ ክትብል ግደፈኒ" በለቶ።

"ኣሃ! ንኣይ ኣብዮታዊ ምስ ወንበዴ፡ ንሰበይተይ ምስ ሰይቲ ወንበዴ ከተወዳድሪ። ደቅኺ የወንበዴ ልጆች ኣይኮኑን ድዮም? ከምዚ ምህሳብኪ ትልቅ (ዓቢ) ወንጀል እዩ።"

ሰናይት፡ "እመን ኣይትእመን ወንጀል የብለይን። እንተ ኣቐይመካ ኣይትሐዘለይ። ካብ እግሪ ኣፍ ይዕንቀፍ እኳ ዝብሃል። ብሰላም ክነብር ግን ግደፈኒ ክልምነካ።"

ሻለቃ፡ *"ኣነ ብሰላም ኣይትንበሪ ኢለኪ ድየ? ትዕቢትኪ ግን ክድቆስ ኣለዎ። ሰማሽ? ካልእ ይትረፍ ናይ ወንበዴ ባለቤት ምኳንኪ ኣይትረስኢ."*

ሰናይት፡ "ሰብ ብናይ ገዛእ ርእሱ 'ምበር ብናይ ካልእ ገበን ይኽሰስ ድዩ?"

"ተሃባባሪት ኢኺ።"

ሰናይት ምስ በዓል ሻለቃ ብስነመጎት ወይ ብሕልና ምክርኻር ከምዘየዋጽእ ተሰወጣ። "ሻለቃ፡ ክሳብ ሕጂ ብዝገበርካለይ ምትሕብባር የቐንየለይ። ክድውለልካ እየ" ኢላ ክትከይድ ኣፍቂዳ ተፋነወቶ። ኣብ መገዲ "ነብሰይን ክብረይን ኣሕሲረ ከምዘን ምዑታት ክጥቀመሉዶ? ንዮናስ ዝኣተኹሉ ቃልዶ ክዓጽፍ?" ክትብል ንባዕላ ሓተተት። "ኣይ! መብጽዓይሲ ኣይጠልምን። ካብዚ ጀልጃል

ዝናገፈሉ ካልእ መገዲ ከርክብ ኣለዎ።" ኢሉ ከኣ ንንብሳ መልሲ ሃበት።

ልቢ ሰናይት ክማርኽ ዘይከኣለ ሻለቃ ብምፍርራህ ከምበርክኻ ደለየ። ትስከፈሉ ሕቡእ ገበን ስለዘይብላ ምእሳር እምብዛ ድንብርጽ ኣይብላን'ዩ። ብኻልእ ኣገባብ ከጥቅዓ ከምዝኽእል ግን ኣይዘንግዓቶን። ብዓመጽ ክብራ ክደፍራ ከምዝህቅን ኣይጠፍኣን። ካብ መገዲ ገፊፎም ዝተጋሰስወን ደቂ ኣንስትዮ ትፈልጥ እያ። ኣብ ልዕሊኣ ክፍጸም ሞት ኮይኑ ተሰምዓ። ክብራ ምዕቃብ ልዕሊ ኩሉ መትከል'ዩ። ብልዙብ ቃላት ምኽንያታት እናፈጠረት ክትርሕቆ ፈተነት። ሻለቃ ግን ህልኽ ሓዞ። ስልጣኑ ተጠቒሙ ዝበሃጋ ሰበይቲ ክረክብ ዝኽእል ይመስሎ። ዓገብ ዝብሎ ውን የለን። ራዕዲ ከም መሳርሒ የዘውትራ። ብትዕቢት ተወጢሩ ንሰናይት ኣብ ክንዲ ብልስሉስ ናይ ፍትወት ቃና ብምጉዕባዕ ከምበርክኻ ይህቅን። ናይ ሰናይት ኣብያ ንስልጣኑ ከም ምድፋር ቖጸሮ።

እቲ ብሰፊሑ ዝካየድ ዝነበረ ማእሰርቲ፣ መግረፍትን ቅትለትን ንገለ ሰባት ስንኩፋት ገይሩዎም'ዩ። ገለ ደቂ ኣንስትዮ ንባዕለን ወን ንመቕርበን ካብ ግፍዒ ንምክልኻል ምስ ሰበስልጣን ደርጊ ከምዝጽግዓ ገይሩወን'ዩ። ገለ ጉልባበን ዝቐልዓን ናይ ጥቕሚ ግዙኣት ዝኾናን ንሓለፍቲ ደርጊ ከም ምንጪ ኣታዊ ወይ ከም ካብ ማእሰርቲ መከላኸሊ ይጥቀማሎም ነይረን እየን። ክንሕግዘኩም እናበላ ካብ ናይ ምእሳር ሓደጋ ዘጋጠሞም ሰባት ገንዘብ ይግሕጣ። ገሊኣን ከኣ ምስ ሰበስልጣን ምፍላጥ ከም ሓበን ወይ ክብሪ ዝወስድኦ ውን ነይረን። ገለ ምዑታት ውዱባት

ከኣ ከም ምንጪ ሓበሬታ ተጠቂመናሎም እየን። ሰናይት ግን ካብ ምቕራቦም ካብኦም ምርሓቕ ትመርጽ።

ህዝባዊ ግንባር ንፍሉይ ህያብ ደቂ ኣንስትዮ ከም ምንጪ ሓበሬታ ተጠቒሙሉ እዩ። ብዙሓት ምዑታት ደቂ ኣንስትዮ ንሰበስልጣን ደርዲ እናሸሓጣ ኣገደስቲ ሓበሬታታት ንሜዳ ኣተሓላሊፈን'የን። ኣብ ከተማታት ኤርትራ ብዙሓት ሰበስልጣን ጸላኢ ን በርጌስ ተሓባበርቶምን ብናይ ፈዳይን ስርሒታት ክቕንጸሉ ተሓባቢረን'የን። ሰናይት ውን ትከታተሎ ዝነበረ ዜና እዩ።

ሰናይት ፍርሒ ሓዲሩዋ ትጽዓድ ሰበይቲ ኣይኮነትን። ተለማሚና ካብ ዘይቀንዓ ኢዳ ኣጣሚራ ግዳይ ዓመጽ ክትከውን ኣይደለየትን። "እዚ ሰብኣይ እንተብፍቶት እንተብዓመጽ ድልየቱ ክይረኽበ ዝፋርገኒ ኣይመስልን። ግዳይ ናቱ ካብ ምዃን ዘድሕነኒ ስጉምቲ ክወስድ ኣሎኒ" በለት። ንሜዳ ምውጻእ ከም ኣማራጺ ሓሰበቶ። "ደቀይከ? እቲ ናይ ዮናስ መብጽዓኸ?" ንሓሳባ ይገትኦ። ትገብሮ ምስ ጠፍኣ ዝጸበቦ መቓብር ኣቡኡ ፈሓረ ከም ዝበሃል ተኽእሎታት ፈቲሻ ነታ ኣብ ቤት ማእሰርቲ ዝተላለየታ ኣናድያ ምስ ደቃ ንሜዳ መውጽኢ መገዲ ክትሕብራ ሓተተታ።

ህዝባዊ ግንባር ኣብ ከተማታት ካብ ዘካይዶም ንጥፈታት ነሰራርሓ ግንባር ዕንቅፋት ዝኾኑ ወይ ከኣ ሰብ ዘበሳብሱ ሰበስልጣን ወይ ውልቀሰባት ምቕንጻል ነይሩ። ሻለቃ በቀለ ናይ ከምዚ ስርሒት ዕላማ ካብ ዝኸውን ነዊሕ እዋን ኣቝጺሩ ነይሩ። ኣንጻር ቃልሲ ኤርትራ ዝነበሮ ተሪር መርገጺን ንናይ ሓፋሽ ውድባት ንጥፈታት ኣብ ምህዳን

ዝገብሮ ጻዕርን ንቕንጸላ ቀዳማይ ተደላዪ እዩ ነይሩ። እታ መተኣስርታ ብዝሃበቶ ሓበሬታ ከኣ እቲ ናይ ምቕንጻሉ ዕድል ሕጂ ምኻኑ ተኣምነሉ።

ሰናይት ዓቢ ጥንቃቐ እናገበረት፣ ብረቂቕ ብልሓት ልቢ ሻለቃ ክትቃንን ክትማርኽን ከምዘለዋ ተመኺረት። ሓበሬታ ብብእዋኑ ክንገራ ምኻኑ ፈለጠት። ነቲ ዕላማ ንምትግባር ኣቀዲማ ምስ ሻለቃ ርክባ ከተመሓሽ ስለዘለዋ መታን ክሕጎሰላ ሓደ ጉንያ ክትሓቶ ስልኪ ደወለት።
"ሃለው ሻለቃ፣ ከመይ ቀኒኻ?"
ሻለቃ፣ *"ብጣእሚ ጽቡቕ። ንስኺከ?"*
ሰናይት፣ "ጽቡቕ ኣለኹ። ሻለቃ፣ መገሻ ስለዘላትንስ ነዳዲ ደልየ ነይረ።"
ሻለቃ፣ *"ናበይ መገሻ? ንሳህል?"* ኣላገጸላ።
ሰናይት፣ "ናይ ትሕለፍ ፍቓድ እንተገርካለይዶ?" ንሳ ውን ኣላገጸት።
ሻለቃ፣ *"ድፍረትኪ መቸም"*
ሰናይት፣ "ኣቕሪበ እየ።"
ሻለቃ፣ *"ክሰደልኪ እየ። ብሰብ ካብ ዝሰደልኪ ባእለይ ክህበኪ ሎሚ ዘይንራከብ"* ሓተታ።
ሰናይት፣ "ክድውለልካ እየ። ሓቂ ይሓይሽ ምሳኻ እንተተራኺበ ሻዕብያ ከይቀትሉኒ እፈርህ"
ሻለቃ *"ንሱስ ግደፍዮ፣ ሻዕኢያ ንሻእብያ ይቀትሎ ድዩ?"*
ሰናይት፣ "ብልበይ እየ። ንዓኻ ድኣ እንታይ ኮይኑ ክርሕቀካ እደሊ።"
ሻለቃ፣ *"እሞ ሞይትኩም ኢኩም በልና'ምበር። ብህይወትይ ከለኹ ማንም ኣይነካሽም (ዝትንክፈኪ*

የለን)። *ቅሰኒ፡ የኔ እመቤት።"* ምስ በላ ኩርዓት ከምዝተሰምዖ ገመተት።

ሰናይት ዝያዳ ከተረሳስዮ ንሰዓት ሽዱሽተ ኣብቲ ንቃኘው ዘእቱ መገዲ ክራኽቡ ቆጸረቶ። ምስ ተራኸቡ ሻ/ በቀለ ክራኽባ ክቱር ድልያት ስለዝነበሮ ክሓታ ግዜ ኣይወሰደን። ሰናይት ወርሓዊ ጽግያት ኣመኽንያ ሽዑ ከምዘይጥዕም ኣረድኣቶ። "ግዜ ስለዘሎና መታን ክንለማመድ ኣይትተሃወኽ" ክትብል ኣእመነቶ። ሻለቃ ከምዝማረኻ ተሰሚዑዎ ኣይተቓወማን። ድሕሪ ቁሩብ ሓፈሻዊ ዕላል ኣመስጊናን ከትድውለሉ ምኻና ነጊራን ተፋነወቶ።

ድሕሪ ራብዕቲ ሻ/ በቀለ ደዊሉ፡ "ሰናይት፡ ብጣእሚ ናፊቀኪ ኣለኹ" በለ።

ሰናይት፡ "እናተደዋወልና ከመይ ትናፍቐኒ?"

ሻለቃ፡ *"ናይ ስልኪ ርክብ እንታይ ዋጋ ኣለዎ። ኣነ እኮ ብዘይመጠን'የ ዝፈትወኪ።* እኔ እኮ ላገባሽ እፈልጋለሁ" (ክምርዓወኪ እደሊ)።

ሰናይት፡ "ዋይ! ጉድ መጺኡኒ። እታ ሰበይትኻ ኸ?"

ሻለቃ፡ *"ናታ ነገር ግደፍዮ። ናትና ሰበይቲ ከማኽን ከም ኤርትራውያን ስቅ ኢላ ትጸብ ይመስለኪ?"* ክብል ነቲ ናብ ኤርትራ ናይ ዝዘመቱ ወተሃደራት ኣንስቶም ከምዝጠለምኦም ዝውረ ኣረጋገጸላ።

ሰናይት፡ "ከመይ ዘይትጽብ፡" መሊቓታ "ንጽብ ምሽ ኣሎና?"

ሻለቃ፡ '*ከምኡ ምኻንኪ እንድዩ ዘሀጉሰኒ።"*

ሰናይት፡ "እሞ ኣንታ ሻለቃ፡ ስቕ ኢለ ክጽበ ድኣ ዘይትገድፈኒ?"

ሻለቃ ትምክሕቱ ደሪኽዎ *"ክንቱ ትጽቢት እዩ። ወንበዴ ኣብ ሃጺር ግዜ ክድምሰሱ መደብ ወጺኡ ከምዝሎ*

ኣይፈለጥክን ዲኪ?" ድሕሪ ምባል ብዛዕባ'ቲ ደርጊ ዝሸባሸበሉ ዝነበረ ሰላሕታ ወራር ሓበራ።

ሰናይት ገርሂ ንምምሳል "እሞ የ'ናስ'ውን ክድምሰስ?" ሓተተት።

ሻለቃ፡ *"ኣበይ ክተርፎ ድኣ። ኢዱ እንተሂቡ ህይወቱ ክትርፍ ይክእል እዩ። ኢድካ ሃብ ኢልኪ ልኣክሉ።"*

ሰናይት ሕጂ ውን ገርሂ ንምምሳል "ብምንታይ ክልእከሉ?"

ሻለቃ፡ *"ንኣኪዶ ጠፊኡኪ? እመንኒ ንሃንሳብን ንመወዳእታን ክድምሰሱ እዮም"* ደገመለ።

ትምክሕቱ ኣየሓጎሳን። ደስ ንኸብሎን የዋህ ክትመስልን "ዕዉር እንታይ ትደሊ? ብርሃን ከምዝበሃል እንተበዚ እንተበቲ ሰላም የውርደልና" ብምባል ሰብ ከምዝመጽኣ ኣምሲላ ተፋነወቶ።

ሰናይት ብውሽጣ "ትደልይኦ'ሞ ይዝንግዓክን" በለት። እቲ ናይ ወራር መደብ ግሁድ ስለዝነበረ ሓዱስ ሓበረታ ኣይኮነን። ንህዝባዊ ግንባር ክድምስሱ ተኽእሎ ኣሎ ኢላ እኳ እንተዘይኣመነት፡ ጉድኣት ከምዘውርዱ ግን ኣይጠፍኣን። ንሻለቃ በቀለ ከም ምንጪ ናይ ጸላኢ ውሽጣዊ ሓበሬታ ክትጥቀመሉ ኣወናወና። ሓፋሽ ውድባት ዘይኣተውዎ ናይ መንግስቲ ጽፍሒታት ከምዘየለ የ'ናስ ኣሚቱላ ነይሩ እዩ። ስለዚ ህዝባዊ ግንባር ካብ በቀለ ዝሓሸ ምንጪ ሓበሬታ ክህልዋ ገመተት።

ንቁሩብ እዋን ብስልኪ ክራኸቡ ድሕሪ ምቅናይ ሻለቃ በቀለ ናብኣ ዘለዎ ክቱር ህንጡይነት ገምገመት። ኩሉ ምስ ኣዋደደት፡ ደዊላ መታን ከይጥርጥራ ከም መተኣታተዊ ሓፈሻዊ ዕላል ከፈተት። ከምዝገመተቶ ከኣ ንርክብ ሓተታ። ሰናይት፡ "ሎሚ ናይ ምሸት ይጥዕመኒ'ዩ።"

ሻለቃ በቀለ፡ *"በጣም ጥሩ" (ብጣዕሚ ጽቡቕ)* ኢሉ፡ ሰዓት ሸውዓተ ሐጻር ቆጸራ ከምዘለቶ ነጊሩ፡ ሸውዓተን ፈረቓን ክራኸቡ ግዜ ፈለዩ።

ሰናይት፡ "ግዜ ከይነጥፍእ ኣብቲ ጥቓ ቆጸራኻ ክመጸካ ሓብረኒ" በለቶ። ኣብ ባር ፍሎሪዳ ምስ በላ "ኣብ ፊቱ ኣብ መኪና ክጽበየካ'የ። ኣብ ኣፍ ባር ከይተጸብየኒ ሰዓት ኣኽብር" ኣጠንቀቐቶ።

ሻለቃ በቀለ፡ *"ግዲ የብልክን፡ ቆጸራ ክኽብር'የ"* ኢሉ ህርፋኑ ደፊኡዎ *"ካብኡ ናበይ ንከይድ?"* ሓተተ።

"ካብኡ ናብ ዝደለኻዮ ቦታ ንኸይድ። ሆተል ክኸውን የብሉን። ሰብ ክሪኤና ኣይደልን። እንተደሊኻ ድማ ኣነ ናብ ዝፈልጦ ቦታ እወስደካ። ኮንዶም ግና ኣይትረስዕ።" በለቶ።

ሻለቃ፡ *"ምነው! (ስለምንታይ!)፡ ሰምዒት እኮ የብሉን።"*

ሰናይት፡ "ናይ ኤይድስ ነገር ኣይትዘንግዕ። ኩሉ ድሕሪ ጥዕና እዩ።"

ሻለቃ፡ *"እምበኣር እዋላ ቆጺርክኒ?"*

ሰናይት፡ "ዕዋላ እንተዘይትኸውንዶ ተመኒኻኒ። ንነገሩስ ኣነ ውን ዕዋላ ምዃነይ መዓስ ተሪፉኒ።"

ሻለቃ፡ *"በሊ ክም ዝበልክዮ ሀራይ"* ኢሉዋ ዝርርቦም ኣቋረጹ።

ሰናይት ሰዓት ምስ ቀረበት ጸሎት ኣብጽሐት። "ኣንታ ኣምላኽ፡ ምሕረት ግበረለይ። ከምዚ ዓይነት ሓጥያት ክፍጽም ድልየተይ ኣይነበረን። ንዓኻዶ ጠፊኡካ፡ ኣማራጺ ስኢነ እየ ዝውዕሎ ዘለኹ። ዕላማይ ኣስምረለይ'ምበር ኣብ ፈተነ ኣይተእትወኒ፡ ኣሜን።" ተማሕጸነት።

ሻለቃ በቀለ በታ ሰዓቱ ካብ ባር ወጸ። ካብ ሓንቲ መኪና ምልክት ምስ ተገብረሉ ናብታ መኪና እናኸደ ኣድራጋ ጠያይት ተተኩሱሉ ናብ ባይታ ዝርግሕ በለ። ሰናይት እቲ

ስርሒት ብዓወት ምዝዛሙ ብኡንብኡ ተበሰረት። ብዛዕብኡ ክትሓስብ ከይደቀሰት ሓደረት። ኣካላቱ ተሐጺቡ፡ ጭሕሙ ተላጽዩ፡ ሽቶ ተቐቢኡ፡ ኣፉ ኣጽርዩ ሃንን ክብል ተራእያ። መሊሳ ድማ ነገር ወተሃደር ምስ ረሳሕ ካምቻ፡ ጨናዊ ካልሲ፡ ብሽጋራን ረሃጽን ዲበላ ዲበላ እናሸተተ ክቐርባ ተሰምዓ። ኣብ ባር ጸኒሑ ገንኢ ገንኢ እናሸተተ ክጽግዓን ክትፍንፍኖን ቅጅል በላ። መሊሳ ከኣ እቲ ገዚፍ ኣካላቱ ኣብ መሬት ተዘርጊሑ ክሰሓግ ተራኢያ። ምናልባት ብህይወቱ እንተ ኣልዩ ግን ህይወታ ኣብ ሓደጋ ምህላዋ ፍርሒ ተዘርኣ። ተቓቢጹ እንተኾይኑ ድማ እቲ ቅንጸላ ክብራ ከየሕሰረት ምፍጻሙ ንኣምላኽ ምስጋና ይብጽሓዮ በለት።

እቲ ስርሒት ንሰናይት ልዋም ድቃስ ከልኣ። ነቲ ፍጻሜ ንምርሳዕ፡ ናብ ሕሉፍ ታሪኻ ተመሊሳ ምስ ዮናስ ዘሕለፍቶ ምቁር ፍቕሪ ብስእላዊ ተምሳል ይረኣያ። ምስ ዮናስ ኣብ ሜዳ ዝተራኽበትሉ ወቕቲ ቅጅል ይብላ። ኤርትራ ናጻ ኮይና ንዮናስ ታሪኻ ተዘንትወሉ ህሞት ተመነየት። ነቲ ብሻለቃ ዝወረዳ ፈተነን ዘካየደቶ ቃልስን ይመላለሳ። ብሓሳባት ደኺማ ድቃስ ሰለም ኣብ ተብለሉ እዋን ከኣ ሕልሚ ይመጻ። ሓንሳብ ንሻለቃ ብዝማርኽ ተመሺጣን ተጸባቢቓን ምዕሩግ ለቢሳን ኣብ ሳሎን ክዘናግዑ፤ ንሱ ክተናኽፉን ፍሽክ ክትብሎን ሓሊማ ምሉእ ኣካላታ ፈጥፈጥ እናበላ ብስንባደ ተበራቢራ፡ "በስመኣብ . . . ትብል። ኣብ ካልእ ድቃስ ከኣ ጸጕራ ብመንልበቢ ጠምጢማ ክይተመላኽዐት ኣብ መኪናኡ ኣብ ጎድኑ ኮፍ ኢላ ንሱ ክዋዘያ ንሳ ግን ንዋዘኡ ብዘይምቕላብ ዘይተሰበየ ግብረምውልሲ ትህቦ'ሞ "ምን ሆንሻል" ክብላ ክረባረቡ ትሓልም። ዘይውግሕ ለይቲ የለን

ንጽብሓይቱ ንግሆ ኣብ ድምጺ ሓፋሽ "እቲ ኣብ ልዕሊ ብዙሓት ንጹሃት ዜጋታት ስቅያትን ቅትለትን ዝፈጸመ ሻለቃ በቀለ ኣብ ማእከል ኣስመራ ተቐንጺሉ" ዝብል ዜና ክቃለሕ ሰምዐት።

እቲ ናይ ከተማ ስርሒታት ብደቂቕ መጽናዕትን ውሕሉል ትግባረን እዩ ዝፍጸም ነይሩ። ኣብ ፊልም ክውሳእ'ምበር ብሀያው ክትግበር የስደምም'ዩ። ጸላኢ ድሕሪ ፍጻሜ ናይቲ ስርሒት ጽፉፍ ናይ ስለያ ንጥፈት ኣካይዱ ንፈጻሚ ቅንጸላ ንምርካብ ኣይህቅንን እዩ። ኣምሳያኡ ሕነ ቀራናት ንጓዕማማት ከምዝብሃል ኣብቲ ከተማ ናይ ራዕዲ ስጉምቲ ይወስድ። ኣብ ግጥም ስዕረት ወይ ብድብያ ክሳራ ኣብ ዘጋጠሞ እዋን'ውን ከምኡ። ከምኡ ኣብ ዘጋጥመሉ ዕለት ወተሃደራት ኣዋፊሩ ኣብ መገዲ ወይ ናብ ባራት ብዓይኒ'ብለይ ስኒ'ብለይ ተኹሲ ሰባት ይርሽን። ነቲ ሬሳታት ኣብ ሓደ ጎደና ይሰጥሖ። ዝሓለፈ ሰብ ክርዕድ ተባሂሉ። ናይ ቤተሰብ ሬሳ ዘለለየ ሰብ ምብካይ የፍርሕ ስለዝኾነ ቍርጥም ኣቢሉዋ ይሕልፍ። ሬሳ ምውሳድ ኣይፍቀድን። ንቡር ሓዘን ክትገብር ይፍራሀ ነይሩ። ንኣጋ ምሸቱ ነቲ ሬሳታት ጸፍጺፉ ኣብ ሓደ ጋህሲ ይደፍኖ። እዚ ኣረሜናዊ ስጉምቲ ንህዝቢ ኣብ ክንዲ ዘርዕድ ብኣንጻሩ ነቲ ስርዓት ዝያዳ ከምዝጽላእ ይገብሮ። እቲ ስጉምቲ ዝኣመንን ዝኸሓደን ስለዘይፈሊ ንህዝቢ ምስ ገድሊ ክተሓባበር ወይ ክደናገጽ ደረኹዎ እዩ።

ብድሕሪ'ቲ ናይ ራዕዲ ስጉምቲ ሃንደበታዊ ፍታሻ ይካየድ። ወጋሕታ ወተሃደራት ንኸተማ ይወሩዋ። ካብ ገዛኻ ምውጻእ ክልኩል እዩ። ዝኽፈት ቤት ሰዮ ወይ ስራሕ የለን። ገዛ ገዛ እናኣተወ ዝፍትሹ ወተሃደራት ይምደቡ። ዝጠርጠሩዎ

ሰብ፡ ወረቐት መንነት ዘይሓዘ፡ ጋሻ፡ እንዳመሓዝኡ ወይ እንዳዘመዱ ዝሓደረ ይግፈፍ። ቅንጣብ ሓበረታ ናይ ህዝባዊ ግንባር ከም ጽሑፍ፡ ናይ ሻዕብያ ራዲዮ ዝሰምዐ ወዘተ ናብ ቤት ማእሰርቲ ተወሲዱ መርመራታት ይካየድሉ። ህዝቢ ነቲ ደርጊ ዝወስዶ ስጉምቲታት ነቒሑሉ ስለዝኾነ እቲ ሃላኽ ገዲፍካ ራዕዲ ዝፈጥር ዳርጋ ኣይነበረን። ብፍላይ ውዱባት ኣባላት ነቲ ፍተሻ ኣድላዪ ምቅርራብ ገይሮም ይጽበይዎ።

ድሕሪ ቅንጸላ ሻለቃ በቀለ ንምሸቱ ዕስራ ሰላማውያን ሰባት ተቐቲሎም ሬሳኦም ኣብ ጎደና ተሰጢሑ ውዒሉ። ሓፈሻዊ ፍተሻ ተኻይዱ ብዙሓት ሰላማውያን ሰባት ተገፊፎም ኣደዳ ስቓይ ኮይኖም። እቲ ኣረሜናዊ ተግባር ንሰናይት ኣዝዩ ኣሕዘና። ከምኡ ክስዕብ ኢሉ ኣይገመተትን። ንነብሳ'ውን ተሓታቲት ቆጸረታ። ነቲ ጉዳይ ኣድቂቓ ምስ መርመረት ግን "ህዝባዊ ግንባር ንዓይ ንሰናይት ከተድሕን ኢላ ዝፈጸመቶ ኣይኮነን። ደቂ ኣንስትዮ ኣባዕሊጉ ኢላ ትቕንጽሎ ኣይመስለንን። ኣብ ልዕሊ ደቂ ኣንስትዮ ዝፈጸሞ ብዕልግና እምበዛ ዘህድኖ ኣይኮነን። ምኽንያቱ እቲ ብዕሉግ ናይ ስበስልጣን ተግባራት፡ ህዝቢ ኣብ ልዕሊ'ቲ ስርዓት ጽልኢ ከሕድር ደጋፊ እዩ። ስለዚ ኣነ እንተዘይተሓባበር እውን እቲ ቅንጸላ ኮነ እቲ ሳዕቤኑ ኣይምተረፈን" ኢላ ንነብሳ ተደዓዕስ። ኣድህቦ ህዝቢ እንተኾነ'ውን ኣብቲ ዋጋ ቅንጸላ ዘይኮነስ ኣብቲ ቅንጸላ ምኽኑ ንሕልንኣ ኣቕሰኖ።

ምዕራፍ ሸዱሽተ

ድሕሪ ነዊሕ ግዜ ናይ ዮናስን ሕድሩን ሓይሊታት ብኣጋጣሚ ኣብ ዓራርብ ይራኸባ'ሞ በብገርሆም ተጓነፉ። ሕድሩ ዝጽበያ ዝነበረ ዕድል ብምርካቡ ኣዚዩ ተሓጎሰ። ዝፋለጡ ብጾት ሕድሕዶም ክሰዓዓሙ ሕድሩ ተቐዳዲሙ ንዮናስ ክስዕም ተሃንጢዩ ናብኡ እናመጸ ዮናስ ከምዛ ዘይፈልጦ ጎስዩዎ ናብ ካልኦት ብጾቱ ኣንፈተ። ውሽጣዊ ስምዒቱ ክቆጻጸር ምኽኣል ስለዝሰኣነ ከኣ ንብጾቱ ምዉቕ ሰላምታ ኣይሃቦምን። ዓይኑ ደም መሊኡ፡ ገጹ ተደዊኑ ሕርቃኑ ሰማይ ዓረገ። ከይተረድኦ “እህህ እህህ” ይብል ነይሩ። እንታይ ኮይኑ ደኣሉ ዘይኣመሉ ተዓዚሙ ዝብሉ ብጾት'ውን ኣይተሳእኑን። ዮናስ ግን ስነስርዓት ውድብ ቀይድዎ እምበር ንሕድሩ በቲ ዝዓጠቖ ብረት ኣድራጋ ክትኩሰሉ ኣይምጸልኣን። ሕድሩ ኩነታት ተረዲኡዎ ናብቲ ዝነበረ ሓላፊኡ ከይዱ ምስ ዮናስ ክረዳድኦ ሓተቶ። ኩነታት ናብ ግጭት ከምርሕ ስለዝኽእል ጥንቃቐ ክገብር'ውን መኸሮ።

ሓላፊ፥ "እንታይ'ዩ እቲ ጉዳይ? ኣሕጽር ኣቢልካ ኣምተለይ" በሎ። ሕድሩ ከኣ ከምቲ ዝተባህሎ ብሓጺሩ ኣዘንተወሉ።

ሓላፊ፥ ግርህ ኢሉ ከራኽቦም ኣይመረጸን። "ብጻይ፥ እዚ ጉዳይ ኣቐዲምካ ኣማእኪልካዮዶ ነርካ" ክብል ደጊሙ ሓተቶ።

"ኣየማእከልኩዎን፣ ንዮናስ ብኣካል ረኺበ ክረዳድኦ ዕድል እጽበ ነይረ። እታ ቀዳመይቲ ዕድል ሎሚ ረኺበያ። ግናኸ ዮናስ ኣብ ልዕለይ ክቱር ኣሉታዊ ኣረኣእያ ዘለዎ ይመስል። ስለዚ እየ ኸኣ ንስኻ ዘሎኻዮ ክኸውን ዝደለኹ።"
ሓላፊ፣ "እዋእ! እዚ ናትኩም ጉዳይ ቀሊል ኣይመስለንን። እንተተቐቢሉዎ እኳ ድሓን ነይሩ፣ ብኣንጻሩ እንተኾይኑ ግን ካብ ዓቕመይ ንላዕሊ ክኸውን እዩ።"
"እሞ ኣነ ነጊረካ ኣለኹ፤ ዘይተደልየ ሳዕቤን ከይፍጠር።"
ዮናስ፣ ሕድሩ ምስ ሓላፊ ክዘራረብ ምስ ረኣየ ሕርቃኑ መሊሱ ገንፊሉ። ምስምስ ፈጢሩ ከምልጥ ዝበላሓት ዘሎ ኮይኑ ተሰምዖ። ኣስናኑ እናሓርቀመ ጸጸኒሑ እናሰረቐ ይጥምቶም። ሕድሩ ብወገኑ ዮናስ ይዕዘቦም ከምዘሎ ኣስተብሂሉ ኩነታት ዮናስ ኣስጋኢ ከምዘሎ ተረድኦ።
ሓላፊ ንሕድሩ ናብ ግሉል ቦታ መሪሑ ምስ ካልእ ሓላፊ ኮይኖም ተመያየጡ። ንኽልቲኦም ኣራኺቦም ከኣ ንዮናስ "ንሕድሩ ትፈልጦዶ" ክብሉ ሓተትዎ።
"እፈልጦ እወ፣ ብኸዳዕ፣ ጠላም፣ በዓለገ እፈልጦ" በሎም።
"ዮናስ፣ ነቲ ጉዳይ ዘይበጻሕካዮ ካልእ መረዳእታ ድኣ ከይህሉ?"
ዮናስ፣ "ጠሊመ፣ ኣይትሓዘለይ ክብሎ እየ ክብለኩም ትጽበዩ። ጠሊመ እንተይሉ እንታይ ከምዝጽበዮ ይፈልጥ እዩ"
ሕድሩ ምናልባት ንዮናስ ብኣካል ክረኽቦ እንተዘይከኣለ ብመልእኽቲ ክሰደሉ ኢሉ ዘዳለዋ ጽሕፍቲ ንሓለፍቲ ቀዲሙ ኣረኪቦም ነይሩ።
ሓላፊ፣ "እዛ ጽሕፍቲ እንካ ኣንብባ" ኢሉ ሃቦ።
ዮናስ፣ ነታ ጽሕፍቲ ድሕሪ ምንባቡ "እዚ ምስምስ እየ ዝብሎ ኣነ" ኢሉ ነታ ጽሕፍቲ መለሰሎም።

ሓለፍቲ፡ "ብርጉእ መንፈስ ክትረዳድኡ እንተትፍትኑ ክነቀራርበኩም ደስ ምበለና፤ ኣይፋለይ በሃላይ እንተ'ኹንካ ግን ተተፋኒንኩም ክትከዱ ክንፍቅድ ኣይኮንናን። ናብ ላዕላይ ኣካል ክንብጽሐኩም ኢና፡ እዚ ጉዳይ ምምእካሉ ዘይተርፍ'ዩ፡ ናይ ዮናስ ጉዳይ ጥራይ ስለዘይኮነ ብኡ ኣንጻር ክርአ እዩ። መልሲ ብዝቐልጠፈ ክምዝመጽእ ክግበር'ዩ። ክሳብ ሽዑ ኣብ መንጎኹም ዝኮነ ኣሉታዊ ስምዒት ወይ ተግባራት ከይክሰት" መኺሮም ሰላም ከበሃህልዎም ምስ ፈተኑ ዮናስ ንሕድሩ ሰላም ከይበሎ ተዓዚረ። ይሕንሕን ከም ዘሎ'ን ግሁድ ነይሩ።

ናይ ዮናስ ቁጥዐ ንሕድሩ ድቃስ ከልኦ። "ግደ ሓቂ እንተ'ኾይኑ ስለዝጸልኣኒ ኣይፍረዶን'ዩ። ከዘራርቦ ዕድል እንተዝህበኒ ግን ጽቡ'ቕ ገይረ መረዳእክዎ" በሃላይ እዩ። እቲ ጉዳይ ተማእኪሉ ውሳኔ መታን ክረክብ ዕቱብ ምክትታል ክግበረሉ ዘሎ ተኽእሎ ዳርጋ ጸቢብ ምዃኑ ተራእዩ። ብወገኑ ካብዚ ሓሊፉ እንታይ ክገብር ከምዝኽእል ጠፍኦ። ውድብ ንውልቃዊ ጉዳይ እሞ ኸኣ ካብ ኣብ ውሽጢ ጸላኢ ዘላ በዓልቲ ጉዳይ ከጻሪ ኣይብገስን እምበር ሰናይትሲ ሕመረት ናይቲ ጉዳይ ከተረድእ ከምትኽእል ኣረጋጊጹ ይፈልጥ'ዩ።

ንዮናስ እቲ ኩነታት መሊሱ ተሓደሶ። ነገራት ከደይብ ከውርድ ንመንፈሱ ቅሳነት ከልኦ። ዝን ምባልን ሽጋራ ምትካኽን ስለዘብዝሐ ብጾቱ ገለ ነገር ከምዘጓነፎ ገመቱ። ብዛዕባ ውልቃዊ ጉዳይ ንኻልኦት ከካፍል ፍቓደኛ ስለዘይነበረ ንዝሓተቶ ሰብ ዋላ ሓደ ጸገም ከምዘየጋጠሞ ይነግር። እቲ ናይ ጠባያት ለውጢ ንኣባላት መሪሕነት

ስለዝተሓበሮም ከኣ ኣብ ልዕሊኡ ደቀቕ ምክትታል ተገብረ።

ኣብ ከምዚ ኩነታት ከሎ ናይ ሰበይቱ ወረ ዝፈለጡ ብጾት ንሱ'ውን ሰሚዑ ይኸውን ኢሎም ዝገመቱ ከይስከፍ ብምባል ከምዘይሰምዑ መሲሎም ይቐርብዎ። ነቲ ወረ ዝሰምዐት ደሃብ ዝተባህለት ብጸይቲ ንዮናስ ካብ ቤት ትምህርቲ ጀሚራ ትፈልጦ ስለዝነበረት ክትግደሰሉ ጀመረት። ምኽንያታት እናፈጠረት ምስኡ ትራኸበሉ እዋናት ኣብዝሐት። ከም መተኣታተዊ ናይ ቤት ትምህርትን ናይ ሜዳን ተዘክሮታት እናኣልዓለት ተዘናግዮ። ተዋዛይት ስለዝኾነት ዮናስ'ውን ዕላላ ስለዝፈተዎ ብብጻያዊ መንፈስ ቀረባ። በቲ ሕሉፍ ናይ ሰውራ ኣተሓሳስባ ምዝማድ፣ ምጥናስን ምሕራስን ከም ኣድሓሓሪ ድልየት ይቑጸር ስለዝነበረ ዘድህብሉ ውሑዳት እዮም ነይሮም። ደሃብ'ውን ውፍይቲ ተጋዳሊት ስለዝነበረት ንዝምድና ኣየድሃበትሉን ነይራ። ኣብቲ ዳሕራይ እዋን ሰውራ ግን ምውሳብ ልሙድ እናኾነ ከይዱ።

ሓንቲ ካብ ጭርሖታት ህዝባዊ ግንባር "ቃልስና ነዊሕን መሪርን'ዩ፣ ዓወትና ግን ናይ ግድን'ዩ" ትብል። ቃልሲ ነዊሕ ካብ ኮነ ናይ ቃልሲ ተካኢ ወለዶ ከምዘድሊ ትእምት። ተጋዳላይ መታን ክትክእ ክዋሰብ ከድሊ'ዩ። ተጋዳላይ ምስ ደቂኣንስትዮ ብጾቱ ወይ ድማ ምስ ኣብ ሓራ ዝወጸ ቦታታት ዝርከባ ገባር ክዋሰብ ዘተባብዕ ኩነት ዝተፈጥረ ይመስል። ኮይኑ ግን ተጋዳላይ ክዋሰብ ሃነፍነፍ ከይበለ ክብርታት ባህሉ ዓቂቡ፣ ንመጻኢ ትውልዱ ኣብ

ክንዲ ካላሽን ናጸ ሃገር ኣብ ውሽጢ ዕድሚኡ መታን ከውርሶ ብተወፋይነት ተዋሲኡ።

ደሃብ ግን ዕድሜኣ ኣብ ግምት ብምእታው ምውሳብ ከተሓሳስባ ጀሚሩ። ኣብ ልዕሊ ብዙሓት ብጾት ናይ ሓሳብ ኮለላ ገይሩ ልዕሊ ዮናስ ዝሰራዕ ኣይረኸበትን። ነቲ ናይ ቀዳመይቲ ሰበይቱ ወረ ኣዛሚዳ ንሱ'ውን ምዝማድ ኣይጸልእን ይኸውን ኢላ ገመተት።

ደሃብ ኣብ ክፍሊ ሕክምና እያ መደባ። ሓደ እዋን ንርክቦም ዘቀራርብ ኩነት ተፈጥረ። ዮናስ ዓሶ ተለኺፋ ኣብ ትሕቲ ሓልዮታ ኣተወ። ኣብ ሜዳ ሓለፋ ቅቡል እኳ እንተዘይኮነ ደሃብ ንዮናስ ዝያዳ ተገደሰትሉ። ብቐረባ ክዋስኡ ከኣ ዕድል ፈጠረላ። ምቅርራብ ዮናስን ደሃብን እናዓበየ ስለዝኸደ ብዙሓት ብጾቶም ናብ ምዝማድ ዝምዕብል ዘሎ ገመትዎ። ብፍላይ እቶም ናይ ሰበይቱ ዝፈለጡ ንሰናይት ዝቐበጸ መሰሎም፣ ስለዝጠለመቶ ጽቡቕ ገይሩ ክብሉ፣ እቶም ዘይፈለጡ ከኣ ቀዳመይቲ ሰበይቱ ጠሊሙ ካልእ ተዛሚዱ ኢሎም ይሓምዩዎም ነይሮም።

ሓንቲ መዓልቲ ደሃብ ብጾት ክሓምያኣ ሰምዐት። ሓንቲ ብጸይቲ "እዛ ናይ ዮናስን ደሃብን ምቅርራብ ናበይ ገጹ እያ?" ሓተተት።

ካልኣይቲ ብጸይቲ፣ "ክዛመዱ ዝደለዩ ይመስሉ።"

ሳልሰይቲ ድማ "ምርዑው እንድዩ?" ሓበረት።

ቀዳመይቲ ደጊማ "ጠሊማቶ ድሮ ምስ ካልእ ተዛሚዳ ይበሃል። ደሃብ ከኣ ነዚ ከየረጋገጸት ትዛመዶ ኣይመስለንን። " ሓሳብ ሃበት

ካልኣይቲ፡ "እሞ እንታይ ድኣ ትጽበ ኣላ፡ ዮናስ ዝወጾ ዮብሉን።"
ቀዳመይቲ፡ "ድሕሪ ቁሩብ ንሰምዕ ንኸውን፡" ምስ በለት ካልእ ሰብ መጺኡወን ዕላለን ኣቋረጻ።
ንደሃብ እቲ ዝሰምዓቶ ሓቂ እንተዝኾነላ ሓጎሳ ወሰን ኣይምነበሮን። ነቲ ሕሜታ ምኽንያት ብምግባር ንዮናስ ኣዘራሪባ ቁርጺ ክትሰምዕ መደበት። ምኽንያት ፈጢራ ዮናስ ናብ ዝነበሮ ቦታ መጺኣ "ዮናስ ከዘራርበካ ደልየ ኣለኹ" ክትብል ተወከሰቶ።
ንሱ ሕቶኣ ቐልጢፉ ከይቀበለ ትኒኽ ኣርእስቲ ከይትሕዘው እናሰግአ ዕጽይጽይ እናበለ "ብዛዕባ እንታይ?" ክብል መለሰላ።
"ብዛዕባ ንክልቴና ዝምልከት ጉዳይ" ምስ መለሰት
ዮናስ፡ "ናይ ክልቴና ድኣ እንታይ ፍሉይ ጉዳይ ኣሎ?"
ደሃብ፡ ነቲ ዝሰምዓቶ ሕሜታ ድሕሪ ምዝንታው "እተን ብጾት ካብ ባዶ ተበጊሰን ኣይኮናን ሓሚየናና። ንርክብና ገምጊመን እመስለኒ። ዮናስ፡ ኣነ ጎቦ ጎቦ ገርካ ምዝራብ ኣይፈቱን'የ። ንጉዳይ ብቐጥታ ምቕራብ'ዩ ዝቐለኒ። እዚ ኣርእስቲ ካብ ተላዕለ፡ ኣነን ንስኻን ብብዙሕ ረቛሒታት ንመሳሰል እመስለኒ። ማለተይ ክንረዳዳእ ንኽእል ኢና። ፍቓደኛ እንተኾንካስ ዝምድናና ክብ ክንብሎ ምደለኹ።"
ዮናስ፡ ብዘይ ርእሰ ምትእምማን "ምርዑው ምዃነይ ትፈልጢ ኣይመስለንን።" ምስ በላ
"ዘይፈልጥ ኣይኮንኩን፤ ዝኽልክለካ ከም ዘየለ ድማ እፈልጥ" መለሰት
ዮናስ እንታይ ከተስዕብ ከምትኽእል ስለዝተረድኦ "ምርዕው እየ ኢለኪ ኣለኹ። ኣብኡ ጠጠው ኣብሊ" በላ።
ደሃብ፡ "ጸገም የለን" ኢላቶ ዕዝር በለት።

ዮናስ ንደሃብ ምስ ኣፋነወ፡ ናብ ድቅድቕ ሓሳብ ተዋሕጠ። ሓሳባት ኣገማዲሑ "እዝስ ሰናይ ዕድል ድዩ ወይስ ፈተን?" ንባዕሉ ሓተተ። "ሰናይት ጠሊማ፡ ወሊዳ እናተባህለ ናተይ ናይ ምውሳብ ኣብያ ዕሽነት ድዩ? ነዚ ሕጂ ኣጋጢሙኒ ዘሎ ዕድል ዳግማይ እረኽቦዶ? ብናተይ ተበግሶ ክረኽቦ ዘይክእል ዕድል ከምልጠኒ ከፍቅድ ቅኑዕ ድዩ? ደሃብ ከኣ ክንዲ ሰናይት ብስልትን ክኢላን ኣይትኹን'ምበር ብዙሕ ዝጎድላ የብላን። ንኡስ ዕድሜኣ ንሰውራ ወፊያ'ምበር ክሳብ ሎሚ ከይተዛመደት ኣይምጸንሐትን። ንሓዳር ተበሃጊት'ያ። ይቕረታ ሓቲተ ክሓስበሉዶ ክብላ?" ተማትአ። ናብ ዝኸደቶ ክስዕባ ውን ድንዕ በለ። ድሕሪ ሓጺር ስቕታ ከምዛ ካብ ሕልሙ ዝተበራበረ ሰብ፡ ርእሱ ሓፍ ኣቢሉ የማናይ ኢዱ እናሰንደወ ከይተፈለጦ "ክላእ፡ ጌጋ ብጌጋ ኣይእረምን'ዩ" ዝብሉ ቃላት ኣውጽአ። ሰብ ዝሰምዖ መሲሉዎ የማን ጸጋም ቍሊሕ በለ። ናብ ውንኡ ምስ ተመልሰ "ናይ ሰናይት ነገር ወዳ ወይ ጓላ ክትንጸር ኣለዋ። ናይ ገድሊ ሓዳርከ ኣየናይ ሓዳር ኮይኑ'ዩ። ሎሚ ጽባሕ ንስዋእ ዘየፍለጥናስ ሓዳር ተራእዩኒ። ሂወት ከየውሐስካስ ሓዳር፤ ናይ ቃልሲ ተካኢኻ ምፍራይ እንተዘይኮይኑ ተስተማቕሮ ሓዳር ኣይከውንን። ህዝባዊ ግንባር ምዝማድ ዘፍቀደሉ ሓደ ምኽንያት ውን ንሱ ይኸውን" በለ።

ደሃብ ናይ ሰናይት ጥልመት ከምዝሰምዐት ዮናስ ኣይሰሓቶን። ከይቅድማ ኢላ ወረ ሰናይት ከም ትዝርግሕ ገመተ። ሓይሊ ብምልእታ ከምትፈልጥ መሰሎ። ክብሩ ክትሕት ተሰምዖ። ምሒር ከኣ ኣስቆርቆሮ።

ደሃብ ብወገና ጠለባ ኣሉታዊ መልሲ ብምርካቡ ሕፍረት ተሰምዓ። "ብቐደሙ ወዲ ተባዕታይ'ምበር ጓል ኣንስተይቲ

ንምዝማድ ክትሓትት ኣየጸብቐላን'ዩ። ኩነታቱ ግን ዝቃወም ኣይመስልን ነይሩ። ኣቀራርባኡ ከም ቅሩብ ገሚተዮ ተደናጊረ" በለታ ንነብሳ። "ነታ ጠለበይ ዘርጊሑ ስመይ ከኽፍኣኒ'ዩ። ዋይ ዓል ኣያቱ፣ ተሸንዲሐ ክበሃል" ሓሰበት።

ዮናስ እቲ ኩነት ናብ ዘይተደልየ ሳዕቤን መታን ከይምዕብል ምስ ደሃብ ክረዳዳእ መረጸ። ኣብ ዝርርቦም እቲ ናይ ደሃብ ናይ ምዝማድ ጠለብ ከም ዘይቀረበ፣ ንዕኡ ንምሽፋን ርክቦም ንግዚኡ ዳርጋ ከም ናይ ቀደሞም ክምስልዎን፣ እንተኾነ ናይ ምዝማድ ኣንፈት ዘለዎ ከምዘይመስልን ክገብሩ፣ በብቑሩብ ግን ዕድላ ከይዓጽወላ ርክቦም እናዛሕተለ ከምዝኸይድ ንኽልቲኦም ዝሓሸ ምኺኑ ኣሚኖም ውርዙይ መፍትሒ ገበርሉ።

ኣብቲ እዋን'ቲ ዓለም ብስነ ሓሳብ ናብ ርእሰማላውን (ካፒታሊስት) ማሕበርነታውን (ሶሻሊስት) ደንበታት ተኸፋፊላትሉ ኣብ ዝነበረት መዋእል፣ ህዝባዊ ግንባር ናይ ማሕበርነታዊ ስነሓሳብ ርዒማ ነቲ ርእሰማላዊ ስርዓታት ከም ጸላኢ፣ ነቲ ማሕበርነታዊ ደንበ ከኣ ከም መሓዛ ቆጺራቶ ነይራ። ኢትዮጵያ ናብቲ ማሕበርነታዊ ደንበ ምስ ተጸንበረት፣ ሶቬት ሕብረትን ተሓባበርታን ንኢትዮጵያ ብመሳርያ ክሳብ ዓንቀራ ኣብ ልዕሊ ምዕጣቕ ብቀጥታዊ ወተሃደራዊ ምትእትታው ኣንጻር ቃልሲ ኤርትራ ጠጠው ምስ በለት፣ ኣብ ውሽጢ ተጋደልቲ ጸረ ሶቬት ሕብረት ስምዒታት ኣሕደረ። ብዙሓት ተጋደልቲ ህዝባዊ ግንባር ኣብ ልዕሊ ሶቬት ሕብረት ዝነበሮ መርገጺ ዳግመ ግምት ክገብረሉ ርእይቶ ኣቕረቡ። ህዝባዊ ግንባር ግዝያዊ

ተግባራታ ብዘየገድስ ሶቬት ሕብረት ስትራተጂክ መሓዛ ሰውራ ኤርትራ እያ ኣብ ዝብል መርገጺ ደረቐት። እዚ መርገጺ ህዝባዊ ግንባር ንዮናስን መሰላቱን ስለዘይተዋሕጠሎም ሓሳባቶም ክዓብጡ ኣይከኣሉን። ብንቐፌታዊ ባህሪኡ ዘይተሓጎሱ ካድረታትን መራሕትን ብሰሪ'ዚ ናይ ሶቬት ሕብረት መርገጺኡ ንዮናስ ምስ ሳልሳይ ርእሱ ንመርመራ ናብ ሓለዋ ሰውራ ተላእከ። ኣድላዪ ምጽራይ ድሕሪ ምክያድ ንተሓድሶ ኣብ ሓለዋ ሰውራ ንሸሞንተ ኣዋርሕ ጸንሐ።

ዮናስ ኣብ ሓለዋ ሰውራ ምጽናሕ ግዝያዊ ቅሳንት ሃቦ። ምኽንያቱ ኣብኡ ብዛዕባ ውልቃዊ ጉዳዩ ሓበሬታ ዝፈልጡ ነይሮም ኣይብልን፡ እንተለዉ ድማ ኣዝዮም ውሑዳት ክኾኑ ገመተ። ዘይዕላዊ ሓበሬታ መዕገቲ ስለዘይብሉ ግን ወረ እግሪ እግሩ ከምዝስዕብ ኣይስሕቶን። ካብ ገጽ ዝገለለ ካብ ልቢ ገለለ፡ ከም ዝበሃል ግን ኣብቲ ኣሃድኡ እቲ ወረ ምስ ግዜ እናሃሰሰ ከም ዝኸይድ ገመተ።

እቲ ውሳኔ ንዮናስ ብዙሕ ሻቕሎት ኣይፈጠረሉን። ድሕሪ ዓወት ብዙሓት ጸገማት ከምዝፍትሑ ስለዝኣምን ኒሑን ፍናኑን መሊሱ ገንፈለ። ከም መብዛሕትኦም ብጾቱ ንዮናስ እቲ መሰረታዊ ምኽንያት ናይ ብዙሓት ሽግራት እቲ መግዛእታዊ ስርዓት እዩ ዝብል እምነት ነበሮ። ጸላኢ ካብ መሬት ኤርትራ ተሓግሒጉ ምስ ተሰጐ፡ ኩሎም ካልኣውያን ሽግራት ጽባሕ ዓወት ክፍትሑ ኢዮም በሃሊ እዩ። ከምኡ ስለዝኾነ ድማ በየናይ ሓላፍነት ብዘየገድስ ውፉይነቱ ወትሩ ልዑል ነበረ። ኣብ ኩናት ብኽቱር ኒሕ ይዋጋእን የድምዕን።

ህዝባዊ ግንባር ካብ ናይ ምክልኻል ናብ ናይ ምጥቃዕ ስልቲ ኣብ ዝመደበትሉ እዋን ጽዑቕ ወተሃደራዊ ንጥፈታትን ስልጠናታትን ይወሃብ ብምንባሩ በቲ ናይ ሽዑ ኣዘራርባ 'መንግስተይ ገለ ነገር ሓሲባ ኣላ' ኣናተባህለ ይዕለል ነበረ። ህዝባዊ ግንባር ነቲ ስልቲ ክዉን ንምግባር ንምድምሳስ ናደው እዝ ሓደ ካብ ኣገደስቲ ነጥበ-መቐይሮ ናብ ዓወት ገይሩ ወሰዶ።

ዮናስ ዝነበራ ክፍለ-ሰራዊት ነቲ ኣብ የማናይ ክንፊ ናይቲ ግንባር ዝነበረ ሓይሊ ጸላኢ ደምሲሳ ናብ ኣፍዓበት ገጹ ንምምራሕ ዘኽእል ስትራትጃዊ ታባታትን ስንጭሮታትን ኣብቲ ናይ ዜሮ ሰዓት ንምቁጽጻር ነበረ። እንተኾነ ግን ብቐዳምነት ነቲ ኣብ ስልታዊ በረኽትን ጸዳፍን ታባ ዓሪዱ ዝነበረ ናይ ጸላኢ ናይ ረሸሽ ኣሃዱ ምድምሳስ ግድነት ነይሩ። ነዚ ፊት ንፊት ምግጣሙ ከቢድ ክሳራ ኣብ ልዕሊ ወገን ስለ ዘስዕብ ብድሕሪኡ ተጠዊኻን ኣዳህሊልካን ንምድምሳሱ መደብ ወጺኡ። ነዚ ስሪሒት ንምፍጻም ሓንቲ ብሉጻት ተዋጋእቲ ዝሓቖፈት ካብ ኩለን ብሪጌዳት ተመሪጻ፣ መስመር ጸላኢ ሰሊኻ ነታ ታባ እትድምስስ ጋንታ ቆመት። ዮናስ ካብ ኣሃዱኡ ስለ ዝተመረጸ ብሓጎስን ኒሕን ክትኮስ ደለየ። እታ ጋንታ ድማ ኣድላዪ ምቅርራባት ገይራ መሬት ምሳይ ምስ በለ ንጉዕዞኣ ተተሓሓዘቶ። ኣስፊሓ ብምጉዓዝ መስመር ጸላኢ እትሶልኮሉ ቦታ ረኺባ ተጠውያ ናብታ ታባ ድሕሪ ናይ ዓሰርተ ሰዓት ጉዕዞ በጸሐት። እተጥቅዓሉ ቦታ ምስ ሓዘት ነታ ዕርዲ ጸላኢ ብኣዝዩ ረቂቕ ስልትን ቆራጽነትን ብኣር.ፒ.ጂን ቦምባታት ኢድን ካላሽንን ዝተሰነየ ሃንደበታዊ መጥቃዕቲ ፈነወትሉ። ጸላኢ ሬሳታቱን ንብረቱን ጥንጢኑ ካብቲ ቦታ ከዝልቕ ተደረኸ። ብኡ ንብኡ

ድማ ኣብ ኩሉ እቲ ግንባር ሰፊሕ መጥቃዕቲ ብሓይልታት ህዝባዊ ግንባር ተጀመረ። እታ ጋንታ ተልእኾኣ ኣብ ውሽጢ ዕስራ ደቒቕ ፈጺማ ንቦታኣ ንምምላስ ተበገሰት። ኣብቲ ኩናት ኣብ ኩሉ ሸነኻት ዝጸዓቐሉ ህሞት ብጥርኑፍ ንምንስሓብ ቀሊል ስለ ዘይነበረ እቶም ብጾት በብዝጥዕሞም መዋጽኦ ክረኽቡ ተነግሮም። ገለ ብጾት ኣብ በዓትን ኣግራብን ብምኹዋል ህይወቶም ከድሕኑን ናብ ኣሃዱታቶም ክምለሱን ከለዉ፡ ገለ ድማ ኣብቲ ስሪሒትን ምዝላቕን ብጅግንነት ተሰውኡ። ካልኦት ከኣ ሃለዋቶም ኣይተረኽበን። ኣባላት ኣሃዱ ደሃይ ዮናስ ስለ ዘይረኸቡ ተሰዊኡ ወይ ተማሪኹ ይኸውን ብምግማት ኣዝዮም ሓዘኑ።

ዮናስን ሕድሩን ዳግማይ ከይተራኸቡ እታ ክብርቲ ዕለት እናናቀረበት ከምዝመጸት ዝእንፍቱ ኩነታት ተራእዩ። ግንባር ናደው ምፍራሱ፣ ቀጺሉ ድማ ባጽዕ ኣብ ኢድ ሰውራ ምውዳቓ፣ መዓልቲ ናጽነት ርሑቕ ከምዘይኮነት ፍሉጥ ኮነ። ዓወታት ሰውራ ካብ ሰሙናት ናብ መዓልታት እናተደራረበ መጺኡ ኤርትራ ነጻ ኮነት። ኣስመራ ናጻ ዝወጸትሉ መዓልቲ ሰራዊት መግዛእቲ ኣንፈቶም ኣጥፊኦም ዝገብርዎ ጠፊኡዎም ክስከምዎ ዝኽእሉ ንብረት ጸይሮም፣ ሹሞም ከምዘጥፍኡ ንህቢ እግሮም ናብ ዝመርሖም ክጎዓዙ፣ ብኣሻሓት ክማረኹን መሳርያኦም ንቆልዑ ከረክቡን ክትርኢ ይድንጽወካ። እዋይ እዚ ስዕረት ክኸፍእ። ብኣንጻሩ ህዝቢ ገዝኡ ከየገፍተን ናብ ጎደናታት ወጺኡ ክዘልልን ኣዴታት ክዕልላን ክትርኢ ህዝቢ ክሳብ ክንደይ ተዓፊኑ ከምዝነበረ ይሕብረካ። እታ ንዓመታት ሃንቀው ዝበላ ዕለት መጺኣ ሕልሙ ተጋህደ።

ኣብ ምልእቲ ሃገር ስራሕ ተወንዚፉ ጓይላን ዳንኬራን ንሰሙናት ቀጸለ። ኤርትራ ናብ ሓደ ገፊሕ ዳስ ተቐይራ ፈቐድኡ ግብዣ፣ ኣብ ጎደናታት ጓይላ ንሰሙናት ቀጸለ። ምልእቲ ሃገር ኣብ ዝተናውሐ ሕጽኖት ኣተወት። እቶም ሽዑ ነስመራ ዝኣተዉ ተጋደልቲ ነናብ ስድርኦም ክራኸቡ ፈቐድኡ ዕልልታን ሓጎስን ተቓልሐ። ስድርኦም ኣብ ኣስመራ ዘይነብሩ እንተኾይኖም'ውን ኩሉ ሰቦም ስለዝነበረ ፈቐድኡ እንዳ ዝኾነ ገዛ ኣትዮም ብዘይስክፍታ ምግባዝ ኮነ። ኣብ መገዲ ንዝረኸብካዮ ተጋዳላይ ምስዓም ምግባዝ

ንህዝቢ ኤርትራ ሓደ ዓቢ ስድራ ኣምሰሎ። እንዳቦይ ተኽለ ጽቡቕ ዕድል ገይሩሎም ተኪኦ ምስ ክልተ ደቁን በዓልቲ ቤቱን ብሰላም ስለዝተመልሱ ዲቕ ዝበለ ፌስታ ኮነ። ናይ ቆልዑ ረብሻ ዘይስመዓላ ቤት ዝነበረት እንዳቦይ ተኽለ ናይ ሜዳን ናይ ከተማን ቆልዑ ዝራግሑላ ኮነት። ቆልዑ ከተማ ብናይ ዓበይቲ ምግናሕ ተዳሂሎም ትሑታት፣ ስኩፉትን ናይ ቁልዑነት ጠባያት ዘለዎም ክኾኑ ከለዉ፣ ደቂ ሜዳ ግን ነጻ፣ ደፋራት፣ ውዑያት፣ ዘይስከፉን ናይ ዓበይቲ ኣተሓሳስባ ዝነበሮም ስለዝኾኑ ክልተ ባህሊ ኣብ ሓደ ዓዲ ይርአ ነበረ። ሰናይት ንደቃ ዘጕደለትሎም እኳ እንተዘይነበራ ነቲ ናይ ሜዳ ባህሊ ኣደንቐቶ። ርእሰ ምትእምማን ከማዕብሉ ምትብባዕ ኣቕንአ። ኣብ ቤት፣ ኣብ ከባቢን ኣብ ኣብያተ ትምህርትን ክተኣታቶ ተመነየት። "ቆልዓ ወይ ተመሃራይ ናይ ምግላጽ ክእለቱ ከማዕብል ክተባባዕን ርእይቶኡ ከቕርብ ክምህ ዘይብልን ኮይኑ ክምልመል ኣለዎ" ሓሰበት። "ሓፋር ሰብ ጸላእኩ" በለት።

ኣብ ወጻኢ ዝቕመጥ ህዝቢ ኤርትራ ብወገኑ ንናጽነት ብውዕዉዕ መንፈስ ጸንቢሉዋ። ኣብ ሕቡራት መንግስታት ኣመሪካ፣ ካናዳ፣ ሃገራት ማእከላይ ምብራቕ፣ ኤውሮጳን ኣውስትራልያን ዓበይቲ ናይ ጽንብል ምትእኽኻባት ኣካይዶም ንናጽነት ኤርትራ ኣብ ኩሉ ኩርንዓት ዓለም ኣቃሊሖም። ናብ ኣስመራ ናይ ኣየር በረራ ምስ ተጀመረ ኣብ ወጻኢ ዝነብሩ ኤርትራውያንን ወጻእተኛታትን ብኣሽሓት ናብ ኤርትራ ውሒዞም፣ ከተማታት ኤርትራ በጋይሽ ኣዕለቕለቓ። እቶም ንኤርትራ ዘይፈልጥዋ ኣብ ደገ ዝተወልዱ መንእሰያት ክይተረፉ ንኤርትራ ፈተውዋ። ካብ ናይ ጭውያ፣ ዓመጽ ስክፍታታት ነጻ ኮይኖም ኣብ ጎደናታት

ምውዓል ምሕዳር ፍሉይ ስምዒት ፈጢረሎም። ኤርትራዊ ሃገራውነት ዝያዳ ተወሊዑ ኣብ ዝለዓለ ጥርዙ በጺሑ። ብዙሓት ኣብ ስደት ዝነብሩ ኤርትራውያን ጠቕሊሎም ናብ ሃገሮም ክመጹ ተሸባሸቡ። ናይ ዝተፈላለያ ሃገራት ቋንቋ ዝመልኩ ስለዝነበሩ ንዕብየት ሃገር ሓጋዚ ተራ ከምዝህልዎም ተኣምነሉ።

እቲ ብሜዳ ዝኣተወ ናይ ምትሕልላይ፡ ክቱር ብጻይነትን ርሱን ሃገራውነትን መለለይኡ ባህሊ፡ ወገናውነት ዘራገፈ፡ ወዲ ካበሳ ወዲ መታሕት ዘይብል፡ ኣስላማይ ክርስትያን ዘይፍለየሉ፡ ንቕሓትን ተበላሓትነትን ዝዓጠቐ ስለዝነበረ ኤርትራ ክትንብረላ ተቕስን፡ ንቕልጡፍ ገስጋስ ዝተዋደደት ሃገር መሰለት። ምእዙዝን ጻዕረኛን ህዝቢ ስለትውንን ቅኑዕ ምሕደራን ፍትሓዊ ኣመራርሓን እንተሰፊኑ መስሕብ ወፍሪ ክምትኸውንን ቅልጡፍ ምዕባለ ክምትገብርን ትስፋው መጻኢ ተራእየ። ህዝቢ ኤርትራ መስጣ ናይቲ ዝሕለፎ መሪርን ከርፋሕን ህይወት ብቕሳነትን ራህዋን ክድበስ ዓቢ ተስፋ ገበረ። ኩሉ ኤርትራዊ ክንዮ'ቲ ኀይታ ሃገሩን ወሳኒ መጻኢ ዕድሉን ምዃን ንቕልጡፍ ምዕባሌ ሃገሩ ዘለዎ ህርፋን ኀሊሑ ተራእየ። ናይ ብዙሓት ተዓዘብቲ ገምጋም'ውን ኤርትራ ካብተን ኣብ ኣፍሪቃ ኣርኣያ ክኾና ካብ ዝኽእላ ሃገራት እያ ዝብል ነበረ።

ኢኮኖምያዊ ሂወት ሃገር ክበራበር ግዜ ኣይወሰደን። ነባራት ትካላት ንቡር ንጥፈታተን ክሰላስላ ጀመራ። ንወፍሪ ዘተባብዕ ህዋሁ ስለዝተፈጥረ ሓደስት ትካላት ክዕንብባ ተራእያ። ናይ ወጻኢ ሸርፊ ዕደላ ውን እናሰፍሐ መጸ። ካብ ገያሾ ዝእከብ ናይ ወጻኢ ሸርፊ ዓቢ ተራ ነይሩዎ። ኤርትራ

እቲ ንብዙሓት ሓደስቲ ሃገራት ድሕሪ ዓወት ዘጋጠመን ናይ ኢኮኖሚ ውድቀት ኣየጋጠማን። ብዙሓት ናይ ህንጻት ስራሓትን ፕሮጀክታትን ክሰላሰሉ ተራእዩ። ኤርትራ ኣብ ሓጺር ግዜ ብኣህግራዊ መለክዒ ዕብየት ከተመዝግብ ክኣለት። እቲ ኤርትራ ጽቡቕ ኣርኣያ ናይ ቅኑዕ ምሕደራን ቅልጡፍ ምዕባለን ክትከውን'ያ ዝብል ትንቢት ተግባራዊ ከምዝኾውን ኣንፈት ሃበ። ኤርትራ ናይ ኣፍሪቃ ሲንጋፖር ክንገብራ ኢና ተባህለ። ካልኦት ሃገራት ዝፈጸምኦ ጌጋታት ኣይንደግሞን ኢና ተጨርሐ።

ወጻኢ ዝምድናታት ምስ ኩለን ሃገራት ተመስረተ። ዋላ እተን ንኤርትራ ዝበደልኣ ሃገራት ንናጽነት ኤርትራ ደጊፈን ምስ ህዝብን መንግስትን ኤርትራ ክደጋገፉ ድሉዋት ኮና። ብዙሓት ኢምባሲታትን ናይ ምትሕግጋዝ ትካላትን ኣብ ኤርትራ ቤት ጽሕፈት ከፈታ።

ናይ ዜጋታት ሃገራዊ ስምዒት ሰማይ ዓረገ። ኤርትራዊ ኣብ ዝሃለወ ይሃሉ ብሃገራዊነት ተሓበነ። ህዝቢ ንህዝባዊ ግንባር ከም ሃይማኖት ኣምለኾ፤ ንተጋደልቲ ኣኽበሩዎም፤ ንመራሕኡ ኣድኒቖምን ኣፍቂሩዎን፤ ንመሪሕነት ህዝባዊ ግንባር ምሉእ ድጋፉ ሂቡ። እቶም ናይ ቅድም ናይ ደም መቀናቕንቱ ማለት ተጋድሎ ሓርነት ኤርትራ ነበር ከይተረፉ በቲ ዓወት ተሓጒሶም ድጋፎም ሂቦም። እዚ ርሱን ሃገራዊ ስምዒትን ስምረትን ንህንጸት ሃገር ኮነ ንምክልኻል ሃገር ዓቢ ድርኺት ከምዝኾኖ ተኣምነሉ።

ርዝነት ናይ ናጽነት ንሰናይት ይርድኣ እኳ እንተኾነ፡ እቲ ዝካየድ ዝነበረ ፌስታት ግን ዛጊት ጠላሕ ኣይበለን። ናታ

ትጽቢት፣ ጽባሕ ናጽነት ካብ ጸለመ ነጻ ክትከውን፣ ፍቕራ እንደገና ክውላዕን ሓዳራ ዳግማይ ክመውቕን ክትርኢ ነይሩ። ሕልማ ጋህዲ ክኸውን ዮናስን ሕድሩን ብኣካል ክምለሱ ኣለዎም። ናይ ዮናስ ኣይተጨበጠን'ምበር ተስፋ ተረኺቡ ኣሎ። ናይ ሕድሩ ግን ኣመት የለን።

ተኪኡ፣ ዮናስ ዝበሃል ተጋዳላይ ከምዘይፈልጥ እኳ እንተነገራ፣ ኣጣይቖ ኣብ ሳሕል ከምዘለው ሓቢሩዋ'ዩ። ሰናይት "ብሓቂ ብህይወቱ ከምዘሎ ኣረጋጊጽካ?" ሕቶ ትደጋግመሉ። ንሱ ከኣ "ቅሰኒ፣ ንዓይ ዘይኮነ ሓበሬታ ኣይህብኑን'ዮም" ትብል ይምልሰላ። ምሉእ ብምሉእ ግን ኣይኣመነቶን። ከመይሲ ኣብቲ እዋን'ቲ ተጋደልቲ ብዛዕባ ዘይመጹ ንዝሓተቶም ከምዛ ቃል ዝኣተዉ ሓንቲ ነይራ መልሶም፣ "ኣብ ሳሕል ኣሎ"። ሓቆም ከኣ፣ እቲ ኣብ ስርድራ ክመጽእ ዘኽእል ሓዘን ብምዝዛን።

ትጽቢታ መኺኑ፣ ብዘይ ዮናስ መጻኢኣ ብሓሳብ ክትስእሎ ጀመረት። ብዝሓለፈቶ ተጋደልቲ "እዚኣ እኮ እያ ንዮናስ ዝጠለመት፤ እዋኢኡ ንሱ'ምበር ንሳስ ከም ልማዳ ዲዕዲዕ ትብል" ክብልዋ ተሰምዓ፤ ደቃ "ኣቦ እገለ መጺኡ፣ ኣቦና ድኣ ኣይመጽእን ድዩ?" ኢሎም ከይሓትዋ ተሰቀቐት። "ዮናስከ ድሓንዶ ኣትዩ?" ንዝሓታ ትምልሶ ጠፍኣ። ኣብ ሳሕል ኣሎ እንተመለሰት "ከምኡ እንተበልዋ ሓቂ መሲሉዋ፣ ብዘይወግዒዶ ተሰዊኡ ክብልዋ ተጸብያ" ዝብልዋ መሰላ። ዘይልማዳ ንግሆ ንግሆ ቤተ ክርስትያን ምስላም ኣዘውተረት። "ኣንታ ኣምላኽ፣ ክንደይ ሓጊዝካኒ እንዲኻ። ለመናዶ ኣብዚሒልካ? ግዳ እዚኣ እታ ዝዓበየት ምኽናዶ ንዓኻ ጠፊኡካ? እዚኣስ ፈጽመለይ ድኣ። ንዮናስ

ዝረኸብኩላ መዓልቲ ዝኽሪ ክገብረላ መብጽዓ እኣቱ። ዋላ ስንኩል ይኹን። ግዳ ሓንቲ ዓይኒ ኣይትብቀቐሉ፡ መልክዐ ጓሉ ዝርኤላ" እናበለት ትልምን። ሞት ፈታዊ ኣሸንኳይ ብወረ ኣብ ሓመድ ድበኡ ውዒልካ'ውን ንግዜኡ ምማቱ ትጠራጠር ኢኻ። ሰናይት'ውን ጨሪሳ ኣይቀበጸትን። ሞተ ከይበሉኻዶ ይቕበጽ ኮይኑ። እቲ ኣብ ሳሕል ኣሎ ዝብል ሓበሬታ ሓቂ ክኾነላ ተስፋ ገበረት።

ሰናይት እግረ መገዳ'ውን ድሣይ ሕድሩ ካብ ምሕታት ኣይዓረፈትን። ንኹሎም ኣዕሩኽቱን ፈለጥቱን ዝበለቶም በጺሓቶም። ሣለዋቱ ዝሕብር ግን ኣይተረኽበን። ንዕልታ ድሣይ ሕድሩ ተጣይቕ ከምዘለ ፈሊጣ፡ ናይ ሕድሩ ሓይሊ ኣብ መንደፈራ ኣላ ዝብል ሓበሬታ ከምዝበጽሓ ገበረት። ሰናይት ንሰንበቱ ንመንደፈራ ከይዳ ፈቐዶ መዓስከራት ሣለው ክትብል ውዒላ ምስ ቀበጸት ጌጋ ሓበሬታ ከምዝተዋህባ ገመተት።

ንዕልታ ሰናይት ንሕድሩ ከተናዲ ላዕሊ ታሕቲ ክትብል ከላ ደድሕሪኣ እናሰዓበ ብስእሊ ኣሰንዩ መርትዖ ዝእክበላ ሰብ ወዲባ ነይራ። ዝበጽሐትን ቦታታትን ዘዛረበቶም ሰባትን ተመዝጊቡ ድማ ቐረበላ።

ኣቦይን ኣደይን በበይኑ ጸሎቶም ከም ዝበሣል ስድራ ሰናይትን ስድራ ዮናስን ኣብ ጉዳይ ሰናይት ተጋራጫዊ ኣረኣእያ ነይሩዎም። ብፍላይ ስድራ ዮናስ ሰናይት ትዋረደሉ እዋን ኣኺሉ እናበሉ ሓዲስ ጎስጓስ ጀመሩ። ሰናይት ቅድሚኦም ረኺባ ክሕደታ ክትሸፍን ብሓሶት ከይተሰክሮ ስለዝሰግኡ ንዕልታ ዮናስ ይርከበሉ ናብ ዝተባህለ ኣድራሻ ተቐዳዲማ መልእኽቲ ሰደደት። ነቲ ወረን ጸለመን ከኣ ደጊማ ዘርዘረትሉ። ኣስመራ ምስ ኣተወ ሰብ

ከይክዕቦ ትኽ ኢሉ ንገዝኡም ክመጽእ ከምዘለዎ ተማሕጸነቶ።

ናይ ዮናስ ቀዳማይ ምንዮት ግና ወዱ ክስዕም ስለዝነበረ ቐዲሙ እንዳዓለቡኡ ክኣቱ ኣይምመረጸን። በዚ ምኽንያት ከኣ ነስመራ ክኣቱ እምብዛ ህንጡይ ኣይነበረን። እቲ ብዛዕባ ሰናይት ዝሰምዖ ወረ መሊሱ ክውላዕ ተሰምዖ። ኣስመራ ኣትዩ ኣበይ ከምዝዓርፍ ክውስን ተሸገረ። ከም ምርጫ ከኣ ንግዜኡ ኣብ መዓስከር ክዕርፍ ወሰነ። ነስመራ እናተቓዕዘ ምስ ገዛእ ርእሱ ይዛረብ፤ "ኣነስ ኣፍልበይ ነፊሐ፡ ኮሪዐ ብዓጀባ ናብ ቤተይን ቆልዓ ሰበይተይን ብሓበን ምኣተኹ'ምበር ገዛይ ንምእታው ከሕፍረኒ፤ መእተዊ ክስእን። ዋይ ኣነ! ንሳ ክትሓፍር ዝግብኣ ኣነ ክሓፍረላ። ንምንታይ ንሳኽ ከመይ ይስምዓ ይህሉ? ንናጽነት ኣይትምነያን ነይራ ትኸውን። ከመይ ገይራ ገጻይ ክትርኢ? ኣነ እኳ ገጻ ክርኢ ዝሓፈርኩስ፡ ንሳ'ሞ ተሸቑሪራ ትህሉ። ንሳስ ሓራ ኣይወጸትን፡ ሰብ ክድሰት ናብ ክቱር ናይ ሞራል ጭንቀት ተደቒዲቓ። ጸላኢና ካብ ሰቡ ይፈሊ፡ ናታስ ባዕላ ዝገበረቶ፡ ናተይ ገደደ። ኣይ ብኢደይ፡ ኣይ ብእግረይ ኣብ ክንዲ ብዓወት ዝፍንጫሕ ብሻቕሎት ተበሊዐ፡" ወዘተ እናሓሰበ ከይተፈለጦ ብሎኮ ኣስመራ በጽሐ።

ኣስመራ ምስ በጽሐ ከም ውሳኔኡ ናብ መዓስከር ኣተወ። ኣብቲ መዓስከር ደቂ ኣሃድኡ ዘይምርካቡ ኣይጸልኦን። ኣብዚ እንታይ ይገብር ኣሎ፡ ናብ ስድርኡ ዘይከይድ ኢሎም ከይሓምይዎ ተሰኪፉ። ቀስ ኢሉ ክከታተል እኳ ሓሲቡ እንተነበረ ነብሱ ምግባር ኣብዩዎ ድሕሪ ቑሩብ ሰዓታት ድሕሪ ምእታዉ እታ ዘላ ኣብኣ ኣላ ኢሉ ናብ ሰናይት ስልኪ

ደወለ። እንተኾነ እታ ንሱ መዝገቡዋ ዝነበረ ቍጽሪ ስልኪ ንኻልእ ዓሚል ከም ዝተዋህበት ተሓበረ። ንሰናይት ዝረኽበሉ ካልእ ስልኪ ድማ ኣይነበሮን። ናብ እንዳሓሙኡ ወይ እንዳዓለብኡ ክኸይድ ኣይደለየን። ምስ ሓዲኦም ወይ ኩሎም ክይተራኸበ ኣብ ከተማ ክርአ ውን ቅኑዕ ኮይኑ ኣይተሰምዖን። ኣብ መዓስከር ክጸንሕ እንተደለየ ውን ሕቶ ከምዘልዕለሉ ኣይሰሓቶን። ከምታ ዝገመታ ከኣ ንጽብሓይቱ ግዘ ሓደ ብጻይ "ዮናስ፣ ምሸ ንስኻ ካብ ኣስመራ ኢኻ ተሰሊፍካ?" ኢሉ ሓተቶ።

እንታይ ክብል ከም ዝደለየ ተረድኦ፣ ብኣሉታ ክምልሰሉ ቅኑዕ ስለዘይኮነ "እወ" በሎ።

እቲ ብጻይ "እሞ ድሃይ ስድራኻ ከይገበርካ ክትሓድር? ኣብዚ ምሳና ዝተመደቡ ደቂ ኣስመራ ከይወዓሉ ከይሓደሩ ነናብ ስድርኦም ይኸዱ፣ ገሊኦም ንክሓድሩ ምሸት ምሸት ጥራይ ይምለሱ" ምስ በሎ መልሲ ክይሃበ ዝን ኢሉ ትም ስለዝበለ እቲ ብጻይ ንኻልኦት ብጾት ዘጋጠሞም ኩነት ዘኪሩ "እህህ" ድሕሪ ምባል "እዚ ታሪኽ ቃልስና ክንደይ ዘይንቡር ፍጻሜታት ዝሓቖፈ እዩ" በለ። ዮናስ እቲ ብጻይ ብዛዕባ እታ ኣብ ውሽጡ ዘላ ምስጢር ክዛረብ ዝደለየ ስለዝመሰሎ "እንታይ ክትብል ደሊኻ ኢኻ?" ክብል ሓተተ።

እቲ ብጻይ፣ "ወዲ ሃይለ ኣብዚ ምስ ኣተና ከይከደ ሳልስቲ ገይሩ። ስድርኡ ይሃልዉ ኣይሃልዉ ሓበሬታ ኣይነበሮን። ሃንደቕ ኢሉ ናብ እንዳዓለቡኡ ኣብ ክንዲ ዝኸይድ ወሰን ወሰን ኣጣይቑ ብህይወት ከምዘለዉ ተበሲሩ፣ እናተሓበነ ከኣ ከዶም። ብኣንጻሩ ሽሪፎ ከምትፈልጦ ህውኽ እንድዩ፣ ደሃይ ከየጣለለ ንገዝኦም ኣምሪሑ፣ ኣብቲ ገዛውቲ ምስ በጽሐ ናይ ጎረባብቲ ቆልዑ ሓቲቱ ስድርኡ ብህይወት

ከምዘየለዉ ተረድኣ። ሓሻኻ ቅዝዝ ኢሉ ተመሊሱና። ብውሽጡ ነዛ ዓወት ከይረኣኹም ሓመድ ተደቢኹም ኢሉ ይኸውን። ተጋዳላይ ስሱዕ ስለዘይኮነ ግን ንነጻነት ስድርኡ ዘይኮነስ ንነጻነት ሃገርን ኩሉ ህዝብን ምግዳሉ እዩ ዝፈልጥ፣ ንሱ ዝያዳ ስለዘሐብኖ ከኣ ንውልቃዊ ረብሓ ኣይጭነቅን'ዩ" ክብል ኣዘንተወሉ።

ዮናስ ሃለዋት ስድርኡ ካብ ሓብቱ ሰሚዑ እኳ እንተነበረ እዚ ታሪኽ ምስ ሰምዐ ተጠራጠረ። ዋላ ብህይወት እንተዘይሃለዉ ሓብቱ ከምዘይትነግሮ ጦብላሕ በሎ። ነቲ ብጻይ መልሲ ካብ ምሃብ ግን ምጽቃጥ መረጸ። እቲ ብጻዩ ውን ክዛረበሉ ዘይደለየ ገለ ጸገም ከምዘሎ ተረዲኡ፣ ነቲ ዕላል ኣቋሪጹ፣ "በሉ ኣመት ክብድና ክንገብር" ኢሉ ተሲኡ ከደ።

ዮናስ ኮፍ ካብ ዝበለላ ቦታ ከይተንቀሳቐሰ ነዊሕ ድሕሪ ምጽናሕ ሓንቲ ነገር ትዝ በለቶ። ስልኪ እንዳሓሙኡ ካብ ተለኮሙኒከሽን ክረክብ ከምዝኽእል። ሃንደበት ብድድ ኢሉ ከኣ ከደ። ስልኪ እንዳቦይ ተኸለ ጭር ጭር ትብል። "ሃለው ሃለው፣ መን ኢኻ" ትብል መልሲ ናብ እዝኒ ዮናስ ኣድመጸ።

"ሃለው፣ ኣነ ዮናስ እየ፣ ኣደይ ተኽኣ ዲኽን?"

"ዮናስ ወድና"

"እወ"

"እል.ል.ል.ል.ል፣ ከመይ ድሃይካ ትጥዓም። ዋይ'ዛ ማርያም ክትጥዕም፣ ጸሎትና ኣስሚርክልና፣ እዋይ ብርኽቲ መዓልቲ፣ ኣንታ ሚካኤል እዚ ኣርኢኻና" እናበላ ምስ ዮናስ ምዝራብ ገዲፈን ንኹሎም መለእኽቲ እናጸውዓ ኣመስገና።

ዮናስ ኣብ ኣስመራ ከምዘሎ ምስ ሓበረን "እሞ ኣንታ ዮናስይ፡ ኣበይ ኮንካ ኢኻ ትድውል ዘሎኻ? እቲ ቦታ ሓብረኒ'ሞ ሰናይት ክትመጸካ። ኣብዚ ቀረባ እንተኣሊኻ ከኣ ንገዛና ንዓ። ትዝክሮዶ?" በልኦ።

"ሰናይት ኣበይ ክረኽባ እኽእል?" ሓተተን

"ሰናይት ድኣ ኣብ ስራሕ፡ ምቕማጣ ከኣ ኣብዚ ምሳና"

"ሕራይ'ምበኣር፡ ኣብዚ ቁሩብ ስራሕ ኣሎኒ'ሞ ምስ ወዳእኩ ክመጽእ እየ። ኩሉኹም ድሓን ዲኹም?"

"ድሓን ኢና፡ እግዚኣብሄር ይመስገን። በል ኣይትደንጕ" ምስ በልኦ ዝርርቦም ዓጸዉ። ንዮናስ ኩነታት ከምዝተጸበዮ ኣይኮነን፡ ሰናይት ናይ ባዕላ መንበሪ ቤት ክህልዋ ገሚቱ ናብኡ ክኸይድ ነይሩ ሓሳቡ። ናብ እንዳሓሙኡዶ እንዳ ዓለብኡ ምኻድ ኣዋጠሮ።

ሰናይት ካብ ስራሕ ምስ ተመልሰት ኣዲኣ ዮናስ ከምዝደወለ ኣበሰርኣ። ኣብ ኣስመራ ከም ዘሎ'ምበር ኣበይን በየናይ ቍጽሪ ስልኪ ከምዝርከብን ግን ኣይፈለጣን።

"ኣበይ ኣሎኻ ክንመጸካ ዘይበልክዮ?"

"ኢለዮ፡ ስርሐይ ወዲኣ ክመጽእ'የ ኢሉኒ"

"ስራሕ ተጋደልቲ ድኣ ኣየናይ ዘጻድፍ ኣልይዎ። ሓቂዶ ትብልዮ? ክላገጹልኪ ድኣ ከይኮኑ? እንታይከ ኣቐዲሙ ምድዋል ኣድልይዎ፡ ትኽ ኢሉ ዘይመጽእ። እንድዒኽ። ድምጹ ኣለሊኽዮዶ?" ሓተተተን

"ድምጹስ ኣየለለኽዎን። ከንደይ ድዩ ኾይኑ፡ ግዳ ንሱ እዩ፡ ግዲ የብልክን። በዚዶ ላግጺ ኣሎ'ዩ። ስቕ ድኣ በሊ ስራሕ ሒዙዎ ይኸውን"

"ሰዓት ክንደይ ደዊሉ?"

"ብግምት ቅድሚ ክልተ ሰዓት ኣቢሉ"

"ክ.ል.ተ ሰዓት! እዚ ኣይናይ ጣቋን። ብዘኾነ መግቢኸ ኣዳሊኺዶ?"

"መግብስ ተዳልዩ'ዩ። ዝተረፈ ዝስተ እንተኣድለየ ግን ነቲ ቆልዓ ልኣኽዮ ወይ ባዕልኺ ኪዲ ዘድሊ ኣምጽኢ።" ቀዲማ ተዳልያ ስለዝነበረት ግን ዘይዓደገ ዓይነት መስተ ኣይነበረን።

"ናብ ስራሕ ከመይ ዘይደወልክለይ? ምሕታተትኩ ነይረ"

"ኣብ መገዲ ገለ ከየጋጥመኪ ሰጊአ፣ መኪና እናዘወርካ ሓሳብ ኣይጽቡቕን'ዩ ኢለ። ቀዲሙኪ ይመጽእ'ሞ ስፕራይዝ ዲኹም ትብሉ፣ ከምኡ ክገብረኪ"

ኣቦይ ተኽለ ዘይኣመሎም ኣብ ደገ ቁሩብ ኣምስዮም ኣተዉ። ነቲ ጥዑም ወረ ምስ ተበሰሩ "ተመስገን፣ ሰናይት ንለይ እንቋዕ ጸሎትኪ ሰመረልኪ፣ ኣታ ኣምላኽ እዚ ኣርኢኻና፣ እዋይ ግሩም ዕድል፣ እዋእዮም ነዚ ከይረኣዩ ዝሓለፉ" በሉ።

"እሞ ክመጽእ እየ ኢሉ'ንዶ ጠፊኡ"

"ድሓን ኣይትሻቐሊ፣ ክመጽእ'ዩ። ምስ ኣዕሩኽቱ ይዘናጋዕ ይህሉ። መቐበሊ ድኣ ቀርባ" በልወን በቲ ርጉእ መንፈሶም። ንሰናይት ግን እዚ ኣየቕሰናን። ነቲ ብስራት ጎረባብቲ ክሰምዑዎ ኣይደለየትን። ንዓይ ከተበስረኒ ውን ኣይፈቐደትን።

ምሉእ ምሸት ጭልም ክብሉ ኣምሰዩ። ንደቃ ባባ ክመጽእ እዩ ኢላቶም ስለዝነበረት ትጽቢት ነዊሑዎም ትኽስ ክሳብ ዝብሉ ተጸበዩ። ኪዱ ደቅሱ እንተበለቶም "ባባ ከይመጸ" ብምባል ኣበዩዋ። ንሳ ከኣ ዓቕሊ ኣጽበበት። እዋን ምስ ሓለፈ ኣቦይ ተክለ፣ "ደጊም ዮናስ ዝመጽእ ኣይመስለንን። እቲ እዋን ከሰክፎ'ዩ። ነዕርፍ" በልወን።

ው/ሮ ተኸአ "እንታይ ረኺቡዎ? እንተዘይጠዓሞ ከምኡ ኢሉ ዘይሕብር" በላ እናኣጕረምረማ።

ኣቦይ ተኽለ "እዚ ወዲ ዘጋጠሞ ክንፈልጥ ኣይንኽእልን። ናይ ካልእ ሰብ ኩነት ክትፈልጥ ንብስኻ ኣብ ቦትኡ ምቕማጥ የድሊ። ቀዲሙ ናብ እንዳዓለብኡ ከይዱ ይኸውን። ኣብኡ ዝጸንሖ ወረ ከኣ ንስሕቶ ኣይመስለንን። ከምዘቐይሞን ልቡ ከምዝሰብሮን ክንርስዕ የብልናን" ምስ በሉ

ሰናይት "ክሳብ ሎሚ ዘየግሃድኩልኩም ምስጢር ኣሎ። ሓትኖይ ኣምሊቓታ ስለዝነበረት ኣፋፍኖት ከምዘለኩም እርድኣኒ። እቲ ሓቂ ክገልጸልኩም። እዛ ቆልዓ ካብ ዮናስ እያ ጠኒሰያ። ንሕድሩ ሽፋን ክኾነኒ ኣቦ ኩና ኢለዮ። ድሓን ይእቶ ብዘይምውልዋል ነቲ ሓሳብ ተቐቢልዎ። ምስኡ ካልእ ርክብ ኣይነበረናን። ሎሚ ምሸት ንዮናስ ነጊረ ጽባሕ ከግህደልኩም መዲበ ነይረ" ክትብል ምስጢራ ቀልዐት።

ኣቦይ ተኽለ "ኣገናዕ'ዛ ጓለይ። ክብሪ ርኽቢ፡ ክብሪ ሂብክና። ናይታ ቆልዓ እኳ ግምት ነይሩና። ናይ ሕድሩ ግን ቦኽሪ እዝንና'ዩ። ክሳብ ክንደይ ረዚን ሰብን እሙን ብጸይን ምዃኑ ነድንቖ። ንሕና ድማ ሕጂ ቀሲንና። እንቛዕ ሕልናና ዝወቅስ ተግባር ኣይፈጸምኪ። ድሓን የምጽኣዮ፡ ድሓን የሕድረና። ነዕርፍ እዋን ሓሊፉ" ኢሎመን ናብ መደቀሲኦም ሓለፉ።

ሰናይት ሰለም ከየበለት መሬት ወግሐ። ናፍቖት ድዩ ሻቕሎት ላዕላይ ጥርዙ በጽሐ። ናይ ቀጽሪ ማዕጾ ገልጠም ብዝበለ መጺኡ ክትብል ኣምሰየት። ኣብ መንጎ ከኣ "እንዳዓለብኡ ከይዱ ማለት'ዩ። ሓሶት ክምለእ ከምሲ። እታ ርግምቲ ሓብቱ ዘይትምህዞ የብላን፡ ልቡ ስቕል

ከተብሎ'ያ። ደቂ ክርኢ. እኳ ኣይህንጠን? ከመይ ድዮም'ዞም ተጋደልቲ? ኣመት ገድሊ'ምበር ኣመት ስድራ ዘይብሎም። እንታይ ኮይኑ ኢሉ ይጠልም? ካብ ቅድም እኮ ሕጂ ከፊኡና። ክሰቲ ምስ ኣምሰየ ምስ ገሊኣን ሓዲሩ ማለት'ዩ። ክልክመኒ። እዞም ተጋደልቲ ናይ ደቆም፣ ናይ ስድርኦም ናፍቖት የብሎምንድዮም" ወዘተ ክትብል ሓደረት።

ዮናስ መሬት ምስይ ምስ በለ ንኸተማ ኣምሪሑ። ብዛዕባ ኣባላት ኣሃድኡ እናሓሰበ ብድንገት ምስ ወዲ በሽር ጎፍ ንጎፍ ተራኸቡ።

ዮናስ፣ "መርሓባ ወዲ በሽር፣ ዮሃና፤ እንቛዕ ዓወተና ያዓኸ። ከመይከ? ኣሃዱና ኣበይ ኣላ?"
ወዲ በሽር ኣይሕጉስ ኣይጉሁይ ኮይኑ ፍዝዝ በለ። ንዮናስ ካብ ርእሱ ክሳብ እግሩ ጠሚቱ "ዝተሰውኣዶ ይምለስ'ዩ? ብርጌድና ብምልእታ እንድያ ተሰዊኣ ኢላ ሓዚና። ለካ ተማሪኽካ ኢኻ?"
ዮናስ፣ "ኣይተሰዋእኩ፣ ኣይተማረኽኩ።"
ወዲ በሽር፣ "ኬፍ ድኣ?"
ዮናስ፣ "ሓይሊ ጸላኢ ካብታ ስትራተጂካዊት ቦታ ክንሳሕብ ኣብ ዝጀመረሉ ግዜ፣ በዚኣ መጺኣ ዘይበልኩዋ ቦምባ ኣብ ቅድመይ ተፈንጂራ፣ እግረይ ሕምሽሽ፣ ከብደይ ብጅል ኣቢላቶ፣ መዓንጣይ ንደገ ተቖልቂሉ። ካምቻይ ቀዲደ ብምጥምጣም ፍሰት ደም ከጉድሎ ኪኢለ። ድሕሪኡ ተንፋሒኹ ናብ ጥቓይ ዝነበረት ገረብ ተኸዊለ። ክሪኣኒ ዘይምኽኣለን ናይ ዕድል እዩ'ምበር ብጥቓይ ይሓልፉ ነይረን። መቸም ኣግራብ ሳሕል ተሓባቢ.ሮሙና እዮም። ካብ

መሪር ጸሓይ ሳሕል ኣጽሊሎሙና፡ ድፋዕ ሰሪሕናሎም፡ ብዓቢኡ ከኣ ካብ ጸላኢ ከዊሎሙና። ኣብኣ ኮይነ ህድማ ጸላኢ እናተዓዘብኩ ብብቑሩብ ውነይ ከጥፍእ ኣብ ዝጀመርክሉ ህሞት ናይ ካልእ ብሪጌድ ብጾት ኣርኪቦሙኒ። ቀዳማይ ረዲኤት ክገብሩለይ እዝከረኒ። ድሕሪኡ ነብሰይ ኣብ ማእከላይ ሆስፒታል ረኺበያ" ክብል ኣዘንተወሉ።
ወዲ በሽር፡ "በል ንትንሳኤኻ ምስ ጃምዓ ኹና ናይ ደስደስ ክንገብረሉ ንኺድ ናብኦም፡ ይጽበዩኒ ኣለዉ።"
ዮናስ፡ "ንስድራ ክረኽቦም ተሃዊኸ ኣለኹ፡ ካልእ ግዜ ክነዕልል"
ወዲ በሽር፡ "ዘይከውን። ደቂ ኣስመራስ ተራኺቦም ከለዉ መዓስ ክንራኸብ ኢና ይብሉ። ንኺድ ድኣ። ሓንቲ ሓንቲ ንብል፡ ድሕሪኡ ትኸይድ" ኢሉ ኣስድዮ። ኣብቲ ባር እትው ምስ በሉ ብጾቶም ንዮናስ ምስ ረኣዩዎ ፍዝዝ በሉ። በብተራ ድሕሪ ምስዓም ከምቲ ናይ ወዲ በሽር ሕቶታት ደገምሉ። ናይ ሓጎስ ጠራሙዝ ዊስኪ ወሪዱ ምዝናይ ደመቐ። ኣብ መንጎ ከኣ ከም ኣመሎም ይጫረቑ።
ሸሪፎ፡ "ኣነ ድኣ ኢድካ ሂብካ እንድየ'ለ" ኣላገጸ።
ዮናስ፡ "ኣብቲ ህሞት'ቲ ኣሸንኳይ ኢድካ ክትህብ ክትማረኽ እውን ኣይምተኻእለን። ጸላኢ እግረይ ኣውጽእኒ እናበለ ከመይ ኢሉ ብሰላም ክቕበለካ።"
ሓሰን፡ "ወላሂ ብጻይ ዮናስ፡ ፈሪህካ ድኣ ከይትኸውን ኣብ ሆስፒታል ተዓቚብካ?"
ዮናስ፡ "እግረይ ክትጽገን ነዊሕ ግዜ ወሲዱላ። እቲ ዓወታት ኣብ ዜና ሰሚዐ እቐንእልኩም ነይረ። ጎየ ክርክብ ምጸገመኒ'ምበር ኣብ ድፋዕ ኣትኪለ ምርግራግሲ ይረኣየኒ ነይሩ። እንታይ'ሞ ሓኻይምና ኣየፍቀዱን። ከይመለቕ ይከታተሉኒ ነይሮም። ምስ ሓሸኒ ድማ ኣብ ቤት ጽሕፈት

ናይ ወረቐት ዕየ ተዋሂቡኒ። እንታይ ኢልካዮ፣ ኩርሙይ ስራሕ'ዩ።"

ወዲ በሽር፣ "ስማዕ እባ፣ ሓንቲ ጽብቕቲ ሰበይቲ ትሓተልካ ነይራ። ከምቲ ንኹሎም ንብሎም "ኣብ ሳሕል ኣሎ" ኢልናያ። ኣዝያ ተሻቒላ ነይራ። ንኹልና ኣሕዚናትና። ንዓኻ ኣዘኻኺራትና። ሰበይትኻ ድያ ሓብትኻ? ሓብትኻ እንተኾይና እሞ ሰብኣይ እንተዘይብላ ኣዛምደና። ከምትፈልጦ ብወደይ እየ ዘለኹ።"

ዮናስ፣ እታ ዘይፈትዋ ሕቶ መጺኣቶ ክምልሽ ኣይደለየን። ብድፍኑ "መን እሞ ኢለያ" ኢሉ ዓጸዋ።

ከምዚ ኢሎም ከዕልሉ ግዜ ከይተፈለጦም ተዓዝረ። ኣብ ጥራሕ ከብዱ መስተ ኣብዚሑ ሃለዋቱ ክሳብ ዘጥፍእ ስለ ዝሰኸረ ተጸይሩ ናብ መዓስከር ተወስደ። ክሳብ ንጽበሓይቱ ድሕሪ ቀትሪ ድማ ኣብ ዓራት ተደርብዩ ኣሕለፎ።

ሰናይት ፍቓድ ክትሓትትን ቤት ጽሕፈታ ከተጻፍፍን ናብ ስራሕ እናኸደት፣ በቲ ሓደ ክይደቀሰት ስለዝሓደረት ከምኡ'ውን ብሓሳብ ተዋሒጣ ኣብ መገዲ ናይ መኪና ሓደጋ ኣጋጢሙዋ ንሆስፒታል ተወሰደት። ኣቦይ ተኽለ ነቲ ዘጋጠመ ሓደጋ ምስ ሰምዑ " ኣንታ ኣምላኽ፣ ሓጎስና ከይተማልአስ ናብ ድቕድቕ ሓዘን ክትከተና፣ ኣይፉልካን፣ ኣርኢኻ ኣይትኹለፈና" ክብሉ ወይዘሮ ተኽኣ ግን ኣይሀልውቲ ኣይስርርቲ ኮይነን ዕዝም በላ። ንዕልታ ነቲ ወረ ሰሚዓ "ጥልመታ ክትሽፍን ኮነ ኢላ ዝገበረቶ'ዩ፣ ብሓደጋ መይታ መታን ክትብሃል" ዝብል ዕላል ኣልዒላ ፈቐድኡ ክትዝርግሖ ወዓለት።

እቲ ሓደጋ ካብ ናይ ስንባደ ነውጽን ቀሊል ናይ ጭዋዳታት መጉዳእትን ንላዕሊ ካልእ ዝስምዓ ጉድኣት ኣይነበራን።

ሓኺይም ውን ዘሰክፍ ምልክታት ጉድኣት ኣይረኸቡላን። ናይ ዮናስ ሓሳብ ግን በቲ ነውጺ ኣየልገሳላን። ገዛ መጺኡ መታን ክይስእና ንሓኪማ ቀልጢፉ ከውጽኣ ደፋፍኣቶ። ኣድላዪ ምርመራታት ተገይሩላ ንኣጋ ምሸቱ ካብ ሆስፒታል ወጸት።

ገዛ ብፈተውትን ጎረባብትን ተመሊኣ ጸንሐታ። ዮናስ ግን ሕጂውን ስለዘይነበረ ኣይሓጎሰ ኣይጓሂ ኮነት። ናብ እንዳዓለብኡ ሰብ ልኢኻ ናብ ገዝኡም'ውን ከምዘይመጸ ኣረጋገጸ። ትብሎን ትገብሮን ሓርበታ። ዝን ምባል ተብዝሐ። ኣብ ሳሎን ኮፍ ኢላ ኣምሰየት። ክትንቀሳቐስ ክላ ገጻ ብቃንዛ ጽውግ ተብሎ። ናይ ቀጽሪ ማዕጾ ክኩሕኳሕ እዝና ትጸሉ፣ ኣዒንታ ድማ ናብ ማዕጾ የቋምታ። ገጽ ዮናስ ምቕልቃል ግን ደንጎየ። ካብ ሜዳ ከም ዝመጸ ዝፈልጡ ናበይ ኣቢሉ ከም ዝብሉ ፍሉጥ'ዩ። ካብ እንዳሓሙኣ ዝተቐልቀለ ውን ዋላ ሓደ በጺሒ ኣይመጸን፤ ንብዙሓት ከኣ ኣሰደመሞም።

ዮናስ ውንኡ ምስ ፈለጠ እንታይ ከምዘጋጠሞ ክዝክር ኣይከኣለን። ኩሉ ነገር ሕውስውስ በሎ። እታ ዘንቀለ መደብ ከምዘይተዓወተት ግን ተሰወጦ። ኣዚዩ ከኣ ኣጕሃየ። እንታይ ከም ዘመኽኒ'ውን ጠፍኦ። ነታ ዝፈሸለቶ መደብ ከማልእ ወሲኑ ምድሪ ክመስየሉ ተጸበየ። ዝኾነ ነገር ከይዕንቅፎ ድማ ተዳለወ። መሬት ምስይ ምስ በለሉ ወሰን ወሰን ኣቢሉ ማዕጾ እንዳሓሙኡ ኳሕኰሐ። ገጽ ኣቦኡ ክርኢ ዝተረበጸ ማዕጾ ካንቸሎ ንምኽፋት ተቐዳዲሙ "እንዳመን ደሊኹም" ክብል ሓተቶ።

"እንዳቦይ ተኽለ ኣብዚ ድዩ?" መለሰ ዮናስ።

"እወ፡ መን ክብል" ቆልዓ ደጊሙ ሐተተ
"ዮናስ እብሃል"
"ባባ ዲኻ?" ኢሉ ተጠምጠሞ፡ ንገዝኦም ገጹ ከኣ መርሖ። ዮናስ ንብዓት ሰዓሮ። ውሽጣዊ ስምዒታቱ ክለዋወጥ ተሰምዖ። ተመራሪሖም ገዛ እትው ክብሉ ቤት ብዕልልታን ጫውጫውታን ተመልአት። ሰናይት ኮፍ ካብ ዝበለቶ ዘሊላ ተጠምጠመቶ፡ ዓይና እናንብዐ ካብ ዮናስ ምፍላይ ኣበየት። ብሓጎስ ክትፍንጫሕ ደለየት። ገጻ ፍስህ በለ። ፍሽኽትኣ ዕርፍቲ ኣይነበሮን። ተኾርምያ ዘምሰየት፡ ወደኽደኽ በለት። ምስትንጋድ በጻሕቲ ዓጢጡዋ ካብ ክሽነ ናብ ምድሪ ቤት ክትመላለስ ኣብ ጎድኑ ኮፍ ክትብል ዕድል ኣይረኸበትን። ኣዒንታ ካብኡ ስለዘይተፈልያ፡ ዘይኣመላ ኣቝሑ ተውድቕን ትኩዑን።
እንቋዕ ካብ ምጹቱ ኣቕለለልኪ. ዝብሉ ጎረባብቲ ገዛ ድሮ መሊኦማ ነይሮም። በብሓደ ስዒሞም ከይወድኡ ካልኦት ነቲ ዕልልታ ዝሰምዑ ውን ሰዓቡ። ዘዝኣተወ "ኣሰይ ኣሰይ፡ እንቋዕ ድሓን ኣቶኻ ዝወደይ፡ ሰናይት ከኣ እንቋዕ ሓጎሰኪ፡ ጸሎትኪ. እንቋዕ ሰመረልኪ፡ ወይ'ዚ. ኣምላኽ ክጥዕም" ይብሉ። ኣብ ህዝብና ዝረኣዩ ሓደሓደ ምስሉይ ጠባያት ኣሎዉ። ብውሽጡ ካልእ እናሓሰበ ብኣፉ ይንእድ። መብዛሕትኦም ትማሊ. ዝሓምዩዋ ዝነበሩ'ዮም። ክኣትዉ፡ ክወጹ ሕሹኽሹክ የብዝሑ። ኣነ ናይ ኩሎም ክሰምዕ እዝነይ ናብ ኩሉ ጸልየ ኣምሰኹ። እዋይ ውርደት፡ ወረ ዘይትሓፍር፡ ኣምሰሉ፡ ከምዛ ነውሪ ዘይገበረትሲ. ወደኽደኽ ትብል ከምዝብሉ ርዱእ ይመስል። ንሱ'ሞ እዋኣዩ ኣይሕጉስ ኣይጉሁይ ኮይኑ" ይብሉ ነይሮም ይኾኑ ኢለ እግምት። ወረ ዘቀባብሉን ወረ ሃባ ዝብሉን ውን ኣይተሳእኑን። ንዓይ'ሞ ናይ ሰናይት ርእሰ ምትእምማን

የደንጽወኒ ስለ ዝነበረ ገለ ዝተሓብአ ምስጢር ኣሎ ኢለ እጠራጠር ነይረ እየ። መሰለት ናይታ ቆልዓ ርእየ፡ ነቲ ብዛዕባ ሕድሩ ዝበለትኒ ክቕበሎ ጸጊሙኒ'ዩ ነይሩ። ሕጂ ገለ ከምዝኽሰት ግምት ነይሩኒ። እታ ከም ገርሂ ዝፈልጣ ሰናይት ምስጢር ከምትሓብእ ጠርጠርኩ።

እቲ ህሞት ንሰናይት ከሸቑርራ ተጸብየ ነይረ። ብኣንጻሩ ግን ዝኾነ ናይ ስክፍታ ምልክት ኣይረአኹላን። እኳ ድኣ ሰብ ክሰምዓላ ደጋጊማ ነታ ቆልዓ "ነቦኺ'ባ ኣዕልልዮ" ትብላ። ገለ ካብ በጻሕቲ 'ቦው ትበል፡ ከይሓፈረት ነቦኺ ኣዕልልዮ ትብላ" የሕሸኽሸኹ። ቆልዓ ግን ወይከ ብግስ።

ኣለባብሳ ዮናስ ከምታ ናይ ሜዳ ቁምጣ ስረ፡ ካኪ ቃምሻ፡ ካብ ዝተማረኹ ወይ ዝሞቱ ጦርሰራዊት ዝተወስደ ጃኬት ኮንጎ ሳእኒ ንሰናይት ኣብቲ ቅድሚ ሰብ ኣየኽርዓን። ኣካላትካ ተሓጸብ'ሞ ክዳንካ ቀይር እንተበለቶ ድሓን ግርም ኣለኹ ይምልሰላ። ንዕኡ እቲ ናይ ሜዳ ከምዘኹርያ ኣይተረደኣን። ተጋደልቲ እታ ጃኬት ብፍላይ ከኣ ኮንጎ ሳእኒ ካብ እግሮ ከየውጽኡ ነዊሕ'ዮም ተጓዒዞም።

ዮናስ ብስክፍታ ዝኣክል ዝሕትል ኢሉ ንኩነታት ተዓዘበ። እቶም በጻሕቲ ንዕኡ ክጽበዩ ዝጸንሑ መሰሉ። ትማሊ ብዘይምምጽኡ ሕቶታት ከምዘብዝሕሉ ገመተ። ኩነታት ምስ ነጸረሉ ኩነተ ኣእምሮኡ ኣመዓራረየ። እቲ ወዱ ካብ ሕቑፉ ፍንትት ከይበለ ኣምስዩ። ዮናስ ከኣ ርእሲ ወዱ ይሓክኽ፡ ኣተኩርኡ ግን ናብ'ታ ቆልዓ ኮይኑ ኣምሰየ። መሰለት ወሳኒ እንተኾይኑ ካብ ወዱ ንላዕሊ ንሳ ናቱ ከምዝወሰደት ኣየማትእን። እታ ቆልዓ ግን ልቢ ግዲ ዘይቆጸረት ኮይና ግብረ መልሲ ኣይነበራን። ኣቦ ሓዋ መጺኡ ኣቦኣ ስለዘይመጸ ቅንኢ ዘሕደረላ ኣይትመስልን።

ነቦኣ ከም መጸውዒ ስማ'ምበር ብኣካል ኣይትፈልጦን'ያ። ገለ ዘየምጽኦም ዝዛረቡ በጻሕቲ "ንዓኺ ከኣ ከም ሓውኺ የማስልኪ" ክብልዋ እቲ ቃላቶም ኣይተሰቆራን።

ዮናስ ነቲ ሃሙን ቀልቡን ዝዓብለለ ወረ ምስቲ መሰለት ኣነጻጺሩ "ሓንካስ ዘውረዮ ፈረሰኛ ነይመልሶ" ኮኖ። ነቲ ዝካየድ ዝነበረ ንጥፈታት፡ ግብዛን ዕላላትን ኣቓልቦ ኣይገብረሉን። ምስ ሰናይት ብሕት ኢሉ ከዕልል ዝሃረፈ ይመስል። እቲ ንሰናይት ዘጋጠማ ሓደጋ'ውን ሸው እዩ ተነጊሩዎ፡ ክብደቱ ግን ብዙሕ ኣይተረድኦን። ካብ በጻሕቲ ንዝቐርበሉ ሕቶታት ከኣ ሓጺርን ዘየዕግብን መልሲ ይህብ ነይሩ። ሓንቲ ኣደ "ዕድለኛ ኢኻ፡ ደቅኻ ዓብዮም ጸኒሖሙኻ" ክብላ ንዘልዓልኣ ርእይቶ ግን ስምዒቱ ስለዝተንከፈቶ ከምዚ ዝስዕብ መለሰለን።

"ህዝቢ ኤርትራ ንቡር ንኽምልስ ዘይንቡር ናብራ ኣሕሊፉ። ታተ ኢልካ፡ ብጽውጽዋይ እናኣዘናጋዕካ ዘየዕበኻዮም ቆልዑ ምስ ዓበዩ ፍቕሪ ኣቦ ክሓድሮም ኣጸጋሚ'ዩ። ተጋዳላይ ናይ ናብራ፡ ናይ ቤተሰብ፡ ናይ ደቁ ክሓስብ ንቡር ኣይነበረን። እቶም ኣብ ሜዳ ዝተወልዱ እንተኾነ'ውን ብሕጻንነቶም ካብ ኣዲኦም ተመንጢሎም ብዘይ ፍቕሪ ኣደን ኣፍልጦ ወላድን ብመዕበይቲ እናተኣልዩ ዓብዮም። ቃልስና ተዘርዚሩ ዘይውዳእ ንቡርን ዘይንቡርን ታሪኽ ዝሓቖፈ እዩ። ብኣገራምነቱ ተወዳዳሪ ዘለዎ ኣይመስለንን" ክብል መልሲ ሃበን።

ኣቦይ ተኽለ ትቕብል ኣቢሎም "ታሪኽ ህያውን ነባርን ክኾውን ክስነድ ኣለዎ። ደቅና ምትግባሩ ዘይጸገመኩም ኣብ ምስናዱ ትሓምቁ ኣይመስለንን፡ ክንደይ ምሁራትን ምኩራትን ኣለዉ። እቲ ታሪኽ በብሜዳኡ ኣብ መጽሓፍ ክሰፍርን ብፊልም ክቕረጽን ይግባእ። ከምኡ

እንተዘይገርኩም ታሪኽኩምን ዘሕለፍኩሞ መሪር ናብራን ናብ መጻኢ ወለዶ ከይተሰጋገረ ብህይወትኩም ከለኹም ክሃስስ'ዩ። ብዙሓት ኣብ መዝገብ ዕለቶም ዝሓዝዎ ኣይክሰኣኑን'ዮም። ምጥርናፉ፡ ብግቡእ ምስናዱ የድሊ። ናይ ኣፍ ታሪኽ ዕድመ የብሉን፡ መዝገብ ዘስፈሮ እዩ ነባሪ። ታሪኽ ንሃገር ዝውክል ስለዝኾነ ክምመን ምስ ክውንነት ክሳነን ኣለዎ። ስርዓታት ታሪኽ ንውልቃዊ ዝናኦም ዕዙዝ ክገብረሎም'ዮም ዝደልዩ። ንታሪኽ ከመለኽዕዎን ክጽግንዎን ይረኣዩ። እቲ ታሪኽ ዘየመጉሶም እንተኾይኑ ከይተሰነደ ክተርፍን ክርሳዕን ይደልይዎ። ታሪኽና ካብ ከምዚ ዝኣመሰሉ ዝንባሌታት ነጻ ክኸውን ተስፋ ንገብር።
"ታሪኽ ንመጻኢ ወለዶ መምሃሪ መታን ክኸውን ብርትዓዊ ኣገባብ ክትንተን ይግባእ። ንኣብነት ውግእ ሕድሕድ ደቂቕን ርትዓውን ትንተና ይሓትት። ተኣፋፊ ኢልካ ክትቀብሮ ወይ ክትጉዕጽጾ ምፍታን መፍትሒ ኣይክኸውንን'ዩ። ኣብዚ ጉዳይ'ዚ ጥንቃቐ ክሓትት'ዩ። ውግእ ሕድሕድ ከም ሕሉፍ ኣሉታዊ ምዕራፍ ናይ ቃልሲ ክምዝገብ'ምበር ከም መወንጀሊ ክትጥቀመሉ ዳግማይ ጌጋ ምፍጻምዩ ዝቕጽር። ኣንፈትና ንመጻኢ'ምበር ናብ ሕሉፍ ክጥምት የብሉን።" ክብሉ ሓውሲ ሓደራ ተዛረቡ። ኣስዕብ ኣቢሎም ድማ "ቅድሚ ዝኣገረ ግን ሃገርዊ ዕርቂ ክግበር ኣለዎ። ገለ ኣብ ደገ ዝነብሩ ኤርትራውያን እቲ ጀብሃ-ሻዕብያ ዝብል ቅርሕንቲ ዘይገደፎም ኣለዉ ይበሃል። ድሕሪ ደጊም ፍልልያት ተኣልዩ ናይ ኩሉ ዘጋ ኣተሓሳስባ ናብ ሓደ ሃገራዊ ኣረኣእያ ክጥርነፍ የድሊ። ህዝባዊ ግንባር ከም ዕዉት ውድብ መጠን ንሃገራዊ ዕርቂ ዝዕድም ዋዕላ ወይ ግሉጽ ኣዋጅ ከውጽእ ከድልዮ'ዩ። እዚ ህዝቢ'ዚ ብሰንኪ ባዕዳዊ መግዛእቲ ንነዊሕ ዓመታት ኣፋ ተለጒሙ እዩ

ጸኒሑ። ደጊም ኣፉ ከፊቱ፣ ልቡ ነፊሑ ብጉዳይ ሃገሩ ክዛተ፣ ሓሳቡ ክገልጽን ክሳተፍን ኣለዎ።" በሉ።
ዮናስ ነቲ ናይ ኣቦይ ተኽለ ምሕጽንታ ኣዚዩ ኣቕለበሉ። ርዝነቱ ተገንዘቦ። ብቑዕ መልሲ ክህብ ግን ኣይተዳለወን። ብውሽጡ፣ "ህዝባዊ ግንባር ስልጣን ንኻልእ ከረክብ ፍቓደኛ ከምዘይከውን ርዱእ'ዩ። ኣሸንኳይ ሕጂ ስልጣን ጨቢጡ፣ ኣብ ግዜ ቃልሲ፣ ኣብቲ ግዜ መስዋእትን መቑሰልትን እኳ ነቲ ቃልሲ በይኑ ክብሕቶ'ዩ መሪጹ" ሓሰበ። ነቲ ምልልስ መዕጸዊ እንተኾኖ ኢሉ "እዚ ዝበልክሙዎ ሓቂ'ዩ ኣቦይ ተኽለ። ነዚ ውድብ ዓበይቲ ዕዮታት ይጽበይዎ ከምዘለዉ ርዱእ እዩ" ግዳ ንሕና ኤርትራውያን ኣብ ምስናድ ንፉዓት ኣይኮንናን እመስለኒ። ኣብ ምትግባር'ዩ ሓይልና። ሜዳ ውን ንዘኾነ ውልቃዊ ናይ ምስናድ ተበግሶ ኣየተባብዕን ነይሩ። እኳ ድኣ ኣይፍቀድን። ብዘይካ ዝተፈቕደሎም ሰባት ብርዕን ወረቐትን ምሓዝ ክልኩል ዝነበረሉ እዋን ውን ነይሩ።"
"እንታይ ትብል ኣንታ፣ እሞ መዝገብ ዕለት ዝሓዙ ሰባት የለዉን ማለት እዩ። ዓቢ ክሳራ።"
ዮናስ "ብብዝሒ ዘለዉ ኣይመስለንን።"
"እሞ እቲ ተዘክሮ ከይቀሃመ ከሎ ምስናድ ኣይትሕመቑ፣ ካባኻ ጀሚርኩም። እዚ ንሓልፎ ዘሎና ሃገራዊ ሕጽኖት ውን ህያው ከሎ ብቓላትን ብስእላዊ ቅርጽን ሕጂ ክስነድ እንተዘይክኢሉ ጽባሕ ከምዝርሳዕ ኣይትዘንግዑ። ሰንዱ፣ ሰንዱ፣ ሰንዱ።"
ዮናስ "ስክፍታኹም ቅኑዕ'ዩ። ኣኻእሎ ይሃበና።"
ኣቦይ ተኽለ፣ "ካብ ዝረኣኻዮን ዝሰማዕካዮ ምስናድ ዝቐልል ነገር እንታይ ኣሎ? እንተ ብውልቂ እንተብጥርኑፍ ምብጋስ ጥራይ እዩ ዘድሊ። ብዓወት ሰኺርና ብትምክሕቲ

ተወጢርና ክንዛነ ኢይግባእን። ሃገር ምህናጽ ኣዝዩ ከቢድን ጽንኩርን'ዩ። ኩነታት ንምምችቻእ ህጹጽ ናይ ቤት ዕዮ ይጽበየና ኣሎ። ከበድቲ ረቛሒታት ክብድሁ ከድሊ'ዩ። ከንዮ ቅዋምን ሕግን ምጽዳቕ፡ ፍትሕን ርትዕን ምንጋስ፤ ከንዩ ቅኑዕ ፖሊሲ ምሕንጻጽ፡ ተግባራዊነቱ ምግምጋም፤ ምስ ተክኖሎጂ ምትእትታው ውሽጣዊ ንቕሓትን ብቕዓትን ምምዕባል፤ ናይ ምምያጥን ተጻዋርነትን ባህሊ ምትብባዕ፤ ቅርዑይ ምሕደራን ዲሲፕሊንን ምርግጋጽ ወዘተ ውሑሳት ክኾኑ ኣለዎም። ዲሲፕሊን ካብ መራሕትን ላዕለዎት ሓለፍትን ጀሚሩ ክምኡ ኢሉ ናብ ታሕተዎትን ናብ ህዝብን ክወርድ ኣለዎ። ህዝባዊ ግንባር ንድሕሪት ትሕተ ሃገራዊ ኣረኣእያታት ዝሰገረቶም እመስለኒ። ዓቢ ዓወት'ዩ። እንተኾነ ምሕደራ እንተዘይቀርዕዩ፡ ቅሳነት እንተተሳኢኑን ሃገራዊ ዕርቂ እንተዘይተገይሩን ግን ክደግሱ ከምዝኽእሉ ዘይምዝንጋዕ። ስልጣን ምብሓት ሓደገኛ እዩ። ንበይኑ ዝበልዕ፡ ንበይኑ ይመውት ይብሉ ኣቦታትና" ማዕዳ ደገሙ። ቀጺሎም ከኣ "መቸም ተዓዋቲ ኩሉ ሳዕ ህቡብ'ዩ'ሞ ኣይከም ህዝባዊ ግንባርን። ፍልጡለይ ክይበለ፡ ጎስጉስ ከየካየደ ኣብ ምሉእ ዓለም ህዝቢ ኤርትራ ሚእቲ ካብ ሚእቲ ደጋፊኡ ኮይኑ። እዚ ጸጋዚ ኣእላፍ ገንዘብ ክፊልካ ዘይጭበጥ'ዩ። ኣብ ምዕቃቡ ጥንቃቐ ከድሊ'ዩ። ነዚ ርሱን ስምዒትን ወንን ህዝብን ተጋደልትን ብግቡእ ተጠቐሙሉ። ሓብሕብዎ፤ ክብርኹም ከይቅንጠጥ። ልቢ ህዝቢ ተገላባጢ'ዩ። ህዝቢ እንተሓንጊዱ ከኣ ሽቶ ኣይክውቃዕን'ዩ። ርእሲ እንተተበላሸዩ ኣካል ስለዘይጥዒ፡ ርእሲ ክጥዒ ኣለዎ። ንዓይ ይጥዓመኒ፡ ዝኣዘዝኩኻ ግበርኣ፡ ሽርሒ ኣወግዱ። ስልጣን ተሓታትነት እንተዘይብሉ

ግናይ'ዩ፡ እናመቀረካ'ዩ ዝኸይድ። ለበዋ ኣቶ ወልድኣብ ኣይተዕብሩ" ክብሉ መኸሩ።

ዮናስ፡ "ቅሰኑ ኣቦይ ተኸለ፡ ነዚ ዝበልክሞ ኢና ተጋዲልና። ዘይትግበረሉ ምኽንያት ከኣ የለን" ድሕሪ ምባል ናብታ ናይ ቅድም ምስትንታኑ ተመልሰ።

ሰናይት ብወገና በቲ ዘጋጠማ ናይ ሓደጋ ነውጺ ስቓይ ይስምዓ እኳ እንተነበረ እቲ ሓጎስ ዓብሊሉ ቃንዛ ብዘየገድስ ላዕልን ታሕትን ክትብል ኣምሰየት። ትስከፈሉ ነገር ከምዘለዋ ዝእምት ዝኾነ ምልክት ኣይነበራን። ኮፍ በሊ ኣነ ክገብረልኪ እንተበልክዋ ውን ክትሰምዓኒ ኣይከኣለትን። በጻሕቲ ክሳብ ዝኸዱላ ምስ ዮናስ ብሒታ ኮፍ ከይበለት ኣምሰየ።

እቲ ዝቐረበ ሽሻይ ተቛዲሶም ሰዓት ዓሰርተው ሓደ ኣቢሉ ምስ ኮነ ዮናስ በቲ ሓደ ሸነኽ ከምዝመሰየ ንምዝኽኻር፡ በቲ ካልእ ከኣ ኩነታት ንምርግጋጽ ቃልዓለም ወሲኹ "በሉ መስዩኒ፡ ክኸይድ" በለ። ሰናይት ኣብዚ ኢኻ ትሓድር ክትብል እናሓሰበት ኣዲኣ ቀዲመንኣ "ናበይ ምኻድ፡ እንተደኺምካ ናብ መደቀሲኹም ድኣ ኺዱ። ሰናይት'ውን ዕርፍቲ የድልየኪ'ዩ" ኢለን መለሳሉ። ሻቡ በጻሕቲ በብሓደ ነናብ ገዝኦም ተበገሱ።

ንዮናስ ምኻድ በጻሕቲ ኣሓጎሶ። እታ ዝጽበያ ዝነበረ ብሕትውና ግዜኣ ከምዝኣኸለ ኣረጋገጸ። ቁሩብ ጸኒሑ ድማ ተሓጻጺቡ ናብ ዝተዳለወሉ መደቀሲ ከይዱ ሕቶታቱ ብኸመይ ከምዘቕርብ ምድላዋት ገበረ። እቲ ከመይ ገይረ ገጻ ክርኢ ዘብሎ ዝነበረ መንፈስ፡ እቲ ስማ ክዝክር ኣብ

ከብዱ ሓሞት ፍስስ ዝብሎ ዝነበረ ክይተረድኦ ኣልጊስሉ እዩ። ክሳብ ሰናይት ትመጽእ ሓሳባቱ ክጠራንፍ እኹል ግዜ ረኸበ። ሰናይት'ውን ብቤት ንጽህና ሓሊፋ ናብ ዓራት እናደየበት እህ.ህ እህህ ኣብዝሓት። ናታን ናቱን ጾታዊ ትሃን ከተርዊ ህርፋን እኳ እንተነበራ ናይቲ ሓደጋ ጎርጺ ንጾታዊ ርክብ ከምዘየፍቅደላ ምሕባራ እዩ። ናይ ጓላ ዕላል ግን ክይተሕድሮ መዲባ ኣላ። ዮናስ'ውን ንኩነታት ሰናይት ገምጊሙ ብዛዕባ ስጋዊ ርክብ ብዙሕ ህንጡይ ኣይነበረን። ካብ ግብረስጋ ንላዕሊ በታ ቆልዓ ዕላል ናይ ቀዳምነት ቀዳምነት ሰሪዑዎ ነይሩ። ነቲ ምቅንዛዋ ከም መኽፈት ዘረባ ወሲዱ ከኣ "ተቐንዚኺዶ? ዋይ ሓብተይ፣ ካብ ምጸቱስ ወረ ብጎርጺ እንቋዕ ኣሕለፈልኪ" በለ።

"ብሰንክኻ ምዃኑ ዝፈለጥካ ኣይመስለንን"

"ኣነ ድኣ እንታይ ገይረ?"

"ትማሊ ክመጽእ ኢልካ ምስ ጠፋእካ ድቃስ ዘይብለይ ሓዲረ። ኣዒንተይ ክይተለገባ ወጊሐ፣ ንሱ እዩ ሰሪ ሓደጋ"

"ኣይትሓዝለይ ሰኑ፣ ከምናትኪ ጎርጺ የብሉን'ምበር ኣነ ውን ሓደጋ እዩ ኣጋጢሙኒ"

"እንታይ ሓደግኡ? ምኽንያት ዲኻ ስኢንካ? ኣብ ዝሓደርካዮ ድኣ ንገር"

"ዘይሓሰብካዮ ርኽብ'ሲ ኣይመርገም ኣይምረቓ ድዩ ዝበሃል፣ ዘይሓሰብክዎ ኣጓኒፉኒ" ኢሉ ዘጋጠሞ ዘርዚሩ ኣዘንተወላ።

"መስተን ኣዕሩኽን ቅድሚኡና ሰሪዕካዮም?"

"ከምኡ ዘይኮነ ሰኑ፣ ከርክበሉ እናበልኩ ሰኽራን ቀዲሙኒ፣ ቀልጢፈ ሃለዋተይ ኣጥፊአ። ከመይ ኢለ ናብቲ መዓስከር ከምዝበጻሕኩ ኣይተረድኣንን። ክሳብ ድሕሪ ቀትሪ ኣብ ዓራት ውዒለ"

"ኣነ'ሞ እንታይ ዘይሓሰብኩ። ኣዴኻ ትብሎ ኣይግበረልካ፣ ሰበይትኻ ትብሎ ግን ይግበረልካ ዝበሉዎስ ሓቆም'ዮም"
"ኣይትሓዝለይ፣ በጃኺ ንስድራ'ውን ከምኡ ኢልኪ ከይትነግርለይ ሓደራ። ከምድላይኪ ንቐፍኒ። ሕጂ ጠጥዕሙ ኣዕልልኒ ድቃስ ከይሰዓረኪ ከሎ።"
"ድቃስ እኳ ክንደየናይ ከይመጸኒ፣ ስምዒትካ ከርዊ ደስ ምበለኒ፣ ግዳ ኣይመስለንን።"
"ንሱስ ረስዕዮ፣ ኣነውን ገሚተዮ ኣለኹ"
"እዚ ኹሉ ዓመታት ተኹኒንካ ነርካስ! ምኽንያት ተጋደልቲ መን ክኣምነኩም። ሓደ ሲሶ ሓይሊ ገድሊ ደቂ ኣንስተዮ እንድየን። ናብራ ገድሊ ኮይኑ'ምበር ቆናጁን ጎራዙን እንድየን"
"ኣብ ገድሊ ዘይወግዓዊ ጾታዊ ርክብ ምፍጻም ገበን እዩ"
"በል ንሱ ኻልእ እዋን ነዕልለሉ። ዘይትሓድር ሕቶ ኣላትኒ። ጓልካ ርኢኻያዶ?"
ነታ ኣዳልዩዋ ዝነበረ ሕቶ መእተዊ ስለዝረኸበ ንሕቶኣ ብቐጥታ ኣብ ክንዲ ምምላስ "በሊ እስኪ ብዛዕብኣ ኣዕልልኒ" በለ።
"ምስ ሕድሩ ተራኺብኩምዶ ትፈልጡ?"
ነታ ሕቶ ስለዘይፈተዋ "ገድሊ ኣበይ ዕድል ይህብ ኮይኑ" ክብል ሸፋን መልሲ ሃባ።
"እቲ ሓደ መዓልቲ ክበጽሓኩም ክመጽእከ ትዝክሮዶ?"
"እዝክሮ እወ፣ ከመይ ዘይዝክሮ"
"ኣነ ሽው ብመደብ እየ መጺኤኩም፣ ክረኽበካ ጥራይ ዘይኮነ ክራኽበካ መደብ ገይረ እየ ኸይደ። ጽቡቕ ኣጋጣሚ ኮይኑለይ ሽው መዓልቲ ልክዕ ፍርቂ ዑደት ጽግያተይ ነይራ። ሙቐት ኣካላተይ ውን ከምኡ ይሕብር ነይሩ። ረስኒ ገይሩልኪ ድዩ? ክትብለኒን እንታይ ረስኑ፣ ናይ ካልእ'ዩ

ክምልሰልካን ትዝክሮዶ? ኣብ ዕለተ መዝገበይ ከምኡ ኢለ ኣስፊረዮ ኣለኹ። መደበይ ሰሚሩለይ ከኣ በታ ርክብ ድቂ ሒ.ዘ። እቲ ጥንሲ ዕዉት ክኸውን መስዋእቲ ክኽፍለሉ ተዳልየ ነይረ። ቀንዲ ስግኣተይ ደርጊ ኣሲሩ ከየኪላብተኒ'ሞ እቲ ጥንሲ ክይንጸል ነይሩ። ድሕሪ ሕርሲ ዝመጽእ ምክልባት ክምክቶ ንኑብሰይ ድልውቲ ገይረያ። ነዛ ምስጢር'ዚኣ ንፈልጣ ኣነን ሕድሩን ጥራይ ኢና። ወለደይ'ውን ክሳብ ትማሊ ኣይተነግሩን። ድሕሬኻ ክንገሮም መዲበ ነይረ። ትማሊ ኣንጸርጺረ ደርጕሐሎም። ንሓትኖይ ምሳኻ ከም ዝተራኸብና ኣይትንገሪ ኢለያ ነይረ። ሕራይ ኢላትኒ ከተብቅዕ መሊቿታ ንማማ ኣንፊታትላ። ነቲ ጉዳይ ክብርሃሎም ጠይቐሙኒ፡ ኣሉ ኢለ ኣቕቢጸዮም። በቲ መሰለት ናይታ ቆልዓ ግን ግምት ከምዝገበሩ ፍሉጥ እዩ። ደርጊ ክይኣስረኒ ንሕድሩ ካባኻ ከምዝጠነስኩ ሓቢረ ንመሸፈኒ *'ኣቦ ዕሸለይ ኩነለይ'* ኢለዮ። ንሱ ከኣ ክይተማትእ ሕራይ ኢሉኒ።

"ሕድሩ ንዓኻ ረኺቡ ከዘንትወልካ ተስፋ ገይረ ነይረ። ብዛዕባ'ቲ ጥንሲ ብዙሕ ወረ ተዘርጊሑ፡ ብዙሕ ጸለመ ተጠቂኑኒ። እቲ ሕምየታን ጸለመን ነቲ ምስጢር ስለዘሸፍን ከኣ ኣይጸላእናዮን። እቲ ጸለመ ንዓኻ በጺሑካ ይኸውን ኢለ እግምት። ጸሎተይ ሰሚሩለይ ንስኻ እንቋዕ ብደሓን ኣቶኻ። ሕጂ ግን እቲ ሓቂ ክገሃድ ኣለዎ። ነቲ ጸለመ ናብ ቅኑዕ መኣዝኑ ክንመልሶ ግን ከቢድ ጻዕሪ ክሓተና እዩ። ቅድም ቀዳድም ናይ ደም ማለት ናይ ዲ.ኤን.ኣ (DNA) ምርመራ ክግበር ኣለዎ። መሰለት ጥራይ ኣኻሊ ኣይኮነን። ንዓይ ንጽህነተይ ይረጋገጸለይ፡ ንስኻ ከኣ ብውላድካ ትዓግብ። ንሕድሩ ክይትጥርጥሮ እማሕጸነካ። ከምኡ እሙን ሰብ ኣሎ ክብል ኣይክእልን። ነቲ ዘቕረብኩሉ ሓሳብ

እንተዘይቅበሎ ካብ ናብ ሓደጋ ምወደቐኩ ኣድሒኑኒ፣ ጓልካ ክትረክብ ኣኽኢሉካ።"

ሰናይት ብርእሰ ተኣማንነት ምዝራባ ካልእ ሓቂ ከምዘሎ ክርዳእ ከኣለ። ኣዝዩ ገረሞን ሓበን ክሰምዖ ጀመረን። "ናይ ሓደ ወገን ጥራይ ሰሚዕካ ኣይትፍረድ" ዝብል ማዕዳስ ሓቂ'ዩ በለ ብልቡ። "ሰኑ ሓቂ ንምዝራብ እቲ ዝጠቐስክዮ ወረ በጺሑኒ እዩ። ምስ ሕድሩ'ውን ሓንቲ እዋን ንሓጺር ግዜ ተራኺብና፣ ክገልጸለይ ፈቲኑ፣ ጸቒጥና ግን ኣየዕለልናን። ካልእ ግዜ ተራኺብና ብሰፊሑ ክንዘራረበሉ ተስፋ ነይሩና። ግሉጽ ንምዃን ኣነ እኳ ጽቡቕ ኣይተሰምዓንን። ካባኺ ዝኾነ ሓበሬታ ስለዘይረኸብኩ"

ሰናይት፣ "ብኣካል ወይ ብጽሑፍ ክረኽበካ ዘይፈተንኩ ኣይኮንኩን፣ ግዳ ኣይቀንዓንን። 'በትሪ ሓቅስ ትቐጥን'ምበር ኣይትስበርን' ትብል ምስላ ሒዘ ንስኻ ብህይወት ክትኣቱ ነይሩ ጸሎተይ። ንኣምላኽ የመስግኖ ጸሎተይ ዝሰምዓኒ።"

ዮናስ ከይተማትአ "ሰኒ፣ ኣነ በዚ ዝበልክንን በቲ መሰለት'ታ ቆልዓን ዓጊበ'የ። ከም'ቲ ዝበልክዮ ነቲ ሓቂ ከነግህዶ ኢና። ሕጂ ደቅሲ፣ ከይደቀስኪ ሓዲርኪ ከምኡውን በቲ ናይ ሓደጋ ስንባደ ድቃስ የድልየኪ'ዩ" ምስ በላ ንሳ ጸራ ስለዘራገፈት ኣብ ኣፍ ልቡ ርእሳን ኣፍልባን ኣውዲቓ፣ ንሱ ከኣ ተጠምጢሙዋ ረፍ ክብሉ ፈተኑ። ድቃስ ክትመጽእ ስለዘይተኻእለ ግን ዝተፈላለዩ ኣርእስቲታት እናኣልዓሉ ዳርጋ ክወግሕ ቀሪቡ። ስራሕ ስለዘይነበሮም ኣብ ዓራት ክርፍዱ ድልየት ነይሩዎም። ግዳ በጻሕቲ ክመጹ ስለዝጀመሩ ኣንጊሆም ክትስኡ ግድንት ኮኖም።

ቁርሲ እናበልው ሰናይት ነቶም ቆልዑ "ባባ መጺኡልኩም ተሓጒስኩምዶ" ሓተተት። እቲ ወዶም ምስ ክቱር ሓበን

"እወ" በለ። እታ ቆልዓ ግን "ባባየይ እሞ ዘይመጸ" ምስ በለት ንኹሎም ሃንደበት መልሲ ኮኖም። "ስምዒ'ዛ ጓለይ፡ ክትጥመቒ ከሎኺ ዮናስ ኣብዚ ኣይነበረን። ብዘይ ኣቦ ክኣ ምጥማቕ ስለዘይፍቀድ ኣብ ክንዲ ኣቦኺ ካልእ መተካእታ ኣቦ ጌርናልኪ። እቲ ናይ ብሓቂ ኣቦኺ ዮናስ እዩ፡ ሕራይ" እናበለት ከተረድኣ ፈተነት።

ቆልዓ "እሞ ስም ኣቦይ ድኣ ዮናስ ዘይኮነ?" ተቓወመት።

"ክንቅይሮ ኢና" ኢላ ስእሊ ክልቲኦም ኣምጺኣ "ሪኢኺ፡ መልክዕኩም ፍልልይ ዘይብሉ" ኢላ ከተእምና ሒኽ በለት።

በጻሕቲ ክመጹ ስለዝጀመሩ ዝርርበን ኣብዚ ኣቋረጸ። ነዊሕ ከይጸንሑ ገዛ እንዳቦይ ተኸለ ብበጻሕቲ መልአት፡ ገለ ክወጹ ካልኦት ይመጹ። ዮናስ ነንዝመጸ ምስዓምን ንሓደ ዝዓይነቶም ሕቶታት መልሲ ክደጋግምን ረብረበ።

ሰናይት ንግሆ ንገዛይ መጺኣ እቲ ንዓመታት ዓቂባቶ ዝነበረት ምስጢር ዘርዚራ ኣግሃደትለይ። እቲ ናይ ቅድሚ ዓወትሲ ወረ ክይልሕኳ ፈሪሃ ንበል፡ ጽባሕ ዓወት ንዓይ ንናይ ጸጸር መሓዝኣ ዘይምንጋራ ግን ኣዝዩ ገረመኒ። ወቒሰያ ከኣ። “ቅድሚ ንዮናስ ምንጋረይ ንማንም ክነግር ስለዘይደለኹ'ዩ” ኢላትኒ።

ኣጋ ግዘ ምስ ኮነ ዮናስ ንስርድኡ ክበጽሕ ተበገሰ። ሰናይት ደስ እኳ እንተዘይበላ ክገብሮ ዘለዎ ስለዝኾነ ከምዝምልስ ገሚታ ግዜ መታን ከየጥፍእ ብመኪና ዘብጽሖ ሰብ መደበትሉ። ዮናስ ኣብ እንዳዓለብኡ ምስ በጽሐ ከም'ቲ እንዳሕሙኡ ዕልልታ ኮነ፡ ጎረበብቲ ብኡንኡ ተኣኻኸቡ። ኣዲኡ ርእሱ እናሓዘ "ኣንታ ዮናስ ወደይ፡ ገጽካ ክንርኢ

ክኢልና፡ ወይ'ዛ ማርያም ክትጥዕም፡ ኣምላኽ እዚ ዘርኣየና ይመስገን፡ ዓቢ.ርካ ግን" ይደጋግማ። መግቢ ክቕርባ ሃታሃታ እናበላ "ማማ ተመሲ.ሐ'የ፡ ኮፍ ኢልኪ ጥራይ ኣዕልልኒ" በለን።

ኣብኡ "ብበረኽኻዶ ኣይኮንካን?" ክብሉ ሐተቱ።

"ኣይኮንኩን" ክብል ብድፍኑ መለሰሎም። ንሶም'ውን ኣበይ ስለዘይሐታቱ እታ ዘይደልያ ኣርእስቲ ኣይተላዕለትን። ሐብቱ ኣይሰምዐቶን እምበር ከየጻረየት ኣይምሐለፈታን።

ቤተሰብ ብዛዕባ ሰናይትን ወዱን ከልዕሉ ዝተሸገሩ ይመስሉ ነይሮም። ሕሹኽሹኽ ዝብሉውን ኣይወሐዱን። ንዮናስ ውን ከይተረድኦ ኣይተረፈን። እቲ ሕቶ ክለዓል ኣይደልን ነይሩ፡ ምኽንያቱ ብቑዕ መልሲ ኣየዳለወን። ምድሪ መስዩ ድራር ምስ ተላዕለ ሐብቱ ንከተረጋግጽ መዓስ ከምዝኣተወ ሐተተቶ። ዮናስ እታ ሕቶ ከምትመጽእ ተጸብዩዋ ስለዝነበረ ኣጋይሽ ምስከዱ ብምልዓላ ፍኹስ ኢሉዎ ሰዓት ከይፈለየ "ትማሊ ኣቲና" በላ።

"ትማሊ፡ ኣበይ ድኣ ሐዲ.ርካን ውዒልካን?" ደጊማ ሐተተት።

ዮናስ ከምዘየሐጉሳን ውዕዉዕ ክትዕ ከምዝልዓልን እናፈለጠ ክሕሱ'ውን ስለዘይደለየ "እንዳቦይ ተኽለ" በለ።

"እንታይ ድዩ ጽሒፊልካ ነይረ?" ሕቶ ሰለሰት።

"ከም'ቲ ዝበልክዮ ክኸውን ኣይተኻእለን፡ ሕልናይ ካልእ ኢሉኒ"።

"መትከል ኣይተጽንዕን ዲኻ? ንመትከልዶ ኣይኮንካን ተቓሊስካ?"

"መጀመርታ ንስኺ ኢኺ ነቲ ሓሳብ ሂብኪ'ምበር ኣነ ከም ዝተሰማማዕኩሉ ቃል ኣይሃብኩን፡ እዚ ከኣ ናይ መትከል ጉዳይ ኣይኮነን።"
ሓብቱ ንምልጋጽ "እሞ ኀል ሰበይትኻ ሪኢኻያዶ?"
"ኀልካ ዘይትብሊ፡ ቅምጥ ኢላ ንዓይ እንድያ ትመስል"
"ዘርኢ ብኽረጺት ሰዲድካላ ነርካ ዲኻ፡ ወይስ እግርኻ ከይኣተወ ፈውሲ ገይራትልካ? ብዓይንኻ ዲኻ ብስምዒትካ ርኢኻያ?"
ዮናስ፡ "ሰናይት ንሜዳ መጺኣ ተራኺብና ከምዝነበርና ትፈልጢ ኣይመስለንን።"
እቲ ሓበሬታ ንዓኣ ሓዲሽ ወረ ወይ ቦኽሪ እዝና እኳ እንተነበረ ምብልሓት ዘይጽግማ ኀል ኣያቱ "እፈልጥ፤ ንሳ ብጉርሓ ንስኻ ብገርህኻ ተራኺብኩም። ድሮ ጠኒሳ ስለዝነበረት ከተምስል ከምዝተራኸበትካ እፈልጥ። ደቂ ተባዕትዮ ብዛዕባ ኣንስታይ ጾታ ኣፍልጦኩም ካብ እንስሳ ኣይትሕሹን ኢኹም፤ ወረ ካብኦም ትትሕቱ። ንኣብነት ኣብዑር ንዝጸገየት ላም ካብታ ዝተሰረትላ ሰዓት ጀሚሩ እቲ ዝሰረራ ወይ ካልእ ብዕራይ ኣይቀርባን'ዩ። ደቂ ተባዕትዮ ግን ከብዳ ክሳብ ዝንፋሕ ምጥናሳ ኣይትርድእዎን።"
ዮናስ፡ "እዚ ዝበልክዮ ሓቅነት ኣለዎ። እንተኾነ እቲ ፍልልይ ኣብ ዕላማ ናይቲ ጾታዊ ርክብ'ዩ። እንስሳታት ንጾታዊ ርክብ ከም መፋረዪ ጥራይ'ዮም ዝጥቀምሉ። ሰባት ግን ልዕሊ መፍረ ንጾታዊ ዕግበት የዘውትርዎ። ዝኾነ ክፋል ህያውያን ናይ ዘርኡ ቀጻልነት ንምርግጋጽ ክፋረ ኣለዎ። ምፍራይ ክውን ንምግባር ተፈጥሮ ዝዓደሎ ፍሉያት ብልሓታት ይጥቀሙ። እታ ኣንስተይቲ እንስሳ ንጾታዊ ርክብ ቅርብቲ ኣብ ትኾነሉ እዋን ነቲ ተባዕታይ ዝስሕብ

ፍሉይ ምልክታት ከም ፍሉይ ሽታ፡ ነቲ ተባዕታይ ጽግዕግዕ ብምባል ወዘተ ትሕብር። ሓደ ተባዕታይ ምስ ተራኸባ እቶም ምልክታት ጠጠው ይብሉ። እቲ ናይ ፈለማ ርክብ ዕዉት እንተዘይኮይኑ እቶም ምልክታት ዳግማይ ይረኣዩ'ሞ መሊሳ ትስረር። ኣዳጊማ ትበሃል" ድሕሪ ምባል መግለጺኡ ብምቅጻል "ኣብ ሰባት ውን እቲ ናይ ምፍራይ ቅሩብነት ምልክታት ይረኣዩ'ዮም። ኣብቲ ድቂ ክተሓዘሉ ዝኽእል ወቕቲ ማለት ኣብ ከባቢ ፍርቂ ናይ ጽግያት ዑደት ናይ ኣካላት ሙቐት ይልዕል; ፍልይ ዝበለ ናይ ማህጸን ፈሳሲ፣ ልዑል ናይ ጾታዊ ርክብ ህርፋን፣ ምልምላም ጡብ ወዘተ። ተጻመድቲ ብፍላይ ከኣ ደቂ ተባዕትዮ ነዞም ምልክታት ኣየቕልብሎምን። ምኽንያቱ እቲ ቀዳማይ ድልየቶም ጾታዊ ርክብ'ምበር ምፍራይ ኣይኮነን። ጥንሲ ከኣ ከም ሳዕቤን ይስዕብ። ሓደሓደ እዋን ውን ጥንሲ ዘይተደልየ ሳዕቤን ማለት ዘይተደልየ ጥንሲ እዩ። እዚ እዩ እቲ ፍልልይ'ምበር ደቂ ሰባት ካብ እንስሳ ኣዝዩ ዝማዕበለ ሓንጎል ከም ዘለዎም ዘማትእ ኣይኮነን።"

ሓብቱ፡ "ጽቡቕ ኣስተምህሮ። ኣገላልጻኻ ናይ ጾታዊ ርክብ በዓል ሞያ የምስለካ። ኣብ ሜዳ ጾታዊ ርክብ ተሓሪሙኩም ስለዝነበረ ብዛዕብኡ ክትንትኑ ትውዕሉ ዝነበርኩም ኮይኑ እስመዓኒ።"

ዮናስ፡ " ኣብ ሜዳ ናይ ጾታዊ ንቕሓት ትምህርቲ ይወሃብ ነይሩ'ዩ።"

ሓብቱ፡ "እሞ እቲ ጾታዊ ንቕሓት ሰብኣይ ዝተራኸባን ዘይተራኸባን ሰበይቲ ብኸመይ ከም ትፍለጥ ኣይጠቅስን?"

ዮናስ፡ "በጃኺ ካልእ ዕላል ኣምጽኢ። ነነጢርኪ ናብዛ ኣርእስቲ'ዚኣ።"

ሓብቱ፡ "ኣዝያ ተገድሰኒ ስለዝኾነት ኣይገድፋን'የ። ወዮ ድኣ እናሰማዕካ ከተጽቅጥ ደሊኻ'ምበር ንዓኻ ውን ከተገድሰካ ይግባእ።"
ኣቡኡ ብዮናስ ተሰኪፎም ስቕ ኢሎም ድሕሪ ምጽናሕ "እዚ ዘረባ ኣይጠዓመን፡ ግዜ ቀይርሉ፡ እግሩ ከይኣተወ ኣብ ቆዮቛ ኣይትጽመድኦ" መዓዱ።
ዮናስ፡ "ድሓን ኣቦ ምልዓሉ ዘይተርፎ ብሒትና ከሎና ንቐጽሎ። ዘይፈለጥኩሞ ካልእ ምስጢር ኣሎ" በሎም።
ኣዲኡ ትቕብል ኣቢለን "እንታይ ምስጢሩ'ዩ። ዘረባኻ 'ክበልዕዋ ዝደለዩ ኣባጉምባሕ፡ ዛግራ ይብልዋ' ይመስል።
"
"ናይታ ቆልዓ መሰለት ምስጢር ኣለዎ"
"ናይታ ቆልዓ መሰለት'ሞ ግደፎ፡ ናይታ ዓባይ ንግበር። ኪዳና ኣይጠለመትን ድያ? ኣኽለባት ይዕረኹሉ፡ ብድሕሬኻ ከይወዓለት ከይሓደረት ምስ ናይ ቀረባ ዓርክኻዶ ኣይዓንደሩን'ዮም?"
"ንሱ ከነጻርዮ ኢና።"
"ዋይ ወደይ ገለ ኮይኑ! ዓይኒ ሰብ ከንቁር ኢሉ። ካብ ተባህለስ ጭቡጥዶ ኣይበልጽን? ኣዳዕዲያም እንድዮም ገይሮሞ፡ ብህይወትካ ከሎኻ ሰብኣይ ዝሓለፋ ክትሓቁፍ፡ ሰብ እንታይ ይብለኒ ኣይትብልን?"
ሓብቱ፡ "ሰብ ድኣ ጅግና ነበር ድሩዝ ይብሎ"
"እዚ መልሓስኪ ልጓም ግበርሉ፡"
"ልጓመይ ኣባኻ'ያ ዘላ። ንስኻ ትለጕማ ወይ ትኸፍታ፡ ንኽብረትካን ክብረትናን ዝገፍፋ እናረኣኹ ትም ክብል ኣይክእልን'የ። ደም እኮ ኢና ነቢዕና።"
ኣቡኡ፡ "ስማዕ ዝወደይ፡ እቲ ጉዳይ ካባኻ ቀሪቡና ኣይኮነን፡ ንስኻ ሕጂ ጋሻ ኢኻ። ብዙሕ ዘይፈለጥካዮ ነገር

ኣሎ። ሃንደፍ ኢልካ ንሰናይት ክትማጎተላ ኣየማዕርገልካን'ዩ። ሀድእ ኢልካ ተዓዘቦ። ብዛዕባ'ታ ቆልዓ ንስኻ ትፈልጦ ዘይተረዳእናዮ እንተኣልዩ ፈትሾ፣ እቲ ዘዛርብ ዘሎ ግን ናይ ቆልዓ ዘይኮነስ ቃል ኪዳን ተሓልዩዶ እዩ? ከምቲ ዝበልኻ ዓለም ዝፈለጦ ጭብጢ ኣሎ። እሱ ክብረትካ ዘይቅንስ መሲሉ እንተተራእዩካ ካብኡ ንላዕሊ ሕስረት ዘሎ ኣይመስለንን" ክብሉ ምኽሮም ለገሱ።

ድሕሪ'ዚ ስለዝመሰየ ከዕርፉ ኣቦን ወድን ናናብ መዕረፊኦም ከዱ። ኣደን ጓልን ከኣ ኣቑሑት ክሓጽባ ጨርባሕባሕ እናበላ ምዕዝምዛም ቀጸላ። ምናዳ ሓብቱ "ኣዕሩኽቱ እንታይ ክብሉኒ ኣይብልንዶ እዩ። ስሙ በሊሉ ስምና ከዋርድ ደስ ኢሉዎ። ደራሪዛ ኣእሚናቶ ሓዲራ፡፡ ብኻባ በታ ሓደጋ ዕርብ ኢላ።" ክትብል ዮናስ ይሰምዓ ነይሩ።

ንዮናስ እቲ ጉዳይ መሊሱ ሓንጎሉ ኣናወጾ። ብዛዕብኡ ክሓስብ ዳርጋ ከይደቀሰ ሓዲሩ። "እታ ቆልዓስ ሕራይ ናተይ ትኹን፣ ከምቲ ዝበልዎ ጾታዊ ርክብ ኣየካይዱን ነይሮም ክበሃል ግን ጥርጣረ ዘየልዕል ኣይኮነን፣ እንታይ ብቑዕ መተኣማመኒ ኣሎ። ጾታዊ ርክብ ሰብ እናረኣየካ ዝፍጸም ኣይኮነን። ጭብጢ ክትረኽበሉ ወይ ንሰብ ክትሓተሉ ኣዝዩ ኣጸጋሚ'ዩ።" ወዘተ ክብል ሓዲሩዋ።

ንጽብሓይቱ ኣርፊዱ ስለዝተስአ ሓብቱ ንስራሕ ወፊራ ካልኦት በጻሕቲ'ውን ስለዝመጹ ከምቲ ናይ ትማሊ ዘረባ ኣይቀጸለን። ዮናስ ኣጋይሽ ውሕድ ምስ በልሉ ስራሕ ከምዘለዎ ኣመኽንዩ ንኣጋ ምሸቱ ንከተማ ከደ። ዝፈልጦም ሰባት ረኺቡ ምስኦም ተዘናጊዑ ኣምስዩ ኣተወ፡፡ ኣጋይሽ ስለዘይጸንሑዎ ምስ ሰናይት ዕላል ጀመሩ።

ሰናይት ነቲ ዕላል፡ "ኣበይ ድኣ ሓዲርካ?" ክትብል ብሕቶ'ያ ከፊታቶ።
" ኣብ ገዛና፡ ኣበይ ክይሓድር ፈሪህኪ?"
"ፈሪህ ዘይኮነስ ተሻቒለ፡ ደዊልካ ሓዲረ ኣለኹ ዘይትብል"
"በጃኺ ክነዕልል ክይተፈለጠኒ መስዩ፡ ስልኮም ከኣ ኣይትሰርሕን ነይራ"
"እሞ ደገ ወጺእካ ዘይትድውል?"
"ሓቂ ይሓይሽ ከምኡስ ኣይሓሰብኩን፡ ትርድእዮ ከኣ ገሚ.ተ።"
"ክሳብ ሕጂ ተምሲ ድኣ ዕላል መቂሩ ነይሩ ማለት ድዩ?"
"ካብ ገዛናስ ብእዋኑ እየ ወጺአ፡ ግዳ ኣብ መገዲ ብጾት ረኺቦሙኒ ክንዘናጋዕ ኣምሲና"
"መሓሸሺ ገንዘብ ነይሩካ? ትማሊ ምስ ከድካ ዘኪረዮ፡ ገንዘብ ክይሃብኩኻ፡፡ ጽባሕ'ውን ኣብ ቅድሚ ብጾትካ ክይትሓፍር" ኢላ ጥማር ብር ኣሕቆፈቶ።
ተጋደልቲ ኣብቲ እዋን'ቲ ኣመጻጽኣን ኣጠቓቕማን ገንዘብ ዝዘንግዕዎ ይመስሉ ነይሮም። ካብ ቤተሰቦም ወይ ኣዕሩኽቶም ንዝረኽብዋ ገንዘብ ንጽባሕ ክይበሉ ብሓባር ኮይኖም ምሕሻሽ ኣብዝሑ። እቲ ቤርጌስ ኣካል'ውን ክኽፍሎም ኣይፈቱን ነይሩ። መንግስቲ ደሞዝ ክይገበረሎም ስለዝደንጎየ እቲ ኩነታት ከምኡ ኢሉ ነዊሕ ቀጺሉ። በቲ እዋንቲ መኽሰብ ዘየኻዕበቱ ወነንቲ ባራትን ቤት መግብን ዘለዉ ኣይመስለንን። ዮናስ ከኣ ከም ብጾቱ ካብ ሰናይትን ካብ ኣዕሩኽቱን ፈተውትን ዝረኸበን ገንዘብ ንዕለቱ ይሕሽሽ። መብዛሕትኡ እዋን ኣምስዩ ስለዝኣቱ ስድራ ደቂሶም ይጸንሕዎ። መስተ ኣብዚሑን ደኺሙን ስለዝመጽእ እትው ኢሉ ኣብ ዓራት ግምስስ ይብል። ሰናይት ብድቁሱ ንስራሕ ስለትወፍር ብሒቶም ዘዕልሉ

እዋን ሰኣኑ። ንሰናይት ከኣ ደስ ኣይበላን። ናፍቖታ ከተርዊ ዘይምኽኣላ ጥራይ ዘይኮነ፤ መስተ ምብዛሕ ንጥዕንኡ ጽቡቕ ከምዘይህቦ ስለዝርድኣ። ካልእ ሓደጋ ከስዕብ ከምዝኽእል ውን ኣይሰሓተቶን። ኣብ ገዛ ዕግበት ደኾን ዘይረኸበ ኮይኑ እዩ ዝብል ስክፍታ'ውን ሓደራ። ሓብቱ ናይ መንፈስ ቅሳነት ከምዘይትህቦ ይርድኣ እዩ። ኣብ ድቃሱ ናይ ምጭናቕን ናይ ምሕንሓንን ሃተፍተፍ የብዝሕ ስለዝነበረ እውን ኣየቕሰናን። እግሩ ከይኣተወ ክትሓቶ ወይ ክትነቅፎ ግን ኣይደፈረትን። ግዜ ክፈትሖ ምጽባይ ከምዝግብኣ ወሰነት።

ዮናስ ናብ እንዳዓለቡኡ እናተመላለሰ ናቱን ናታቶም ናፍቖት ከውጽእ ደሌት እኳ እንተነበሮ፣ እታ ዘይተፈትሐት ሕቶ ክትልዓል ደስ ስለዘይትብሎ ካብ ተደጋጋሚ ምብጽሖም እግሪ ከሕጽር ፈተወ። ናይ ሓብቱ ነቐፌታ ከም ቁስሊ ምጉዳእ ጸልኣ። ንሳ ግን ምኽንያታት እናፈጠረት ከምዝመጽም ትጽዕር። ዮናስ ከኣ ከየቐይማ ክብል ሓሓሊፉ ክበጽሖም ግዲ ኮኖ። ሓደ ቀዳም ድሕሪ ምሳሕ ቡን ሰትዮም ኣብ ምውድኦም "ብዛዕባኻ እንታይ ከምዝዕለል ዘሎ ይበጽሓካዶ ኣሎ" ክትብል ንልዝብ ዓደመቶ።

ዮናስ እንታይ ክትብል ከም ዝደለየት ተረዲኡዎ ከሎ "ብዛዕባይ ድኣ እንታይ ክዕለል" ኢሉ ንሕቶኣ ብሕቶ መለሰላ።

ሓብቱ፣ ቅጭ ከምዘምጸኣላ ኣብ ገጻ እናተነበ "ብዛዕባኻ ድኣ እንታይከ ዘይዕለል። ረጒድ ቆርበት ድኣ ኾንካ'ምበር ጠፊኡካ መዓስ ኮይኑ። እናሰምዐ ዝደቀሰሰ መድፍዕ ነየተስአ እዩ መልስኻ"

ዮናስ፡" እቲ ክትብልዮ ዝደለኹ ነጥቢ ብቐጥታ ዘይትድርጐሕዮ፡ እንታይ ወሰን ወሰን ትብሊ" ምስ በላ 'እሞ ሰብሲ እንታይ ዓዚሙዎ እንዳመሕሰረቱ ቱስቱስ ይብል ይብለካ'ሎ። ንነብስኻ ኣሕሲርካ ንዓና'ውን ኣጽሪፍካና"

ኣዲኡ ትቕብል ኣቢለን "ወረ እንታይ እዩ ወሪዱካ? ንሕማቕ ወረ ብኣጋኡ መዕጸዊ እንተዘይገርካሉ ከም ሕማም ጉንፋዕ ቀልጢፉ'ዩ ዝላባዕ። ቀልጢፍካ መኸተምታ ግበረሉ ዝወደይ። ነቲ ናይ ጅግና ዝናኻ ኣይትደውኖ። ኣየማዕርገልካን'ዩ" ኢለን ነቲ ዝርርብ ተጸንበርኦ።

ዮናስ፡ "ኣነ ነቲ ጉዳይ ብጭቡጥ መርትዖታት ኣሰንየ ዘየወለውል መልሲ ክሳብ ዝረኽበሉ ተዓገሱኒ። እቲ መርትዖ ምስዚ ንስኻትኩም ትብልዎ ዘይሰማማዕ ክኸውን ስለዝኽእል ብዛዕብኡ ካብ ምዝራብ እንተተቖጠብኩም ይምረጽ"

ሓብቱ፡ "ወይ''ዛ ናትካ መርትዖ፡ ኣብ ዓራት ብሓደ ረኺብናዮም ዝብለካ ሰብ ተናዲ እንተኣሊኻ፡ ኣይትሕሰቦ። ኣይከኣልኩን እምበር ብስኣሊ ቀሪጸ ከጽንሓልካ ዝነበርኒ ኣነ እየ። ንሳ ክትናሳሓልካ መጽሓፍ ቅዱስ እንተተጥቅዓ'ውን ሓቂ ተውጽእ ኢለ ኣይግምትን። ማሕላ ንመን ቀተለ ኢላ ከምትጠቕዓ ኣይጠራጠርን"

ዮናስ፡ "ኣነ ጭቡጥ መርትዖ ክብለኩም ንቤላበለው ዘይኮነስ ርትዓውን ዘተኣማምንን ማለተይ እየ። ተቖጠቡ ዝበልኩኹም'ውን ነቲ ናይ መርትዖ ምርካብ መስርሕ ከይዕንቅፎ ወይ ከኣ ዳሕራይ ከየሕፍር ንምባል እየ"

ኣቡኡ ንመን ከምዝደግፉ ጠፊኡዎም፡ ስቕ ኢሎም ክሰምዑ ድሕሪ ምጽናሕ "ከምዚ ይኹን። ዘረባ መዕለቢ ዝረኸበ ይመስል። መርትዖታት ይእክብ ኣለኹ ስለዝበለ

ብኡኡ ይተዓጾ። ካልእ ዕላልና ንግበር።" ስለዝበሉ ክርክሮም ኣብኡ ኣቐመ።
ዮናስ ነቲ ጉዳይ ብኸመይ ከምዝሕዞ ጠፍኦ። ምእማንዶ ይሓይሽ ምጽራይ። "ሰናይትን ሕድሩን ጾታዊ ዝምድና ነይሩዎም ክኸውን ኣይክእልንዶ?" ትብል ጥርጠራ ካብ ኣእምሮኡ ክሓካ ኣሸገረቶ። "እዚ ሰብ ኢሎሞስ ስግንጢር ጠባያት የርኢ። ኣሚኑ ዘይኣምን" በለ።

ድሕሪ ቁሩብ መዓልታት፣ ዕላማኡ ምስኻዕ ዝኣበያ ሓብቱ ድራር ኣዳሊና ክንጽበየካ ኢና ኢላ ኣትሪራ ዓደመቶ። ዮናስ ካብቲ ቀዲማ ዘልዓለቶ ዝተፈልየ መዛረቢ ከምዘይህልዋ እናፈለጠ ከየቐይሞም ክብል ደስ ከይበሎ ከዶም። ዓቕሊ ዝሰኣነት ሓብቱ ድሕሪ ድራር፣ "በቲ ዝተዘራረብናሉ ጉዳይ እንታይ ገበርካ?" ክትብል ሓተተቶ።
ዮናስ፣ "እንታይ ዓይነት መልሲ ኢኺ ትጽበዩ?" መለሰላ።
"መርትዖ እንዲኹም ትብሉ፣ መርትዖ ረኺብካዶ?"
ዮናስ፣ "ጌና ዘረጋገጽክዎ የለን።"
"በል ናተይ መርትዖ እነሆልካ" ኢላ ነተን ዝኣከበተን ናይ ሰናይት ናብ መንደፈራ መገሻ ዘርኢ ስእልታት ሃበቶ።
ዮናስ፣ "እዚ ስእልታት እንታይን ኣበይን እዩ?" ሓተተ።
ሓብቱ፣ "ሰናይት ድሃይ ሕድሩ ክትረክብ ዘይበጽሓቶ ቦታን መዓስከርን የለን። ኣብ መንደፈራ ኣሎ ሰሚዓ ንዕኡ ክትደሊ ዝተሳእለቶ እዩ። ንሰናይት ናይ ሕድሩ እዩ ዘገድሳ። ንስኻ ኣብ ሳሕል ምንባርካ ተነጊሩዋ ክትረኽበካ ዝገበረቶ ፈተነ የለን።"
ዮናስ፣ " ሰናይት ንሕድሩ ትደሊ ከምዘላ እዚ ስእልታት ከመይ ኢሉ መርትዖ ክኸውን? ንዓይ ትደሊ ነይራ ክትከውን ትኽእል።"

ሓብቱ፡ "ዋይ ሓወይ፡ ካን ተደፊኑካ። እዚ'ኸ ንዮናስ ክትሓትት መጺኣ ይብልጾ?" እናበለት ንዋርድያታት መዓስከራት ዘቕረበቶ ሕቶን ዝገበረቶ ዝርርብን ዝሕብር ጽሑፍ ኣረከበቶ። ንዓ'ኳ እንተትደሊ ድኣ ኣብ ሳሕል ከምዝነበርካ ቅድመይ እንድያ ሰሚዓ፡ ክትረኽበካ ግን ኣይተሃንጠየትን። ሓቃ ከኣ፡ ኣብ ልዕሌ'ኻ ክሕደት ፈጺማ፡ ከመይ ኢላ ክትረኽበካ ክትህንጠ" ኣትረረትሉ።

ዮናስ ነቲ ዝረኣዮን ዝሰምዖን ኣስደሚሙዎ ንመሬት እናጠመተ ተዓዘመ። ነተን ኣሳእልን ነታ ጽሕፍትን ካብ ኢዱ መንጢሉ ካብቲ ክፍሊ ወጸት። ዮናስ ድማ ካብ ኮፍ ዝበሎ ብድድ ኢሉ ተዓዝረ። ሓብቱ ክወጽእ ምስ ረኣየቶ ንሱ ኣይሰምዓን እምበር "ኪድ ድኣ ኣታ ምሽቲ። ነዚኣ እንተዘየዋሪደያስ ኣይኣነን እየ" በለት።

ዮናስ ን'ኸተማ ከይዱ ሕርቃኑ ኣብ መስተ ክውጽኦ ኣምሰየ። ሰብ ስለዝጸልኦ ኣብ ሓደ ኩርናዕ ናይ ባር ኮይኑ ምስ መስተ ዝተሃላለኸ ክመስል ከንቆርቍር ኣምሰዩ፡ ሃለዋቱ ኣጥፊኡ ብሰብ ተጸይሩ ገዛ በጽሐ። ሰናይት ክትጽበዮ ኣምሲያ ትፉኡ ጸራሪጋ ኣብ ዓራት ኣጋደመቶ። ተኻኢሉ ስለዝነበረ ከይረበሸ ብእኡ'ብእኡ ረፍ በለ። ሰድራ ኩነታቱ ኣይርኣዩ'ምበር ድሓን ከምዘይኮነ ተረድኡ። ንሰናይት ከኣ ሕፍረትን ሕርቃንን ተፈራረቓ።

ንጽብሓይቱ ንግሆ ተሲኣ ምዑዝ ቁርሲ ከሸና ክሳብ ዝበራበር ተጸበየቶ። ሰድራ ኣንጊሆም ንቤተ ክርስትያን ስለዝኸዱ ኣይሓተቱዋን። ዮናስ ምስተበራበረ ነቲ ምስ ቀልቡ ከሎ ዝነበረ ኩነታት ዘከረ። ተሓጺቡ ክዳውንቱ ድሒሪ ምውዳይ ካብ ገዛ ወጸ።

ሰናይት ደድሕሪኡ ስዒባ "ንዓባ ቁረስ" በለቶ።
ዮናስ፡ "ተሃዊኽ ኣለኹ፡ ጽንሕ ኢለ ክምለስ እየ" እናበለ መገዱ ቀጸለ።
ሰናይት፡ "ዮናስ ክይቆረስካ ክትወጽእ ኣይጽቡቕን'ዩ። ንዓ በጃኻ፡ ዋላ ጥዕም ኣቢልካ ትኸይድ።"
ዮናስ እሞ ክምለስ ድዩ። "ሰዓት ኣኺሉኒ እንድየ ዝብለኪ ዘለኹ። ኣይትሰምዕን ዲኺ" ኢሉ ሃፍ በለ።
ሰናይት ምስ ነብሳ "ወይለይ፡ እንታይ ድዩ ኮይኑ። ብድሓኑ ኣይመስለንን" በለት።
ንሰናይት ክሓታ ስለ ዘይደለየ'ምበር መኪና ተድልዮ ነይራ። ኒሕ ሒዙዎ ግን ክይሓተታ ናብ መዓስከር ክይዱ መኪና ኣፍቂዱ ነቲ ካብ ሓብቱ ዝረኸቦ ሓባሬታ ከረጋግጽ ንመንደፈራ ኣምርሐ። ነቲ ሰናይት ዝበጽሓቶ ቦታታት ይፈልጦ ስለዝነበረ ትኽ ኢሉ በጽሖ። ነቶም ተጋደልቲ ተወኪሱ ከኣ ሰናይት ኣብቲ ቦታ ሕድሩ ናይ ዝተባህለ ተጋዳላይ ድሃይ ክምዝሕተተት ኣረጋገጸ።

ዮናስ እንተስ ጽምኢ ከርዊ፡ እንተስ ሕርቃኑ ከህድእ ክልተ ቢራ ቃርቃር ኣቢሉ ድሕሪ ምስታይ ኣሰናኑ እናሓርቀመ ብኸቱር ፍጥነት ነስመራ ክምለስ ኣብ ተራኣምኒ ኣብ ልዕሊ ሓንቲ ቆልዓ ሓደጋ ፈጺሙ፡ ቆልዓ ብኡንብኡ ህይወታ ሓለፈት። ህጻን ስለዝነበረት ንኣጋ ምሸቱ ስነስርዓት ቀብራ ተፈጸመ። ስነስርዓት ሓመድ ድበ ምስ ተፈጸመ ዮናስ ንስድራ መዋቲት ዝብሎም ጠፊኡዎ እናተሸገረ ከሎ፡ ኣቦኣ ጸዊዖም "ዘወደይ ንስኻ ክትቀትላ ኢልካ ኣይተበገስካን፡ ሓደጋ ኣጋጢሙካ። ናይ ኣምላኽ ፍቓድ'ዩ። ጽሕፍቶኣ ኮይና። ሕጂ ስምካን መለለዩ ኮድካ ሃበና እሞ ኪድ ብደሓን እቶ" ኢሎሞ ክምታ ዝሓተትዎ ኣማሊኡ

ተፋነዎም። ኣብቲ እዋን'ቲ ንተጋዳላይ ምኽሳስ ነውሪ ኮይኑ እዩ ዝሕሰብ።

ዮናስ ኣስመራ ምስ ተመልሰ ምስቲ ክቱር ጭንቀቱ ናብ መስተ ተኣልከ። ኣብ መወዳእታ ሃለዋቱ ኣጥፊኡ ዝረኸብዎ ብጾቱ ናብ ሆቴል ኣደቂሶሞ፣ ክሳብ ፍርቂ መዓልቲ ኣብ ዓራት ተደርብዩ ኣርፈደ። ኣበይ ከምዘሎ ምስ ተረድኦ ኣዝዩ ጎሃየ። መኪና ናብ መዓስከር ክመልሳ ምስከደ ሰናይት ትበሃል ሰበይቲ ብሃለዋቱ ተጨኒቓ ክትሓተሉ መጺኣ ከምዝነበረት ተነግሮ። ሽው ትኽ ኢሉ ንገዛ ኣምርሐ። ገዛ ኣትዩ በቲ ዘጋጠሞ ሓደጋን ዝፈጸሞ ጌጋን ብሓደ ሸነኽ፣ በቲ ሓዲሩዎ ዘሎ ቂም ከኣ በቲ ካልእ ወገን እናሓሰበ ተሰጒዱ ኣምሰየ። ሰናይትን ስድርኣን'ውን ተግባራቱ ቅር ከምዘበሎም ንምእማት ምቅልል ክብሉ ኣይደለዩን። ንሱ'ውን ኩነታቶም ካብ ገጾም ኣንቢቡ፣ ከምዝደኸመ ኣመኺንዩ ብእዋኑ ናብ ዓራት ሓለፈ።

ክይድ ምስ በለሎም፣ ኣደይ ተኽኣ ተዓቢሰን ኣምሰየን "ኣንቲ እንታይ እዩ ኮይኑ? ክንዲ ዘኾለስኩስ ኢደይ ተነኺስኩ እምበር ኮይኑና። እንታይ እዩ ጸገሙ?" ኣማረራ።

ሰናይት፣ "እንታይ ፈሊጠሉ። እታ ሓብቱ ሓስያ ሓሳስያ ኣስኪራቶ ትኸውን።"

ኣቦይ ተኽለ፣ "ስምዓ ድኣ፣ ናይ ሓብቱ ናይ ስድርኡ ከየመኽነና እንታይ ዘየሓጎሶ ነገር ኣሎ ኢልና ንፈትሽ። እቲ ናይ ሕድሩ ነገር ኣየቕሰኖን ክኸውን ይኽእል። ነቲ ግጉይ ወረ ዘቀባብሉ ኣይሰእኑን። ንምዃኑ ሀድእ ኢልኩም ብጋህዲ ተዘራሪብኩሙሉዶ?"

"እወ ተዘራሪብናሉ።"

"ክትዝትዩ ከሎኹም ሕድሕድኩም ጽን ኢልኩምዶ ትደማመጹ? ኣብ ልዝብ ናይ መለዝብትኻ ሓሳባት ብጽሞና ምስማዕ ብልህነት'ዩ። ናይ ካልኦት ኣመለኻኽታ ትርዳእ፡ ግጉይ ኣረኣእያ እንተነይሩካ ከኣ ካብ ጌጋኻ ትእረም፡ እንታይ ከምትምልስ'ውን ይሕግዘካ። ገሊኦም ብሃማት ነቲ ባዕሎም ዝዛረብዎ ጥራይ ይሰምዑ። ስለዝኾነ ድማ ዝተዘርበ ይደግሙ ወይ ካብ ኣርእስቲ ወጻኢ ሓሳብ የቕርቡ። ካብ ከምዚ ጉድለት ናጻ ዲኹም?"

"ሃዲእናን ብክፉት ልብን ሕድሕድና ንደማመጽ። ኣብ ብዙሓት ነጥቢታት ዛጊት ተረዳዲእና ኣሎና። እታ ቆልዓ ጓሉ ምኻና ተቐቢልዎ እዩ። ከም ዝበልካዮ ናይ ሕድሩ ሕቶ ብቐሊሉ ክቕበላ ተጸግሞ ትኸውን። ከእምኖ ክፍትን እየ።"

"ኣድላዪ እንተኾይኑ መንጎኛ ዓድሙ። ሽማግለ ምዕዳም ጠቓሚ ጎድኒ እኳ እንተኣለዎ፡ ናይ ሰብኣይን ሰበይትን ጉዳይ ግን ሰብ ጉዳይ ባዕለቶም ክረዳድእሉ ይምረጽ።"

ሰናይት፡ "ክልተኣዊ ጉዳይ ንምፍታሕ ሳልሳይ ኣካል ምዕዳም ጉዳይካ ንንፋስ ምሃብ'ዩ። ክልቴና ክንፈትሖ ዘይንኽእለሉ ምኽንያት የለን። ነቲ ናይ ጸለመ ወረ ዕርቁ ኣብ ምውጻእ ግን ቤተሰብን ፈተውትን ከነሳትፍ ከድልየና እዩ።"

"ግርም ሓሳብ። ኣሳልጦ ይሃብኩም። በለ፡ ኣብ ርእሲ ልቦናኺ ሰበይቲ ንሰብኣይ ኣብ ዓራት እያ ተለፋልፎ። ናይ ልቡ ከውጽእ ሓባብልዮ" ኢሎም ናብ መደቀሲኦም ሓለፉ።

ወ/ሮ ተኽኣ፡ "ስምዒ'ዛ ጓለይ፡ ሕጂ ኣበይ ሓዲርካ፡ ስለምንታይ ሰቲኻ ከይወጻኪ። ምቕልል ኢልኪ ጽቡቕ የሎኻን፤ እንታይ ኣጋጢሙካ ኢልኪ ተወከስዮ። ገርጨውጨው እንተበለ'ውን ንስኺ ህድእ በሊ። ሓዊ

ብማይ እዩ ዝጠፍእ። ማይ ኩኒ" ኢለን ትኽስ ከይበለ ከተርክቦ "ኪዲ ስዓብየ" በልኣ።

ሰናይት ናብ ዓራት እናኣተወት "ዮናስ ጽቡቕ የለኻን። እንታይ'ዩ ኣጋጢሙ። ተሻቒለ እኮ።"
ዮናስ "ድሓን እየ" ድሕሪ ምባል "ድሓን ከኣ ኣይኮንኩን፡ ትማሊ ሓደጋ ኣጋጢሙኒ፡ ናይ ሓንቲ ቆልዓ ህይወት ኣጥፊአ" ኢሉ ነቲ ቀንዲ ጉዳይ ጎስዩ ነቲ ኣቓልቦ ዝስሕብ ኣጋጣሚ ብዝርዝር ኣፍሰሰ።
ሰናይት፡ "እዚ ኣጋጢሙካ ድኣ ምዕዛም እኳ ክውሕደካ። ናብ ሕክምና በጺሓዶ?"
"ዕድል ኣይሃበትን። ብኡንብኡ ዓሪፋ።"
"ኣበይ ቦታ እዩ?"
'ኣብ ተራኣምኒ"
"ተራኣምኒ ድኣ እንታይ ወሲዱካ?"
ዮናስ መንደፈራ ከምዝኸደ ክነግር ኣይደለየን። ክዛን ኢሉ ከየመኽኒ'ውን ንግሆ ስራሕ ኣሎኒ ኢሉ ስለዝወጽአ ሓሳባት ከይጋጨዎ "ስራሕ ነይራትና በጃኺ። ናይ ኣሃዱና መኪና ሒዘ ከይደ። ወረ እንቋዕ መኪናኺ ኣይወሰድኩ።"
ሰናይት፡ "ኣነ ድኣ ምስ ገሊኦን ሓዲሩ እንድየ ኢለ። ለካስ ተኣሲርካ ኢኻ ሓዲርካ። ዋይ ሓወይ"
ናይ ሰናይት ግምት ጽብቕቲ ምኽንያት ምዃንትሉ ግዳ ሓሶት ክውስኽ ኣይደለየን። "ምእሳርሲ ኣይተኣሰርኩን፡ ኣብቲ እንዳ ሓዘን ኣምስየ፡ ኣስመራ ምስ ኣተኹ ከኣ ብክቱር ሕርቃን ክሰቲ ኣምስየ ከመይ ከምዝበጻሕኩ ኣይፈልጥን ንግሆ ነብሰይ ኣብ ሆቴል ረኺበያ"
ሰናይት፡ "እንታይ ኮይኑ ኢልካ ድኣ ኣብ ሆቴል ትሓድር? ገዛ ዘይትመጽእ?"

"ከመይ ኢለ ናብኡ ከምዝኸድኩ ኣይፍለጠንን።"
ሰናይት፡ "በል ንሱ ቀስ ኢልና ከነጻርዮ፡ ሕጂ ምስቶም ስድራ መዋቲትከ ብኸመይ ተረዳዲእካ?"
"እቶም ስድራ ናይ እግዚኣብሄር ሰብ እዮም። ናይ ኣምላኽ ውሳኔ እዩ ኢሎም ንዓይ ተመሊሶም ኣደዓዒሶሙኒ።"
"እሞ ገለ ንግዜኡ ዝኾናም ገንዘብ ገዲፍካሎምዶ?"
"ብዙሕ ገንዘብ ኣይሓዝኩን ነይረ፡ ግዳ ንሳቶም'ውን ኣይንቕበልን ኢሎም ኣቕቢጾሙኒ።"
ሰናይት፡ "ካሕሳ ምሕታቶም ኣይተርፍን ይኸውን። ባዕሎም እንተዘይሓተቱ'ውን ብተበግሶና ምኽፋል ኣይተርፈናን'ዩ። ሰብ ቀቲልካ ብዘይ መሕወይ ደም ሱቕ ምባል ኣይጥዑምን እዩ።"
"ጋር ነብሲ ማለትኪ ዲኺ?"
ሰናይት፡ 'እወ፡ ወረ ብኡኡ የሕልፎ። ጋር እንተዘይከፈልካ ድኣ ህይወት ትኸፍል።"
"ኮነ ኢልካ ዝፈጸምካዮ ኣይኮነን፡ ፍቓድ ኣምላኽ እዩ እንድዮም ኢሎም። ኣብ ልዕለይ ድማ ናይ ቂም ምልክት ኣይረኣኹሎምን"
ሰናይት፡ "ደርሆ እኮ ኣይኮንካን ቀቲልካ። ትንፋስ ሰብ ኢኻ ኣሕሊፍካ። እንታይ ከምዝስምዖም ክትርዳእ ነብስኻ ኣብ ቦታኦም ኣቐምጣ። ብዝኾነ ድሓን፡ ምስ ዓበይቲ ክንዛረበሉ" ኢላ ነቲ ኣርእስቲ ዓጽያ ሓድሽ ሻቕሎት ስለዘሕደረት "ናብቲ ዝሰገርናዮ ነጥቢ ንመለስ፡ ቅድሚ ሃለዋትካ ምጥፋእካ መን ምሳኻ ነይሩ?" ክትብል ሓተተት።
"ንበይነይ እየ ኣምስየ"
ሰናይት ተወሳኺ ሻቕሎት መጸ። "መወዳእታ ኣበየናይ ቤት መስተ ኣቲኻ?"

"ከምዝዝክረኒ ባር ኣይቀየርኩን። ኣብ ባር ዓወት እየ እምስየ። ንምንታይ እንታይ ክትፈልጠ ስለዝደለኺ ኢኺ ዝርዝር ትሓቲ ዘሎኺ?" በለ።

"ሻቕሎተይ ከብርሃልካ እየ። ንስኻትኩም ተጋደልቲ ዘይትፈልጥዎ ብዙሕ ጸገም ኣሎ። ደርጊ ባዶ ካዝና፡ ዝዓነወት ሃገር ጥራይ ኣይኮነን ገዲፉልና። ሃገር ዘልምስ ተላባዒ ሕማም ወሪስኩም ከምዘሎኹም ክትግንዘቡ ኣሎኩም። ዲዕ ዲዕ ይበዝሕ ኣሎ። ሳዕቤኑ ከይከብደና የፍርሕ" ክትብል ብምረት ኣጠንቀቐቶ።

"ሰናይት፡ ተረዲአኪ ኣለኹ። ሻቕሎትኪ ቅቡል እዩ። ጽባሕ ኣብቲ ባር ከይደ ነቲ ዝነበረ ኩነታት ከጻርዮ እየ። ክትኣምኒ እንተደሊኺ ብሓንሳብ ንኺይድ" በለ።

ሰናይት፡ "ድሓን ናተይ ምኽድ ኣየድልን። ሓደራ ግን ከየጻረኻ ከይትውዕል። ኣምላኽ ይሓልወና። መስጣይ እዩ ወሪዱካ። ተገዲሰ ዝሰራሕኩልካ ቁርሲ ረጊጽካ ስለዝኸድካ። ምርጋም ኣይረገምኩኻን፡ ግን ኣዝዩ ሓሪቐ። ዘይነበረካ ጠባይ ነቓጽ ኰንካ'ምበር፡ ደስ ንኽብለኒ ዋላ ጥዕም ኣቢልካ ዘይትኸይድ። ክምለስ ኢልካ ከኣ ጭልም ከተብለኒ ኣርፊድካ። በል ሕጂ ኣዕርፍ፡ ጽባሕ ከኣ ምስ ስድራ ኮይና ንቕጽሎ" በለቶ።

ዮናስ፡ "ጽቡቕ፡ ድሓን የሕድረና" ኢሉ ሕቝኡ ሂቡዋ ንምድቃስ ተዳለወ። ናይቲ መስተ ድኻም ስለዝነበሮ ከኣ ድቃስ ቀልጢፉ ወሰዶ።

ሰናይት በቲ ዝሰምዓቶ ኣዝያ ሓዘንት። ናይቶም ስድራ መዋቲት ጓሂ ተሰምዓ። ንሳቶም ካሕሳ ዋላ እንተዘይሓተቱ ሓገዝ ክግበረሎም ከምዝግባእ፡ ገንዘብ ካበይ ይምጻእ

ክትሓስብ መሬት ወጊሑዋ። ዮናስ ክሳብ ዝትስእ ዓቕሊ ስኢና ንስድርኣ ኣንጊሃ ናይቲ ዘጋጠሞ ኣርድኣቶም።

ኣደይ ተኽኣ፡ መሊጃተን "እዋይ እግሩ ከይኣተወስ ናብ ዕዳ"

ኣቦይ ተኽለ፡ "ኣየ ክትህወኺ። ሕስብ ኣቢልካ ምዝራብ ካብ ጌጋ ወይ ሰብ ካብ ምቕያም የድሕነካ፡ ናትኪ ግን ኣብ ሓንጎልኪ ዝመጸት ሓሳብ መልሓስኪ ትቕብል ኣቢላ ንሰማዒ ተቃልሕ።"

ው/ሮ ተኽኣ፡ "እሞ ሓቀይዶ ኣይኮንኩን?"

ኣቦይ ተኽለ፡ "ሓቕኽስ ኢኺ፡ ግዳ ኣብ ውሽጥኻ ዝተርፍን ናብ ሰማዒ ተመሓላልፎን ምምማይ ግርም'ዩ። በሊስከ እንታይከ በልዎ?"

ሰናይት፡ "ኮነ ኢልካ ኣይገበርካዮን ኢሎም ኣፋንየሞ። ከተስእዶ?"

"ግደፍዮ የዕርፍ፡ ወዮ ድቃስ መጺኡዎ።"

ዮናስ ካብ ዓራት ወሪዱ ምስ ቆረሰ ኣቦይ ተኽለ ምናልባት ምንጋሮም ከይከብዶ ኢሎም "ኣንታ ዮናስ ወደይ፡ ትማልስ ዝን ኢልካ ምስ ኣምሰኻ እንታይ ኮይኑ ኢልና፡ ለካስ ከቢድ ጸገም'ዩ ኣጋጢሙካ" ኢሎም ዝርርብ ከፈቱ።

ዮናስ፡ "እወ፡ ዘይሓሰብካዮ ርኽብሲ ኣይመርገም ኣይምርቓ ድዩ ዝበሃል፡ ዘይሓሰብኩዎ ኣጋጢሙኒ።"

ኣቦይ ተኽለ፡ "ሰናይት ኣንፊታትልና እያ። ነቦኻ ንገሮም። ኣነ ከኣ ሓደ ወዲ'ቲ ዓዲ ክረክብ'የ፡ ተተሓሒዝና ኬድና ወይ ከም ጠለቦም ወይ ከምባህልና ንገብር። ቅድም ቀዳድም ግን ነዞም ሕዙናት ክንድብስን ክነረሳርስን ኢና። ሕጂ ጽሑፍቶኣ ኮይኑ ይበሉ'ምበር እንተዘይትደፍኣኒ መን መጽደፊኒ ምባሎም ኣይተርፍን" ኢሎም ሓሳቦም ገለጽሉ።

ሻቕሎት ሰናይት ንባዕሉ'ውን ስለዘሻቐሎ ንጽብሓይቱ ናብታ ዘምሰየላ ባርን ዝሓደረላ ሆቴልን ሓቲቱ ዘሻቅል ከምዘይብሉ ኣረጋጊጹ። ሃለዋቱ ኣጥፊኡ ዝረኣይዎ ኣዕሩኽቱ ከምቲ ኩነት ኮይኑ ንገዛ ካብ ምኻድ ኣብ ሆቴል ምሕዳር ይሕሾ ኢሎም ኣብቲ ሆቴል ከምዘደቀስዎ ክፈልጥ ከኣለ።

ዮናስ ብቤተሰብን ሓላፊኡን ተሰንዩ ኣስቤዛ ሒዞም ናብ ቤት ሓዘን ድሕሪ ምምልላስ ሓደ መዓልቲ ሽማግለታት ወሲኾም ናብ ስድራ መዋቲት ቀሪቦም ከምዚ ኢሎም ሓተቱ። "ክቡራት ወለዲ፣ ቁሩብ እኳ ተሃዊኽና፣ ኣብ ውዑይ ሓዘንኩም ስምዒት ዝትንክፍ ሕቶ ከነልዕለልኩም እናተሰከፍና ኢና። እዚ ወድና ዘይሓሰቦ ሓደጋ ረኺቡ፣ ንስኻትኩም ከኣ ብዓቢኡ ውላድኩም ስኢንኩም። ንሕና ዝኣዘዝኩምና ክንፍጽም ንደሊ ኣሎና'ሞ ኣፍኩም ክፈቱልና" በሉ።

ኣቦ መዋቲት፣ "እግዚሄር ኣብሪሁለይ ኣብቲ ሃንደበታዊ ህሞት እንቋዕ ሕማቕ ቃል ኣየውጻእኩ። ሕጂ'ውን ቃለይ ኣይዓጽፍን'የ። ካሕሳ ኻለይ ክእዝዝ ኣየምሕረለይን። ጽሕፍቶ ኣምላኽ'ዩ። ንደበስኩም የቐንየልና። ድሕሪ ደጊም ኣይትድከሙ ሓዘንና ዓጺና ኢና፣ ወደሓንኩም" መለሱሎም።

በጻሕቲ ሕድሕዶም ሕሹኽሹኽ ድሕሪ ምባል ተመሳጊኖም ተፋነውዎም። ኣብ መገዶም ከምቲ ልምዲ ኣቦታት ንዓዓቶም ዘይጎድእ ንስድራ መዋቲት ከኣ ዘየኽፍእ ወፈያ ክግበር ተሰማምዑ። ካብ ቤተሰብ፣ ካብ ፈተውትን ካብ ብጾቱን ደገፍ ተዋጺእሉ ወለዲ መዋቲት ዘይተጸበይዎ ዓቢ

ሓገዝ ብኽንደይ ልመና ተኸፍሎም። ዮናስን ቤተሰቡን ከኣ
ናይ ሕልና ቅሳነት ረኸቡ።

ምዕራፍ ሸሞንተ

ሰናይት ንናጽነት ከምቲ ዝተመነየቶ ልባ ዓጊቡላ ከተስተማቕሮ ኣይከኣለትን። ብቐንዱ ናይ ዮናስ ዘይምርጋእ ኣየቕሰናን። በቲ ካልእ ከኣ ሃለዋት ሕድሩ ኣሻቐለ። ትጽቢታ ዝነበረ ዮናስን ሕድሩን ተረዳዲኦም፣ ነቲ ጸለመ ኣብ ምፍሻል ክሕግዙዋ'ዩ። ንሳ ዝተመነየቶ፣ ዮናስ፣ ሕድሩን ንሳን ምስ ክልቲኦም ደቆም ኣብ ጎደናታት ኣስመራ ሸናዕ ክብሉን፤ ዮናስ ብበዓልቲ ቤቱ ክኾርዕን፤ ምስጢራ ጋህዲ ክወጽእ'ሞ እቶም ዝፈለጡ ነቶም ዘይበጽሖም ክገልጹሎም፤ ባዕላቶም ሓቂ ፍለጡልና ከይበሉ እቲ ሓዲሽ ወረ ባዕሉ ክላባዕ፤ እቶም ብወረ ዘጸለሙዋ ክሓፍሩ፤ ስማ ሰማይ ክዓርግ'ዩ። እቲ እዋናዊ ኩነት ግን ከምኡ ኣይእንፍትን ኣሎ።

ዮናስ ኣብ ሰናይት ዝነበሮ ጽኑዕ እምነት ከጉድል ኣይድለ'ምበር ምጥርጣሩ ግን ኣይተረፎን። ናይ ሰናይትን ሕድሩን ግዳማዊ ርክብ ኩሉ ስለዝፈልጦ፣ ሰብ ብእኡ እንታይ ይዛረብ ከምዘሎ ግሙት ስለዝወሰዶ ስክፍታ ይስምዖ ነይሩ። ሕማቕ ወረ ቀልጢፉ ስለዝላባዕ ብጾቱ'ውን ሰሚዖሞ ይኾኑ ገሚቱ ምስኦም ብዛዕባ ናብራኡ ከዕልል ደስ ኣይብሎን። ሓቂ ከኣ፣ ሰብሲ ብጽቡቕ ድኣ የልዕልካ'ምበር ብሕማቕ መዛረቢ ክገብረካ ጥዑም ኣይኮነን። ሓብቱ ከኣ ጌና ትጉስጉስ እያ ዘላ። እዚ ተገራጫዊ ስምዒታት እናተለዋወጦ ምስ ነብሱ ምጉት

ኣብዝሐ። ቅሳነት ስለዝኸልኦ ምስ ሰናይት ኮነ ምስ ስድርኣ ብፍሽሑው ገጽን ምዉቕ ኣቀራርባን ክመላለስ ኣይከኣለን። መስተ ምዝውታርን ገርጨውጨው ምባልን ለይቲ ለይቲ ምህትፍታፍን ኣብዝሐ።

ነቲ ጉዳይ ምስ ሰናይት ብጋህዲ ተዘራሪቡ ሓደ መዕለቢ ክገብረሉ ከምዝኾነ መዲቡ እዩ። ቅድሚ ምስ ሰናይት ምዝርራቡ ግን ሓበሬታን መርትዖታትን ክእክብ ደልዩ ኣሎ። ብውሽጡ ቅንዕና ሰናይት ክገሃድ እዩ ዝመርጽ፣ ንሱ ከኣ ብኣኣ ክኾርዕ። እቲ ጸገም ሓቀኛ መርትዖ ካበይ ይረኽብ'ዩ። ይፈልጡ ይኾኑ ንዝበሎም ሰባት ከይሓትት፣ እምነቶም ከምቲ ዝውረ እንተኾይኑ መስሓቕ ከይገብሩዎ ሰግአ። ዋላ እምነቶም ከም ናይ ስድራኡ እንተኾይኑ ተሓቲቶም እወ ብኸምኡ ንፈልጣ ኣይክብሉን እዮም። እቲ ጉዳይ ተነቃፊ ስለዝኾነ። ህዝብና ሓባኢ እዩ። ሓደ ሓደ እዋን ውን ኣምሰሉ። ቃለ መሕትት ኣዳልዩ ንሰባት እንተዝውከስ ናይ ዝበዝሐ መልሲ እንድዒ ወይ ኣይፈልጥን ከምዝኸውን ርዱእ እዩ። ሓሳባት ዮናስ ሓንሳብ ናብቲ ርትዓዊ ሓንሳብ ድማ ናብቲ ስምዒታዊ ከለዋወጥ ጠባዩ ከኣ ከምኡ ካብ ምቍሉል ናብ ገርጨውጨው ይገላበጥ።

እቲ ናይ ዮናስ ተግባራትን ልዉጥ ጠባይን ንሰናይት ከተሓሳስባ ጀመረ። ኮፍ ኣቢላ ከተዘራርቦ ትደሊ'ሞ፣ ሰጋእ ኢላ መዓልቲ ትልውጠሉ። ሕጂ ዝጎደሎ ነገር ኣሎ ከይትብል ዘጕደለቶ ጠፍኣ። እታ ክትከውን ትኽእል ናይ ሕድሩ እያ ነይራ። ንሳ ከኣ ዘረድኣቶ መሰለ። እቲ ናይ ሓብቱ ጎስጓስን፣ ሰብ እንታይ ይብለኒ ዝብል ስክፍታን

ከተሓሳስቦ ከም ዝኽእል ኣይጠፍኣን። ኣውሪዳ ኣደይባ ነቲ ሽግር መፍትሒ ምስ ሕድሩ ከም ዘላ ጸቐጠትላ። ሃለዋቱ ንምርግጋጽ ዕቱብ ጻዕሪ ክትገብር ድማ ተበገሰት።

ብዝገበረቶ ምጥይያቕ ሕድሩ ናይ ዝበሃል ተጋዳላይ ኣሃዱ ኣብ ዓዲ ቐይሕ ከም ዘላ ተሓበራ። ምኽንያት መገሺኣ ከየፍለጠት ዮናስ መኪና ካብ ስራሕ ኣፍቂዱ ንመገሻ ክሰንያ ሓተተቶ። ቀዳማ ምኽንያት መገሻ ዘይምንጋራ ብሃንደበት ክራኽቡ'ሞ ስምዒቱ ከተንብብ ደልያ ነበረት። እቲ ንሕድሩ ዝበሎ ብሓቂ ኣጣዒሱዎዶ ኣየጣዓሶን ክትፈልጥ ተጸበየት። ክልተ ጎራሓት ሓምኹሽቲ ስንቆም ከምዝበሃል ዮናስ'ውን ምኽንያት መገሽኦም ጸቒጡ ክሓታ ኣይደለየን። ከመይሲ ንሱ'ውን ድሃይ ሕድሩ ክትሓትት ደልያ ከምዝኾነት ገሚቱ ናቱ ትዕዝብቲ ክገብር ዕድል ከምዝፍጠረሉ ሓሰበ።

ዮናስ መኪና ኣፍቂዱ ቀዳም ንግሆ ካብ ኣስመራ ነቒሎም ኣብ ደቀምሓረ ቁርሲ ክበልዑ ተኣልዩ። ጉዕዝኦም እናቐጸሉ ዮናስ ካብ ግንባር ደቀምሓረ ጀሚሩ ክሳብ ዓዲ ቐይሕ ሓይልታት ህዝባዊ ግንባር ምስ ጸላኢ ዘካየድኦ ግጥማት በቲ ኲናት ዝተኻየደሉ ቦታታት እናሓለፉ መኪና ጠጠው እናኣበለ ኣዘንተወላ። ኣብ ነፍሲ ወከፍ ግጥም ዝተፈጸመ ጅግንነት፣ ዝወደቑ ብጾት፣ ዝተሰግሩ ጽንኩራት ኲነታት ገሊጹላ። ንሳ ድማ ብተመስጦ ትሰምዖ ነበረት። "ንስኻ ሸው ኣበይ ነርካ?" ሓተተት

ዮናስ፣ "ኣነ ድኣ ኣብ ሳሕል ነይረ" መለሰ

"እንቋዕ ኣብዚ ኣይነበርካ"

"ስለምንታይ?"

"ምናልባት ምተሰዋእካ"
"ንዓይ፣ ትቐትል ጥይት ኣይተረኽበትን። ብዘይካ እታ ዝነገርኩኺ መውጋእቲ ክንደይ ግዜ ጭልፍ ኣቢለናኒ ጥራይ ይሓልፉ።"
ሰናይት፣ "ፈራሕ ዲኻ ነርካ? ንድሕርሕር በሃልን ምኽንያት እናፈጠረ ካብ ኩናት ንዘብኩርን ድኣ ጥይት ኣበይ ክትረኽቦ።"
ዮናስ፣ "ብዛዕባይ ካብ ኣነ ዝነግረኪ ካብ ካልኦት ክትሰምዕዮ ይሓይሽ። ኣብ ህዝባዊ ግንባር ውልቃዊነት ቦታ የብሉን። ካብ ጅግንነት ክሳብ መሃዚነት ብስም ውድብ'ዩ ዝምዝገብን ዝንገረሉን። ኣነነት ኣሉታዊ ዝንባሌ እዩ ዝቑጸር። ኣብ መንጎ ብጾት ግን ውልቃዊ ተራ ይዕለለሉ'ዩ" ኢሉ ነታ ካብ ሞት ንዋራ ዘምለጠላ መውጋእቲ'ውን ከየዕለላ ሓለፉ።
"ኣነ እዞም ኣብ ኣፍ ዓወት ዝተሰውኡ የሕዝኑኒ፣ እወኣዮም ናጽነት እናተራእየቶም ህይወቶም ክዕቅቡ ዘይምፍታኖም ሕሉፍ ተወፋይነት እዩ።"
ዮናስ፣ "ንመስዋእቲ እንታይ መለሳ ኣለዋ። ቅዱም ድሑር ኩሉ ሓደ"
ሰናይት፣ "ንስድርኦምሲ ሓደ ኣይኮነን። ሰኣን ቁሩብ ዕድል ክብሉ እዮም። ስማዕ እባ፣ ንስድራ ስውኣትሲ እንታይ ኮን ትኽሕስዎም ትኾኑ?"
ዮናስ፣ "ህዝባዊ ግንባር ስድራ ስውኣት ብማተርያልን ብሞራልን ከምዘዕግቦም ኣይጠራጠርን። ሕድሪ እኮ እዩ። ንኤርትራ ኢሎም ተሰዊኦም፣ ኤርትራ ክትክሕሶም ግዴታ ይህልዋ። ከምኡ እንተዘይኮይኑ እሞ መስዋእቶም ብላሽ ኮይኑ ማለት'ዩ። ኣሽንኳይ ስድራ ስውኣት ስድራ ህሉዋት ውን ከምዝሕበኑ ክኸውን ኣለዎ። ዕድል ገይሩ ብህይወት

ኣትዩ'ምበር ኩሉ ዝተጋደለ እኮ ህይወቱ ውፉዩዋ እዩ። ኣብ መጻኢ ውልቃዊ ረብሓ ክረክብ ኢሉ ዝተሰለፈ ተጋዳላይ ዘሎ ኣይመስለንን። ግደ ሓቂ ክንዛረብ ድሕሪ ዓወት ተጋዳላይ ክኽፍኦ መን ይቕበሎ።" ክብል ናይ መጻኢ ትጽቢቱ ነገራ።

ሰናይት፡ "እዚ ዝበልካዮ ቅቡል እዩ። ብዘይ ብኡ ቅሳነት'ውን ክህሉ ኣይክኽእልን እዩ። ግዳ ኤርትራ ናይ ተጋዳላይ ጥራይ እያ ከይትብሉና።"

ዮናስ፡ "ተጋዳላይ ኣብ ባዶ ጁባ ስለዘሎ መጣየሲ ብህጹጽ የድልዮ ማለተይ'የ" ድሕሪ ምባል "ህዝባዊ ግንባር ከም መትከል ረብሓ ሃገርን ህዝብን ቅድሚ ኩሉ እያ ትሰርዖ። ህዝቢ ክዓግብ ናይ ግድን እዩ። ኣብ ጎድኒ ግንባር ደው ኢሉ ተቓሊሱ፡ ሽግር ተጻዊሩን ህይወት ከፊሉን'ዩ። ብዘይካ ውሑዳት ኣብቲ ቃልሲ ዘይተኻፈለት ስድራ ዘለ ኣይመስለንን። ስለ ሰውኣት ደቁ ከይሓዘነ፡ ብናጽነት ተደቢሱ ንመስዋእቶም ብሓበን ተቐቢልዎ። ነዚ ህዝቢ'ዚ ክልተ ግዜ ክንሰውኣሉ ኣሎና፡ ቅድም ንናጽነት ብህይወትና፡ ደጊም ከኣ ንዕብየት ብጉልበትና። እዚ ኣብ ሓጺር እዋን ኣይፍጸምን ይኸውን። ከም ሸቶ ግን ኣብ ፖሊሲ ግንባር ክህሉ'ዩ"

ሰናይት፡ "ነዚ ኹሉ ወጻኢታት ዝሽፍን ገንዘብ ካበይ ክመጽእ?"

ዮናስ፡ "እቲ ትኣምር ጅግንነት ዝፈጸመ ተጋዳላይ ህይወት ክኸፍል ዘይበቐቐ፡ ሃገር ኣብ ምህናጽ እሞ ግዜ ኣይክወስደሉን'ዩ። ኣብ ሓጺር እዋን ምስተን ምዕቡላት ሃገራት ክሰርዓ'ዩ። ኤርትራ ብዙሕ ዘይተመዝመዘ ጸጋታት ከምትውንን ኣይትረስዒ። ዘይተበከለ ባህሪ ምስ ቅሙጥ

ትሕዝቶኡ፣ ማዕድናዊ ሃብቲ፣ ጭዋን ጻዕራምን ህዝቢ ወዘተ።"

ሰናይት፣ "ብዙሕ ጸጋ ተዓዲለን ዘይማዕበላ ሃገራት ከምዘለዋ ኣይትዘንግዕ"

ዮናስ፣ "ምሕደራ፤ ብልሽው ምሕደራ ኣሳቕዩወን።"

"ኤርትራ ቅኑዕ ምሕደራ ክህልዋ እንታይ ውሕስነት ኣሎ?"

"መትከላዊ ጭርሖ ህዝባዊ ግንባር ብልጽግትን፣ ዲሞክራሲያዊትን ቅስንትን ሃገር እውን ምግባር'ዩ። ሽቶኡ ኪንዮ ባንዴራ ምውልብላብ'ዩ።"

ሰናይት፣ "ጭርሖን ተግባርን በበይኑ እንተዘይኮይኑስ፣ ሰናይ።"

"ከምኡ እንተኾይኑ'ሞ ብላሽ ተጋዲልና፤ ብጾትና ከንቱ ተሰዊኦም።"

ሰናይት፣ "ብዙሓት ሓርነታውያን ቃልሲታት ድሕሪ ዓወት ብብልሽውና ተረሚሰን'የን።"

"ኣይትጠራጠሪ ንህዝባዊ ግንባር ስለዘይትፈልጥያ ኢኺ። ኣብ ኤርትራ ድኽነት፣ ጥሜት፣ ብልሽውና ነበረያነበረ ክኸውን'ዩ። እዚ ህዝቢ'ዚ ዝግብኦ እዩ።"

ሰናይት፣ "ከምቲ ትብሎ ይግበረልና። እዚ ዘረባኻ ናይ ካድር ቃላት ኣይግበሮ። ስማዕ ህዝቢ ንዋታዊ ነገር ካብ መንግስቲ ኣይጽበን'ዩ። ህዝቢ ዝጽበ ቅኑዕ ምሕደራ፣ ቅሳነት፣ ካብኡ ሕልፍ እንተበለ ከኣ እቲ ንመዋእል ተነፊጉዎ ዝነበረ ሰብኣውን ዲሞክራስያዊን መሰላቱ ክኽበረሉ እዩ።"

ዮናስ፣ "እዚ ዝበልክዮ እቲ መሰረታዊ መሰላት እዩ። ረብሓ ህዝቢ ልዕሊኡ ከምዘኸይድ ኣይትጠራጠሪ።"

ሰናይት፣ "ከምኡ እንተኾይኑ ማሕረ"

ዮናስ፡ "ቅሰኒ፡ ህዝብና እኮ ምሳና ተቓሊሱ እዩ። ንሱ'ውን ክዓግብ ኣለዎ" በለ።
እቲ ዕላል መቒሩዎም ክይተፈለጦም ዓዲ ቐይሕ ደበኽ በሉ። ዛዕባ መገሽኦም ክይተላዕለ ኣብ መዓልብኦም ምብጽሖም ንኽልቲኦም ከየሓጎሶም ኣይተረፈን። ናብ ሓደ ሆቴል ኣትዮም ድሕሪ ምዕራፍ፡ ሰናይት "ዮናስ ንስኻ ኣብዚ ቁሩብ ኣዕርፍ፡ ኣነ መእተው ገዛ ዝኾነና ኣስቤዛ ዓዲገ ክመጽእ መፍትሕ ሃበኒ" በለቶ።
ዮናስ መፍትሕ ኣረኪቡዋ ቢራ ኣዚዙ ኣብቲ ሳሎን ዝርግሕ በለ።
ሰናይት መእተዊ ገዛ ዝኾናም ኣስቤዛ ምዕዳግ ኣመኽንያ ሕድሩ ዝርከበላ ኣድራሻ ቀዲማ ንምርግጋጽ ኣብተን መዓስከራትን ቤት ጽሕፈታትን በጽሐት። እቲ ሓበሬታ ናይ ካልእ ሕድሩ ኮይኑ ጸንሐ። ዕላማኣ ፈሺሉዋ ናብቲ ሆቴል ተመልሰት።
"ኣንታ ዮናስ፡ ጉድ እምበር ተረኺቡ" ክትብል
ዮናስ ዘረብኣ ከይወደኣት "ሓደጋ ኣጋጢሙኪ? ካብ ዝፈራህክዋ ክይወጻእኩ" መለሰ።
"ኣይኮነን ጥንቕቕቲ መራሒት መኪና ምዃነይ ትፈልጥ እንዲኻ።"
"እንታይ ጉዱ ድኣ ተረኺቡ?"
ሰናይት ሕጂ'ውን ምኽንያት ኣይምሰኣነትን። ስለዘይደለየት ግን "ኣቀዲመ ይቕረታ ክሓተካ። ኮነ ኢለ ናይ መገሻና ምኽንያት ኣይሓበርኩኻን። ሓደ ዕላማ ነይሩኒ። ሕጂ እቲ ዕላማ ፈሺሉ። ኣደዳ ድኻም ገይረካ። ናብዚ ሓቢርና ክንመጽእ ዝደለኹሉ ምኽንያት ሕድሩ ኣብ ዓዲ ቐይሕ ኣሎ ዝብል ሓበሬታ ረኺበ ነይረ። ክልቴና ብሓንሳብ ክንረኽቦ ተመንየ ነይረ። ኣስቤዛ ክሽምት

ዝበልኩኻ ድማ ቀዲመ ኣድሪሻኡ ከጣልል ደልየ እየ። ኮለል ኢለ ዘረጋገጽክዎ ነገር ግን እቲ ተጋዳላይ ካልእ ሕድሩ ኮይኑ። መደበይ ቀዲመ ዘይነገርኩኻ ከገርሃካ ስለዝደለኹ'ምበር ካልእ ተንኮል ኣይነበረንን። ክትርድኣለይ ተስፋ እገብር፣ ኣይትሓዘለይ" በለቶ።

ንዮናስ ናቱ ዕላማ ውን ከምዝፈሸለ'ምበር ምብልሓታ ኣየገደሶን። ኣይሕጉስ ኣይጉሁይ ከሎ "ኣይትሓዘለይ ዘብል የብልክን። እቲ ምዝዋርሲ ናይ መን ኮይኑ" ክብል ናይ መደዓዓሲ መልሲ ሃባ።

ዮናስ ነቲ ሓብቱ ሰናይት ድሃይ ሕድሩ ክትረክብ ዘይኣተወቶ ቦታ የብላን ዝበለቶ መረጋገጺ ረኺቡሉ። ክሰንያ ምምራጻ ግን ኣይበርሃሉን። "ቀዲማ ረኺባ ከተጉርሖ እንተትደሊ፣ ኣነ ምስኣ ክመጽእ ኣይነበረንን" ሓሰበ።

ድሕሪ'ዚ ኣብ ዓዲ ቐይሕ ክዛነዩ ስለዘይደለዩ ብኡንብኡ ናብ ናይ መልሲ ጉዕዞ ኣቕንዑ። ዮናስ ሕርቃን ግዲ ሒዝዎ ቃል ምውጻእ ኣበየ። ብሓደገኛ ፍጥነት ይዝውር ስለዝነበረ ደጋጊማ ቀስ ዘይትብል እንተበለቶ ኣይሰምዓን። ብውሽጣ ግን "እዚ ወዲ ደም ግዲ ኣይጸገበን'ዩ" ትብል።

ኣብ ደቀምሓረ ሻሂ ክሰትዩ ናብ ሓደ ባር ተኣልዩ። ትም ስለዝነውሐ ሰናይት ነቲ ህዋህው ንምልዋጥ ሓደ ኣገዳሲ ኣርእስቲ ኣልዓለት

"ስማዕ እስኪ፣ ናይ ሻለቃ በቀለ ዝተባህለ፣ ብህዝባዊ ግንባር ዝተቐንጸለ ወረ ኣሎካዶ?"

ዮናስ፣ "ብዛዕብኡ መን ዘይፈልጥ።"

"እሞ ከምቲ ናይ ቅድም ኣበሃህላኻስ ናይቲ ስርሒት ዝፈጸመ ተባዕ ፈዳይን ስም ኣይንገረሉን ማለት ድዩ?"

ዮናስ፡ "ኣብ መዝገብ ስሙ ይህሉ ይኸውን። እቲ ስርሒት ግን ንውልቁ ኣይዝረበሉን። ናይ ሓደ ሰብ ስራሕ እውን ኣይኮነን። ግድን ተሓባበርቲ ነይሮሞ እዮም።"

ሰናይት፡ "ኣነስ ነቲ ፈዳይን ክፈልጦ ምደለኹ።" ኣብቲ ስርሒት ተሳቲፈ እየ ክይትብል ከምቲ ዝሰምዓቶ ኣነነት ክይመስል እናፈርሀት "ኣብቲ ቅንጸላ እኮ ኢደ ነይሩኒ እዩ" በለቶ።

ዮናስ፡ "ብኸመይ ድኣ ተሳቲፍኪ?" ሓተተ።

ሰናይት እንታይ ተራ ከምዝተጻወተት ምስ ኣዕለለቶ ተገረመ። ኣትኩሩ ገጽ ገጻ ጠመታ። ኣብ ገጹ ድርብ መልእኽቲ ይንበብ ነይሩ።

ዮናስ፡ ኣብ ሓፍሽ ውድብ ተጠርኒፉ ዝተሳተፈት መሲሉዎ "ኣብ ቃልሲ ክይትሳተፊ ተረዳዲእና ነርና?" ኣዘኻኸራ

ሰናይት፡ "እወ፡ ግዳ ብስሩዕ ኣይተወደብኩን። ክነብር ክብል ክብረይ ከድፍር ግን ኣይደለኹን። ሞት ኮይኑ ተሰሚዑኒ።"

ዮናስ፡ "ክሳብ ክንደይ ቅርርብ ነይሩኩም ድኣ ኣሚኑ ተቓጺሩኪ?"

ሰናይት፡ ከም ዝጠርጠራ ተረዲኡዋ "ናባይ ክቱር ህርፋን ነይሩዎ። ሰበይቲ እንተደልያ ንሰብኣይ ምትላል ዘጽግማ ኣይመስለንን።"

ዮናስ፡ "እዋእ" ስለዝበለ ከምዘይተቐበላ ኣመተላ።

ሰናይት፡ "ከምቲ ዘዘንተኹልካ እዩ። ቅድም ክርሕቖ ፈቲነ፡ ምስተሃላለኸ ክልዝቦ መሪጸ። ክልቲኡ ስለዘይፈትሓለይ ከምቲ ዝበልኩኻ ክገብር ተገዲደ። ጅጋኑ ድማ ተግባራዊ ገይረሞ።"

ዮናስ፡ "ምስ መን ትራኸቢ ነርኪ?"

ሰናይት፥ "ኩሉ ብመገዲ ሓንቲ ኣብ ቤት ማእሰርቲ ዝተላለኹዋ ውድብቲ ነበር እዩ። ከምዝነገረትኒ ንሳ'ውን ብስልኪ'ምበር ብኣካል ትራኽቦ ሰብ ኣይነበረን።"
ዮናስ፥ "ብጠርጠራ ድኣ ከመይ ዘይኣሰሩኺ?"
ሰናይት። "ሻለቃ በቀለ ዝሓበረ ኣይመስለንን። ዕለተ መዝገብ ይሕዝ ነይሩ'ውን ኣይብልን። ብሓንሳብ ዝተራኣናሉ እዋን ከኣ ኣይነበረን። ጸሎተይ ኣብ ልዕለይ ዓመጽ ከየካይድ ነይሩ። ኣምላኽ ጸሎተይ ኣስሚሩለይ ድልየቱ ከይፈጸመ ማለት ከይተራኸብና እታ ስርሒት ተፈጺማ" ድሕሪ ምባል "ከም ትዕዝብተይ ዝጠርጠርካዮ ነገር ዘሎ ኮይኑ እስመዓኒ። ግልጺ ኮንካ ሕተተኒ።"
ዮናስ ስምዒቱ ኣብ ክንዲ ምግላጽ "እቲ ስርሒት ብከምዚ ዝገለጽክለይ ክትግበር ብቑዕ መጽናዕቲ ዝጎደሎ እመስለኒ። "
ሰናይት፥ "ነቶም ነቲ ስርሒት ዝተግበሩ ክትረኽቦም እንተትኽእል ሓቢርና መዕለልናሉ።"
ዮናስ ነታ ዘረባ ክዓጽዋ ደልዩ "በቃ ግደፍዮ፥ ጅግና ኢኺ" በለ ላግጺ ኣምሲሉ። ብውሽጢ ግን ኣብ ተጋራጫዊ ሓሳብ ጠሓለ። በቲ ሓደ ሸነኽ ኩርዓት ተሰምዖ። ሰናይት ብዘይወዓለቶ ከምዘይትጀሃር ይፈልጥ እዩ። በቲ ኻልእ ከኣ ገለ ዝሓብኣትሉ ሓቂ ከይህሉ ተጠራጠረ። ከም ጥርጠራኡ እንተኾይኑ ከኣ ክብሩ ክቕንጠጥ ተራእዩ። "እታ ዝፈልጣ ሰናይት ደምበር እያ?" በለ ብውሽጡ። እታ ካልኣይቲ ሓሳብ ስለዝዓዘዘቶ ከኣ ከጻርያ ደለየ። 'ዝወዓለ ይንገር' ብምባል ድማ ነቶም ተግበርቲ ስርሒት ክውከስ መደበ።

እቲ ስርሒት ኣዝዩ ፍሉጥ ስለዝነበረ ነቶም ተግበርቲ ክረክብ ግዜ ኣይወሰደሉን። እንተኾነ ንሳቶም ብወገኖም

ናይታ ተሓባባሪት ትብዓት ካብ ምድናቕ ሓሊፎም ብዛዕባ ርክብ ናይ ሰናይትን ሻለቃ በቀለን ጥልቕ ዝበለ ኣፍልጦ ከምዘይነበሮም ነገርዎ። ዮናስ ንዝውከሶ ጠፍኦ። ሓብቱ ብዛዕባዚ ኣየልዓለትሉን። ንሰናይት ዝና ስለዝህብ ኮን ኢላ ዝሓለፈቶ ኮይኑ ተሰምዖ። ስልኪ ደዊሉ "ሃለው፡ ዮናስ እየ። ሓንቲ ነገር ክሓተኪ ደልየ" በለ።

ሓብቱ፡ "እንታይ ነይሩ? ብዛዕባ'ታ ሽርሙጣ ክይከውን? ስማ ክልዕላ ኣይደልን'የ" በለቶ።

ዮናስ፡ "ሻለቃ በቀለ ዝተቐንጸለሉ እዋን ትዝክርዮዶ?"

ሓብቱ፡ "ኣጸቢቐ። እንታይ እሞ ብዛዕብኡ?"

ዮናስ፡ "እቲ ሻለቃ ንሰናይት የፈራርሓ ዝነበረዶ ይመስለኪ?"

ሓብቱ፡ "ጅግና ክትመስል የፈራርሐኒ ስለዝነበረ ኣቐንጺለዮዶ ኢላትካ? ዘይትምህዞ እኮ የብላን። ጽን ኢልካ እንተስሚዕካያ ካብኡ ዝዓበ ዝና ዝህባ ናይ ሓሶት ታሪኽ'ውን ክትነግረካ እያ። እንተ ከፈራርሓ እንተ ከቀባጥረላ ብስልኪ ብቐጻሊ ምዝርራቦም ኣይተርፍን ነይሩ። ንእፐረይተራት ተለኮሙኒከሽን ተወኪስካ ዝርርቦም ብዛዕባ ግብረ ስጋ ድዩ ወይስ ብዛዕባ ምፍርራሕ ክነግሩኻ ይኽእሉ እየን። ዕለላት ሰባት ክሰምዓ እየን ዝሓድራ" ምስ በለቶ ብውሽጡ "ዝርርቦም ጠሊፍካ ተቐሪጹ ነይሩ እንተዝኸውን ጭቡጥ መርትዖ ምኾነ ነይሩ" እናሓሰበ " ሕራይ ቻው" ኢሉ ስልኪ ዓጸዋ።

ሰናይት ብዝሓበረቶ ንሚ/ሓ ጴጥሮስ ረኺቡ፡ ርክብ ሰናይትን ሻለቃ በቀለን እንታይ ይመስል ከም ዝነበረ ከብርሃሉ ሓቲቱ ዝረኸቦ መልሲ'ውን ኣየዕገቦን። ሚ/ሓ ጴጥሮስ ሻ/ በቀለ ኣዝዩ ይግደሰላ ከም ዝነበረ'ምበር ይራኸቡ ኣይራኸቡ ዝፈልጦ ከም ዘይብሉ ኣፍለጦ።

ዮናስ ንተገራጫዊ ሓሳባቱ መተዓረቒ ነጥቢ ስለዘይረኸበሉ እናሻዕ ምስ ገዛእ ርእሱ ኣብ ምጉት ይጽመድ። በቲ ቅዱስን ርትዓውን መንፈሱ "ሓደ በዓል ስልጣን ኣብ ልዕሊኣ እንታይ ፈጺሙ ብዘየገድስ ጅግንነታ ልዕሊ ኩሉ እዩ። ክዕምጻስ ይኽእል ነይሩ እንድዩ። ዝተዓመጸት ሰበይቲ ሕድገት ክግበረላ ሰናይ እዩ። ኣባል ጸላኢ ንምቕንጻል ህይወት እንድዩ ዝኸፈል፡ እሞ ከኣ ዕሉል በዓል ስልጣን" ይብል። እቲ ስሑዕን እኩይን መንፈሱ ከኣ "ክይተራኸባ እምነት ክሕድረላ ዘይመስል እዩ። ስለምንታይ ግን ብግልጺ ዕላማይ ንኽተግብር ተራኺበዮ ዘይትብለኒ? ሰብኣይ ምስ ዝደፈራ ሰበይቲ ምዉቕ ርክብ ክሰፍን ኣየጸግምንዶ?" ክብል ይቃወም። "ቃል ምዕጻፉ ምስቲ ርዝነት ናይቲ ስርሒት ኣዛሚድካ ዘውቅሳ ኣይኮነን" ይብል እሞ ግልብጥ ኢሉ "ቃል ምጥላም መለሳ የብሉን። ብውጽኢት ዘይኮነስ ብኣተሓሳስባ ክፍረድ ኣለዎ። እቲ ስርሒት እንተዝፈሽል ንሳ ቀዳመይቲ ተኸሳሲት ተባሂላ ምተረሸነት። ደቅና ልቦም ድፍን ምበለ፡ ኣላዪ ምሰኣኑ። ኣነ እንተዝስዋእ ድማ ዘኽታማት ምኾኑ" ሓሰበ። ናብ'ቲ ቅኑዕ መንፈሱ ተመሊሱ ከኣ "ዘኽታማትሲ ኣይምተባህሉን። ደቂ ስውኣት ምተጸውዑ። ከም ደቂ ስውኣት ድማ ሞራሎም ክብ ምበለ። ብመንግስቲ ፍሉይ ሓለፋታት ስለዝወሃቦም ከኣ ጸገም ኣይምሃለዎምን። ካብ ሕድሪ ምጥላም የድሕነና'ምበር ከምኡ'ዩ እቲ ትጽቢት" ይብል።

ንሰናይት ጸቒጡ ክሓታ ከኣ ኣይደፈረን። ሕማቕ ክሰምዓ ስለዝኽእል ርክቦም ክይሽሕክር ሰግአ። ኣበየናይ መንፈስ ከምዝርዕም ምውሳን ጸገሞ። ርክብ ሰናይትን ሻለቃን ምስ ርክብ ሕድሩን ሰናይትን ተደሚሩ ንሰናይት ዝያዳ

ዘይእምንቲ ስለዘምስላ ክብሩ ዝቕንስ ገይሩ ወሰዶ። በቲ ካልእ ወገን ከኣ እቲ ዘሐብን ተባዕ ስጉምቲ፣ ርእሰ ተኣማምንታን ጵንዓታን ኣደነቖ። ካብቲ መዋጥር መውጽኢ ሰኣነ። እቲ ጉዳይ ሕልኽልክ በሎ። ሓሳባት ኣደይቡ ኣውሪዱ ነቲ ጉዳይ ግዜ ከይሃበ ዕቱብ መዕለቢ ክግበረሉ ከምዘለዎ ኣሚኑ፣ እታ እንኮ ፍታሕ ምስ ሰናይት ብዕቱብ ምዝርራብ መሲላ ተራእየቶ። ካልእ ዝሓሸ ኣማራጺ ኣይረኸበን።

ሰናይት ንጽበሓይቱ ንግሆ ተሲኣ ቁርሲ ኣዳልያ ዮናስ ክበራበር ተጸበየቶ። ሰንበት ሰንበት ቆልዑ ሒዞም ምውጻእ ከም መደብ ሰሪዓ ተተግብሮ ነይራ። እቶም ቆልዑ ፍቕሪ ወላዲ ክሓድሮም፣ ዮናስ ከኣ ደቁ ከስተማቕር ሓሲባ እያ። ምስቲ ተፈጢሩ ዘሎ ኩነታቶም ኣዛሚዳ ሽዑ መዓልቲ ምስ ቆልዑ ምዝናይ ኣገዳስነቱ ተራእያ። ንሱ ዘይኣመሉ ኣብ ዓራት ኣየርፈደን። ካልእ መደብ መታን ከይሰርዕ

"ዮናስ ሎሚ ቆጸራ ኣሎኒ ከይትብለኒ። ንዓ ቁረስ'ሞ ቆልዑ ከነዛውሮም ኢና። ንሳቶም ተዳልዮም ኣለዉ።"

ዮናስ፣ "ጽቡቕ" ኢሉ ኣብቲ መደብ ተሰማምዐ።

ዮናስን ሰናይትን ብሓደ ድሕሪ ምቑራስ መኪና ኣልዒሎም ንእምባደርሆ ተበገሱ። ኣብቲ መናፈሲ በጺሖም ዘዝደልይዎ ኣዚዞም እናተዛነዩ ዮናስ ምስቶም ደቁ ክጨራረቕ፣ ሕቶን መልስን ክለዋወጡ ኣዝዩ ደስ በሎ። ኩሉ ግዜ ዝገብርዎ እኳ እንተዀነ ናይ ሎሚ ግን ፍሉይ መሲሉ ተሰምዖ። ቆልዑ ኢድንኢድ ተተሓሒዞም ኣብቲ ቀጽሪ ዘወር ክብሉ እናረኣየት "ርኣዮም'ሞ፣ ኣዝዮም እኮ እዮም ዝፋቐሩ። ካብ ቁልዕነቶም ጀሚሮም። ቦኽሩ ኣዝዩ ፈቃር'ዩ። ኣዝዩ'ዩ ዝሓልየላ። ጠባዩን መንፍዓቱን ንዓእ

ጽቡቕ መሪሕ ኮይኑዋ። ንሳ ከኣ ትሰምዖን ትኽተሎን።"
በለት ኣብ ደቂ ሓበን መታን ክሰምዖ።
"ኣነ'ውን እገርመኒ እዩ። ጽቡቕ ገርኪ ኢኺ ኣዕቢኺዮም"
ሰናይት፡ "ብንብሶም ድኣ፡ ቀጺሉ ይሃብካ እኳ ዝበሃል።
ዮናስ፡ "ምቕጻዕ ንቀልዓ ኣብ ምእራም ዘለዎ ተራ ልዑል ከምዘይኮነ ይእመነሉ። ካብ ምቕጻዕ ምርዳእ ወይ ምምዓድ ዝያዳ ጽልዋ ከምዝገብር ተረጋጊጹ እዩ። ኣርኣያ ምኳን ከኣ ልዕሊ ኩሉ፡ ረቂቕ ጸላዊ ሓይሊ ኣለዎ።"
ሰናይት፡ "ቆልዓ ዘየዕበኻ ብዛዕባ ኣተዓባብያ ቆልዑ ከመይ ተረዲኡካ?"
"ህዝባዊ ግንባር ኣብ ልዕሊ ቆልዑ ዕዙዝ ተገዳስነት ነይሩዎ። ብዓቕሙ ከኣ ኩነታት ክሳብ ዘፍቀደ ደቂ ተጋደልቲ ብጽቡቕ ከምዝዓብዩ ይገብር ነይሩ።"
"ኣብ ደቂ ተጋደልቲ ርኢናዮ ኢና። ሓሳቦም ብነጻ ክገልጹ ከምዝኽእሉ።"
"ብዙሕ ዝኸደሎም ከምዘሎ ግን ኣይርሳዕን። ፍቕሪ ወለዲ ከየጥረዩ ይዓብዩ።" ኢሎም እናዕለሉ በብውልቆም ሕድሕዳዊ ዝርርብ ክሽፍቱ መዲቦም ስለዝነበሩ ዮናስ ክጅምር ድንዕ ድንዕ ክብል ጸኒሑ
"ሰናይት፡ ኣነስ ክንዘራረበሉ ዝግብኣና ጉዳይ ኣሎ በሃላይ እየ። ከመይ ይመስለኪ?" በለ።
ሰናይት፡ "ኣነ'ውን እድግፎ እየ፡ ግዳ ሕጂ ቦታኡን ግዜኡ ኣይመስለንን። ቆልዑ እናመጹ ክኾልፉና እዮም። ኣብ ቅድሚኦም ክንካታዕ ድማ ቅኑዕ ኣይመስለንን። ድሕሪ ምሳሕ ብሕት ኢልና ክንመያየጥ ምመረጽኩ።" ምስ በለት ንሱ'ውን ነቲ እማሚኣ ተቐበሎ።
ድሕሪ ምሳሕ ከምታ ልምዶም ቡን ሰትዮም ቆልዑ ኣብ ገዛ ገዲፎም ኣብ መኪና ኮይኖም ንምይይጥ ተዳለዉ። ሰናይት

ንዮናስ ዘረባ ክኸፍት ዓደመቶ። ዮናስ ከኣ ተዳልዩ ስለዝነበረ መኽፈቲ ዝርርብ ክገብር ኣይተሸገረን።
"እምበኣር ብወገነይ ክንዘራረበሉ ዘሎና ኢሉ ዝሓስቦ እቲ ጀሚርክዮ ዘሎኹ ናይ ሕድሩ ሃለዋት ምፍላጥ ኣብ መዕለቢ ክንብጽሖ እንታይ ክንገብር ከምዘሎና እዩ። ንሱ ምስ ደምደምና ከኣ ምስኡ ዝተሓሓዘ ንዘራረበሉ ክህሉ እዩ" በለ።
ሰናይት፥ "እዚ ዝበልካዮ ኣብ ሓሳበይ'ውን ዝነበረ ስለዝኾነ ክነልዕሎ ኢና። ቅድሚኡ ክነንጽሮ ዝግበኣና ጉዳይ ግን ናይዛ ቆልዓ'ዩ። መሰረታዊ ስለዝኾነ። ባዮሎጂካዊ ኣቦኣ ብንጹር ክፍለጠይ እደሊ። ኣብ ሕክምና ከይደ ዝረኸብክዎ ሓበሬታ ናይ DNA ምርመራ ንግዜኡ ከም ዘይከኣል ተረዲኡ። ብመገድና መርኣያ ሰዲድና ምተኻእለ፥ ግዳ ተክኒካዊ ጸገም ኣለዎ። ነዚ ጸገም'ዚ ክትፈትሓሉ ትኽእል መገዲ እንተኣልዩካ ፈትን። ናይ ምኽፋል ጸገም የብልናን። ኣብ ወጻኢ ዝተሓባበሩና'ውን ኣለዉ።" ድሕሪ ምባል ዘረብኣ ብምቕጻል "ንግዜኡ ከም ንእሽቶ መረጋገጺ ክትኮነና ዝተራኸብናላ ዕለት 24 ሚያዝያ 1981 እያ ነይራ። ኣብ ናትካ መዝገብ ክትህሉ ተስፋ እገብር። ዝተወለደትሉ ዕለት ከኣ 30 ጥሪ 1982 ምዃኑ ኣብ ሆስፒታል ተመዝጊቡ ኣሎ። ምስ ሕድሩ ዝተረዳዳእናሉ ክልተ ወርሕን ኽልተ ቅነን ድሕሪ ምጥናሰይ'ዩ፥ 10 ሓምለ 1981 ነይራ፥ ኣብ ዕለት መዝገበይ ኣስፊረያ እነሃትልካ። ስለዚ ኣብ'ዚ ነጥቢ'ዚ ኣሚንካ ክትቕበሎ ርዱእ መርገጺ ክህልወካ እደሊ።" በለት።
ዮናስ ኣብ ኣቦ ቆልዓ ብዙሕ ዘዋጥር ሕቶ ስለዘይብሉ ዝጸቕጠሉ ኣርእስቲ ኣይኮነን። "ናይ ቆልዓ ነገር ግደፍዮ። ባህ ክብለኪ ከነጻርዮ እንተኽኢልና ግርም፥ እንተዘይኮነ ግን

ዘሰክፍ የለን። 'ኣቦነት ብእምነት፣ እኖነት ብእውነት' ከም ዝበሃል እምነት ኣኻሊ እዩ።"

ሰናይት፣ "ኣነ ግን ክልቲኡ ብእውነት ምኻኑ ክረጋገጸለይ እደሊ። እዚ እንተተቐቢልካዮ ናብቲ ዘልዓልካዮ ነጥቢ ንቐጽል። እንታይ'ዩ ርእይቶኻ?"

ዮናስ፣ "ንሕድሩ ክትረኽቢ ክቱር ባህጊ ዘሕደረልኪ ምኽንያት እንታይ'ዩ? ከመይከ ብውልቅኺ ፈተንታት ኣካይድኪ? መንደፈራ ከድኪ ከምዝነበርኪ ፈሊጠ። ንዓይ ግን ኣይሓበርክንን። ንዓዲ ቐይሕ ዝኸድናሉ'ውን ቅር ዘብል ኣለዎ።"

ሰናይት፣ "ንመንደፈራ ተቓላጢፈ ዝኸድክሉ ምኽንያት ንሕድሩ ክረክብ ካብ ዝነበረኒ ክቱር ህርፋን ይብገስ። ዘይነገርኩኻ ኣይትሓዘለይ። ፍሹል ፈተነ ስለዝነበረ ኣይተገደስኩሉን። ናይ ዓዲ ቐይሕ ይቕረታ ሓቲተካ እየ፣ ምድጋሙ ኣየድልን። ንሕድሩ ክረክብ ዝደልየሉ ቀንዲ ምኽንያት ሕድሩ ህያው ምስክር ክኾነኒ ስለዝኽእል እየ። እዚ ንዓኻ'ውን ብማዕረ ዝምልከተካ እመስለኒ። ኣብዚ ነጥቢ'ዚ ጸቒጥና ክንላዘብ እደሊ። ከም ናተይ ግምት ናይ ሕድሩ ሃለዋት ምርካብ ካብ ንዓይ ንዓኻ ይቐልል። ስለዚ ኣድላይነቱ ኣሚንካ ንምርካቡ ዕቱብ ጻዕሪ ክትገብር እደልየካ።"

ዮናስ፣ "ሕድሩ ነቲ ጉዳይ ኣብ ምንጻር ተራ ከምዝህልዎ ርዱእ እዩ። ተገዲሰ ኩነታቱ ከረጋግጽ ክጽዕር ቃል እኣትወልኪ። ኣብቲ ቅድሚ ሕጂ ዝወሰድክዮ ተበግሶ ግን ቅሬታ ኣሎኒ።"

"ልዕሊ ኣይትሓዘለይ እንታይ ክገብር ከምዘሎኒ ኣይፈልጥን። ሕቡእ ኣጀንዳ ከምዘይነበረኒ ግን ደጋጊመ

ከፍልጠካ እደሊ።" ምስ በለት እታ ኣርእስቲ ከምዝተዓጽወት መሰለት።

ዮናስ፡ እናተማትአ "በሊ ካብዚ ቀጺለ ነታ ተኣፋፊት ኣርእስቲ ከልዕል። ሕድሩ ይረኽብ ኣይረኽብ ብዘየገድስ 'ሕድሩ ንሰናይት ተራኺቡዋ' ዝብል ወረ ከመይ ይፈታሕ?"

ሰናይት፡ "እዛ ሕቶ'ዚኣ ዘልዓልካያ ሕጉስቲ እየ። ግሉጽነትካ ትሕብረኒ። ባዕለይ'ውን መልዓልኩዋ ነይረ። እንታይ ጭቡጥ መተኣማመኒ ከምዝህበካ ኣይፈልጥን። ዝሓቐየኒ ተግባር ግን የብለይን። ኣብ ዝደለኻዮ ቀሺ፡ ኣብ ዝኣመንካዮ ቤተ ክርስትያን ወይ ደብሪ መጽሓፍ ቅዱስ ኣጥቂዕካ ኣምሕለኒ። ብስም'ዞም ደቀይ እምሕል።"

ዮናስ፡ ብውሽጡ ማሕላ ንመን ቀተለ እናዘከረ "ማሕላ'ኳ" መሎቖቶ።

ሰናይት፡ "ካብ ማሕላ ንላዕሊ ዝብሎ እንተልዮ ንገረኒ። ንምኳኑ ከመይ ኢሉኽ እቲ ስምዒት ክመጸለይ ኢልካ ትሓስብ። ካብ ሓሳበይ ኣውጺኤካ ዘይፈልጥ። ሃመይ ቀልበይ ምሳኻ ከሎ ምስ ካልእ ምርኻብ እንታይ ስምዒት ክፈጥረለይ። ሰይቲ ጅግና ዝኾንኩ እኮ እዩ ዝስምዓኒ ነይሩን ዘሎን። እቲ ሰብ እንታይ ክብለኒ ዝብል ስክፍታኸ ነቲ ስምዒት ኣይቀትሎንዶ? ድሕሪ ዓወት እዚ ሕጂ ተፈጢሩ ዘሎ ኩነት ከምዝመጽእ ንኽልቴና ይርድኣና ነይሩ። ውሽጠ ተኣማማንነት ስለዝነበረና ግን ምስቲ ኣብ ልዕለይ ተንጠልጢሉ ዝነበረ ሓደጋ ኣመዛዚንካ ካልኣዊ እዩ ነይሩ። ኣብቲ ግዜ ጥንሲ ብሓቂ ሸፊኑለይ ክብል እኽእል። መሰለት ቆልዓ ግን ፈዲሑኒ። ዝረኣያ ኩሉ ቅምጥ ኢላ ናይ ዮናስ ወሲዳ ስለዝበለ ካብ በጻሕቲ ይሓብእ ነይረ።"

ዮናስ፡ "ኣነ ዝሰምዓኒ ክገልጸልኪ ኢለ'ምበር እንተፈጸምክዮ'ውን እወ ውዒለዮ ክትብልኒ ኢለ ኣይተጸበኹን። ከምኡ ክትብሊ ኣዝዩ ኣጸጋሚ ኢዩ። ነዚ ጥርጠራ'ዚ ብኸመይ ካብ ሓንጎለይ ከምዘውጽኦ ከጸግመኒ እዩ። ብዝኾነ እዛ ኣርእስቲ እዚኣ ውን ንግዜኡ በዚ ንወግና። ሓንቲ ዝሓተኪ ግን ኣላትኒ። ካባይ ዝተለአከት ካሴት ተቐቢልኪዶ ነርኪ?"

ሰናይት ነታ ሕቶ ምስ ሰምዐት ብዝኸሪ ናብቲ ነታ ደርፊ ዝሰምዓትሉ ህሞት ተመልሰት። ሓሞታ ዳግማይ ክንዝዕ ተሰምዓ። "ንስኻ ዲኻ ሰዲድካለይ?" ሓተተት።

ዮናስ፡ "ቀንዲ ሕቶይ ክሳብ ሎሚ ስለምንታይ ብዛዕብኣ ዘየልዓልክለይ'ዩ? ሓባኢት ምኽንኪ ጥርጠራ የሕድረለይ ኣሎ።"

ሰናይት፡ "ንስኻ ሰዲድካለይ ኢለ ኣይኣመንኩን። ንኻልእ ሰብ ጠርጢረ። ብዘይ ብቑዕ ጭብጢ ሰብ ክውንጅል ቅኑዕ ኣብ ርእሲ ዘይምኽኑ ምስ ሰብ ከየባእስካ ሰጊአ። ምቹእ ግዜ ኣይረኸብኩን'ምበር ንምርግጋጽ ኢለ ብገርሀኻ ከድርፈልካ ሓሲበ ነይረ። ካብ ግብረመልስኻ ሓበሬታ ክረክብ ደልየ ነይረ። ከምኡ ምግባርካ ግን ኣይተረደኣንን። ከተረክሰኒ ወሲንካ ማለት ድዩ?" ክትብል ብቑጥዐ መለሰት።

ዮናስ ብመልሳ ስለዝዓገበ እቲ ሓቂ ከም ግምታ ሓብቱ ዝወጠነቶ ምንባሩ ኣብርሃለ። ቀጺሉ ድማ ክልዓለላ ትደልዮ ካልእ ነጥቢ እንተሎዋ ንዓኣ ዕድል ሃባ።

ሰናይት፡ "ካልእ ንዘራረበሉ ኣርእስቲ ብዛዕባ መስተ እዩ። ምስ ብጸትካ ክትዛነ ኣይጸልኣን'የ። መስተ ከይጎድኣካ፡ ከየጋግየካ ግን ስግኣት ኣሎኒ። ጠባይካ ከምቲ ዝፈልጠካ

ዮናስ ኣይኮነንን። ምናልባት ምስዚ ተፈጢሩ ዘሎ ኩነታት ዝዛመድ ኮይኑ እስምዓኒ። ድሕሪ ዝርርብና ናብ ንቡር ክምለስ ተስፋ እገብር። ኣብቲ ናይ መስተ ግን ከመይ ትወስዶ?"

ዮናስ፣ "ናይ መስተ ባህጊ የብለይን። ናይ መስተ ተጻዋርነተይ'ውን ትሑት'ዩ። ዝገርመኪ እዩ፣ መስተ ንምዝንጋዕ ምቹእ ህዋህው ኣብ ምፍጣር ተራ ኣለዎ። ብዝኾነ ስክፍታኺ ቅቡል'ዩ። ዓቐነይ ከይሓልፍ ክጽዕር'የ። ብዛዕባ ጠባይ ካብ ኣልዓልኪ ግን ሓቂ ይሓይሽ እቲ ናይ ሰብ ሕሜታ ኣዝዩ ተንኪፉኒ ኣሎ። ከልዕሎ ሓሲበ ዝነበርኩ ነጥቢ'ዩ። እቲ ዝኸበደ ጸገም ንሱ እመስለኒ። ሰብ ንዓኻትኩም ፎእ ኢልኩም'ዩ። ንዓይ]ውን ይሸምጥጡኒ ይህልዉ። ብዙሓት ተጋደልቲ ወረኹም ይፈልጡ'ዮም። ከምዚ ከምዝመጽእ ገሚትክዮ ንርኪ?"

ሰናይት፣ "ግምተይ'ዩ። ሕድሩ ይስለፍ ኢለ ግን ኣይገመትኩን። ከማኻ ውዱብ ምንባሩ ኣይነገረንን። ንሱ ብህይወት ተረኺቡ ነቲ ግጉይ ወረ ኣንፈቱ ክጥምዝዞ ዓቢ ትጽቢት ነይሩኒ። ስለዚ እየ ብህይወቱ እንተልዩ ንርከቦ ዝበልኩኻ።"

ዮናስ፣ "ክሕግዝ ይኽእል ይኸውን፣ ግዳ" እቋረጸ

ሰናይት፣ "ግዳ እንታይ? ኣይትሕብኣለይ"

"ማለተይሲ ሕርኽርኽ ዝብል ስምዒት ክህሉ'ዩ። ሰብ ብኣይ ይዛረብ ኣሎ ኢልካ እንተሓሲብካ ሕማቕ ስክፍታ'ዩ ዝፈጥረልካ። ክብረትካ ዝተቐንጠጠ ኮይኑ ይስምዓካ።"

ሰናይት፣ "ክብሪ ካብ ርእሰ እምነት ክነቅል ኣለዎ። እቲ ግዳማዊ ክብሪ ነጸብራቕ ናይቲ ውሽጣዊ እምነት'ዩ። ኣይኮነን ድዩ?"

ዮናስ፥ "እዚ ዝበልክዮ ሐቂ እዃ እንተኾነ ከይብሉኒ ዝብሃል'ውን ኣሎ'ንዶ።"
"ከይብሉኒ ዝበለስ ከይተባህለ ነይተርፍ። ባዕልኻ ንትፍጽሞ ጌጋ ከይብሉኒ ክትብል ጽቡቕ'ዩ። ካብ ጌጋ ምፍጻም ይቑጥበካ። ሰብ ባዕሉ ገሚቱ ንዝብሎ ግን" ሓሳባ ከይወድአት
ዮናስ፥ "ገሚቱዶ ኢልኪ። ምስ ሕድሩ ብቅሉዕ እንዲኹም ትወጹ ነርኩም?"
"ከነምስል እኮ ኢለካ እየ።"
"ሰብ ከኣ ከምቲ ክትመስልዎ ዝደለኹም ኣምሲሉኩም። ስምዒ'ንዶ፥ ዋላ እተን ብወግዒ ዝምንዝራ ኣብ ዓራት ምስ ሰብኣይ ዝርኤን የለን።"
ሰናይት፥ "ልክዕ ኣሎኻ። ከምኡ ስለዝኾነ እየ ምእማን ወይ ዘይምእማን ወሳኒ እዩ ዝበልኩኻ።"
ዮናስ ሓሳባት እንተረኸበ ዝደሊ ዘሎ ክመስል ንላዕሊ እናጠመተ ስቕ በለ። ሰናይት መልሲ ክትጽበ ዓይና ጭምጭም ኣቢላ ናብ ገጹ ኣተኮረት።"
ዮናስ፥ "እዛ ኣርእስቲ እዚኣ ቁሩብ ግዜ ንሃባ። እቲ ቅድም ሰሪዕናዮ ዘሎና መደብ ነተግብር'ሞ ካብኡ መልሲ ንረኽበላ ንኸውን። ካልእ ክንዘራረበሉ ዝግብኣና እንተሎ ኣቕርቢ። ኣነ ወዲአ ኣለኹ።"
ሰናይት፥ "ናይ ስድራኻ ጉዳይከ?"
"እንታይ ናይ ስድራይ ጉዳይ?"
ሰናይት፥ "ስድራኻ ኣብ ልዕለይ ሕማቕ ኣረኣእያ ከምዘለዎም በጺሕካዮ ትኸውን። ሕጂ ግን እቲ ሓቂ ክገሃደሎም ኣለዎ። ቅድሚ ብወግዒ ምንጋርና ንሕና ክንረዳዳኣሉ ስለዘሎና ኣየልዓልኩልካን። ሕጂ ግን ንስኻ ኣንፍተሎም።"

ዮናስ፡ ናይ ወገን ነገር ኮይንዎ ነቲ ኣብ እንዳዓለብኡ ዘጋጠሞ ዝርርብ ኣይሓበራን ነይሩ። ካብ ተላዕለ ግን፡ መልሲ ክህብ ስለዘለዎ "ምስ ስድራ ኣልዒልናዮ ነርና። ከምቲ ዝበልክዮ እዩ መትከሎም። ዘይፈልጥዎ ምስጢር ከምዘሎ ኣሚተሎም ነይረ፡ ግን ፈጺሞም ኣይተቐበሉንን። ኣብ ዝበጸሕክዎም እዋን ስለዘልዕሉለይ ከኣ ምኽድ ኣሕጺረ።"

ሰናይት፡ "ክትክደም ኣሎካ። ወለዲ እኮ እዮም። ሓቆም እዮም። ቤተሰብ ዝገብሮ እዮም ገይሮም። ነቲ ምስጢር ስለዘይፈለጥዎ ኣነ ኣይሕዘሎምን'የ። እቲ ኩነት ምስ ኣጋጠመ ጽቡቕ ከምዘይስምዖም ገሚተ ክበጽሖም እናደለኹ ብፍሽሕው ገጽ ከምዘይቅበሉኒ ስለዝፈለጥኩ እግሪ ኣሕጺረ። ቀልዑ እሰዶም ነይረ። ግዳ ነዛ ቀልዓ ብሕማቕ ይሪኡዋ ስለዝነበሩ ከትርፋ ጀሚረ። ኣሉታዊ ስምዒት ክይሓድራ ኢለ። እታ ሓብትኻ ድቓለ ነይራ መጸዊዒታ። ቀልዑ ሒዝካ ብተደጋጋሚ ድኣ ብጽሓዮም። ሕጂ ዛዕባታትና ዝወዳእና እመስለኒ። ካልእ ንዘራረበሉ ኣርእስቲ እንተዘየልዩ ኣብ ደስ ዝብለካ ቦታ ከድና ንዛነ። ኣብ ደገ ክንድረር ኢና" በለቶ።

ኣብ ኢምፐርያል ሆቴል ከፉት ሽውሃት ሰትዮም ንድራር ናብ ቤት መግቢ ቀየሩ። ዝኣዘዝዎ መግብታት ቀሪቡሎም እናተኾላለሱ ድሕሪ ድራር ንገዛ ተመሊሶም ምስ ስድራ ክዘናግዑ ኣምሰዩ። እዋን ድቃስ ኮይኑ ነናብ ዓራቶም ክይደም ግንቡው ምስ በሉ፡ ነፍሲ ወከፎም ነቲ ቀትሪ ዝተዘራረብሉ ኣርእስትታት ብሓሳብ ነጥቢ ብነጥቢ ክኽልሱ ሓደሩ።

ሰናይት ከመይ ገይራ ከምተእምኖ ጠፊኡዋ "እዚ ኣምላኽሲ ቃል ኪዳን ክንኸብር ኣዚዙ ከብቅዕ፡ ከምታ ናይ

ድንግልና፡ ቃል ኪዳን ዝጠለመት ማለት ካልእ ሰብኣይ ዝሓለፉ ትሕብር እንተዝገብረልና እምንትን ዘይእምንትን ብቐሊል ምልላይ ምተኻእለ። ጥንሲ ሳላ መከላኸሊ ከጋልጽ ኣይክእልን'ዩ። ተሓቢእካ ጥንሲ ምንጻል'ውን ኣሎ። ዮናስ ዋላ ሕድሩ እንተመሓለሉ ምጥርጣር ዝገድፎ ኣይመስልን። ካብ ንሕድሩ ንዓይ ምእማን ይቐሎ። እምነት እንተዘየሕዲሩ ነቲ ናይ ሰብ ሕሜታ ሸለል ክብሎ ዝኽእል ኣይመስለንን። ስክፍታ ሒዙ ድማ ምቕጻል ክኸውን ኣይክእል" ሓሰባት።

ዮናስ ብወገኑ ነቲ ሰናይት ዘቕረበቶ ነጥቢታት ደጊሙ ክሓስቦ ኣብ መዋጥር ኣተወ። ከመይ ኢሉኸ ስምዒት ክመጸኒ ንዝበለቶ "ሓቃ እያ፡ ጾታዊ ድልየት እንተዝነብራ ብስቱር ምገበረቶ፡ ካብ ምስ ዓርከይ'ውን ምስ ካልእ ክትገብሮ ምመረጸት። እስኪ፡ ኣጀማምርኦምሲ ከምቲ ዝበለቶ ይኹን፡ እቲ ምቕርራብ ስሕበት ክፈጥር ኣይክእልንዶ? ሕድሩ ክንድቲ ዝኣክል ጉንዖ ገይሩላ ብምንታይ ትኸሓሶ? ሰብኣይ ከኣ ተጠባሪ እዩ። እሞ ከኣ ሰናይት ትመስል ጓል ሂዋን። ጓሎም ዘራኽሱ ኣለዉ'ንዶ። ስምዒት ደሪኽዎም'ምበር ሳዕቤኑ ዘንጊዖሞ ኣይኮኑን። ምስ ሕድሩ ዝተረዳድእሉ ዕለት ዘተኣማምን መርትዖ ኣይከውንን። ኩሉ ረሲዕካ ሕድገት ምግባርዶ ምሓሸ? ርእሰ ተኣማማንነታ ቕንዕና ዘለዋ ትመስል። ከተታልል ምፍታና ግን ዘይነበራ ባህሪ'ዩ። ስዉር ዕላማዶ ይህልዋ?" ክብል ምስ ነብሱ ይማጎት።

"መቸም ሓደ ሓደ ግዜስ ናይ ሰብ ኣተሓሳስባ ስግንጢር'ዩ። ጓል ኣንስተይቲ ሰብኣያ ብምስጢር ወይ ብጋህዲ ካልእ ሰበይቲ እንተተወሸመ ትቕበሎ። ገሊኤን ከኣ

ከም መሰለሚ ወይ መኽሓሲ ይጥቀማሉ እምበር ሰብኡተን ክውንጅላ ዘረፍ ኣይብለን። ሰብኣይ ግን ሰበይቱ ካልእ ሰብ ክጋሰሳ ኣይቅበሎን'ዩ፡ ዋላ ብዓመጽ። ፈትያ እንተፈጺማቶ'ሞ ጥራይ ኢዳ ይሰዓ። ብጥርጠራ ሰበይትኻ ምጽላእ ወይ ዘይምእማን'ውን ኣሎ፡ ከምዚ ንዓይ ዝፈታተነኒ ዘሎ። ሓያም ዘእተወ ሰብኣይ እቲ ቅድሚኡ ሰብኣያ ዝነበረ ተራኺቡዋ ነይሩ ኢሉ ዝሕሰማ ኣይተሰምዐን። እንታይ መለሳ ሰብኣይ ኣለዎ" ክመራመር መሬት ውግሕ በለቶ።

꧁ ምዕራፍ ትሸዓተ ꧂

ዮናስ ሓንቲ ኣስተብሂሉላ ዘይነበረ ሓሳብ ቅጅል በለቶ። ስም ኣቦ ኻሉ። "ከም ኻለይ ክትፍለጥ እንተኾይና ብስመይ ክትጽዋዕ ኣለዋ። ከምዘለዎ እንተቐጺሉ እቲ ጸለመ ዝብሃል ዘሎ ክሃስስ ወይ ክቕለስ ኣይክእልን'ዩ። ኻለይን ተቐቢሉ ስመይን ዘይሓዘት ሕቶ ዘለዓዕል'ዩ" ክብል ሓሰበ። "ስም ክትልውጥ ብቤት ፍርዲ ክመሳኸር ኣለዎ። ቅቡል መርትዖታት ክርከብ የድሊ። ዝተራኸብናሉ ዕለት፡ ምስ ሕድሩ ዝተረዳድኦሉ ዕለት ብቑዕ መርትዖ ኣይከውንን'ዩ። ብዘይ በዓል ጉዳይ 'ኣዲኡ ዝሃበቶ ቅቡል' ዝብል ኣበሃህላ ኣብዚ ቅቡል ኣይከውንንዩ። እቲ ቀንዲ ምስክር ክኸውን ዝኽእል ሕድሩ ጥራይ'ዩ። ሕድሩ ካብ ዘለዋ ክርከብ ኣለዎ" በለ። ንዕቱብ ድልያ ክብገስ ከምዘለዎ ድማ ተሰቆሮ።

ንብዙሓት ሓለፍትን ዝፈልጦም ተጋደልትን ሓቲቱ እዋናዊ ኣድራሻ ሕድሩ ዝሕብር ተሳእነ። ናይ ሕድሩ ዝርዝር መለለዪ ሓበሬታ ካብ ካልኦት ሰባት ኣኻኺቡን ንዓቀብቲ መዛግብቲ ተወኪሱን ሕድሩ ከምዝተሰውአ ኣረጋገጸ። ዝተሰውኣሉ ግዜን ሬሳኡ ዝዓረፈትሉ ቦታን ነጺሩ ዝፈልጥ ናይ ዓይኒ ምስክር ውን ክረክብ ክኣለ። እቲ ካብ ሕድሩ ክረኽቦ ትጽቢት ዘሕደረሉ መተኣማመኒ ኣብ ዕጹው ምዕራፍ በጽሐ።

ሰናይት ናይ ሕድሩ መስዋእቲ ምስ ተረድአት ኣዝያ ሓዘነት። ንብዓታ ከም ማይ ወሓዘ፡ ጎሮርኣ ለሕቲቱ ኩርምይ በለት። "ሓራ ከተውጽኣኒ እናተጸበኹኻ ድፍእ ኢልካ። ኣታ ጥዑም ቃሉ፡ ኣታ ርህሩህ" ትብል። ከም ሞት ሕጹይ ዓው ኢልካ ዘይብከዮ ኮይንዋ ብኻዒ ተዓፊና ክትትኮስ ደለየት፡ ደጋጊሙ ክእብዳ እንተደለየ መሊሳ ትንድር። ዮናስ ተገሪሙ "ኣነ እንተዝስዋእ ድኣ ካብዚ ሓሊፋ ከመይ ምኾነት? ክሳብ ክንድ'ዚ ጓሂ ኣብ ከብዳ ክኣትዋ" በለ ብልቡ። ምእባድ ምስ ኣበየቶ ኣንጸርጺሩ ድዩ ወይ ቅንኢ ወሲኹ "በሊ ርእስኺ ደርምሚ" በለ።"ርእስኺ ደርምሚ ዲኻ ዝበልካኒ? ህይወተይን ህይወት ጓልካን ዘድሓነዶ ኣይኮነን? ዮናስ፡ ንኻስ ቒም ኢኻ መስለኒ?" ሕንቕንቕ እናበለት ኣማረረት። ዮናስ ድማ ቃል ከምዘኽበደ ተረዲኡዎ ርእሱ ኣድኒኑ ትም በለ።

ሽው ለይቲ ሰናይት ብሓሳባ ንድሕሪት ተመሊሳ ናይ ርሑቕን ናይ ቀረባን ተዘክሮታት ዳህሰሰት። እቲ ብወገን ሕድሩ ክርከብ ዝተጸበየቶ ምስክርነት ምኽታሙ ተስፋ ኣቝረጸ። እታ እናሻዕ ትመላለሳ ንዮናስ ብምንታይ ከእምኖ ትብል ግድል በታ ዮናስ ዝደርበያ ቃል ክብደታ ተራእያ። "ንሕድሩ ስለዝነሃኹሉ ደስ ኣይበሎን። ንዕኡስ ዓርኩን ብጻዩን እንድዩ። ከመይ ዘየጉህዮ። እዞም ተጋደልቲ ጨካናት እዮም። ንሞት ከም ተራ ፍጻሜ ይሓስብዋ" በለት። በዚ ኣርእስቲ'ዚ ብዕቱብ ክተዘራርቦ ድማ ወሰነት።

ንሰንበቱ ቁርሲ ድሕሪ ምልካፎም ስድራ ኣብ ቤተ ክርስቲያን ስለዘርፈዱ ንዝርርብ ምቹእ ግዜ ስለዝኾነ ንዮናስ ከተዘራርቦ ከምትደሊ ነገረቶ።

ዮናስ፥ "ሕጂኸ እንታይ ሓዲሽ ነገር ተረኺቡ?" በለ።

ሰናይት፥" ዮናስ ኣነ ብዝተኻእለኒ ከእምነካ ፈቲነ ኣይተዓወትኩን። ሕጂ ናብ ዝርዝር ከይተመለስና ክልተ ቃራና ምርጫታት እረኣያኒ፥ ወይ ኣሚንካ ተቐበለኒ፥ ጥርጣረታት ጉሓፍ፥ ብኣይ ኩራዕ፥ ቂም ወግድ። እዚ እንተዘይኮይኑ ግን ነዚ ጉዳይና ናብ ቤተሰብ ነውርዶ'ሞ ምስኦም ኮይና መፍትሒ ክንገብረሉ። ሓንቲኤን ምረጽ" በለቶ። ተዘክሮኡ ንድሕሪት መሊሳ "ተመሃሮ ኮለና ዝጸሓፍካለይ ደብዳቤ ትዝክራዶ? '*ፍቕርና ሰንበት ሰዓት 6፡35 ይጽገን ወይ ይውገን*' ትብል፥ እንሃትልካ ኣንብባ" ኢላ ሃበቶ።
ዮናስ፥ "ክሳብ ክንድዚ ትዕቅቢ."
"ኩሉ ናትካ ዘዘኻኽር ክዕቅቦ ደስ ይብለኒ"
ዮናስ፥ "ሕጂ ኣገዳስነታ እንታይ'ዩ?"
ሰናይት፥ "ቃላቱ ይፈላለ'ዩ፥ ትሕዝቶኣ ግን ምስዚ ጉዳይና ስለትመሳሰል። ከምዚ ዘለናዮ ክንቅጽል ኣይምቁርን'ዩ። ነጻ ኾንካ ብርጉእ መንፈስ ወስን። ወይ ፈቲኻን ረዲኻን ተቐበሎ ወይ ከኣ ብንጹር ንጸገ። ኣብ መንጎ ማንታ ሓሳባት ኣይትቀርቀር። ሕድገት ክገብረልኪ ትብል ቃል ከይተስምዓኒ፤ ንቆልዑ ክጥዕሞም፥ ኢላ ከይትብለኒ። ከምዛ ናይ ደብዳቤኻ እንተዘይማእሚኑካ ንገረኒ። ኣነ'ውን ስለምንታይ ኣይክብለካን'የ። ምጥርጣርን ድጉል ቂምን ሒዝካ ክትቀርብ ንኽልቴና ይኹን ንቆልዑ ኣይጥዕምን'ዩ። ካብ ብውሽጥኻ እናቆዘምካን ቀጨውጨው እናበለካን ምንባር ዝኸፍእ ነገር የለን" በለት።
ዮናስ፥ "ተፈራርሕኒ ዲኺ ዘሎኺ?"
"እንታይ ዘፍርሕ ኣሎካ።"

ዮናስ፥ "በሊ ቁሩብ መሕሰቢ ግዜ ሃብኒ፥ ምስ ነብሰይ ክዝቲ"
ሰናይት፥ "ጸገም የለን። ግዜ ውሰድ። በለካ ለኽዓካ ገዲፍካ ኣጽፊፍካ ፈትሾ። ምስ ወሰንካ ባዕልኻ ንዘርርብ ዓድመኒ። ሓንቲ ነገር እባ፥ ክሳብ ትውስን ከምቀደምና። ከብድኻ ሓምሊ ምልኣያ ዝባንካ ወደቦ ኣይርኣያ ትኹን"
ዮናስ፥ "ጽቡቕ፥ ተረዲኡኒ ኣለኹ" ምስ በለ ልዝቦም ዓጸዉ።

ዮናስ እታ ኩዕሶ ኣብ ሜዳኡ ስለዝዓለበት ኣብ ከቢድ ናይ ሓሳባት ውጥረት ተጸምደ። ለይቲ ለይቲ ምህትፍታፍ ተመላለሶ። እቲ ሃተፍተፍ ንሰናይት ስለዘበራብራ ልዋም ድቃስ ይኽልኣ ነይሩ። ኣብ ምህትፍታፉ ናይ ምጭናቕን ሕነ ምፍዳይን ቃላት ስለዝጠቅስ ተድህበሉን የተሓሳስባን ነይሩ። ትጽበዮ'ውን። ሓደሓደ ግዜ ኸኣ ካብ ሃተፍተፍን ካብ ትጽቢት ወይ ሓሳባት ንምልጋስ ከምኡ'ውን ስምዒታ ንምርዋይ ጽግዕግዕ ትብሎ። ናብ ረስኒ ከተብጽሖ ብዙሕ ምትንኻፍን ነዊሕ ጽግዕግዕን ይሓታ ነበረ። ብዙሕ እዋን'ውን ውጽኢት ርክቦም ኣመና ኣዕጋቢ ኣይከውንን። ሓደሓደ እዋን የዕግባን ዓሚቑ ድቃስ ይፈጥረለን፤ ካልእ ግዜ ግና ርውየት ይኽልኣ። ብኸመይ ከተቕስኖ ከምትኽእል ክትሓስብ መሬት ውግሕ ትብላ።
ዮናስ ብወገኑ ሓሳባት ክገላብጥ ሮፍታ ሰኣነ። ሓሳባትን ስምዒታትን ነጥቢ ብነጥቢ ዘርዚሩ፥ ኣድቂቑ ክምርምር ሓያል ግዜ ወሰደሉ። ሰናይት ውሳኔኡ ክትሰምዕ ሃንቀው ትብል ከምዘላ ኣይጠፍኦን። መልሲ ክህበሉ ዝግብኦ ግዜ ከምዝተመጠ'ውን ኣይሰሓቶን። ነቶም ክውሰኑ ዘለዎም ረቛሒታት ኣብ ሰሌዳ ኣስፈሩ፥ ነቶም እወንታዊ ናይ ቅኑዕ

ምልክት፣ ነቶም ኣሉታዊ ናይ ጌጋ ምልክት፣ ነቶም ክረጋገጹ ዘይክእሉ ድማ ምልክት ሕቶ እናሃበ ንጹር ክለሳ ኣካየደ። ኣብቲ ውጽኢት መሰረት ገይሩ ክኣ ተባዕ ውሳነ ክወስድ መደበ። ወሰነ ክኣ።

ሓደ ቀዳም ኣንግሀ ኣቢሉ ተሲኡ ንሰናይት "ዝብጻሕ ስለዘለና መኪና ክፍቅድ ናብ መዓስከር እኸይድ ኣለኹ፣ ተዳሊኺ ሰዓት ሸሞንተን ፈረቓን ኣብ ፊት ንያላ ሆቴል ንራኸብ" ኢሉዋ ከደ።
ሰናይት፣ "ናበይ ዝብጻሕ ወደይ? እንታይ ተረኺቡ?" ሓተተት።
"ካብ ከተማ ወጻኢ'ዩ" ክብል ድፉን መልሲ ሃበ።
"እሞ ቁርሲ ክገብር ቁሩብ ተጸበየኒ፤ ኣይድንጉይን እየ።"
ዮናስ፣" ድሓን፣ ንእግረ መገድና ንቖርስ"
"ካብ ገዛ ክይለኽፍካ ምውጻእ ኣይፈቱን'የ። ወይ ቆሪስካ ኺድ ወይ ተመሊስካ ቁረስ።"
"መካይድቲ ስለዘሎና ብሓደ ንቖርስ። ሰዓት ይኣኽለኒ ኣሎ፤ ከምዚ ዝበለኪ ድኣ ግበሪ" ኢሉዋ ከደ።
ዕላማን መዓርፎን መገሻኦም ስለዘይተነግራ እንታይ ከምትለብስ ሓርበታ። ደዊላ ክይትሓቶ ክኣ ዮናስ ዝርከበሉ ቍጽሪ ስልኪ ኣይነበራን። ዝመሰላ ክዳውንትን ጫማን ወድያ ኣብቲ ዝተቛጸርሉ ቦታ ተራኸቡ። እቲ መካይድቲ ዝተባህለ ሰብ ቀዲማ ዘይትፈልጦ ቦኽሪ ዓይና ነበረ። ሰላምታን ኣስማቶምን ምስ ተለዋወጡ መዓሾ ከምዝበሃል ፈለጠት። ኣብታ ናይ ግንባር መኪና ተሳፊሮም ንደቡብ ገጾም ተበገሱ። ክሊ ከተማ ምስ ሓለፉ ኣንፈቶም ንደቀምሓረ ስለዝነበረ ንምዝናይ መሰላ። ምኽንያት መገሻኦም ክትሓትት ኣይተሃወኸትን። ንሳቶም ቀዲሞም

ዝጀመሩዋ ክትዕ ኣድሂቦም ስለዝነበሩ ከተቋርጾም ኣይደለየትን። ኣብ ፍርቂ እዃ እንተኣርከበታ ብዛዕባ እንታይ ይካትዑ ከምዝነበሩ ቀልጢፉ በርሃላ፤ ንዓኣ'ውን ስሓበታ።

ዮናስ፡ "ንሱ ሐሻኽ ኣብ መዋጥር'ዩ ኣትዩ" ክብል ቀጸለ። "እታ ናይ ቅድም ሰበይቱ ደቁ ኣዕብያ ንዕኡ ክትጽብ ጸኒሓ። ነታ ኣብ ሜዳ ዝተዛመዳ ዋላ ኣይውለደላ'ምበር ቃል ኣትዩላ ይኸውን። ንመነን ገዲፉ ምስ መነን ከምዝቕጽል ተዋጢሩ" በለ።

መዓሾ፡ "ኣነ ምስታ ተጋዳሊት ምበልኩ፤ ምኽንያቱ ንሳ ንኻልእ ከይትዛመድ ዕድላ ስለዝዓጸወላ።"

ዮናስ፡ "ኣይኮነን። ሰብኣይ ኣብ ቅድሚ ሰበይቲ ዓሻ'ዩ። ንሱ ንግዝያዊ ርውየት ሰሲዑ ኣትይዎ ይኸውን፡ በለጽ ንበሎ። ንሳ ግን ቀዲሙ ምርዕው ከይከውን ከተጻሪ ነይሩዋ። እናፈለጠት እንተኣትያቶ ከኣ ተጋግያ፤ ግዳይ ጌጋኣ ከኣ ትኸውን።"

መዓሾ፡ "እቲ ብጻይነትክ?"

"መትከል ከኣ'ባ ኣይትረስዕ። እታ ገባር ቀልባዕባዕ ኢላ እንተጸኒሓ ምደገፍኩኻ። ቃል ኪዳና ኣጽኒዓ እንተተጸብያ ግን ፍትሒ ንዓኣ'ዩ ዝድግፍ።"

መዓሾ፤ "ስማዕ እስኪ፡ እዘን ተጋደልቲ ድኣ ካባና ሓሊፉ መን ክምርዓወን? ገባር፡ ተጋደልቲ እዚ ኹሉ ንቕሓትን ጅግንነትን ሰኒቖን ናብ ክሽነ ይምለሳ ኢሉ ኣይኣምንን'ዩ። ስለዚ ኸኣ ዝመርጸን ኣይመስለንን። ንሕና ኸማን እንተኣሚናለን። ተጋደልቲ ተጋዳሊት ገዲፎም ገባር ክይመርጹ የተሓሳስበካ። ኣብ ሕብረተሰብና ሓዳር ኣዝዩ ብሁግ ተግባር ስለዝኾነ ተጋደልቲ ብዘይሓዳር ከዕርብእ እንተተቐሲብን፡ ንባዕልን፡ ጥራይ ዘይኮነ ንቤተሰብን፡

ከምኡውን ንውድብ ዘቕስን ኣይክኸውንን'ዩ። ምግዳለን ከየጣዕሰን የስግእ። ውድብ ገለ ክገብር ኣለዎ?"
ዮናስ፥ "እዚ ስክፍታ'ኻ ቅቡል'ዩ። ግን ውድብ ከይሓሰብሉ ኣይተርፍን'ዩ" ምስ በለ፥ ክናፈሱ መኪና ጠጠው ኣበላ። ካብቲ ጽርግያ ርሕቕ ኢሎም እናዕለሉ በጺሖም ተመልሱ። ሰናይት ነታ ዕላል በይኖም ኣብ መዕለቢ መታን ከየብጽሕዋ ቀልጢፎም ክምለሱ እናደለየት፥ ንግዜኡ ብውሽጣ "እዞም ተጋደልትስ ውድብ ናይ ውልቂ ህይወቶም ከይተረፈ ክኣልየሎም ድዩ'ም ዝጽበዩ" ሓሰበት። እቲ ገባር ተጋዳላይ ዝብል ፍልልይ ዕምቆቱ ተራእያ። "ንምንታኡ ከምቲ ንሕና ንፈትዎምን ንኣምኖምን ንሳቶምከ ይፈትውናን ይኣምኑናን ድዮም? ክንቃዶ ደምበር ኢና?" ክትብል ንባዕላ ጠየቐት።
መዓሾ፥ መኪና እናንቀለ "እታ ዕላል ኣበይ ኢና ኣቋሪጽናያ?" ድሕሪ ምሕታት "እወ፥ ነቲ ጉዳይ ዘጋድዶ ካልእ ኩነት ኣሎ። ስድርኡ ምስታ ቀዳመይቲ ኣይተቓደዉን ጸኒሖም። ነታ ተጋዳሊት ቀልጢፎም ተቐቢሎማ። ንሳ ከኣ ከሲባቶም'ያ። እታ ቀዳመይቲ ናይ ምውላድ ተኽእሎኣ ኣብቂዑ ስለዝኾነ ካብታ ተጋዳሊት ክወልደሎም ይምነዩ። ንሱ ውን ከምኡ ይደሊ።"
ዮናስ፥ "እዚ'ሞ ርኡይ በለጽ'ዩ። ውላድ እንተሃሪፉ ነታ ሒማ ኣፍቂዱ ምረኸቦ።"
"መን'ያ ካብ ካልእ ክወልድ ተፍቅድ? እዚ'ሞ ዘይሕሰብ'ዩ። እሂ ሰናይት፥ ሓቀይዶ ኣይኮንኩን" ኢሉ ናብቲ ክትዕ ዓደማ።
ሰናይት የሳትፍዋ ኢላ ስለዘይሓሰበት ሃንደበት ኮና። ከም ጓል ኣንስተይቲ መጠን ግን ስለትምልከታ ክትምልስ ኣገዳስነቱ ተራእያ። "ብዙሓት እንተ መኻናት ብምኽንያት ወይ ብጥዕና ወይ'ውን ብኻልእ ምኽንያት ክወልዳ

ዘይከኣላ ሰብኡተን ካብ ካልእ ክወልዱ ዘፍቀዳ እፈልጥ። ሰብኡተን ዘምጽኡለን ደቂ ወሰን ሓንጎፉይ ኢለን ዝቕበላ ክንደይ ድየን?" ምስ በለት

መዓሾ፥ "እዚ ዝበልክዮ'ስ ናይ ኣዴታትና ድኣ ከይከውን። ደቂ ሎሚ ከምኡ የፍቅዳ ይመስለኪ?"

ሰናይት፥ "እቲ ኣውራ ኣገዳሲ ምርድዳእ'ዩ። እንተተረዳዲእካ ዘይከኣል ኣይኮነን። ብዘይ ምርድዳእ ዝግበር'ዩ ዘሰሓሕብ። ሰበይቲ ካብ ብምስጢር ወሊድካ ድሓር ተምጽኣላ፥ ቀዲምካ ፍታዋ ክትሓትት ትመርጽ እመስለኒ። ምስዚ ትተኣሳሰር ሓንቲ ሕቶ ክሓትት ኣፍቂዱለይ፤ ብዛዕባ ማዕርነት ደቂ ኣንስትዮ። ኣብዚ ሕቶ'ዚ ኣብ መንጎ ተጋደልትን ገባርን ዓቢ ናይ ኣተሓሳስባ ፍልልይ ከም ዘሎ እርድኣኒ። ደቂ ኣንስትዮ ኣብ ቃልሲ ማዕረ ደቂ ተባዕትዮ ክምዝተሳተፋ ዘወላውል ኣይኮነን። እቲ ናይ ጾታ ማዕርነት ንቕሓት ግን ክሳብ ክንደይ ሰረት ገይሩ ትብሉ?"

ዮናስ፥ "ኣበርክቶ ደቂ ኣንስትዮ ኣብ ብረታዊ ቃልሲ ልዑል ምንባሩ መስክሩለይ ዘድልዮ ኣይኮነን። ነቲ ብደቂ ተባዕትዮ ጥራይ ዝዕመም ዝመስል ዝነበረ ጅግንነት፥ ተጻዋርነት ወዘተ በዲሀንኦ እየን። ነቲ ብሰሪ ፍሉይ ኣፈጣጥራአን ዝወርደን ተደራቢ ጸገም ተጻዊረን ማዕረ ደቂ ተባዕትዮ ተሳቲፈን። ኮይኑ ግን ደቂ ኣንስትዮ ማዕረ ደቂ ተባዕትዮ ተሳቲፈን'ምበር ማዕርነተን ኣረጋጊጸን ክበሃል ኣይክኣልን። ጾታዊ ማዕርነት ንምርግጋጽ ማለት ልዕልነት ደቂ ተባዕትዮ ንምውጋድ ዘይምዕሩይ ዝገብሮ መሰረታዊ ሰሪ ኣለሊኻ ተቓሊስካ ክትዕወተሉ እምበር ብኣዋጅ ወይ ብጽቡቕ ድልየት ናይ መሪሕነት ውሑስን ተግባራዊን ክትገብሮ ኣጸጋሚ'ዩ።

"ህዝባዊ ግንባር ንተራ ደቂ ኣንስትዮ ተጠቒምሉ'ምበር ማዕርነት ደቂ ኣንስትዮ ኣረጋጊጹ ክበሃል ካብ ሓቅነት ዝረሓቐ'ዩ። ከመይሲ ማሕበራዊ ማዕርነት ደቂ ኣንስትዮ ክተረጋግጽ ክልተ መሰረታዊ ረቛሒታት ክማልኡ ይግባእ። እቲ ቀዳማይ ልዑል ማሕበራዊ ንቕሓት ማለት ተቐባልነትን ርድኢትን ናይ ክልቲኡ ጾታ ኣብቲ ማዕርነት ክሳነ ኣለዎ። ደቂ ተባዕትዮ ነቲ ማዕርነት ክንዮ ምቕባል ኣብቲ ቃልሲ ብዕቱብ ክሳተፉ ይግባእ። ብሓደ ወገን ጥራይ ክትግበር ምጽባይ ብሓደ ኢድካ ከተጣቕዕ ምፍታን ክኸውን'ዩ። ንምዕዋቱ ክቱር ጎስጓስ ይሓትት። ኣብዚ መዳይዚ ህዝባዊ ግንባር ዘይንዓቕ ጎስጓስ ኣካይዱ'ዩ። እቲ ንቕሓት ግን ካብ ተጋደልቲ ሓሊፉ ንመላእ ሕብረተሰብ ሸፊኑ ክበሃል ኣየድፍርን። ንተጋደልቲ እንተኾነ'ውን ምሉእ ሸፈነ ዝረኸበ ኣይመስለንን።

"እቲ ካልኣይ መሰረታዊ ረቛሒ ከኣ፡ ምዕሩይ ተሳትፎ ኣብ ትምህርቲ'ዩ። ምዕሩይ መሰለት ኣብ ምርግጋጽ ትምህርቲ ወሳኒ ተራ ኣለዎ። ደቂ ኣንስትዮ ኣብ ትምህርቲ ብኣሃዝን ብብቕዓትን ማዕረ ደቂ ተባዕትዮ ክወዳደራ ከድሊ እዩ። ዘይተመዓራረየ ደረጃ ትምህርቲ ምዕሩይ ናይ ስራሕ፡ ናይ ሓላፍነት፡ ናይ ደሞዝ ከውሕስ ኣዝዩ ኣጸጋሚ'ዩ። እቲ ውሁብ ኩነታት ሃገርና ደቂ ኣንስትዮ ኣብ ቀዳማይ ደረጃ ትምህርቲ ማዕረ ዝነበረ ኣብ ላዕለዎት ደረጃትት ትምህርቲ ቁጽረን እናኣንቆልቆለ ይኸይድ። ከም ውጽኢቱ ከኣ ኣብ ፖለቲካዊ ኮነ ኣብ ማሕበራዊ ተሳትፎአን ዝተሓተ ይኸውን። እዚ ኩነት'ዚ ምስቲ ቀዳማይ ረቛሒ ተደሚሩ ንተራ ደቂ ኣንስትዩ ኣብ መሪሕነት ደረጃ ትሑት ይገብሮ። ደቂ ኣንስትዮ መራሕቲ ሰራዊት ክኾና ዘይምብቅዐን ርኡይ ኣብነት እመስለኒ።"

ሰናይት፡ "ደቂ ኣንስትዮ ዛጊት ኣጉል ማዕርነት እየን ኣረጋጊጸን ማለት'ዩ?" በለት።
ዮናስ፡ "ናብ ምሉእ ማዕርነት ዘሰጋግር መባእታዊ ሰረት ኣንጺፍና ኣሎና ክበሃል ይከኣል። ህዝባዊ ግንባር ንማዕርነት ደቂ ኣንስትዮ ብመትከል ይድግፎ እዩ። ኣዋጅ ብተግባር እንተዘይተሰንዩ ጭርሖ ከይኑ ስለዝተርፍ ግን እቶም መሰረታዊ ረቛሒታት ክማልኡ ከቢድ ጻዕሪ ክሓትት'ዩ።"
መዓሾ፡ "ተጋደልቲ ናብ ክሽነ ክምለሳ ግን ዝወሓጠልካ ኣይኮነን"
ዮናስ፡ "ጾታዊ ማዕርነት ምስ ናይ ገዛ ስራሕ ኣዛሚድካ ምርኣዩ ግጉይ ኣመለኻኽታ'ዩ። ኣብ መንጎ ማዕርነትን ናይ ገዛ ዕዮን ዓቢ ፍልልይ ኣሎ። ናይ ገዛ ዕዮ ናይ ስራሕ ክፍፍል ክኸውን ይኽእል'ዩ። ናይ ጾታ ማዕርነት ክንዮኡ ዝኸይድ ዓቢ ኣምር ምዃኑ ምርዳእ የድሊ። ንኣብነት ኣብ'ቲ ብተክኖሎጂ ምዕቡል ናይ ምዕራብ ሕብረተ ሰብ ንናይ ገዛ ስራሕ ደቂ ተባዕትዮን ደቂ ኣንስትዮም ዳርጋ ብማዕረ ይሳተፍዎ እዮም። ጾታዊ ማዕርነት ተረጋጊጹ ክብሃል ግን ዘድፍር ኣይኮነን" ምስ በለ ክትዖም መዕለቢ ከይገበሩሉ ደቀምሓረ በጽሑ።
ንሰናይት ናይ ዮናስ መትከላውነት እኳ እንተኣሓጎሳ "ቀልባዕባዕ ትብል እንተነይራ" ዝበላ ቃል ግን ኣዝያ ተሰምዓታ። ንዓኣ ከም ዘይትምልከት ትተኣማመን'ያ። ዮናስ ክሳብ ክንደይ ከምዝጸቕጠላ ግን ኣተሓሳሰባ።
ኣብ ደቀምሓረ ምስ በጽሑ ካብ ቀንዲ ጎደና ተኣልዮም መራሕ መኪና ካብ መኪና ወሪዱ ካንቸሎ ኳሕኲሐ። ሓደ ቆልዓ ምስ ከፈተሎ ንክሰዕብዎ ኣመልከተሎም።
ሰናይት፡ "ኣቲናዮ ዘይንፈልጥ ቤት ጥራሕ ኢድና ክንኣቱ ኣየመልክዕን። ንዓናይ ገለ ገዚእና ንምጻእ" በለቶ ንዮናስ።

ዮናስ፡ "ሓንቲ ዊስኪ ገዚአ ኣለኹ። ሒዝክያ ትኣትዊ።"
ሰናይት፡ "እዚ ኹሉ ምድላው ክትገብር ከመይ ከይሓበርካኒ?" ምስ በለቶ ከይመለሰላ ናብ'ቲ ቤት ኣተዉ። ሓንቲ ምጭውቲ ተጋዳሊት ብፍሽሕው ገጽ "መርሓባ፡ እንቋዕ ድሓን መጻእኩም" እናበለት ኢዳ ንሰላምታ ናብ ሰናይት እናዘርግሐት "ደሃብ እበሃል" በለታ። ተጋደልቲ ምስዕዓም ረሲዐንኦ'የን።
"እንቋዕ ድሓን ጸናሕኩም፡ ሰናይት እብሃል" ድሕሪ ምባል ኢድ ደሃብ ጨቢጣ ዳርጋ ጠዊቓ ሰዓመታ። ናብ ሳሎን እናምርሑ ንሰናይት እታ ስም ትዝ ስለዝበለታ ክትዝክር ፈተነት። ብውሽጣ "ደሃብ፡ ደሃብ" ሓሰበት። "ዮናስ ብዛዕባ ደሃብ ትበሃል መጋድልቱ ኣዕሊሉኒ ነይሩ። እዚኣ ደኾን ትኸውን" ጠርጠረት።
እታ ተጋዳሊት ንዮናስ ኣይተጋየሸቶን። መዓሾ'ውን ወዲ ገዛ ኣይመሰለን፡ ከም ሰብኣይታ ተጋዳሊት መሲሉ ኣይተዋስአን፤ ማለት ከአንግድ ሸበድበድ ኣይበለን። ከም ጋሻ ምሳና ኮፍ በለ። ሰናይት ናይታ ኣንጋዲት መንነት ክትፈልጥ ደለየት። ንዮናስ ሕሹኽ ከይትብሎ ኣብ ጎድና ኣይነበረን። መዕለቢ መገሸኦም ኣብዛ ቤት ከምዝኾነት ገመተት። ምኽንያቱ ግን ጌና ሸፋን ኣሎ። ሓዲኣ ኣላ ኢላ ንነብሳ ቅርብቲ ክትገብር ተዳለወት። ኣብቲ ገዛ ዝካየድ ንጥፈታት ብዓይኒ ጥርጠራ ርኣየቶ።
ክሳብ ዝንገራ ክትጽበ ዓቕሊ ስለዝሰኣነት "ዮናስ፡ ናይ መገሻና ዕላማ ስለምንታይ ኢኻ ዘይትብርሃለይ?" ክትብል ዕትብ ኢላ ሓተተት።
ዮናስ፡ "ከገርሃኪ ደልየ" በላ ዝርዝር ከይገለጸ።
"እንታይ'ዩ እቲ ምግራህ። ዕዝምቲ ምኻን እኮ ከፊኡኒ" በለት ብምረት።

"እንታይ ዘዐዝም ኣሎኪ። ነጻ ኩኒ" ምስ በለ ደሃብ ሙዚቃ ወሊዓ "ተጻወቱ በሉ" ኢላ ንዝርርቦም ኮለፈቶ። ቀጺላ ድማ "ቆልዑ ድኣ ዘይተማላእኩሞም" ምስ ወሰኸት ጥርጣረ ሰናይት ሓፍ በለ፤ ሓሞታ ክፈስስ ተሰምዓ። ትብሎን ትገብሮን ሓርቢቱዋ ናብ ትዕዝብቲ ኣድሃበት። ትሕዝቶ ገዛን ጉብዝናን መልክዕን ናይ'ታ ተጋዳሊትን ኣድቂቓ ክተስተብህል ጀመረት። ቁርሲ ግዜ ክይወሰደ ምስ ቀረበሎም ደሃብ ተዳልያ ምጽንሓ ገረማ።

ዮናስን መዓሾን ብዛዕባ ሕሉፍ ተሞክሮኦም ክዕልሉ ኣየዕረፉን። "እዞም ተጋደልትስ ካልእ ዕላልዶ የብሎምን'ዮም" ትብል ሰናይት ብልባ። "እታ ግጥም'ቲኣስ ግደፋ'ባ፥ ክንደይ ጀጋኑ ወሲዳ። እገለ ኣብኣ ተሰዊኡ" ወዘተ ክብሉ ሰዓታት ይወስዱ። ደሃብ ከኣ ምጽእ ክይድ እናበለት ንሰናይት ከተዘናግዓ ትፍትን ነይራ። "ወረኺ ኣሎኒ፤ ምስ ዮናስ ካብ ነዊሕ እዋን ኢና ብሓደ ነርና" ምስ በለታ ሰናይት ከብዳ ሕብጭብጭ በላ። ዝኾለሰታ መግቢ ናብ ጎሮርኣ ምውራድ ኣበየታ። "እንታይ'የ ክሰምዕ" ትብል ብውሽጣ። እታ ምግራህ ክሳብ ትመጽእ ተሃወኸት። እንታይ እዩ ርክብኩም ክትብላ ኣይምጸልአትን። ዒብ ሒዙዋ ግን እቲ ምግራህ ዝተባህለ ክኽሰት ተጸበየት። ኣብቲ ገዛ እትው ውጽእ ዝብል ዝነበረ ቆልዓ ምስ ዮናስ ከተመሳስል ፈተነት። እታ ኣብ መገዲ "ደቂ ሰብኣየን ዝቕበላ እፈልጥ" ዝበለታ ኣብ ልዕሊኣ ክትዓልብ ተሰምዓታ። ከምኡ ምምላሳ'ውን ኣጠዓሳ።

ቁርሶም ምስ ወድኡ ናብ ዘምጽኦም ጉዳይ ክኣትዉ እናተጸበየት መዓሾ "እሞ ከይመስየናስ ንንቀልዶ?" ምስ በለ ንሰናይት ካልእ ሕንቅልሕንቅሊተይ ኮና። ምስታ

ታጋዳሊት ኣዕሚቓ ከተዕልል ስለዝደለየት "ኣነ ኣብዚ ክጸንሓኩም፣ ንስኻትኩም በጺሕኩም ምጽኡ" በለቶም።

ዮናስ፣ "ብዘይብኣኺ ዘይከውን። ንዕናይ ድኣ" ምስ መለሰላ

"ናበይ ኢናኸ? ምንጥልጣል ሓሳብ እኮ ነዊሑኒ፤ ተሻቒለ'ውን" በለት

ዮናስ፣ "እንታይ ዘሻቕል ኣሎኪ። ኣብቲ መዕለቢና ምስ በጻሕና ትርእዮ። ንኺድ ድኣ" በለ።

ሰናይት እቲ ኣሻቒሉዋ ዝነበረ ስለዝፈኾሰላ ብዛዕባ ዕላማ መገሻኦም ብዙሕ ኣይዓጠጣን። መኻድምቲ እንተኾነታ ኢላ ንደሃብ ምስኦም ክትከይድ ሓተተታ።

ደሃብ፣ "ናብ'ቲ እንዳሓዘን እንተኾንኩም ከሰንያ።"

ዮናስ፣ "እንዳመን ሓዘን። ንሕናስ ናብ ካልእ ኢና። ርሕቕ ኢሉ'ዩ" በለ

"እሞ ኣነስ ኣይጥዕመንን'ዩ፣ ዘይትተርፍ ዕማም ኣላትኒ" ምስ በለት ተፋንዮማ ነቐሉ።

ቁሩብ ምስ ተጓዕዙ ሰናይት "እዚ ዝጸናሕናዮ ገዛ እንዳመን'ዩ?" ዝብል ሕቶ ኣቕረበት።

መዓሾ፣ "እንዳሓሞይ እዩ። ደሃብ ከኣ ሰበይተይ'ያ። ኣብ ኣስመራ መቐመጢ ገዛ ስለዘይረኸብና ንግዜኡ እንዳዓለብኣ ትቕመጥ ኣላ። ኣይትሓዝለይ ቀዲመ ዘየፋለጥኩኺ። ዮናስ ዝነገረኪ መሲሉኒ።"

ዮናስ፣ "ብዛዕባ ደሃብ ኣዕሊለኪ ነይረ። ኣብ ሓደ ሓይሊ ኢና ነርና። በዓል ቤታ ምኻኑ እኳ ኣብዚ ቀረባ እየ ፈሊጠ። ኣብ ሜዳ ኣጋጢሙኒ ኣይፈልጥን። ናይ ሰውራ ነገር ንሳቶም'ውን ኣዝዩ ሳሕቲ እዮም ዝራኸቡ ነይሮም ዝኾኑ።
"

ሰናይት፥ "ኣነ ድኣ ካብ ነዊሕ ኢና ንፋለጥ ምስ በለትኒ ካልእ እንድየ ጠርጢረ ጸኒሐ። እታ ምግራህ ኣብታ ገዛ ክትክሰት ገሚተ ነይረ።"

መዓሾ፥ "እንታይ ኢኺ ትብሊ ዘሎኺ" ክብል ከምዘይተረድኦ ኣፍለጠ።

ዮናስ፥ ብስሓቕ ፍልሕ በለ። "ደሃብ ናይ ሜዳ ሰበይተይ መሲላታ ከነላልያ ኢልና ዘምጻእናያ ገሚታ" ምስ በለ ክልቲኦም ብስሓቕ ክርትም በሉ።

ሰናይት፥ "እንታይ ትስሕቁ፥ ንግሆ ተዕልልዎ ዝነበርኩም ረሲዕኩሞ? ሽዑ ከም ታሪኽ እሰምዖ ነይረ። ኣብ'ቲ ገዛ ምስ ኣቶና ግን ንዓይ ክትቅርቡ ኮነ ኢልኩም ዝመሃዝኩሞ መሲሉኒ" ምስ ደገመት መሊሶም ብስሓቕ ፍሕስ በሉ።

መዓሾ ንመኪና መስመራ ከየስሕታ ሰጊኣ ኣርእስቲ ቀይራ፤ "ኣታ ዮናስ፥ እቲ ሓፋሽ ውዱብ ከሎኻ ዝተኣታተወካ ምስጢራዊ ምኽንያት ሕጂ'ውን ምግዳፍ ኣብዩካ፥ ኣመል ኮይኑካ ዘሎ እመስለኒ። ናይ ሽዑ ቅቡል ስለዝኾነ ኣይተሓዘልካን'ዩ። ደጊም ግን ኣብ መንግስቲ ምስጢር ዝበሃል ክህሉ የብሉን" በለት።

ዮናስ፥ "ቅሰኒ፥ ምስጢር የለን። ብዙሕ ኣይትተሃንጠዩ" ኢሉ ካብ ሻቕሎት ከገላግላ ፈተነ።

ሰናይት፥ "ምኽንያት መገሻና ዘይምንጋር ዳርጋ ምስጢር'ዩ። ብዝኾነ ኣነ ሓንቲ ነገር ገሚተ ኣለኹ። ንሳ ክትኮነለይ ተስፋ እገብር" በለት፥ ርግኣት'ውን ተሰምዓ። ብውሽጣ "እቲ ቅድሚ ሕጂ ሕድሩ ተሰዊኡ ዝበለኒ ጌጋ ነይሩ ማለት'ዩ ወይ ከኣ ልበይ ክፈልጥ ደልዩ ይኸውን ከምኡ ዝበለኒ። ናይ ሓዘን ምልክት ዘየርኣየ'ውን ሓቂ ስለዘይኮነ'ዩ። ብዝኾነ ድሓን፥ እቲ ኣገዳሲ ሕድሩ ብህይወቱ ምርካቡ'ዩ። ኣንታ ኣምላኽ፥ ብሓቂ ዮናስ፥

ሕድሩን ኣነን ጎደናታት ኣስመራ ብሓባር ሸናዕ ክንብለሉ ኢ.ና። ካብ ሓለፍቱ ኣፍቂድና ምሳና ክኞኒ ነስመራ ክንማልኦ ኢ.ና። ሓቀኛ ታሪኽይ ካብ ጽባሕ ጀሚሩ ክዝንቶን ክውላዕን ኣለዎ። ጽባሕ ወጊሓ ክርኢ'ምበር ተሃዊኸ። ኣብ ዝኸድናዮ እቲ ሕሜታን ጸለመን ናብ ናእዳን መጎስን ክልወጥ'ዩ። ወረኛታት ክሓፍሩ እካ ተራእየኒ" ተመነየት። ኣንፈቶም ንማይዕዳጋ ምስ ኮነ ሰናይት ንምርግጋጽ ዝኣክል "በዚ ቅድሜና መዓስከራት ኣሎዶ?" ተወከሰት።

መዓሾ፣ "እወ፣ ሓደ መዓስከር ኣብ ማይዕዳጋ ኣሎ፣ ካልኣይ ድማ ኣብ ጸሮና" መለሰ።

ሰናይት፣ "እቲ መዛዘሚ ግጥም ኣብዚ ከባቢ እንድዩ ተኻይዱ?" ደጊማ ሓተተት።

መዓሾ፣ "እወ፣ መሪር ኩናት። ኣነ ኣብዚ ግንባር'ዚ ነይረ። " ነቲ ቦታታት ብኢዱ እናመልከተ "ንሕና በቲ ሸነኽ'ቲ፣ ንሳተን ከኣ በዚ ወገን። እዚ ትርእይዎ ዘለኹም ኣኻውሕ ሽው ደቂ ዓድና ኣይነበረን። ኣንጻርና መኪቶም፤ ንዓኣተን (ተጋደልቲ ንሰራዊት ጸላኢ ብኣንስታይ ጾታ እዮም ዝጽውዕዎም) ተኸላኺሉለን። ካብዚ ከነልቅቖን ከቢድ መስዋእቲ ሓቲቱና። ደርጊ ምስዓሩ ዘይተርፎ ብጾት ለኪሙልና። ኣየወ ምዑት ተጋዳላይ መስዋእቲ ከይዓጀቦም ሃጇሙወን" በሎም።

ሰናይት፣ "ኣነ እዞም ድሮ ዓወት ኣብዚኣ ዝተሰውኡ ዝያዳ የሕዝኑኒ።"

ዮናስ፣ "ብዘይ ብኦ ከኣ ናጽነት ኣይምተረኽበን"

መዓሾ፣ "ሓቃ'ባ፣ ተጋዳላይ ድኣ ሀይወቱ ዘይበቅቕ ኮይኑ'ምበር ናጽነት እናተራእየቶ ሀይወቱ ከወፊ ናይ ተወፋይነት ተወፋይነት'ዩ።"

ሰናይት፡ "እቶም ሸው ዝተሰውኡ እኮ ንናጽነት ብናይ ሰዓታት'ዮም ስሒቶማ። ሸው ንሂወቱ ዝበቐቐ ዓወት ርእዩን ንናጽነት የስተማቕርን ኣሎ።"
ዮናስ፡ "ኮነ ኢሉ መስዋእቲ ዝፈርሀ ተጋዳላይ እኳ ዝነበረ ኣይመስለንን" ምስ በለ ማይዕዳጋ በጽሑ። ካብ ኣውራ መስመር ተኣልዮም ናብ መዓስከር ከምርሑ እናተጸበየት ኣንፈቶም ንጸሮና መሰለ። እንተኾነ ማይዕዳጋ ወዲኦም ካብ ጽርግያ ንጸጋም ምስ ተኣልዩ ተደናገረ። ተስፉ ከይቀረጸት "በዚኸ ክፉል መዓስከር ይህሉዶ?" ክትብል ተወከሰቶም።
መዓሾ፡ "በዚ ድኣ እንታይ መዓስከሩ። በረኻ እዩ" ምስ መለሰላ ንሕድሩ ብህይወት ክትረኽቦ ዝነበራ ተስፋን ህርፋንን ብቕጽበት ክበንን ተሰምዓ። ኣብቲ በረኻ ዘገርህ ነገር ክረኣያ ኣይከኣለን። እኳ ድኣ ብኻልእ ሐሳባት ተዋሕጠት።

እቲ ዝቐጸለ ጉዕዞ ዓዲ ዘይእንፍት ዓበይቲ ኣእማን ዝመልአ ዘይሕረስን ጥር ዝብል ሰብ ዘይዛወሮን በረኻ ኣብ ርእሲ ምንባሩ ጉዕዞኦም ስቕታ ስለዝዓብለሎ ሻቕሎታ ዓበየ። ዮናስ ምርባሽ ከርኢ ስለዝጀመረ ንሻቕሎታ ኣግደዶ። መዓሾ'ውን ኣፉ ኣይከፈተን። ብሐሳባ ንድሕሪት ተመሊሳ ነገራት ኣዛሚዳ ብሻቕሎት ተዋሕጠት። መሳርያ ዓጢቖም ስለዝነበሩ "ክቖትሉኒ መዲቦም ድዮም? ከምኡ እንተኾይኑ ንምንታይ ካልኣይ ሰብ ኣድለዮ። በይኑ ዘይፍጽሞ። ኣይኣመነንን ማለት'ድዩ? ወይስ ካልእ ሐሶት ተመሊኡ። ምኽንያት ክሳብ ሎሚ ዕለት ብመሰለት ቀልዓ ዓጊበ እዩ ዝበለኒ'ምበር ነቲ ምስጢር ተቐቢለዮ መዓስ ኢሉኒ። ክኣምነኒ ወይ ክኽሕደኒ መዓልቲ ውሳነ ከይሃበ ብሎሚ ጽባሕ ከተሓላልፋ ቀንዩ። ከህተፍትፍ ከሎ ጠላም ትብል

ቃል ይደጋግም ነይሩ፣ ንዓይ ደኾን ይኸውን? ኣይ! ኣነስ ጠላም ኣይበሃልን። ዋይ ኣነ፣ ከሓዲት ተባሂለ ክርሸን? ኣብ ኪዳነይ ምጽንዐይ ብላሸ ክቑጸር። እንድዒ። ሬሳይ ስድራይ ኣብ ዘይረኽብዎ በረኻ ክድፈን። ለካ ቅድሚ ምንቃልና ንበይኑ ዝወጸ ጎረባብቲ ምስኡ ከምዝወጻእኩ ከይርእዩ ኢሉ እዩ። ኣነ ብገርሀይ ንሱ ብጉርሑ። ክንድኡ ዘጨክን እንታይ በደል ረኺቡለይ?" ወዘተ ዝብሉ ሓሳባት ኣጨነቑዋ። ንስድራ ከይሓበረት ምጋሻ ኣዝዩ ኣተሓሳሰባ። ትገብሮ ነገር ስለዘይነበራ ግን እታ ዘላ ኣብኣ ኣላ፣ ኣምላኽ ከኣ ኣሎ" ኢላ ከብዳ ገጥ ኣበለት።

ድሕሪ ክንደይ ናይ ሓርጎጽጎጽ ጉዕዞ መኪና ዘይትሓልፎ ጎዳጉድን ሸንጭሮታትን ምስ ኮነ፣ መዓሾ መኪና ጠጠው ኣበለ። ካብኡ ንንየው መገዲ ብእግሪ ተጀመረ። ኣለባብሳኣ ነቲ ቦታ ዝበቅዕ ኣይነበረን። እቲ መሬት ሑጻዊ ስለዝኾነ ኣብ ጫማኣ ጸጸር እናኣተወ ኮርኩሓ። ጥላም ጫማኣ ውን ተበትከ። ንሳቶም ብሓሳብ ግዲ ተዋሒጦም ኮይኖም ኣየቕለቡላን። ዘይምሕላዮም ገረማ። "ናይ ሞት ወይ ሕየት ሓሳብ ስለዝዓዘዘኒ ነቲ ናይ እግረይ ጸገም እምብዛ ኣይዓጠጠንን። እግሪ እግሮም ሰዓብኩ። በቃ ኣይከኣልኩን ኢለ ክኣቢ ኣይደለኹን። በቲ ሓደ ኣብ ምንታይ ንምብጻሕ'ዩ ዝብል ኒሕ ሓዲሩኒ፣ በቲ ካልእ ከኣ እታ ዘላ ኣብኣ ኣላ ኢለ ንነብሰይ ኣእሚነያ። ምኻድ እንተኣብየ ኣንጸርጺሮም ከየቃብጹኒ ፈራህኩ። ምስ ግዜ ምውሳድ ምጥዓስ ክመጽእ ተሰፋ ገበርኩ። ድሕሪ ኽንደይ ጉዕዞ ኣብ'ቲ ዝተደልየ መዓርፎ ከምዝበጻሕና ኣንፈት ሃበ። መዓሾ ገለ ምልክት ኣለልዩ ጸወዓና። ነታ ዝተደልየት ቦታ ሰለስቴና ምስ ከበብናያ ናይ ሕድሩ መቓብር ምኺና ሓበሩኒ። ሓሞተይ ፍስስ በለኒ። ብኽቱር ስንባደ ሽንተይ

መሊቑኒ ጥሪቕ በለ። ቀልበይ ኣጥፊኦ ሰንከልከል ክብል ዮናስ ነጢሩ ደገፈኒ። ኩርምይ ኢለ መሬት እናጠፍጠፍኩ ኣብቲ ጸምጸም በረኻ ዓው ኢለ ከየእዊ ጎሮረይ ላሕቲቱ። ገጸይ ብዝርንዝሕ ንብዓት ጠልቀየ። ንሳቶም'ውን ነብዑ። መዓሾ ካብ መኪና ማይ ኣምጺኡ ኣብ መንበስበስታይ ኣፍሰሱለይ። ፍኹስ ምስ በለኒ፣ ነጸላይ ተዓጢቐ፣ ኢደይ ንድሕሪት ጠውየ ኣብ ዙርያ'ቲ መቓብሩ እናዞርኩ ክበኽየሉ ደለኹ። ኣካላተይ ርሸሸ ኢሉኒ ክትስእ ኣይከኣልኩን። ድሕሪ ክንደይ ኣጸናኒያሙኒ ደው ክብል ክኢለ።"

ዮናስ ንዝተፈላለዩ ሓበሬታት ኣዛሚዱ ብዛዕባ ኣቦነት ጓሉን ንጽህና ሰናይትን ኣብ ሓደ መደምደምታ በጺሑ ስለዝነበረ ኣቀዲሙ ዘዳለዋ ጽሕፍቲ ካብ ጅብኡ ኣውጺኡ ከም'ዚ ዝስዕብ ኣንበበ፣

'እሙን ብጻይ ሕድሩ፣ ኣብ ዓራርብ ኣብ ዝተራኸብናሉ ዕለት ሎሚ እንተትኾነለይ ክንደይ ጽቡቕ ምኾነ። ኣብቲ ህሞት'ቲ ብወረ ጸለመ ሓንጎለይ ተመሊኡ ኣብ ልዕሌኻ ኣሉታዊ ስምዒት ኣሕዲረ። ነቲ ጽቡቕ ብስራትካ ብሕማቕ መሊሰሉ። ከይረዳዳእ ሓንጊደ። ንዓኻን ንሰናይትን ብጥልመት ወንጂለኩም። ሳዕቤኑ ፈሪሀ'ምበር በቲ ሒዘዮ ዝነበርኩ ካላሽን ኣድራጋ ክትኩሰልካ ኣይምጸላኢኩን። ኣነ ብሀይወት ተሪፈ ደቀይን ሰበይተይን ክሓቑፍ ንስኻ ብዘይ ሓድጊ ንሃገርን ንህዝብን ተበጅኻ፣ ተሰዊእካ። መታን ስምካ ከይርሳዕ ናይታ ኣቦ ዝኾንካያ ጓለይ ስም ኣቦኣ ብስምካ ክቕጽል'ዩ፣ ስም ጅግና ክውረስ ሓበን ስለዝኾነ። ነቲ ዝወደቕካሉ ዕላማ ድማ ኣብ ሸቶኡ ከነብጽሖ መብጽዓ ይኹነና። ቀሰን ጅግና።

ዓወት ንሓፋሽ/ብጻይካ።'

ድሕሪ ምባል ነታ ወረቐት ዓጻጺፉ ኣብ ፐላስቲክ ጠቕሊሉ ኣብ ልዕሊ'ቲ መቓብር ብእምኒ ጸቐጣ። ድሕሪኡ ሰለስተና ገጽና ብንብዓት ተሓጺቡ ቃል ከየውጻእና ንደቓይቕ ተሓቛቑፍና። ቀጺሉ ዮናስ ኣብ እግረይ ተደፊኡ 'ብጥርጣረ ዝኣክል ልበይ ዓጽየልኪ ነይረ። ይቕረ በልለይ' በለኒ። ኣነ ኸኣ ከምኡ መግበሪኻ እርድኣኒ'ዩ። ይቕረ ዝብል ገበን ኣይፈጸምካን። እቲ ኣገዳሲ ነቲ ሓቂ ምቕባልካ'ዩ።' ኢለ ጥምጥም ኣቢለ ሓቑፍኩዎ።"

መዓሾ ብምግራም "እንታይ ተኣምራታዊ ኣጋጣሚ እዩ" ብምባል ነቲ ስቕታ ዘረጎ። "ሓደ ብዛዕባ ሕድሩ ዝግደስ ተጋዳላይ ይደልየካ'ሎ ምስ ሰማዕኩ፡ እዚ ሰብዚ እቲ ናይ ሕድሩ ምሕጽንታ ዝርከበኒ ክኾነለይ ተመንየ። ምስ ተራኺብና ንምንታይ ከምዝደለኻኒ ክሓተካ ግና ኣይመረጽኩን። እቲ ጉዳይ ባዕሉ ክምዕብል ክጽበ መሪጸ። ጽቡቕ ኣጋጣሚ ኮይኑ ከኣ ሎሚ ካብ ሕድሩ ዝተቐበልኩዎ ሕድሪ ከብጽሕ ክኢለ። ምስ ሕድሩ ብዛዕባ ሓድጊ ኣልዒልና ተዘራሪብና ኔርና፡ ሓንቲ ብስመይ ትጽዋዕ ቆልዓ ኣላትኒ፡ ምናልባት ኣነ ተሰዊአ ንስኻ ብህይወት እንተኣቲኻ ነዛ ዝበልኩኻ ቆልዓ ዘክራ ኢሉ ስምን ኣድራሻን ኣዲኣ ሂቡኒ። ንስኺ፡ እታ ኣደ'ታ ቆልዓ ምኺንኪ ኢኺ። ስም ኣቦኣ ኣይነግረካን'የ፡ ተጋዳላይ ምዃኑ ግን ፍለጥ፡ እቲ ምስጢር ሰብኣይን ሰበይትን ክረዳድኣሉ ተስፋ እገብር። ንስኻ ግን እታ ኣደ ቃል ኪዳና ከምዘጽንዐት ምስክርነተይ ቃልብቓላ ከተብጽሓለይ ከምዝተማሕጸንኩኻ ንገር" ኢሉኒ ክብል ቃል ምስክርነቱ ሃበ።

ዮናስን ሰናይትን መሊሶም ሕንቕንቕ በሉ። ሰናይት ከኣ ናብ'ቲ መቓብር ኣተኲራ እናጠመተት "ሕድሩ በዓል

ሕድሪ፡ ኣብዚ ናይ ነጻነት ግዜ ነቲ ዝተቐበልካዮ ረዚን ሕድሪ ብኣካል ተረኺብካ ከተዘንትወሉ ዓቢ ሃንቀውታ ነይሩኒ፡ ነቲ ንጽህናና ዝደወነ ጸለመ ብሓባር ዓው ኢልና ክንምክቶ ህርፋን ሓዲሩኒ። ግዳ ከም ጸሎተይ ኣይኮነለይን፡ ንስኻ ተሰዊእካ፡ ብሰላም ዕረፍ፡ እቲ የናስ ዝተማባጽዖ ኣነ'ውን እቐበሎ እየ። ስምካን ታሪኽካን ክቕጽል'ዩ" ምስ በለት ዝርንዝሕ ንብዓታ መዓንጉርታ ኣጠልቀዩ ናብ መሬት ጥብጥብ በለ። ድሕሪ ሓጺር ስቕታ ኣዒንታ ናብ'ቲ መቓብር ተኺላ፡ ርእሳ እናነቕነቐት "ስኣን ቁሩብ" ኣድመጸት። "ጽባሕ መስዋእትኻ ኤርትራ ናጻ ኾይና። ሰብ ናጽነት ከስተማቕር ንስኻ በኹርካ" ወሰኸት።

ድሕሪ ሓጺር ስቕታ ሰናይት "በሉስኪ ብዛዕባ ጅግንነቱን ኣማውትኡ ኣዕልሉኒ" በለት።

መዓሾ፡ "ምስ ሕድሩ ካብ ነዊሕ እዋን ጀሚርና ኣብ ሓንቲ ኣሃዱ ነርና። ነዛ ሕድሪ ዝሃበኒ ንኩናት ባጽዕ ንሸባሸበ ኣብ ዝነበርናሉ ግዜ'ዩ። ኣሀዱና ናብ ግንባር ጊንዳዕ ተወዚዓ። ግንባር ጊንዳዕ ሓንቲ ካብተን መረርቲ ጥምጥም ዝተኻየደላ ግንባር'ያ። ሓይልና ኣብ ጽርግያ ዓሪዳ ነቲ ብቐጻሊ ንባጽዕ ከድሕን ዝፈተነ ሓይሊ ጸላኢ ረጊጣ ምሕላፍ ከልኪላቶ። ምጥቕቓዕ ብቦምባ ኢድ። መንቀሳቐሲ ስለዘይነበረ ኣብ ልዕሊ መቃብር ስውኣትና ንምግብን ንሓጺር እዋን ነዕርፍን። ሕድሩ ሸው ተወጊኡ ንሕክምና ምኻድ ኣብዩ ናይ ቀዳማይ ረዲኤት ተገይሩሉ ብውጉኡ ተዋጊኡ። ሞተይ ኣይተርፈንን ዝሓሰበ ይመስል ካብ ከውሊ ናብ ካልእ ከውሊ እናተወናጨፈ ተዋጊኡ። ሸው ክስዋእ ነይሩዎ። ተጋዳላይ ኣብ ጥሙይ ከብዱ፡ ምስ ክቱር ሃልኪ እሞ ኣብ ዘይንጹህ ኩነታት ሕማሙ ብዘይብቑዕ ሕክምና ይሓዊ። እንታይ'ዩ ምስጢሩ እንድዒ? ሕድሩ'ውን ከምኡ ሓውዩ። ኣብ ግጥም ደቀምሓረ ደርጊ ነቲ ግንባር ብነታጉ

ሓጺሩዎ ስለዝነበረ መስሎኹ ዝፍትሹ ንመስዋእቲ ዝተበጀዉ ተጋደልቲ ኣሕሊፉ እቲ ዝሰዕብ ሓይሊ በቲ እቶም ዕውታት ዝሓለፍሉ ክሰሉኽ ተመዲቡ። ኲናት ምስተጀመረ እቲ ዝተፈተሻ ውሑስ መሽሎኹ ስለዝወሐደ እቲ ንኲናት ህንጡይ ተጋዳላይ ንሞት ከይፈርሀ መምርሒ ጥሒሱ በቲ ነታጉ ዝተሓጽረ ቦታታት ክቀዳደም ዘይተደልየ ብዙሕ መስዋእቲ ተኸፊሉ። ሕድሩ ከኣ ብኸምዚ'ዩ ተሰዊኡ።ኣብ እዋን መስዋእቱ ምስኡ ስለዝነበርኩ እተን ናይ መወዳእታ ቃላቱ 'እታ ዝበልኩኻ ሕድሪ ከይትርስዓ፣ ዓወት ን ሓ ፉ ሽ' ነይረን" ክብል ገለጸላ።

ሰናይት ናብቲ መቓብር እናጠመተት፤ "ንሞት ኣብ ድሮ ዓወት ባዕልኻ ኣቲኻያ፣ ብእዋን ዘሕዝን በገባቡ መሪር መስዋእቲ" በለት።

ዮናስ ከረሳርሳ ኢሉ "ዝጸገበን ዝቐበጸን ሓደ እንድዩ፣ ክትቀብጺ ኢልና ኢና ኣምጺእናኪ" ምስ በላ፣ "እንታይ እዋነይ ክቐብጽ። ኣይ ሕጂ እንድየ ተረዲአ" መለሰት። ዝብልዎ ጠፊኡዎም ስቕ በሉ። እቲ ስቕታ ንሓሳባ ሰሪቑዎ ምስሊ ሕድሩ ኣብ ልዕሊ'ቲ መቓብር ደው ኢሉ ተራእያ። ከይተፈለጣ "ንሓንቲ ህሞት ህያው ዘይትኸውን። እቲ መልእኽትኻ ብቓላትካ ዘይንሰምዖ። ተዛረብ ሕድሩ" ኣህተፍተፈት።

ዮናስ ናብ ካልእ ከየድህበላ ሰጊኡ "በዚ ጸሓይ'ዚ ኣብ ዘይሕማምኪ ከይትበጽሒ ንኺድ። ኣብ ጽላል ከነዕርፍ" በለ። በእዳዋ ደጊፉዋ ነቐሉ። ሰናይት ክሳዳ ንድሕሪት እናጠወየት "ክምለሰካ እየ፣ ዕንባባ ከምጽኣልካ እየ" ትብል። ኣብቲ ኣከባቢ ተጽልል እም ስለዘይረኸቡ ንብዓቶም ከየቋረጸ ነቲ መቓብር ተፋኒየሞ ተመልሱ።

ተፈጸመ

ሓበሬታ

"ኣቦ ዕሸለይ ኩነለይ" ኣብ

1. Amazon.com, Amazon Europe
2. Createspace or estore

ንመሸጣ ተዘርጊሑ ትርከብ። Createspace or estore ናይ Amazon.com ናይ ሕትመት ክፍሊ'ዩ። ዋጋ'ታ መጽሓፍ ኣብ ክልቲኡ ማዕረ'ዩ። ንዓይ ግን ካብ estore እንተገዛእኩም ዝያዳ ስለዘርብሓኒ ካብ estore ክትዕድጉለይ ብትሕትና እላቦ።

ንርእይቶን ሓበሬታን በዚ ዝስዕብ ምስ ደራሲ ምርኻብ ይከኣል፣

ቀ·ጽሪ ስልኪ፣ 408-771-8538

ኢ.መይል፣ eskiasgy@yahoo.com

ርእይቶታት ኣንበብቲ ንቐዳማይ ሕታም

ንፍቅሪ ምስ ዕላማ፡ ምእማን ምስ ምጥርጣር፡ ተጻብኦ ምስ ጽንዓት ኣዋሲባ እተዘንቱ 'ኣቦ ዕሸለይ ኩነለይ" ምስ ጀመርካያ ክትዓጽዋ ዘይትደሊ፡ ኣብ ኣጋ መወዳእታ ክኣ ከይትውድኣካ ትበቓ ኮይና ንኣንበብቲ ቀሪባ'ላ። ነቶም በቲ መድረኽ ዝሓለፉ ትዝታኦም ተዘኻኺር፤ ነቶም ነቲ እዋን ዘየርከብሉ ወለዶን ብርሑቕ ዝፈልጥዎን ክኣ ናይቲ ታሪኻዊ መድረኽ ልበወለዳዊ ስእሊ ትህብ እያ። ምስግና ተኸልኣብ

ኣብ ንእዲ ሕጽኖት ተጀሚራ ኣብ ንእዲ ሕጽኖት ስለትውዳእ፡ ምናልባት ኣንስቲ ርብዒት ዝሑል ማይ፡ ሰብኡት ድማ ነጸላ ክይቀረብኩም ንባብ እንተጀሚርኩም ንዓይ ዝረኸበ ክይረኽበኩም! ኣላ እናበልኩዋ ክም'ዛ ዑፍ'ያ ካብ'ዛ ኢደይ በሪራ። ዳኒኤል ተስፋዮሃንስ

'ኣቦ ዕሸለይ ኩነለይ" is a very well written book. The best part of the book is the simple language and the writing style used. I would recommend it for others. Amanuel Yemane

ሓበሬታ: "ኣቦ ዕሸለይ ኹነለይ" ኣብ

- Amazon.com: USA & Europe
- Createspace (Amazon company)...

ተዘርጊሓ ትርከብ።

Made in the USA
Middletown, DE
26 November 2021